永生者

The Immortalists
Chloe Benjamin

[美]克洛艾·本杰明 著 张亦非 译

中原出版传媒集团
中原传媒股份公司
河南文艺出版社

图书在版编目(CIP)数据

永生者 /（美）克洛艾·本杰明著；张亦非译 .
-- 郑州：河南文艺出版社，2022.9
ISBN 978-7-5559-1383-2

I. ①永… II. ①克… ②张… III. ①长篇小说 – 美国 – 现代 IV. ① I712.45

中国版本图书馆 CIP 数据核字（2022）第 140099 号

THE IMMORTALISTS by Chloe Benjamin
Copyright © 2018 by Chloe Benjamin
Simplified Chinese edition © 2022 by Beijing Imaginist Time Culture Co., Ltd.
All rights reserved.

豫著许可备字 –2022–A–0042

永生者

[美] 克洛艾·本杰明 著　张亦非 译

选题策划	陈　静　党　华
责任编辑	党　华
特约编辑	闫柳君
责任校对	赵红宙　夏晓远
封面设计	山川制本 workshop
内文制作	李丹华

出版发行	河南文艺出版社
本社地址	郑州市郑东新区祥盛街27号 C 座 5楼
邮政编码	450018
承印单位	肥城新华印刷有限公司
开　　本	1230毫米 × 880毫米　1/32
印　　张	13.25
字　　数	270 000
版　　次	2022 年 9 月第 1 版
印　　次	2022 年 9 月第 1 次印刷
定　　价	62.00元

★ 版权所有　侵权必究 ★

献给我的祖母，李·克鲁格

目 录

序曲　赫斯特街的女人／001

第一部分　孩子，你要跳舞／027

第二部分　普罗透斯／125

第三部分　异端裁判所／211

第四部分　生命之所／315

致谢／411

序曲
赫斯特街的女人

1969
瓦里娅

瓦里娅十三岁了。她又长高了七厘米，两腿间也有了一簇黑色茸毛。她的胸已经长到巴掌大，乳头像是粉红色的十分硬币。瓦里娅的长发垂到腰际，是种深浅适中的棕色，不像她弟弟丹尼尔的黑发和另一个弟弟西蒙的黄色卷发，也不像她妹妹克拉拉那样头发闪烁着青铜色。早晨，她把头发编成两束法式发辫；她喜欢头发拂过腰际的感觉，如同马尾。她小巧的鼻子跟任何人的都不一样，至少她自认为如此。到二十岁的时候，鼻子就会长成它最终的形状，呈现出鹰钩鼻的威严，就像妈妈那样。但现在还没到时候。

他们四个一起在附近的街区跑进跑出：年纪最大的瓦里娅，十一岁的丹尼尔，九岁的克拉拉，还有七岁的西蒙。丹尼尔总跑在最前边，把他们从克林顿街带到德兰西街，再左转进入福塞斯街。他们绕着萨拉·D.罗斯福公园散步，始终走在树荫底下。到了晚上，公园就会变得不安全，但这个星期二早晨，公园里只有为数不多的几群年轻人，脸朝下睡在草坪上，还没从周末的抗议活动中恢复过来。

他们走到赫斯特街的时候安静下来。在这儿得路过戈尔德裁缝铺，也就是父亲索尔开的店，不过父亲不太可能看见他们——他工作的时候太投入了，好像他缝的不是裤边，而是编织成宇宙的布料。在这个闷热的七月天里，他们来到赫斯特街寻找一件危险又捉摸不定的东西，而父亲仍有可能对这充满魔力的一天构成威胁。

西蒙尽管年纪最小，动作却最快。他穿着丹尼尔的一条旧牛仔短裤，当年丹尼尔也这么大的时候穿着正合适，可如今它却在西蒙瘦瘦的腰上晃荡。他一只手里拿着一个中式布料的抽绳包，包里的纸钞沙沙作响，硬币相碰如同奏乐。

"那地方在哪儿啊？"他问。

"我觉得就在这儿。"丹尼尔说。

他们抬头看着那幢老旧的建筑，看着曲折向上的防火梯和五楼那几扇黑洞洞的长方形窗子，据说他们要见的人就住在里边。

"我们怎么进去？"瓦里娅问。

这栋楼和他们住的公寓楼很像，只不过这一栋不是棕色而是奶油色，不是七层而是五层。

"大概得按铃吧，"丹尼尔说，"按五楼的门铃。"

"对，"克拉拉说，"问题是要按哪一户的铃？"

丹尼尔从裤兜里拽出一张皱巴巴的收据条。他再抬起头的时候，脸都涨红了："我也不确定。"

"丹尼尔！"瓦里娅靠在楼的外墙上，一只手在自己脸前扇风。这时候差不多有三十二度，她的发际线因为出汗痒了起来，裙子紧贴在大腿上。

丹尼尔说："等一下，让我想想。"

西蒙直接在柏油路上坐下了，抽绳包像只水母垂在他两腿间。克拉拉从口袋里掏出一颗太妃糖。她还没来得及剥开，楼门就开了，一个年轻人走出来。他戴着一副紫色的眼镜，身上的佩斯利涡纹衬衫没系扣子。

年轻人朝戈尔德家的孩子们点了一下头："你们要进去吗？"

"对，"丹尼尔说，"我们是想进去。"他脚步匆忙地往里走，其他人都跟上来。门关上之前，丹尼尔还感谢了那个戴着紫色眼镜的人。这主意是他想出来的，他是个胆子大却不算称职的领头人。

上个星期，丹尼尔去施穆卡·伯恩斯坦餐馆买符合犹太食制的中餐，他是想买个热蛋挞，就算是在炎夏他也爱吃这个。结果他排队的时候听见两个男孩在聊天。队伍很长，电风扇以最高速呼呼地转着，丹尼尔不得不往前靠才能听清那两个男孩在说什么。他们在聊那个女人，她住在赫斯特街某栋楼的顶楼。

丹尼尔走回克林顿街72号的时候，心跳有点乱。克拉拉和西蒙在卧室的地板上玩蛇梯棋，瓦里娅在她的上铺看书。黑白花纹的小猫卓娅趴在阳光照着的一小块地方。

丹尼尔给大伙讲了他的计划。

"我不太懂，"瓦里娅把一只脏兮兮的脚翘向天花板，"那个女人到底是干什么的？"

"我说了嘛，"丹尼尔非常亢奋，也很不耐烦，"她有异能。"

"什么异能？"克拉拉一边挪动她的棋子一边问。刚入夏的这段时间，她一直在自学胡迪尼[1]的橡皮筋纸牌戏法，可是没多大进展。

丹尼尔说："我听说她会占卜。她能告诉你以后的命运——不论好坏。还有别的。"他双手撑住门框，探身进去。"她能预言你的死期。"

克拉拉抬起了头。

瓦里娅说："这也太荒唐了。没人能预言这个。"

丹尼尔问："要是真有人能做到呢？"

"那我也不想听。"

"为什么啊？"

瓦里娅放下书，直起身子，双腿悬在上铺的一侧："要是听到坏消息呢？要是她说你等不到成年就会死掉呢？"

"那也是知道了好啊，"丹尼尔说，"那样就能提前做好准备了。"

---

[1] 指美国魔术大师哈里·胡迪尼（Harry Houdini，1874—1926）。

屋子里陷入了短暂的沉默。接着西蒙大笑起来,他瘦小的身体笑得发抖。丹尼尔的脸涨红了。

"我没开玩笑,"丹尼尔说,"我要去找那个女人。我可不想待在公寓里再等一天,绝对不等了。到底有没有人和我一起去?"

假如不是恰逢盛夏,也许什么事都不会发生。他们已经无所事事地度过了一个半月,前边还有一个半月在等着。他们的公寓里没有空调,在那一年——1969年,在那个夏天,似乎除他们以外的每个人都遇到了一些事情。人们在伍德斯托克音乐节喝得烂醉,唱《弹球奇才》[1],看《午夜牛郎》[2],戈尔德家的孩子们却被禁止接触这类东西。石墙酒吧发生了暴动,人们把路边的停车计时器连根拔起,撞开门,砸碎窗子和自动唱机。有的人死于爆炸物,死状可怖,有的被五百五十连发的枪打中,那些人的脸以惊人的速度被实时传送到戈尔德家厨房的电视机上。"他们在活见鬼的月亮上走!"丹尼尔说。他已经开始说脏话了,但只有离妈妈比较远的时候才说。詹姆斯·厄尔·雷[3]和索罕·索罕[4]都得到了审判,而戈尔德家的孩子们要么在抓石子,要么在投飞镖,要么从炉子后边的一条烟管里营救小猫卓娅——它总爱往那儿跑。

---

[1] *Pinball Wizard*,英国摇滚乐队 The Who 的歌曲。
[2] *Midnight Cowboy*,约翰·施莱辛格执导的现实题材影片。
[3] James Earl Ray(1928—1998),谋杀美国民权领袖马丁·路德·金的凶手。
[4] Sirhan Sirhan(1944—),谋杀罗伯特·肯尼迪的凶手。罗伯特·肯尼迪是美国第35任总统约翰·肯尼迪的弟弟。

但是还有别的东西为这趟朝圣之旅营造气氛：这个夏天他们还是兄弟姐妹，再往后，一切就都不一样了。明年，瓦里娅要和她的朋友阿维娃一起去卡兹奇山。丹尼尔则要加入附近男孩子们的小团体，不会再和克拉拉、西蒙混在一起。只不过在 1969 年，他们还是个整体，紧密得好像永远不会分开。

克拉拉说："我跟你去。"

西蒙说："我也去。"

"我们怎么预约？"瓦里娅问。她已经十三岁，十分清楚没什么东西是免费的。"那个女人要价多少？"

丹尼尔皱起眉："我会打听到的。"

整件事自此开始：作为一个秘密、一项挑战、一条逃生梯，帮他们从喋喋不休的妈妈身边逃开，她一会儿叫他们晾衣服，一会儿叫他们从火炉烟囱里把猫弄出来，就是不让他们在卧室里闲下来。戈尔德家的孩子们四处打听。唐人街魔术店的店主听说过赫斯特街的女人。他告诉克拉拉，那个女人是个流浪者，在全国各地游荡，做她那些事。克拉拉正要离开，店主竖起一根手指，进了后边的通道，然后带回一本巨大的、四方的厚书，叫《占卜之书》。封面上有十二只圆睁的眼睛，被一串符文环绕着。克拉拉付了六十五美分，把这本书抱回了家。

克林顿街 72 号的其他居民里，也有人听说过这个女人。布卢门施泰因夫人告诉西蒙,她五十多岁的时候在一次盛大的宴会上见过那个女人。布卢门施泰因夫人把自己养的雪纳瑞犬放到门前的台阶上,西蒙正坐在那儿,雪纳瑞犬立刻制造出一个弹丸大的粪球,布卢门施泰因夫人也不管。

"她看了我的手相,说我会长寿。"布卢门施泰因夫人身体前倾以示强调。西蒙屏住了呼吸:布卢门施泰因夫人的口气很重,仿佛呼出的还是九十年前她以婴儿之身吸进去的那些空气。"你也知道,亲爱的,她说对了。"

住六楼的一家印度教徒管那个女人叫"rishika",意思是先知。瓦里娅用箔纸包了一片妈妈做的犹太式烤饼,带给她在PS 42小学的同学鲁比·辛格,鲁比请她吃了一份辣味黄油鸡。太阳落山的时候,她们两个坐在防火梯上一起吃东西,赤裸的双腿在金属格栅底下晃荡。

鲁比非常了解那个女人。她说:"两年前,我十一岁的时候,祖母生病了。第一个医生说是心脏的问题,告诉我们最多还能活三个月。但第二个医生说她可以恢复过来。他觉得我祖母能活两年。"

防火梯下边,一辆出租车在利文顿街上呼啸而过。鲁比扭过头,眯着眼睛去看东河,那条河因为淤泥和污水呈现出棕绿色。

"印度教徒总是死在家里,"她说,"要被家人围着。我爸在印度的亲戚都想过来,但我们要怎么说呢?再等两年?然后爸爸就听说了那位先知的事。他去见了先知,她给了我爸一个日期——祖母去世的日期。我们把祖母的床放在起居室,让她面朝东方。我们点起了灯,轮流守夜,祈祷、唱圣歌。我爸的兄弟们从昌迪加尔[1]飞过来。我和表兄妹们坐在地上,有二十个人,可能还不止。祖母是五月十六日去世的,那就是先知说的日子,我们都因为宽慰而哭泣。"

"你们不生气吗?"

"为什么要生气?"

"那个女人并没有救你的祖母,"瓦里娅说,"也没有让你祖母好转。"

"但是先知给了我们道别的机会。我们永远都没法报答她。"鲁比吃完最后一口犹太式烤饼,把箔纸对折起来。"不管怎么说,她也没法让祖母好转。先知能预见未来之事,但不能阻止这些事发生。她又不是神。"

"她现在在哪儿?"瓦里娅问,"丹尼尔听说她住在赫斯特街的一栋楼里,但不知道具体在哪。"

"我也不知道。她每次都在不同的地方,为了她自己的安全。"

从辛格家的公寓里传出一声尖锐的撞击声,紧接着有人用北印度语喊了句什么。

鲁比站住了,从她的裙子上拍掉食物碎屑。

---

[1] 印度西北部城市。

"为了她自己的安全是什么意思？"瓦里娅一边问，一边也跟着站住了。

"总有人在找她那样的女人，"鲁比说，"谁知道她都能预言什么啊。"

"小鲁比！"鲁比的妈妈在喊她。

"我得走了。"鲁比从窗户跳进去，把窗子关上了，瓦里娅独自走防火梯下到了四层。

关于那个女人的事已经流传了这么久，却并不是每个人都听说过她，瓦里娅感到很诧异。她在卡茨餐厅的收银台对工作人员提及先知的时候，那几个胳膊上有数字文身的家伙面露恐惧地盯着她。

其中一个人说："孩子，你跟那种东西搅在一起干什么啊？"

他的声音很尖锐，好像瓦里娅对他说了什么侮辱性的话一样。她有点慌张，带着三明治离开了，也没再提起这件事。

到最后，还是丹尼尔最开始偷听的那几个男孩给了他先知的地址。周末，他在威廉斯堡大桥的人行道上又看见那些孩子，他们正靠着栏杆抽大麻。他们都比丹尼尔大，可能已经十四岁了，丹尼尔鼓起勇气把自己偷听的事告诉他们，然后问他们还知不知道别的东西。

几个男孩倒是没当回事。他们爽快地把传闻中那个女人的公寓楼地址给了丹尼尔，不过他们也不知道要怎么预约。他们告诉丹尼尔，人们都说去找她的时候得带点礼物。有些人认为是现金，有些人说那个女人的钱已经够花了，得带一点有创意的东西过去。有个男孩从路边捡了一只血淋淋的松鼠，用打了结的塑料袋装着带过去。瓦里娅说没人想要那玩意儿，占卜的人也不例外。他们最后就把各自的零花钱都收集到一起，放进抽绳包里，希望这钱够用。

瓦里娅趁克拉拉不在家的时候，从她床底下拿了《占卜之书》，爬回自己床上。她趴着念那些词：脏卜术（用献祭动物的肝脏来预测吉凶），蜡卜术（用蜡融化的形状来占卜），棍卜术（用棍子占卜）。天气凉爽的时候，风从窗外吹进来，拂动她贴在床边墙上的族谱和旧照片。她从这些老旧的纸片里回溯隐秘的踪迹：基因的作用一会儿显现一会儿又消失，丹尼尔继承了祖父列夫瘦长的双腿，爸爸索尔却没有。

祖父列夫是在1905年的血腥屠杀[1]之后，随父亲坐蒸汽船来到纽约的。列夫的父亲是个布商，母亲死于那场屠杀。他们在埃利斯岛上做了体检，一边用英文接受质询，一边盯着自由女神像的拳头，而她面无表情地看着他们刚刚跨越的大洋。列夫的父亲给人修缝纫机，列夫在一家德裔犹太人开的服装厂里干活儿，厂主允许他

---

[1] 指1905年1月22日俄国沙皇政府在圣彼得堡冬宫广场对请愿工人展开的屠杀。

在安息日放假。列夫先是成了经理助理，接着又当上经理。到1930年，他在赫斯特街的一间临街公寓开了自己的店铺——戈尔德裁缝铺。

瓦里娅的名字随祖母，当年她给列夫当簿记员，一直干到退休。瓦里娅对母亲那边的长辈所知不多，只知道外婆叫克拉拉，是1913年从匈牙利过来的，妹妹克拉拉的名字就随了她。妈妈刚六岁外婆就去世了，后来妈妈也很少提起她。

克拉拉和瓦里娅曾经偷偷溜进妈妈的卧室，寻找外公外婆的蛛丝马迹。他们敏锐地嗅到了外公外婆身上的神秘气息，发现了阴谋和丑闻的迹象，紧接着他们又偷偷打开妈妈放贴身衣物的柜子，在最顶层的抽屉里找到一个小木盒。木盒表面涂着漆，还有金质的合页。盒子里是一摞泛黄的照片，上边有个小个子的俏皮女人，一头黑色短发，眼皮厚重松弛。她在第一张照片里穿着带裙边的紧身连衣裤，侧臀翘向一边，还把一根手杖举过头顶。在另一张照片里，她骑着马，向后仰着，露出上腹。还有克拉拉和瓦里娅最喜欢的一张照片，她用牙咬着一根绳子，悬在半空中。

他们能从两件东西上看出这个女人就是他们的外婆。第一件是张皱巴巴的旧照片，上边布满油乎乎的指印，这个女人正和一个高个子男人、一个小孩子站在一起。瓦里娅和克拉拉立刻看出那个孩子就是她们的妈妈，哪怕她只有这么小。她正用胖胖的小手抓着父母的手，脸上是种现在也常有的慌张表情。

克拉拉宣布这个木盒和里边的东西都归她所有。

"归我了,"她说,"我继承了外婆的名字嘛。再说妈妈从来不看这些东西。"

但他们很快就发现并不是这样。克拉拉偷偷把漆盒带回卧室、塞到她床铺底下以后,第二天早晨,从爸妈的房间传来一声大叫,紧接着就听见妈妈在怒气冲冲地质问,爸爸在含混地否认。过了一会儿,妈妈冲进女孩子们的卧室。

"谁拿了盒子?谁啊?"她大吼。

她鼻孔大张着,宽大的臀部挡住了走廊里照过来的光线。克拉拉吓得浑身燥热,都快哭了。接着爸爸去上班了,妈妈大步走进厨房,克拉拉偷偷溜进父母的房间,把盒子放回了原处。但是等整个公寓里没有别人的时候,瓦里娅知道克拉拉又去看了那堆照片和上边的小个子女人。克拉拉被那个女人的强烈个性和魅力吸引,发誓要配得上自己从她那儿继承来的名字。

"别到处乱看了,"丹尼尔从牙缝里挤出来一句,"都正常点!"

戈尔德家的孩子们急匆匆爬上楼梯。墙壁上刷的米色油漆已经剥落,门厅很暗。当他们到五楼的时候,丹尼尔停下了脚步。

"你觉得我们现在要怎么办?"瓦里娅低声问。每次丹尼尔被难住时,她就很高兴。

丹尼尔说:"我们等一会儿。等随便谁出来。"

但是瓦里娅不想等。她神经紧绷，心里充满了突如其来的恐惧，于是独自沿着走廊往前走。

她以为魔法是可以看出来的，但这层楼的房门看起来完全一样，都有磨损的黄铜把手和门牌号。54号的"4"已经滑落下来。当瓦里娅朝那扇门走过去时，她听见了电视或者收音机的声音：在放一场棒球比赛。她觉得先知不会关注棒球，于是往后退了一步。

她的兄弟姐妹们分散开了。丹尼尔双手插在衣兜里，站在楼梯间附近，盯着那些房门。西蒙跟着瓦里娅走到54号房间这里，踮起脚尖，用食指把"4"推回原位。克拉拉刚才还在相反的方向溜达，现在已经过来和他们站在一起了。克拉拉身上飘着布雷克黄金配方洗发水的香味，这是她用好几个星期的零花钱买回来的。家里其他人都用普莱尔，这个牌子的洗发香波装在塑料管里，像牙膏一样，挤出来的膏状物和海藻一个颜色。瓦里娅永远不会把这么多钱花在洗发水上，她表面上嘲笑克拉拉，实际却很羡慕，因为克拉拉闻起来有股迷迭香和橘子的味道。现在克拉拉开始抬手敲门。

"你在干什么？"丹尼尔压低声音说，"什么人都有可能。也可能是——"

"谁啊？"

从门后边传出来的声音很低沉，而且有些暴躁。

"我们来找'那个女人'。"克拉拉试着答道。

序曲　赫斯特街的女人　　　　　　　　　　　　　　　015

一片寂静。瓦里娅屏住了呼吸。门上有一个窥视孔,比橡皮还小。在门的另一侧,有人清了一下嗓子。

那个声音说:"一次进来一个。"

瓦里娅碰上了丹尼尔的目光。他们原本没打算分开。但还没来得及讲条件,门闩就开了,克拉拉走了进去——她到底在想什么?

没人确切地知道克拉拉在里边待了多久。瓦里娅觉得过了好几个小时。她抱着膝盖靠墙坐着,满脑子都是那些童话:偷孩子的女巫,吃孩子的女巫。她的胃因为惊恐而翻腾不止,直到房门打开。

瓦里娅跳起来,但丹尼尔动作更快。根本看不到公寓里边的情形,但瓦里娅听到了音乐——是个墨西哥流浪乐队吗?她还听到了锅和炉子碰撞的叮咣声。

丹尼尔进去之前,看着瓦里娅和西蒙说:"别担心。"

但是他们确实很担心。

丹尼尔一进去,西蒙就问:"克拉拉呢?她怎么不出来?"

瓦里娅说:"她还在里边。"其实她也想到了同样的问题。"我们进去的时候克拉拉和丹尼尔也会在里边。他们可能只是……在等我们吧。"

西蒙说:"这可不是什么好主意。"他金色的卷发上都是汗。因为瓦里娅是几个孩子里最大的,西蒙又是最小的,所以她觉得自己应该保护他,但西蒙对她来说始终是个谜。好像只有克拉拉能理解西蒙。他比其他人更沉默寡言。晚餐时,他经常皱眉坐着,双眼呆滞。但他的行动像兔子一样迅速敏捷。有时候,瓦里娅和他一起去犹太会堂,会发现自己像是孤身一人走在路上。她知道西蒙只不过是跑在前边或者落在后边,但每次都会感觉他已经消失不见了。

门再次打开,还是只开了一寸,瓦里娅把一只手放在西蒙的肩膀上。"好吧,小西蒙。你先进去,我在这儿盯着。这样行吧?"

到底是要盯着什么东西还是什么人,她也不清楚——这条走廊就像他们刚来的时候一样空空荡荡。确实,瓦里娅很胆小:尽管年龄最大,但她宁愿让其他人先进去。但是西蒙就很放松。他从眼前拂开一绺卷发,离开了瓦里娅。

瓦里娅一个人待在外边的时候,恐惧急剧膨胀。她感觉到自己和兄弟姐妹们隔得很远,就好像她正站在岸边,看着他们的船漂走。她本该阻止他们来这儿的。等到门再次打开,她的嘴唇上方已经积了汗水,裙子的腰带处也出汗了。但这个时候她已经没法转身离开了,其他人都在等着。瓦里娅推开门。

她发现自己置身于一个极小但布局紧凑的房间里,到处都塞满了东西,最开始她根本没看见人。书就像摩天大楼的模型一样堆在地上。厨房架子上塞满了报纸而不是食物,不易腐烂的食物全都放在餐台上：饼干、麦片、罐头汤、十几种茶。还有塔罗牌、扑克牌、占星图和年历——瓦里娅辨认出其中一张是中文的，另一张上边全是罗马数字，第三张是月相图。还有一张泛黄的易经海报，她在克拉拉的《占卜之书》里看见过那些卦；有一个装满沙子的花瓶；有锣和铜碗；有一个月桂花冠；有一堆像树枝的木棍，上面刻着水平线；有一碗石头，其中一些绑在长绳上。

只有靠门的角落那里被清理出来了。那个位置摆着一张折叠桌和两张折叠椅，旁边有一张更小的桌子，上面放了布做的红玫瑰和一本打开的圣经。圣经周围摆了两个白色的石膏大象和一个祈祷用的蜡烛，还有一个木制的十字架和三个雕像：一个是佛陀，一个是圣母玛利亚，一个是奈费尔提蒂[1]，瓦里娅之所以知道这个名字，是因为它上边有个手写的标签"NEFERTITI"。

瓦里娅感到一阵不安。她在犹太人学校里听过禁止偶像崇拜的戒律。哈伊姆拉比朗读《塔木德》里关于异教偶像的内容时，她听得非常认真。爸妈肯定不希望她待在这里。但是，神不也造出了这位先知吗，就像造出爸妈一样？在犹太会堂，瓦里娅也尝试着祈祷，但神似乎从未回应过。这位先知至少会回答她的问题。

那个女人站在水槽旁，把散茶倒进一个精致的金属球里。她穿着肥大的棉质连衣裙和一双皮凉鞋，戴着海军蓝的头巾；长长的棕

---

[1] 一位以美貌著称的古埃及王后。

色头发编成了两条细长的辫子。她尽管体型不小巧,动作却优雅又精确。

"我的兄弟姐妹去哪儿了?"瓦里娅的声音有些嘶哑,她也听出了自己的绝望,还为此尴尬不已。

百叶窗被拉下来了。那个女人从架子最上层取了个杯子,然后把金属球放在里边。

"我想知道,"瓦里娅抬高音量说,"我的兄弟姐妹在哪儿?"

水壶在炉子上响起来了。那个女人关了火,把水壶拎到杯子上方。一股粗壮、清澈的水流浇下来,房间里立刻充满了草的气味。

她说:"在外面。"

"不对。我刚才就在门厅那儿等着,他们没出来。"

那个女人朝瓦里娅走过来。她的脸颊像面团一样苍白,鼻子是球根状的,嘴唇皱了起来。她的皮肤是金棕色的,和鲁比·辛格的一样。

她说:"如果你不信任我,我就一点忙也帮不上了。脱了鞋,然后你就可以坐下了。"

瓦里娅把她的马鞍鞋脱下来放在门边。她受了训斥,但这个女人说得也没错。如果拒绝信任她,那么跑这一趟就是徒劳的,他们为此冒的一切风险也都会打水漂:父亲的目光,母亲的不悦,还有四个人攒的零花钱。瓦里娅坐在折叠桌旁。那个女人把茶杯放到她面前。瓦里娅想到了酊剂和毒药,想到了一觉睡了二十年的瑞普·范·温克尔[1]。然后她想起了鲁比。鲁比说,先知能预见未来之事。我们永远都没法报答她。瓦里娅举起杯子喝了一口茶。

先知坐在对面的折叠椅上。她扫视瓦里娅僵硬的肩膀、汗湿的双手,还有脸。

"你不太舒服,是吗,宝贝?"

瓦里娅吃了一惊,摇了摇头。

"你在外边等这么久,是为了等自己感觉好些吗?"

瓦里娅的心跳加快了,整个人却静立原地。

"你内心充满忧虑,"先知点点头,"有一堆问题。你脸上在笑,在大笑,内心却不快乐。你觉得很孤单。我说对了吗?"

瓦里娅的嘴唇颤抖着表示赞同。她的心都涨满了,像要迸裂开。

"太遗憾了,"那个女人说,"我们得行动起来。"她打了个响指,指了指瓦里娅的左手。"把手掌给我。"

瓦里娅坐在椅子的边缘,把手伸给先知。先知的手既灵巧又凉爽。瓦里娅的呼吸很急促。她想不起来最近一次触碰陌生人是在什么时候。她更愿意和其他人保持一层薄膜的距离,就像隔着一层雨衣一样。学校的课桌上沾满了油乎乎的指印,操场被幼儿园的小朋友弄得一团糟,每次从学校回来,她都要洗手,直到洗得双手发白。

---

[1] Rip Van Winkle,美国作家华盛顿·欧文(Washington Irving,1783—1859)创作的小说角色。美国贫苦农民瑞普·范·温克尔喝了一种饮料以后一觉睡了20年,发现家乡的一切都发生了巨大变化。

她问:"你真的能预言吗?你知道我什么时候死吗?"

她已经被命运的无常吓到了:它就像无色的药片,既能拓展人的思维,也可以颠覆一切。人们被随机选中,运往金兰湾和汉堡山[1];一千人死在那儿的竹林和三米多高的象草丛里。她在 PS 42 小学有个同学,名叫尤金·博戈波利斯基。他的三个哥哥被派往越南,当时她和尤金都只有九岁。尤金的三个哥哥最后都回来了,博戈波利斯基一家在布鲁姆街的公寓里开了场派对庆祝。第二年,尤金跳进游泳池,头撞在水泥上,死了。知道自己死去的日期是件大事——也许是最重要的一件事,瓦里娅非常确信这一点。

那个女人看着瓦里娅。她的眼睛像明亮的黑色大理石。

她说:"我可以帮你,能给你带来好处。"

她转头面对瓦里娅的手掌,先看了大致形状,然后看着有些僵硬的扁平手指。她轻轻地把瓦里娅的拇指往后掰。拇指没能弯回去多少。她又仔细查看了瓦里娅无名指和小指之间的位置,最后挤了挤小指的指尖。

瓦里娅问:"你在找什么?"

"你的性格。听说过赫拉克利特吗?"瓦里娅摇了摇头。"希腊哲学家。他说性格就是命运。性格和命运像兄弟姐妹一样绑在一起。

---

[1] 均为越南战争中发生过惨烈战斗的地点。

你想知道未来吗?"她用另一只手指了指瓦里娅。"照照镜子就知道了。"

"如果我变了呢?"瓦里娅很难相信她的未来已经注定,就像舞台下的女演员一样,等上几十年才会离开被帘幕遮住的后台。

"那你就是很特别的人。因为大部分人都不会变。"

先知把瓦里娅的手翻转过来,放到桌子上。

"2044年1月21日。"她用笃定的语气说,就像在谈论天气或是球赛的获胜方。"你有充足的时间。"

一瞬间,瓦里娅的心放松下来。2044年,她已经八十八岁了,活到这么大年纪才去世,并不算太坏。接着她又有些犹豫。

"你怎么知道?"

"我不是说了要信任我吗?"先知扬起了一侧的浓眉,然后皱了皱眉头。"现在,我希望你回家,想想我说的话。这样你会觉得好过些。但是不要告诉任何人,好吗?你的手揭示出的命运、我告诉你的事情,只有我们两个知道。"

先知注视着瓦里娅,瓦里娅也回以凝视。现在瓦里娅不再是被评判的人,她变成了评判者,奇怪的事情发生了。那个女人的眼睛失去了光泽,行动也不再优雅。太棒了,瓦里娅被预测的命运、她那份好运现在变成了先知存心欺骗的明证:她很可能对每个人都做了一样的预测。瓦里娅想起了《绿野仙踪》里的奥兹。面前这个女人就像奥兹一样,既不是魔法师也不是预言家。她是个骗子,是个玩弄诈术的人。瓦里娅站起来。

"我弟弟应该已经付了钱。"瓦里娅边说边穿上鞋。

那个女人也站了起来。她朝一扇门走过去,瓦里娅先前还以为是壁橱门。门把手上挂着一副文胸,网眼罩杯就像瓦里娅夏天捉黑脉金斑蝶用的网兜一样长。但那扇门后并不是壁橱。那是个出口。女人嘎吱一声开了门,瓦里娅看见一条红砖,那是茅草覆盖的消防通道。她听见兄弟姐妹的声音从下边飘上来,她的心欢跳起来。

但是先知像道栏杆一样堵在她面前。她捏住瓦里娅的手臂。

"你会没事的,宝贝。"她的语气里有点威胁的意思,好像让瓦里娅听到这话是件非常紧迫的事,而她对此深信不疑。"一切都会好起来。"

瓦里娅被她抓住的那块皮肤变白了。

她说:"放开我。"

这声音冷得让瓦里娅自己都惊讶不已。那个女人的脸好像骤然拉上了帷幕。她放开瓦里娅,走到了一边。

瓦里娅穿着马鞍鞋走下防火通道的楼梯。微风拂过她的胳膊,抚摸着已经开始在她腿上出现的柔软的浅棕色毛发。她走到小巷里时,看见克拉拉脸颊上挂着泪,鼻子是粉红色的。

"怎么了?"

克拉拉转过身:"你觉得怎么样?"

"哦,其实那些东西都不能信吧……"瓦里娅转头向丹尼尔求助,但他面无表情。"不管她对你说了什么,都没有任何意义。她是瞎编的。对吧,丹尼尔?"

"对,"丹尼尔转过身开始朝街上走,"我们走吧。"

克拉拉伸出一只胳膊把西蒙拉起来。他仍然握着抽绳包,包还像来的时候一样满。

瓦里娅说:"你应该付她钱的。"

"我忘了。"西蒙说。

"她不配拿我们的钱,"丹尼尔双手叉腰,站在人行道上,"快走吧!"

他们走回家的时候,一路上都很安静。瓦里娅以前从来没觉得和其他人这么疏远。晚餐时分,她小口吃着自己那份牛胸肉,但西蒙根本没动。

"怎么了,亲爱的?"妈妈问。

"不饿。"

"为什么不饿?"

西蒙耸了耸肩。他的金色卷发在顶灯下看起来是白色的。

索尔说:"把你妈做的东西吃掉。"

但是西蒙拒绝了。他的手插在屁股底下。

"怎么了,嗯?"格蒂扬起一边眉毛,用大惊小怪的语气说,"吃的东西还不够好吗?"

"别管他。"克拉拉伸出手去摸西蒙的头发,但他猛地躲开,吱嘎一声把椅子向后推去。

"我恨你们!"他大喊着站起来,"我!恨!你们所有人!"

"西蒙。"爸爸也站起来。他还穿着上班时穿的西装。他的头发很稀疏,比妈妈格蒂的发色浅一些,是种很不寻常的铜金色。"不能这样跟家人说话。"

他扮演这个角色的时候有点不自在。一直以来都是妈妈管理纪律,但现在,她张口结舌什么都说不出来。

西蒙说:"我乐意!"他自己也满脸惊讶。

第一部分
孩子，你要跳舞

1978—1982

西蒙

1

父亲死去的时候，西蒙正在物理课上画电子层排布图，那是一串同心圆，但它们对西蒙来说毫无意义。因为爱做白日梦，再加上有阅读障碍，西蒙从来都不是个好学生。现在，电子层——电子围绕原子核的运动轨道——也从他脑子里溜走了。在这一刻，他的父亲吃完午餐回来，在布鲁姆街的人行横道上弯下腰。出租车呼啸着停下来。索尔跪倒在地。血液从他的心脏里流走耗尽。对西蒙来说，父亲之死并不比电子从一个原子转移到另一个原子更有意义：两件事都在这一刻发生，然后在下一刻消失了。

瓦里娅从瓦萨学院开车回来，丹尼尔从宾厄姆顿的纽约州立大学赶回来。他们两个都不理解这件事。没错，父亲承受了很大的压力，但整座城市最糟糕的日子已经过去了——财政危机、大停电全都过去了。在工会的努力下，纽约并没有走向崩溃，这座城市的状况已经在好转。瓦里娅在医院询问了父亲临终时的状况。他痛苦吗？护士说，只有很短暂的痛苦。他说什么了？据我们所知，应该没说什么。这倒没有让他的妻子和孩子感到惊讶——他们都习惯了索尔长久以来的沉默。但西蒙有种受骗的感觉，感觉对父亲的最后记忆被抢走了，他在死后和生前一样守口如瓶。

第二天是犹太教的安息日，所以葬礼在星期天举行。他们在荣耀以色列犹太会堂碰面，索尔不仅是这个保守派会堂的成员，也是赞助人。在会堂入口处，哈伊姆拉比给戈尔德家的每个人发了一把剪刀，用于撕裂衣服的仪式[1]。

"不，我才不干呢。"妈妈格蒂说。她被迫遵从葬礼的每一个步骤，就像在完成海关手续，为的是前往一个她根本不想造访的国度。她穿着索尔1962年为她做的一件外套：结实的黑棉布，腰围很合身，前边带纽扣，还有可拆卸的腰带。"你不能强迫我。"她补充说。她的眼睛在哈伊姆拉比和她的孩子之间来回移动，孩子们都乖乖地把心脏上方那一块衣服剪开了。尽管哈伊姆拉比解释说不是他要强迫她，而是上帝这么要求，但看起来上帝也不能让格蒂屈服。最后，拉比给了格蒂一条黑丝带让她剪开，她以一种受了伤的胜利者姿态就座。

西蒙一直都不喜欢来这里。小时候，他觉得犹太会堂里闹鬼，因为会堂用粗糙的深色石头砌成，内墙阴暗潮湿。更糟的是那一连串仪式：无休止的默祷，还有重建锡安的热切祈愿。现在，西蒙站

---

[1] "kriah"，根据犹太教传统，人们会在亲属去世后撕破衣服表示哀悼。

在已经合拢的棺材前，风吹进衬衫撕裂的口子里，他意识到，以后再也看不见父亲的脸了。西蒙想起了索尔的眼睛，总是显得冷淡又严肃，他的微笑几乎有点女性化。哈伊姆拉比说，索尔宽宏大量、有性格有勇气，但对西蒙来说，他是一个谦和有礼、有点害羞的人，总是回避冲突和麻烦——他好像从来不会出于热情去做什么事，以至于娶了格蒂几乎就像个奇迹，因为西蒙的妈妈野心勃勃又情绪多变，不会有人觉得娶她是个务实的选择。祷告结束以后，他们跟在抬棺人身后去往希伯伦山公墓，索尔的父母都葬在那里。两个女孩都在哭泣，瓦里娅哭得悄无声息，克拉拉像妈妈一样放声大哭。丹尼尔看起来像是在强撑着完成一桩艰巨的任务。但是西蒙发现自己哭不出来，甚至当棺材埋进土里的时候也哭不出来。他只是感觉到失去了什么——不是失去了他所知的父亲，而是失去了索尔本来可能成为的那个人。晚餐时分，他和家人总是围坐在桌边，各自陷入沉思。每当有人抬眼，和别人对上目光，就会引发一次震动。这样的对视是偶然的，但它就像一条铰链，把每个人各自的空间连接到一起，直到其中一个人把目光移开。

现在，再也没有那条铰链了。虽然索尔总是很淡漠，但他能让戈尔德家的每个人都承担起各自的角色：他自己是经济支柱，格蒂是大将军，瓦里娅是听话的长女，西蒙是无牵无挂的幼子。如果他们的父亲只是身体停止了运转，那么问题还有可能出在哪儿？他的胆固醇比格蒂的低，心脏就算有点不稳定，也没大问题。还有哪些地方出错了？瓦里娅躲进她的下铺床位。丹尼尔二十岁，刚刚成年，但他已经在迎接宾客、准备食物、用希伯来语主持祈祷。卧室里，克拉拉所在的空间比其他人的都要混乱，但她一直在擦洗厨房，擦到胳膊都疼了。西蒙在照顾妈妈格蒂。

这和他们平时的状况有点不一样，因为格蒂对西蒙的关照总是超过其他人。她曾经想成为一个知识分子。她躺在华盛顿广场公园的喷泉旁边，读卡夫卡、尼采和普鲁斯特，直到十九岁的时候遇到了索尔。索尔高中毕业以后就帮着父亲做生意，而她二十岁就怀孕了。没过多久，格蒂就从纽约大学退学了。她曾经拿过奖学金，但还是离开学校，搬进了离戈尔德裁缝店和制衣厂仅数个街区的一间公寓里。等索尔的父母退休搬到邱园山街区以后，索尔就会继承这套公寓。

没过多久，瓦里娅出生了。这比索尔预计的要早很多。而且让他尴尬的是，格蒂成了一家律师事务所的接待员。晚上，她仍然是全家人强大的队长。但是到了早上，她穿上套装，从一个小圆盒子里取用胭脂，先把孩子们送到奥尔门丁格太太家中，再尽可能轻手轻脚地离开。不过，西蒙出生以后，格蒂在家待了九个月而不是五个月，后来九个月又变成了十八个月。她走到哪儿都抱着西蒙。西蒙哭起来的时候，她不会因为沮丧而口出恶言，而是轻声哄他，唱起歌来，就像在怀念一段她过去一直憎恨的经历，因为她知道自己将来不会再经历一遍了。西蒙出生以后不久，她就趁着索尔上班去找了医生，回来的时候带了一小瓶药，玻璃药瓶上写着"炔雌醇甲醚片"[1]。格蒂把它藏在放内衣的抽屉后边。

"西——蒙！"她底气十足地喊，像一声又长又响亮的号角。她会躺在床上，指着脚底下的一个枕头说"把那个递给我"。或者以一种低沉的、不祥的语调说"我这里疼，我在床上躺太久了"。尽管西蒙心里有点畏缩，但还是检查了她脚后跟上厚厚的老茧。"妈，不是疮，是水泡。"他回答。但她马上又有别的事，一会儿让他把祈祷文拿过来，一会儿又让他从大托盘里拿鱼或者巧克力。这个托盘是哈伊姆拉比交给他们的，专门用在七日服丧期。

格蒂晚上会偷偷哭——只是小声抽鼻子，免得被孩子们听见，但其实西蒙已经听见了；还有两次，西蒙看见她蜷缩在那张和索尔一起睡了二十年的床上，好像回到了初遇索尔的青年时代。要不是这些，西蒙简直会以为格蒂来回使唤他只是为了取乐。她无比虔诚地服丧，西蒙甚至都没想过她会这么勇敢。一直以来，格蒂对迷信的执着要远远超过敬畏任何神明。要是偶然遇上葬礼，她一定吐三次口水；装盐的瓶子倒了，她就去撒盐；她在怀孕期间从不经过墓地，哪怕这导致全家人在1956年至1962年间反反复复地改换日常路径。每个周五，格蒂都要付出极大的耐心守安息日，就好像安息日是个她迫不及待想要摆脱的客人。但是这一周她没有化妆。她

---

[1] 一种口服避孕药。

没有佩戴首饰，也没有穿皮鞋。她好像要弥补那场撕裂衣服的仪式，从早到晚都穿着黑色套装，也不管一侧大腿上有一滴油已经结成了硬块。因为家里没有木凳，格蒂就坐在地板上背祷文。她甚至试图去读《约伯记》，把一本希伯来《圣经》举到面前，眯起了眼睛。她放下书以后，双目圆睁，深色迷茫，就像一个四处寻找父母的孩子，接着她又开始喊："西——蒙！"喊他拿一件实实在在的东西：新鲜水果或者一块磅蛋糕[1]，要么是打开窗子通风，要么是屋子里风大要把窗子关上，有时候要一张毯子，有时候要一条毛巾或者一根蜡烛。

客人来得够多时，他们就要举行一次正式礼拜仪式。西蒙帮妈妈换上一套新衣服和一双拖鞋，然后她就开始祈祷了。父亲索尔生前的老雇员也都来了：簿记员、女裁缝、制模工、销售员，还有索尔的初级合伙人亚瑟·米拉维茨，他是个三十二岁的男人，身材瘦高，长着鹰钩鼻。

西蒙还是个孩子的时候，就很喜欢去父亲的店里。簿记员会给他一些回形针玩，有时候也给他几片碎布。西蒙很为自己的父亲骄傲。员工都对索尔非常尊敬，办公室里还有一扇大窗户，从这些细节可以很清楚地看出，他是个重要人物。他把西蒙放到一条腿的膝盖上颠着玩，给西蒙演示怎么裁剪图样、缝制样品。接着西蒙会陪父亲去面料店。索尔在那里挑选下一季会流行的丝绸和花呢，再去萨克斯

---

[1] 因制作时用到一磅糖、一磅面粉、一磅鸡蛋、一磅黄油而得名。

第五大道，买一些最新款的衣服拿回店里仿制。父亲下班以后，西蒙可以留下来，父亲要么和人打牌，要么在办公室里坐着，拿着一盒雪茄和别人讨论教师罢工、卫生系统罢工、苏伊士运河和赎罪日战争。

一直以来，有件事悄无声息地膨胀，逐步迫近，直到西蒙不得不直视它可怕的面貌：他的未来。丹尼尔一直计划当一名医生，西蒙作为索尔的另一个儿子，感到非常烦躁和不自在，更别提要让他穿上双排扣的西装了。西蒙十几岁的时候，就对女装感到厌倦，羊毛让他浑身发痒。他很讨厌父亲对什么事都漠不关心的样子，索尔一旦离开工作，就总是这样——如果他肯离开工作的话。西蒙向亚瑟抱怨过，可是亚瑟永远站在父亲那一边，而且亚瑟对待西蒙的态度就好像他是一只听话的小狗。最重要的是，西蒙感觉到一种更大的困惑：店里才是索尔真正的家，他的员工比孩子们更了解他。

这天，亚瑟带来了三个熟食拼盘和一盘熏鱼。他弯下长长的天鹅般的脖子，吻了格蒂的面颊。

"我们要怎么办呢，亚瑟？"格蒂在他耳边问。

"这太可怕了，"他回答说，"太恐怖了。"

春天的小雨落在亚瑟的肩上，落在那副角质镜框的眼镜上。但他的目光很锐利。

"感谢上帝，还有你。还有西蒙。"格蒂说。

七日守丧期的最后一晚，格蒂睡觉的时候，兄弟姐妹们来到阁楼上。他们都精疲力竭,眼皮浮肿,胃里像堵着东西。父亲离世的冲击还没有散去。西蒙没法想象这种冲击会消失。丹尼尔和瓦里娅坐在橙色的天鹅绒沙发上,沙发的填充物从扶手处挤了出来。克拉拉坐在一把碎布拼接成的软凳上,这把软凳本来属于刚刚去世的邻居布卢门施泰因夫人。她把波旁威士忌倒进一组四个茶杯。西蒙盘腿垂头坐在地板上,在指间旋转琥珀色的液体。

"那么,我们有什么计划?"西蒙问,瞥了一眼丹尼尔和瓦里娅。"你明天要走吗?"

丹尼尔点头。他和瓦里娅都要搭早班火车回学校。他们已经向格蒂道了别,答应一个月之内回来,等学校的考试结束就动身。

丹尼尔说:"要是我还想通过考试,就不能再请假了。"他用脚轻推克拉拉。"但我们中间有些人就不用担心这种事。"

克拉拉已经上到高中最后一年,只剩下最后两周了。但她告诉家人不打算去参加高中毕业典礼。("都穿得一模一样,像企鹅一样晃来晃去?我才不干。")瓦里娅正在学生物学,丹尼尔希望成为一名军医,但是克拉拉不想上大学。她想做魔术师。

克拉拉已经跟着伊利亚·赫拉瓦切克当了九年学徒。伊利亚·赫拉瓦切克是一位上了年纪的杂技演员,也是位娴熟的魔术师,还是伊利亚魔术店的老板,克拉拉在那家店里打工。克拉拉最早知道魔术店是在九岁的时候。当时她从伊利亚手里买了本《占卜之书》。现在伊利亚对克拉拉来说几乎就像是父亲。他七十九岁了,是个捷克移民,在两次世界大战之间成年,驼背,有关节炎,一头巨怪般的白色毛发。这副外貌完美总结了他的魔术师生涯:他在中西部最不起眼的一毛钱博物馆里做巡演,纸牌桌与成群的观众近在咫尺;在宾夕法尼亚州的马戏团帐篷里,他成功地让一只名为安东尼奥的棕色西西里驴子消失,成千上万的围观者爆发出热烈的掌声。

但距离达文波特兄弟在富人的聚会上召唤灵魂、约翰·内维尔·马斯基林让一个女人在伦敦的埃及剧院里漂浮起来,已经过去了一个多世纪。眼下,美国最幸运的魔术师都在剧院里负责特效工作,或者在拉斯维加斯上演精心制作的演出。几乎所有的魔术师都是男性。克拉拉去过美国最古老的马琳卡魔术店,收银台的年轻人不屑地抬头看了一眼,然后才把克拉拉引到一个标有"巫术"的书架前。("混蛋。"克拉拉嘟哝了一声。她最后买了本《恶魔学:鲜血召唤》,就为了看那个店员羞愧的表情。)

另外,克拉拉不太偏爱舞台魔术——在明亮的灯光下穿着晚礼服,用钢丝绳吊着做出漂浮效果等等。她喜欢在更原始的场地表演,魔术像皱巴巴的钞票一样在人与人之间传递。星期日,她在中央公园的沃尔特·斯科特爵士雕像旁,看街头魔术师杰夫·谢里登表演。他总在那个位置。但她真的能以此谋生吗?纽约正在发生变化。在她家附近,嬉皮士被顽固的孩子取代,毒品被更强的毒品取代。波多黎各帮派在第十二大道和A大道上耀武扬威。有一次克拉拉被一个男人胁迫,要不是丹尼尔正好路过,事情可能会更糟。

瓦里娅把烟灰弹进一个空茶杯里。"我不敢相信你还是要走。妈妈已经这样了。"

"计划就是这样嘛,瓦里娅。我终归是要走的。"

"计划有的时候也要变啊。有的时候必须变。"

克拉拉扬起了一边的眉毛。"那你为什么不改变你自己的计划?"

"我不能这么做,我还有考试。"

瓦里娅的手很僵硬,后背挺得笔直。她向来不肯屈服,又一本正经,就像走在平衡木上一样步步守规矩。十四岁生日那天,她吹蜡烛的时候有三支没灭,八岁的西蒙踮起脚尖替她吹灭了。瓦里娅冲他大吼大叫,哭得没法收拾,连索尔和格蒂也感到困惑。她不像克拉拉那么美,对衣服、化妆也没有兴趣,唯一愿意花心思的就是头发。瓦里娅长发及腰,从来没有烫过染过。这倒不是因为本来的发色很不寻常——她的发色就像是夏日里浅棕色的尘土,瓦里娅只是喜欢让头发维持本来的样子。克拉拉把头发染成了鲜亮的药店红。每次她染头发,水槽都有几天"血流不止"。

"考试!"克拉拉挥了挥手说,好像这是瓦里娅早该抛弃的一项爱好。

"你打算去哪儿?"丹尼尔问。

"我还没决定。"克拉拉冷淡地说,但她的神色很紧张。

"老天啊,"瓦里娅低下头,"你甚至连计划都没订?"

"我在等,"克拉拉说,"等着计划自己显现。"

西蒙看着他姐姐。他知道她对未来感到恐惧。他还知道她隐藏得很好。

丹尼尔说:"要去的那个地方向你显现以后,你打算怎么去呢?这也要等着它显现,对吗?你没钱买汽车,你也没钱订机票。"

"有一种叫搭便车的新东西,丹尼。"克拉拉是唯一一个用童年昵称来称呼丹尼尔的人,她知道这个昵称唤起了关于尿床和换牙的记忆。而且最重要的是,有一次全家人去新泽西的拉瓦莱特度假,丹尼尔没憋住,把大便拉在了他的灯芯绒裤子里,毁掉了戈尔德一家的第一天假期,也毁掉了租来的雪佛兰后座。"所有时髦的年轻人都在搭便车。"

"克拉拉,拜托了,"瓦里娅的头猛地向前探,"向我保证你不会搭便车。搭别人的车去全国各地?你会被杀掉的。"

"我才不会被杀。"克拉拉猛吸一口,然后朝左边吐烟圈,朝向远离瓦里娅的方向。"不过,要是你在乎这事,我就坐灰狗巴士。"

丹尼尔说:"那得花好几天时间。"

"灰狗巴士比火车便宜。还有,你们真觉得妈妈需要我吗?我不在的时候她更高兴。"克拉拉说不打算申请大学以后,她和格蒂之间爆发了漫长的争执,双方都尖声大叫,最后又陷入苦涩的沉默。"不管怎么样,她不会孤单的。西蒙会留在家里。"

她朝着西蒙伸出手,揉了一下他的膝盖。

"你觉得行吗,西蒙?"丹尼尔问。

他觉得不行。他已经可以预见到每个人都走了以后,他和格蒂被困在永无止境的服丧期里,耳边是永无止境的"西——蒙!"父亲已经不在了,但他又无处不在。晚上他会偷偷溜出去跑步,只要不待在家里,他在哪儿都行。还有家里的生意,当然还有生意,理所应当是他的了。失去克拉拉的念头也一样糟糕。克拉拉是他的同盟。但是为克拉拉着想,他耸了耸肩。

"没问题。克拉拉应该做她想做的事。我们都只能活一次,不是吗?"

"就我们所知,确实是。"克拉拉掐灭了她的烟。"你们没琢磨过这事吗?"

丹尼尔抬起眉毛:"琢磨来世?"

"不是,"克拉拉说,"琢磨你们能活多久。"

现在盒子已经打开,寂静笼罩了阁楼。

丹尼尔说:"快别提那个老巫婆了。"

克拉拉畏缩了一下,好像是她自己被侮辱了一样。很多年来,他们都没有讨论过赫斯特街的那个女人。但是今晚,她喝醉了。西蒙能从她的眼神里看出这一点。她发"s"这个音的时候都已经含混不清。

"你们这伙人都是胆小鬼,"她说,"你们甚至都不敢承认。"

"承认什么?"丹尼尔问。

"承认她告诉你的事。"克拉拉用一根指头指着他,指甲上涂着红色的指甲油。"来吧,丹尼尔。你先说。"

永生者

"不。"

"胆小鬼。"克拉拉歪着嘴笑,闭上了眼睛。

丹尼尔说:"就算我想告诉你也没办法。那是十年前的事——十年前啊。你真觉得我还记得这事?"

瓦里娅说:"我记得。2044年1月21日。就是这样。"

她喝了一小口酒,然后又喝了一口,最后将空杯放在地上。克拉拉惊讶地看着姐姐。然后,她伸出一只手抓住波旁威士忌的瓶颈,往瓦里娅的杯子里倒满了酒,再倒满自己的杯子。

"也就是说,"西蒙问,"八十八岁?"

瓦里娅点头。

"恭喜。"克拉拉闭上了眼睛。"她告诉我,我将在三十一岁死去。"

丹尼尔清了清嗓子:"得了吧,那是胡说八道。"

克拉拉举起她的杯子:"希望是吧。"

"很好。"丹尼尔喝干了他杯子里的酒。"2006年11月24日。你赢了,瓦里娅。"

"四十八岁,"克拉拉说,"担心吗?"

"一点也不。我敢说那位巫师想到什么就说什么。我要信就是傻子。"他放下杯子,它在木板上嘎吱了一声。"你呢,西蒙?"

西蒙已经在抽第七支烟。他用力吸了一口,呼出浓烟,将目光锁定在墙上。"我死的时候还很年轻。"

"有多年轻?"克拉拉问。

"那是我自己的事。"

瓦里娅说:"哦,快说吧。太荒唐了。只有我们把权力交给她,她才能掌控我们——她明显是个骗子。八十八?拜托。这种预言……我也有可能四十岁的时候被卡车撞死。"

"为什么我们其他人都这么惨?"西蒙问。

"我不知道。为了维持多样性吗?她总不能对每个人都说一模一样的话。"瓦里娅脸红了。"我很后悔和你们去见她。她只做了一件事,就是把这个想法安进我们的脑袋里。"

克拉拉说:"都怪丹尼尔,他叫我们去的。"

"你觉得有必要再说一遍吗?"丹尼尔从牙缝里挤出来一句,"你可是第一个同意的人。"

愤怒在西蒙的胸口炸裂开来。那一刻,他恨所有的人:理性、疏离的瓦里娅,他永远难以企及;丹尼尔,几年前就决定献身医学,迫使西蒙接过戈尔德家的产业;克拉拉,现在抛弃了他。每个人都逃脱了,他憎恨这一点。

"你们别说了,闭嘴吧,行不行?"他说,"爸爸死了。你们他妈的闭嘴行不行?"

他为自己充满权威的声音感到惊讶。甚至连丹尼尔也退缩了。

"西蒙说得对。"丹尼尔说。

瓦里娅和丹尼尔下楼去睡觉,但克拉拉和西蒙爬上了屋顶。他们带上枕头和毯子，在雾气遮蔽的朦胧月光下，在水泥地上入睡。他们在拂晓前醒来。起初，他们还以为是被妈妈格蒂叫醒的，但随后瓦里娅消瘦苍白的脸出现了。

"我们要走了，"她小声说，"出租车就在楼下。"

丹尼尔站在她身后，他的眼睛被镜片挡着，眼睛下面的皮肤带着鱼一般的银蓝色阴影。过去这一周的变故在他嘴边刻下了深深的印记——还是说那些皱纹一直都在？

克拉拉抬起胳膊挡住自己的脸。"别。"

瓦里娅把克拉拉的胳膊拨开，抚平她的头发。"说再见。"

她的声音很柔和，克拉拉坐起来，用双臂紧紧搂住瓦里娅的脖子，紧到她几乎能触到自己的胳膊肘。

"再见。"她小声说。

瓦里娅和丹尼尔走后，天空变成了红色，然后是琥珀色，西蒙把自己的脸埋进克拉拉的头发里。闻起来有烟味。

"别走。"他说。

"我必须走，西蒙。"

"外边有什么？"

"谁知道呢？"克拉拉的眼睛因为疲倦而雾蒙蒙的，但她的瞳孔似乎在闪光。"这就是重点。"

他们站起来，把毯子叠在一起。

"你也可以跟我走。"克拉拉看着他。

西蒙大笑。"对，我也可以走。再荒废两年学业吗？妈会杀了我。"

"如果你走得足够远，她就不会了。"

"我办不到。"

克拉拉走到栏杆边上，靠在上面。她还穿着蓝色毛衣和短裤，没有看他，但是西蒙可以感觉到她的注意力就在自己身上，并且正为此摇摆不定，就像是她知道只有装作冷漠的样子，才能说出下一步要做的事。

"我们可以去旧金山。"

西蒙的呼吸急促起来。"你别这么说。"

他蹲下，捡起枕头，然后在每只胳膊底下塞了一个。他像索尔一样高，一米七六，双腿敏捷而且肌肉发达，胸部却相对比较瘦。他长着饱满的红色嘴唇，一头深金色卷发——这要归功于一点遥远的德国血统。在大学里，这幅长相为他赢得了不少二年级女孩的倾慕，但她们并不是他追逐的目标。

阴道从来没有吸引过他，无非是像卷心菜一样的褶皱，还有长长的隐秘通道。他渴望的是阳具的冲刺、令人兴奋的坚挺，他渴望着另一副和自己一样的身体。他的想法只有克拉拉知道。父母入睡后，他们就爬出窗子，拿着克拉拉的假皮钱包，顺着消防梯来到街上。他们去那家名叫"花园"的夜店，听知名DJ鲍比·古塔达罗演奏，或者坐地铁前往西区12号，那儿有一个花卉仓库改建成的舞厅，西蒙见到一个摇摆舞的舞者，他给西蒙讲了旧金山的事。他们坐在屋顶花园,舞者说旧金山有一个政府要员是同性恋,还有一份同性恋报纸,同性恋在任何地方工作、想什么时候做爱都可以,因为旧金山没有反鸡奸的法律。"你都没法想象。"他说。从那时起,西蒙就已经别无选择。

"为什么不去?"克拉拉问,她现在转过了身。"是的,妈会生气。但我已经看到你在这儿的生活会是什么样子。我不希望你活成那样。你也不想过那样的生活。妈肯定希望我上大学,但是还有丹尼尔和瓦里娅呢。她必须明白我不是她,你也不是爸爸。老天啊,你不可能去当一个裁缝。裁缝!"她停顿了一下,仿佛要完全消化掉这个词。"完全搞错了。而且这不公平。所以给我个理由吧。给我个理由,你为什么不该去过你自己的生活?"

西蒙只要一允许自己勾勒这种生活的图景,几乎就要屈服了。曼哈顿本来也算个绿洲——有同性恋俱乐部,甚至还有浴室——但他很害怕在这里表露真实的自我,因为那是他的家。有一次,父亲索尔看着三个瘦削的男人把一大套乐器搬进了辛格一家住过的公寓,因为辛格一家负担不起房租,已经搬走了。他嘟哝了一句:"Faygelehs.[1]"妈妈格蒂也说过这个意第绪语单词,尽管西蒙假装没听见,但他总是觉得他们是在谈论他。

在纽约,他会为他们活着,但是在旧金山,他可以为自己而活。

---

[1] 意第绪语,对同性恋者的蔑称。

还有，尽管不愿意考虑这一点，尽管他其实一直在病态地回避这个话题，但他现在允许自己思考这件事了：如果赫斯特街的女人说对了呢？这个念头让他的生活改变了色彩。它让一切都变得紧迫、闪闪发光、珍贵无比。

"老天啊，克拉拉。"西蒙和她一起倚在栏杆上。"但是你干嘛要去旧金山呢？"

太阳升起来了，呈现出浓郁的血红色，克拉拉斜视着它。

她说："我去哪儿都一样，但你只能去一个地方。"

她脸上还带点婴儿肥，脸颊圆圆的。她笑起来的时候，露出有点尖的牙齿：一半野性，一半迷人。他的姐姐。

"我还会像爱你一样去爱另一个人吗？"他问。

"拜托，"克拉拉笑道，"你会找到更爱的人。"

六层楼下边，一个年轻人沿着克林顿街跑步。他穿着薄薄的白色T恤和一条蓝色的尼龙短裤。西蒙看着衬衫下面若隐若现的胸肌，看着他的腿有力地蹬踏。克拉拉一直盯着西蒙的眼睛。

"我们离开这儿吧。"她说。

2

五月在蒙眬的阳光和色彩中来临。番红花在罗斯福公园的草丛里结了花苞。克拉拉上完高中的最后一节课,带着空荡荡的毕业相框冲进了大门。毕业证在签字环节完成以后就会送到,但到那个时候她已经走了。格蒂知道克拉拉要走,所以克拉拉的行李箱就放在走廊上。但是格蒂不知道西蒙也要跟着走,他的行李箱只好先塞在床底下。

他大部分东西都没带,只带了必需品或者非常珍贵的东西。两件带领的条纹丝绒T恤。红色的抽绳包。一条棕色灯芯绒喇叭裤,他穿着这条裤子在火车上遇到一个年轻的波多黎各男人,对方冲他眨了眨眼,这是他迄今为止最浪漫的经历。他的皮带金表,是索尔送的礼物。蓝色绒面革的新百伦320鞋,这是他穿过的最轻的跑鞋。

克拉拉的包还要大一点,因为里边装着伊利亚·赫拉瓦切克在她上最后一天班的时候送她的东西。他们离开之前的那个晚上,克拉拉把这件礼物的故事告诉了西蒙。

"你把那个盒子拿过来。"伊利亚指了一下。

那是一个漆成黑色的木头盒,从杂耍团到马戏团都跟着伊利亚,直到他1931年得上了脊髓灰质炎。他经常拿这件事开玩笑:"时机很好,因为反正到了那会儿,电视已经杀死了杂耍演员。"他总是称它为"那个盒子",克拉拉知道这是他最珍贵的财产。她按照他的指示,将盒子抱起来放在柜台上,这样他就不用站起来拿。

他说:"现在,我希望你拿着这个,好吗?它是你的了。我希望你用它,我希望你喜欢它。这东西注定要在路上,亲爱的,不应该和我这种老家伙一起锁在屋里。你知道怎么开吗？过来我演示给你看。"克拉拉看着老人拄着拐杖站起来，把盒子变成了一张桌子，以前他已经做过很多次了。"把扑克牌放到这里边。你像这样站在后面。"

克拉拉试了一次。"很好。"他说。老人笑得像个爱恶作剧的小矮妖。"这东西非常衬你。"

"伊利亚。"克拉拉尴尬地意识到自己在哭。"我不知道该用什么谢你。"

"用它就行了。"伊利亚抬手挥了一下，拄着拐杖蹒跚地走回了里间，表面上是为了补货，克拉拉却怀疑他想私下里哀悼他和盒子的别离。克拉拉把盒子夹在胳膊底下，带回了家。她往里边塞满了自己的工具：丝巾三件套；一组纯银戒指；一个装满硬币的零钱包；三个黄铜杯，里边放着相等数量的草莓大小的红球；还有一副严重磨损的纸牌，纸张几乎像织物一样软了。

西蒙知道克拉拉很有天分，但是她对魔术的兴趣让他感到不安。她还小的时候，这种爱好很迷人。现在，就完全让人觉得奇怪了。他希望他们抵达旧金山以后，这种兴趣会消退，在那儿，现实世界肯定会比黑匣子里的一切更令人兴奋，不管她那个匣子里装着什么。

那天晚上他有好几个小时没睡着。索尔去世以后，西蒙就少了一条禁忌：亚瑟可以接手生意，而索尔永远不会知道西蒙的秘密。但是要拿妈妈怎么办呢？西蒙在做心理建设。他对自己说，这就是世界运转的方式。孩子必须离开父母才能成年——说实话,人类在这方面慢得让人遗憾。青蛙卵在雄蛙的口中孵化,但它们的尾巴一旦脱落,就会马上离开。(至少在西蒙的认知中是这样。他的思绪总是飘在生物课堂上。)太平洋鲑鱼在是在淡水中出生的,然后才迁徙到海洋里。临近产卵和死亡的时候,它们会跋涉数百公里,回到自己出生的水域。就像鲑鱼一样,他总还是可以回来的。

等他终于睡着以后,西蒙梦见自己变成了一条鲑鱼。他是个发光的珊瑚色鱼卵,在精液中漂浮着,附着在河床上母亲的巢穴中。然后,他从卵壳中迸发而出,躲在黑暗的水里,吃面前出现的一切东西。他的鳞片变暗,游了几千公里。起初,他被别的鱼类团团包围,它们都距离很近,挤在一起,但是他越游越远,四周的鱼也越来越稀疏。等意识到别的鱼都回了家,他已经不记得要怎么回到出生时的那条小溪里了。他已经走得太远,没法再回头。

他们在清晨时分醒来。克拉拉声音沙哑地叫醒格蒂,和她道别,然后安抚她再次入睡。西蒙系上他的运动鞋时,克拉拉已经把两个行李箱都搬下了楼。他走进门廊,避开总是嘎吱作响的那块木板,然后小心翼翼地走到门边。

"要去哪儿啊?"

他回过头,心跳得很快。他的妈妈就站在卧室门口。格蒂裹着一件粉红色的大浴袍,自从瓦里娅出生,她就一直穿这件浴袍。她的头发散着，平时这个时候它们都还固定在卷发器里。

"我要……"西蒙的重心从一只脚挪到另一只上，"要去吃个三明治。"

"才早上六点。这时候吃三明治有点奇怪啊。"

格蒂的脸颊是粉红色的，眼睛睁得很大。一缕阳光照亮了她的瞳孔：因为担心而缩小，像黑色的珍珠一样闪亮。

眼泪从西蒙的眼睛里涌出来。格蒂的脚——像猪排那么厚的粉红色脚板——叉开和肩膀同宽，她的身体像拳击手一样紧绷着。西蒙刚学会走路的时候，他的兄弟姐妹都在上学，他和妈妈经常玩一个叫"舞蹈气球"的游戏。格蒂把收音机调到底特律黑人音乐的频道——索尔在家时她可从没听过这个，然后把一个红色气球吹起一半。他们在整座公寓里四处乱窜，把气球从浴室赶到厨房，不让它掉下来。西蒙身手敏捷，格蒂像惊雷一样喊叫着，他们一起让气球在收音机整档节目的时间里不落下来。现在，西蒙想起有一次格蒂穿过餐厅，一个烛台掉到地上，她大吼一声："什么都没碎！"西蒙及时止住一声不合时宜的轻笑，如果他现在笑出来，一定会很快变成抽泣。

"妈，"他说，"我要过我的生活。"

他讨厌自己的语气，就像是在祈求。突然间，他想要扑到母亲怀里，但这时候格蒂望向外边的克林顿街。当她的目光回到西蒙身上时，露出一副他从未见过的投降的神色。

"行。去吃你的三明治吧。"她吸了口气。"但是放学后去一趟店里。亚瑟会教你怎么做事。你每天都该去一趟店里,现在你爸已经——"

但是她没有说完。

"好的,妈。"西蒙说。他的喉咙在灼烧。

格蒂感激地点头。西蒙自己都还没反应过来,就已经冲下了楼梯。

西蒙本来把汽车旅行想得很浪漫,但他第一段行程的大部分时间都睡着了。他实在没法回想与母亲之间发生的事情,就把头靠在克拉拉的肩膀上休息。克拉拉在玩一副扑克牌和一对小钢环:每隔一段时间,他就会被细微的叮当声或是洗牌的声音吵醒。第二天早上六点十分,他们在密苏里州的换乘站下车,等了一辆能把他们带到亚利桑那州的巴士,然后到了亚利桑那州,他们搭了一辆车去洛杉矶。最后一程要九个小时。当他们到达旧金山时,西蒙觉得自己是地球上最恶心的生物。他的金发变成了油油的棕色,衣服已经穿了三天。但是,当他看见飘着云的蓝天和佛森街上穿皮衣的男人们时,内心有什么东西欢跳起来,像狗跃入水中。他禁不住笑出了声,只有一声:如同一声欢愉的吠叫。

到旧金山的头三天,他们住在泰迪·温克尔曼那里,这是他们的高中同学,毕业以后搬到了旧金山。现在泰迪和一群锡克人混在一起，还给自己起了个新名字叫巴克希什·卡萨。他有两个室友：一个是苏茜，在烛台公园外边卖花；另一个是拉杰，棕色皮肤，一头齐肩的黑发，周末总会在客厅的沙发上读加西亚·马尔克斯。这间公寓和西蒙想象中的并不一样，不是那种蛛网般的维多利亚式房子，而是由一串阴暗、狭窄的房间组成，和他们在克林顿街72号的房子没多大差别。不过，这里的内部装潢不一样：扎染的布料像兽皮一样钉在墙上，每个门洞里都有辣椒形的小灯在晃荡。地板上四处散落着唱片和空啤酒瓶，浓烈的香氛气味让西蒙每次一进门就会咳嗽。

周六，克拉拉用红笔圈出了一栋挂牌出租的公寓。上面写着："两卧一卫，389美金每月。有阳光，空间宽敞，硬木地板，历史悠久的建筑！！！必须能接受噪音。"他们乘J线去了十七街和市场，找到了那个地方：卡斯特罗。卡斯特罗是由两个街区组成的天堂，他已经梦想多年。西蒙凝视着卡斯特罗剧院，看着蟾蜍厅酒吧的棕色遮阳篷，还有那些坐在消防梯上弓着腰抽烟的男人，他们穿着紧身牛仔裤和法兰绒衬衫，或者根本不穿上衣。他已经渴望了这么久，真到了这个时候，感觉一切来得既太早又太迟。他仿佛瞥见了自己未来的生活。这就是"此刻"，他晕晕乎乎地告诉自己。这就是"当下"。他跟着克拉拉去了科林伍德，那是一个安静的街区，两侧是球状的树木和糖果色的英王爱德华七世风格房屋。他们在一栋很宽的长方形建筑前停下来。一楼是家俱乐部，这个时候已经关门了，窗户一直延伸到天花板。透过玻璃，西蒙看见了紫色的沙发和迪斯科球，还有像雕像基座一样的高台。玻璃上醒目地涂着俱乐部的名字：紫花。

他们的公寓就在俱乐部上方。它并不宽敞，也不能算两居室：第一间卧室是起居室，第二间卧室是步入式衣帽间。但这里阳光充足，有金色的木地板和凸窗，他们刚好能付得起第一个月的房租。克拉拉张开双臂。她穿的那件露肩橙色吊带衫飘起来，露出了柔软的粉红色小腹。她转了一圈，然后又转了两圈——这是他的姐姐，像个茶杯，像他们新公寓客厅里的精灵。

他们从教会街的一家旧货店买来了不配套的厨具，又从钻石街的旧货店里买了家具。克拉拉在道格拉斯街找到了两张单人床床垫，还带着塑料包装，他们奋力把床垫搬上了楼。

他们去跳舞庆祝。出门之前，巴克希什·卡萨给了他们一些大麻和致幻剂。拉杰在弹尤克里里，苏茜盘腿坐着；克拉拉靠着墙，盯着她在伊利亚店里找到的一条占卜鱼。巴克希什·卡萨朝西蒙靠过来，试图跟他谈安瓦尔·萨达特[1]，但是窗子都在朝他招手问好，西蒙觉得他宁愿亲吻巴克希什·卡萨，而不是跟他聊天。时间不够了：现在他们在一家俱乐部里，在一群涂着亮蓝色和亮红色的人群

---

[1] Anwar el-Sadat（1918 年 12 月 25 日—1981 年 10 月 6 日），前埃及总统，曾获诺贝尔和平奖。

里跳舞。巴克希什·卡萨扯下头巾,他的头发像绳子一样在空中飞舞。有一个人,高大健壮,浑身散发着美丽的绿色光芒,像火球一样拖曳着光带。西蒙推挤着穿过人群,伸手去触碰他,两人的脸狠狠地撞在一起:这是西蒙有生以来的第一个吻。

很快,他们上了一辆在夜色中飞驰的出租车,身体在后座上挤压变形。那个男人付了钱。外边,月亮也在飘动,就像门上松动的数字标牌;人行道就是他们的地毯,在脚下徐徐展开。他们进到一栋高大的银色公寓楼里,坐电梯上了高层。

"我们在哪儿?"西蒙问,他已经跟着那个男人走进了走廊尽头的一个套间。

那人大步走进厨房,但没有开灯,公寓里的灯只被外面的路灯照亮。当西蒙的眼睛适应了里边的光线时,他发现自己置身于一个干净、现代的客厅,客厅里摆着一张白色真皮沙发和一张镀铬玻璃桌。对面的墙上挂着一幅刺目的霓虹灯画。

"我们在金融区。你是新来的吧?"

西蒙点了点头。他走到客厅的窗户前,看着闪亮的办公楼。很多层下边是旧金山的街道,大多空荡荡的,只有几个流浪汉和不多的出租车。

"想喝点什么吗?"男人问他,手放在冰箱的把手上。之前吃下的致幻剂正在迅速失效,但面前的男人看起来一点也没比刚才逊色:他肌肉发达但很瘦,有着模特般的标志轮廓。

"你叫什么名字？"西蒙问。

男子取回了一瓶白酒。"喝这个好吗？"

"可以啊。"西蒙停顿了一下。"你不想告诉我你的名字？"

那人和他一起坐到沙发上，手里捏着两个杯子。"在这种情况下我一般不愿意说，但你可以叫我伊恩。"

"好吧。"西蒙勉强露出微笑，他感到些许恶心，因为他被归入了一个群体（有多少人？）——而且是"在这种情况下"。他也对面前这个男人的懦弱感到恶心。男同性恋者来旧金山不就是为了不再隐藏吗？但也许应该耐心点。他想象了一下和伊恩约会的情景：他们躺在金门公园的一条毯子上，或者在大洋滩上吃三明治，橙灰交界的天空中有海鸥飞过。

伊恩笑了。他至少比西蒙大十岁，也许大十五岁。

他说："我硬得一塌糊涂。"

西蒙吃了一惊，内心也涌起一波欲望。伊恩已经在脱裤子了，现在又开始脱内裤。那东西就在面前：呈现出勃发的红色，骄傲地抬着头——尺寸惊人。西蒙自己的阴茎也紧贴着牛仔裤。他站起来把裤子往下拉，单腿站着的时候猛拽了一把。伊恩跪在地上，面对着他。就在沙发和玻璃桌之间狭小空间里，伊恩双手放在西蒙的屁股上，把他向前拉。

西蒙叫出了声，他的上身猛地向前弯下去。伊恩一边用一只手抵着他的胸，一边吸吮。西蒙在惊异和愉悦中喘息，这是他梦想已久的愉悦。这比他想象中的还要好——让人痛苦的、大脑空白的极乐,他身上的双唇就像太阳一样专注而热烈。他在膨胀。当他快要高潮时,伊恩退回去一点,很老练地笑了笑。

"你想看见这块漂亮的地板上洒满精液吗?你愿意在这漂亮的硬木地板上射出来吗?"

西蒙困惑地喘息着,这和他迄今为止想到的任何结果都相去甚远。"你愿意吗?"

"愿意,"伊恩说,"没错,我愿意。""嘿,"西蒙说,"我们放慢一点,好吗?太快了,停一秒钟行吗?"

"好,伙计。那我们停一会儿。"伊恩把西蒙翻转过去,让他对着窗户。西蒙呻吟着,直到隐隐作痛的膝盖把他带回现实。"我们能不能……"西蒙喘着粗气,他太接近高潮,说话都十分费力。"你看,我们能不能先……"

伊恩坐起来一点。"什么?你想要润滑剂吗?"

"润滑剂。"西蒙咽回了刚才那句话。"没错,润滑剂。"

他不是真的想要润滑剂,但这至少为他争取了一点时间。当伊恩站起来,在走廊里消失的时候,西蒙控制住了他的呼吸。记住这些,他告诉自己,记住前边这些事。他听见细微的脚步声,伊恩坐回来的时候发出一声沉闷的响声。他把一个亮橙色瓶子放到一边。伊恩从瓶子里挤出一股黏糊糊的液体,然后在他的双手间摩擦,发出滑溜溜的声音。

"都好吧?"伊恩问。

西蒙用手掌按着地板,支撑起身体。

"都好。"他说。

太阳从百叶窗照进来。西蒙听到了淋浴的声音,闻到了陌生床单上另一个人的气味。他赤裸着躺在一张特大号床上,盖着厚厚的白色被子。他坐起来,双腿疼痛,觉得自己可能生病了。他斜眼打量房间:一扇关着的侧门,一定是通向卫生间的;一组城市建筑物的照片镶在光滑的黑色相框里;一个小小的步入式衣帽间,可以看见里边挂着成排的颜色配套的西服外套和有领衬衫。

他爬下床,在地上找衣服,过了一会儿才意识到肯定是留在外边起居室里了。他模模糊糊记得前有天晚上的事,尽管这比他做过的最刺激的梦还不真实。

他的牛仔裤和polo衫皱皱巴巴地躺咖啡桌底下,他心爱的320跑鞋扔在门口。他爬起来穿上衣服向外看。成群的人拿着公文包、端着咖啡,大步走在人行道上。现在是星期一早晨,这简直像是个平行世界。

淋浴声停下来。西蒙走回卧室,伊恩正好从浴室里出来,一条毛巾低低地围在他腰间。

"嘿。"他对西蒙笑了笑,摘下毛巾,用力擦头发。"需要我帮你弄点吃的吗?咖啡?"

"嗯，"西蒙说，"不用了。"伊恩走进衣帽间，穿上一条黑色内裤，然后是一双黑色的薄袜子，西蒙一直盯着他看。"你在哪儿工作？"

"马特尔＆麦克雷公司。"伊恩扣上一件看起来挺贵的白衬衫，系上了领带。

"这公司干什么的？"

"财务咨询。"伊恩对着镜子皱眉。"你真的什么都不知道啊？"

"嘿，我说了，我是新来的。"

"别紧张。"伊恩露出一丝可疑的微笑，他真的非常帅。这笑容让他看起来像个专门打人身伤害官司的律师。

西蒙问："你的那些同事，他们知道你喜欢男人吗？"

"怎么可能！"伊恩笑了起来，"而且我永远不希望他们知道。"

他大步走出衣帽间，西蒙也从过道上走开了。

"我得跑步去上班了。你自己待在家吧？走的时候记得把门关上就行了，它应该能自动锁好。"伊恩从门厅的衣橱里抓了件外套，在门口站住。"昨晚过得很愉快。"

现在只剩下西蒙了，他站着没动。克拉拉不知道他在这儿。更糟的是，格蒂一定已经歇斯底里。现在是早上八点，也就是说，纽约时间已经快十一点了——他离开纽约已经六天了。他怎么能这样对待母亲？西蒙从厨房的橱柜上找到一部电话。拨出去以后，他想象着家里那台电话，还有上边的奶油色按钮。他想象着格蒂朝电话走过去,用她有力的右手抓住听筒。他的母亲,最亲爱的母亲,他必须让她理解自己。

"你好?"

西蒙大吃一惊。是丹尼尔。

"你好?"丹尼尔又问了一遍,"谁啊?"

西蒙清了清嗓子:"嘿。"

"西蒙,"丹尼尔重重地长出一口气,"老天啊,他妈的老天啊,西蒙,你到底在哪?"

"我在旧金山。"

"克拉拉和你在一起吗?"

"对,她也在这儿。"

"好吧。"丹尼尔缓慢地、克制地说,好像在对一个蹒跚学步的婴儿说话一样。"你去旧金山做什么?"

"等一下。"西蒙揉着额头。他头痛得厉害。"你不是应该在学校里吗?"

"是的,"丹尼尔用一种吓人的平静语气回答,"是的,西蒙,我本来应该在学校的。你想知道我为什么不待在学校里吗?我不在学校,是因为妈在一个好好的周五晚上打电话给我,说你还没有回家,没有像我一样当个活见鬼的好儿子,我他妈的是这个家里唯一一个脑子正常懂道理的人,所以才不得不离开学校和妈妈待在一起。这个学期我有好几门课没法按时修完。"

西蒙的头眩晕得厉害。他觉得没法马上对这些事做出回应,只好说了一句:"瓦里娅是懂道理的人。"

丹尼尔没理他:"我再问一遍。你去旧金山到底要干什么?"

"我们决定离开。"

"没错,我看出来了。我敢说这简直太绝妙了。现在你已经享受过了,我们来谈谈接下来要怎么办。"

他接下来要做什么?在外面,天空晴朗,呈现出一片无尽的蓝色。

丹尼尔说:"我在看明天的灰狗巴士时刻表。下午一点有一班火车从福尔瑟姆出发。你得在盐湖城换乘巴士,然后在奥马哈再换乘一次,要花一百二十美元,我衷心希望你不会连这点钱都没准备就全国到处乱跑。但如果你真的比我想的还蠢,我就把这笔钱电汇到克拉拉的银行账户里。如果是这样,你就得再等等,周四再出发。这样可以吗,西蒙?你还在听吗?"

"我不会再回去了。"西蒙在哭,因为他意识到自己说的都是真的:他和原来的家之间隔了一块玻璃板,他可以看见对面的东西,但不能穿过去了。

丹尼尔的声音软化了:"来吧,伙计。这段时间你过得挺不容易,我知道。我们都是。爸爸走了,我明白你为什么会这么冲动。但你还是得做对的事情。妈需要你,戈尔德家需要你,我们也需要克拉拉,但她更像是……更像是件已经失去的东西,你懂我的意思吗?听我说,我能理解她的状况。她听不进不同意见。我猜她也说服了你。但是她没权利把你也拉进那套狗屁逻辑里。听我说,天哪,你连高中都没上完,你还是个孩子啊。"

西蒙沉默着。他听见了电话那头格蒂的声音。

"丹尼尔?你在跟谁说话?"

"等一下,妈!"丹尼尔喊道。

"我就待在这儿,丹。我不走了。"

"西蒙。"丹尼尔的声音变得强硬起来。"你知道家里的情况吗?妈妈已经失去了理智。她说要打电话给警察。我正在尽我所能,向她保证你会恢复正常,但我也没法一直拖住她。你只有十六岁——你还没成年。严格来说,你这算离家出走。"

西蒙还在哭。他靠在橱柜上。

"西蒙?"

西蒙用手掌擦掉双颊上的眼泪。他轻轻地挂掉了电话。

3

到五月底,克拉拉已经填了几十份工作申请表,但她一个面试机会也没拿到。这座城市正在发生变化,她已经错过了最好的部分:嬉皮士、挖掘机剧场、金门公园的迷幻药大集会。她想在马球场弹手鼓,听加里·斯奈德朗诵诗歌,但现在这个公园里到处都是游荡的同性恋和毒贩子，嬉皮士们也无家可归。旧金山的公司不会要她的，就算要，她自己也不愿意去。她把目标锁定在旧金山教会区的女权主义书店，但店员们只是不屑一顾地瞟了眼她单薄的衣服；咖啡店的老板都是些女同性恋，她们自己就能铺水泥地板，当然不需要帮助。无奈之下，克拉拉向一家临时工服务中介提交了一份申请。

她说："我们只是需要一份工作来帮我们渡过难关。一些简单的、能赚些快钱的活计就行。它不一定要有什么意义。"

西蒙想到了楼下的俱乐部。他在夜里经过，那个时间，里边挤满了年轻人，紫色的灯照得人头晕目眩。第二天下午，他在门口抽烟，直到一个也就一米五高、留着亮橙色头发的中年男子拿着一大串钥匙走到门口。

"嘿！"西蒙把烟用鞋底碾灭。"我叫西蒙。我就住在楼上。"

"我叫本尼。有什么事吗？"

西蒙想知道本尼来旧金山之前的身份。他穿着黑色运动鞋、黑色牛仔裤、塞进腰间的黑色T恤，看起来像个混剧院的孩子。

"我想找一份工作。"西蒙说。

本尼用肩膀顶开玻璃门，然后用脚把门撑住，让西蒙进去。

"你想找一份工作，嗯？你多大了？"

他在屋里迈着大步走来走去：晃一晃屋子里的灯，检查烟雾机是不是能正常运转。

"二十二岁。我可以照料酒吧。"

西蒙觉得这么说听起来会比调酒师的说法更成熟，但现在他发现自己错了。本尼笑了，他走到吧台前，把成排的凳子放下来。

"首先，"他说，"别蒙我。你能有多大——十七八岁？第二，我不知道你是哪里人，但在加州，你得满二十一岁才能在酒吧工作，我可不会因为一些可爱的新员工丢掉我的售酒牌照。第三——"

"求你了。"西蒙感到绝望，如果他找不到工作，格蒂又一直追着不放，他就只能回家了。"我是新来的，我需要钱。我什么事都愿意干——给你擦地板，盖印章。我愿意——"

本尼举起一只手："第三，如果我雇你，不会把你放在酒吧里。"

"你要把我放在哪？"

本尼没说话，一只脚撑在凳子的木架上。他指着一个高大的紫色平台，整个俱乐部里均匀地分布着这样的平台。"那儿。"

"哦？"西蒙看了看那些平台。它们至少有一米二高，宽度大概是七十厘米。"我在那上面干什么？"

"你要跳舞，孩子。你觉得你能行吗？"

西蒙咧嘴一笑。"当然，我会跳舞。我光跳就行了吗？"

"对，你要做的就是这个。你很幸运，米奇上周辞职了。要不然我也不会有什么空缺给你了。但你很漂亮，而且要是再化了妆……"本尼点了点头。"化了妆，对——你的年龄看起来就能大一点。"

"化什么妆？"

"你觉得呢？紫色的颜料。从头到脚。"本尼拖着扫帚从一个侧室出来，开始清理前一天晚上的杂物：弯曲的吸管、收据、一个紫色的避孕套包装袋。"今晚七点前到这里来。我的伙计们会教你怎么做。"

舞者一共有五个，每个人都有自己的柱子。里奇，一个四十五岁的退伍军人，肌肉发达，留着军中的发式，在前窗边上的一号柱表演。里奇对面的二号柱属于兰斯，兰斯来自威斯康星州，他的笑容和圆润的、带加拿大口音的"o"总受到大家嘲笑。三号柱属于"夫人"，身高有一米九五，穿女装。四号柱是科林，瘦得像个诗人，眼神忧郁，所以"夫人"总叫他耶稣男孩。阿德里安，拥有魔鬼般的美貌，他金棕色的身体完全没有毛，他是五号柱。

"六号，"西蒙走进更衣室时，"夫人"叫他，"你好啊！"

"夫人"是个黑人，颧骨很高，长长的睫毛衬着一双温暖的眼睛。其余的人只穿着薄薄的紫色丁字裤，但本尼让"夫人"穿了一件紧身的百褶迷你裙——当然也是紫色的，还有一双高跟鞋。

她摇了摇紫色的颜料罐。"转过身来，亲爱的。我会把你打扮好。"

阿德里安吼了一声，西蒙听话地转过身，咧嘴笑着。他已经醉了。他弯下腰，翘起屁股，对着"夫人"的方向晃了晃，"夫人"高兴地尖叫起来。兰斯打开收音机，放起了 Chic 乐队的《怪人》。这时候，阿德里安从化妆箱里拿出一管紫色的化妆品。他给西蒙的脸上了妆，在他的鼻孔和发际线周围抹上染了色的粉底，然后又抹了耳垂。他们还没到九点就化完妆了,这正是客人们排队进入俱乐部的时间。

即使时间这么早,紫花俱乐部也是人满为患,有那么一瞬间,西蒙眼前的一切都暗了下来。在他对旧金山最疯狂的幻想中,也没有想象过自己会做出这样的事情。如果不是因为克拉拉的那瓶皇冠伏特加,他可能早就转身,冲出了俱乐部,回到自己的公寓里,就像逃离一部科幻风格的同性恋色情片一样。但他没有这么做。当客人们各自散开、各就各位的时候,西蒙就站在六号柱子后面。因为"夫人"是最高的,所以是她把每个人托到各自的台座上。里奇是运动员型的人,精力充沛,他举着拳头在空中上下翻飞,偶尔会把一根看不见的绳子甩到头顶。兰斯有种呆头呆脑的甜美气质,他的台座下已经站了一群追随者,当他做出公交车站和时髦小鸡这些动作时,人们就一起发出欢呼。科林像吃了安眠酮一样,高高在上,倦怠地摇晃着。他偶尔会伸出双臂,手在空中划过,像演哑剧一样。阿德里安迅速地扭动,双手在裤裆上摩擦。西蒙一边看着,一边暗自希望自己不要硬起来。

"夫人"出现在他身后。"准备好了吗?"她低声问道。

"准备好了。"西蒙说。他突然站起来。夫人把他放在基座上,她的手稳稳地扶在他的腰上。当她松开手时,他停顿了一下。观众席上的男人们好奇地盯着他看。

"欢迎新来的孩子!"里奇在房间的对面喊了一声。

台下响起零星的鼓掌声，还有叫好声。音乐响起，是 ABBA 乐队的《舞蹈皇后》。西蒙深吸了一口气。他把屁股向左转，然后向右转，但动作并不像阿德里安那样流畅；他感觉自己既生涩又笨拙，就像学校舞会上的乖乖女。他又试着像里奇那样跳，感觉更自然了点，但也许太像里奇了。他用一只手指着观众，另一侧肩膀往后倾。

"加油，宝贝！"一个穿白背心和牛仔短裤的黑人喊道。"我知道你能跳得更好！"

西蒙觉得口干舌燥。"别紧张。""夫人"在他身后说。她还没有离开自己的柱子。"放松肩膀。"他没有注意到肩膀已经耸到了耳朵的高度。当他放松肩膀的时候，他的脖子也随之松弛了，双腿好像也更敏捷。他轻轻摆动自己的臀部，甩了甩头。当他能听着音乐跳舞，而不是模仿其他人的时候，身体就像跑步时一样沉浸到一种节奏里。他的心跳剧烈而平稳。电流从他的头皮传导到脚趾，催促着他继续跳下去。

第二天来俱乐部报到时，西蒙发现本尼正在清洁吧台。

"我跳得怎么样？"

本尼扬起了眉毛，但他没有抬头。"你跳了。"

"这是什么意思？"

西蒙还是觉得很激动，他还记得和那些像雕塑般美好的男人一起跳舞的感觉，被崇拜的感觉。在更衣室里的时候，有那么一瞬间他有了朋友。他没有想家，没有想母亲，也没有想父亲会怎么看待这群人。

本尼从吧台后面拿起一块海绵，开始擦拭糖浆的外包装。"你以前跳过舞吗？"

"是的，我跳过。我当然跳过。"

"在哪里？"

"俱乐部里。"

"俱乐部里。没有人看你的地方，对吗？在那里你只是人群中的另一张脸？好吧，他们现在都在看着你。我的人，他们会跳舞。他们跳得很好，我需要你……"他用海绵指着西蒙，"跟上。"

西蒙的自尊心被刺痛了。确实，他可能多少有点僵硬，但到了晚些时候，他已经跳得和其他人一样好了，不是吗？

"那科林呢？"他问道，一边还大胆地模仿科林的跛脚摇摆舞，模仿他的哑剧表演。"他跟上了吗？"

"科林，"本尼说，"科林有他的技巧。艺术界的那伙人都喜欢他。你也要有自己的特点。看看你昨晚在做什么？在基座上晃来晃去，就好像你的裤子里有虫子。不是这样的。"

"嘿，伙计。我的身体又不差。我一直在跑步。"

"那又怎么样？谁都能跑。巴里什尼科夫，努里耶夫[1]——你

---

[1] 均为传奇芭蕾舞蹈家。

第一部分　孩子，你要跳舞　　067

看那些人，他们不跑。他们在飞。那是因为他们是艺术家。你是个帅哥，这一点没的说，但来这儿的人都是要符合标准的，你需要的不仅仅是长相，你要想混下去，除了长相还得有更多的东西。"

"比如什么？"

本尼呼出一口气。"比如存在感。比如魅力。"

西蒙看着本尼。他打开收银机，数了一遍前有天晚上的收入。"所以你要开除我了？"

"不，我不会开除你。但我想让你上个课。学会跳舞。教会街和市场街那边有一所舞蹈学校，教芭蕾舞。他们那儿也有很多男人，所以你不会和一群小妞混在一起。"

"芭蕾舞？"西蒙笑了。"算了吧，伙计。那不是我的舞台。"

"那你觉得，这是你的舞台吗？"本尼拿出两叠厚厚的钞票，用橡皮筋勒好。"你已经走出了舒适区，孩子——这是事实。再往前迈一步也不算什么。"

4

从外面看，旧金山芭蕾舞学院只不过是一扇狭窄的白色大门。西蒙爬上高高的台阶，在平台上右转，发现自己进了一个不大的接待区：嘎吱作响的木地板，一盏吊灯上落满灰尘。他没想到芭蕾舞者会这么吵闹，但事实如此。女人靠墙做伸展的时候，一小群一小群闲谈；穿着黑色紧身衣的男人互相揉捏股四头肌，互相呼喊。接待员给他报了十二点半的混合级免费试听课，还从失物招领箱里拿出一双黑色帆布舞鞋递给他。西蒙坐下来穿上舞鞋。几秒钟后，他身后的法式大门砰一声打开了。穿着海军紧身衣的少女们涌出来，头发都紧紧地拉到脑后，眉毛都被扯得抬了起来。在她们的身后，舞蹈室就像学校的餐厅一样大。西蒙靠在墙上让女孩们过去。他用尽了所有的意志力，才没有掉头冲下楼梯。

其他舞者们收拾好书包和水瓶，开始涌进舞蹈室。这是一个古老而优雅的房间，有高耸的天花板和破旧的地板，还有一个高于地面的钢琴台。学生们从外围背起看着很重的铁架子，挪到中间，这时候一个年长的男人进来了。西蒙后来才知道，这就是学院的院长加里，他是以色列移民，曾在旧金山芭蕾舞团跳过舞，后来因为背伤结束了职业生涯。他看起来有四十多岁，迈着有力的大步，肌肉结实，就像体操运动员。他的头发剃光了，腿也光溜溜的：他穿着一件栗色的短裤，短裤底下露出肌肉强健的光滑大腿。

当他把一只手放在扶木上时，整个房间都安静下来。

"第一个姿势，"加利说着，把脚伸出来，脚后跟着地。"手臂先准备好——蹲一，拉直二。抬起手臂三，放下手臂大蹲四，然后是五——手臂朝下——抬起来，六。足尖点地，七。回到第二个位置上，八。"

简直听不懂他在说什么。还没做完,西蒙的膝盖就开始疼,脚趾也开始抽筋了。随着课程的继续,整个练习变得更加令人费解:有 dégagés,意思是迈步;有 ronds de jambe,就是用脚趾在地板上划大圈;有 pirouettes 和 frappés,意思是旋转和击打;有 développés——腿先伸展开,然后再卷回来;还有 grand battements,意思是大踢,让臀部和腿筋充分预热,为大的跳跃做准备。光是热身就花了四十五分钟,西蒙简直没法想象还要花同样长的时间来跳。舞者们移走了铁架子,然后按加利说的走到中间,一队一队在地板上移动。大部分时候,加利都在舞蹈室里走来走去,喊着有节奏的废话:"叭——滴——哒——咚!哒——哔——叭——砰!"但是做到旋转动作时,他出现在西蒙身边。

"天哪!"他的眼睛暗沉,眼窝凹陷,但那双眼睛却像是在跳舞。"怎么,今天是要去洗衣服吗?"

西蒙还穿着那件条纹带领衬衫和一条短裤,都是来旧金山的大巴车上穿的。一下课,他就跑到男厕所,脱下黑色的舞鞋——脚掌已经肿了。他开始往厕所里吐。

他用卫生纸擦了擦嘴,气喘吁吁地靠在墙上。他还没来得及关上隔间的门,另一个舞者进了卫生间,停下脚步。他显然是西蒙亲眼见过的最美的男人:皮肤是种饱满的黑色,像是从黑玛瑙中雕琢出来的一样。他的脸很圆,宽宽的颧骨轮廓分明。他一只耳垂上挂着一个小小的银色的耳环。

"嘿，"汗水从这个男人的额头上滴落下来，"你没事吧？"

西蒙点点头，跌跌撞撞地从他身边走了过去。他走过长长的楼梯，茫然地在市场街上徘徊。现在的气温是十八度，风很大。西蒙在冲动之下脱掉上衣，把手臂举过头顶。他感觉到微风吹拂着他的胸膛，心里填满了预料之外的快意。

这是一种美丽的受虐感，他刚才做的事，比他十五岁时赢得的那场半程马拉松还难：起伏的山丘，雷声般的脚步，他自己也在其中，气喘吁吁地沿着哈德逊河往前跑。他摸到了那双塞在裤兜里的黑色舞鞋，它们似乎在嘲讽他。他必须变得和其他男舞者一样：专业、威风凛凛、不可战胜。

六月，卡斯特罗这一带热闹非凡。印着 6 号提案[1]的小册子像树叶一样在街上飘过，盛开的花在花箱两侧摇摆，繁茂得几乎让人生厌。六月二十五日，西蒙和紫花俱乐部的舞者们一起去参加自由游行。他以前不知道这个国家有这么多同性恋者，更不知道光是一座城市里就有这么多，他们足有二十四万人，一起看着 DOB 女同摩托俱乐部的开场表演，当第一面彩虹旗升到空中时，他们又一起欢呼。哈维·米尔克站在一辆行驶中的沃尔沃上，从天窗里探出上半身。

---

[1] 加利福尼亚州 6 号提案，发起人为加州州议会议员约翰·布里格斯，他提议解雇所有同性恋和有可能支持同性恋权利的加州公立学校教师。该提案于 1978 年 11 月 7 日被否决。

"吉米·卡特！"米尔克高举着红色牛角，人群在咆哮。"你在谈人权！这个国家有一千五百万到两千万同性恋者。你什么时候才能谈谈他们的权利？"

西蒙吻了兰斯，然后是里奇，他的双腿缠上里奇粗壮的、肌肉发达的腰部。他长到这么大，终于开始约会了——他愿意管这叫约会，尽管通常情况下，他和那些人之间只有性。有一个来自电波酒吧的摇摆舞舞者，还有一个花神咖啡馆的咖啡师，是个温文尔雅的亚洲男人，他把西蒙的屁股打得发红，以至于他好几个小时都觉得屁股火辣辣的。他爱上了一个离家出走的墨西哥男人，和他在多洛雷斯公园度过了四天幸福时光；第四天，西蒙独自在一顶粉绿色的帽子旁边醒来，再也没有见过那个叫塞巴斯蒂安的男人。但是还有其他人：来自佐治亚州阿拉帕哈镇的家伙，刚戒了毒；四十多岁的《旧金山纪事报》记者，永远跑在高速路上；一位澳大利亚空乘，他那家伙的尺寸西蒙从未见过。

工作日的时候，克拉拉七点前就要起床，穿上一套沉闷的米色短裙套装，她一共就只有两套，都是从慈善机构买来的。她先在一家保险公司打零工，然后在一位牙医的办公室工作，每天回来情绪都很不稳定，西蒙一直躲着，直到她喝完第一杯酒才回去。克拉拉的说法是她讨厌牙医，但这并不能解释她看着西蒙的时候流露出的恼怒神色——每当西蒙照镜子或是从紫花俱乐部回来时，她都会露出这种表情。西蒙每次回来都既疲倦又兴奋，紫色的颜料顺着他的腿流淌下来。他觉得，克拉拉也许是因为那些语音信息才生气的。这些信息每天都源源不断地涌过来：格蒂发来情绪激动的家书，丹尼尔发来大段律师式的论证，瓦里娅则发来一天比一天绝望的呼喊——她完成期末考试以后就搬回了家。

"西蒙，要是你再不回来，我就得推迟研究生的学业了，"瓦里娅说，她的声音游移不定，"总得有人陪着妈。我不明白为什么总是我。"

有时，克拉拉来到西蒙身边，恳求他和家人互相理解。她的手腕上总是缠着绳子。

"他们是你的家人啊，"她对西蒙说，"你最终还是得和他们谈谈。"

现在不行，西蒙想。现在还不行。他此刻正漂浮在温暖的幸福之海，如果他和家人交谈，他们的声音就会把他拖住，让他气喘吁吁、湿漉漉地回到干涸的陆地上。

七月，一个星期一的下午，西蒙从芭蕾舞学院回来，发现克拉拉坐在她的床垫上，把玩着几条丝巾。她身后的窗框上贴着一张外婆的照片，她是个神秘的女人，身材瘦小、目光凶狠，总是让西蒙感到不舒服。外婆让他想起童话里的女巫，不是因为她有什么邪恶之处，而是因为她好像既不是孩子也不是大人，既不是女人也不是男人：她介于两者之间。

"你在这里干什么呢？"他问。"这会儿你不是应该在工作吗？"

"我不干了。"

"你不干了。"西蒙慢慢地说。"为什么？"

"因为我讨厌这份工作。"克拉拉将一条丝巾塞进紧握的左手。当她把丝巾的另一端拽出来时，它的颜色从黑色变成了黄色。"很明显吧。"

"好吧，你得再找一份工作。我一个人挣不够房租。"

"我知道。我会再找一份的。你觉得我为什么要练习这个？"她朝西蒙挥舞着丝巾。

"别胡说八道了。"

"去你的！"她抓起两条丝巾塞进黑色的木盒里。"你以为只有你一个人有资格做自己喜欢的事？你和整个城市的人乱搞。你脱衣服，跳芭蕾舞，我还没说什么呢。如果有人有权阻止我，西蒙，那个人绝对不是你。"

"我在赚钱，不是吗？我在坚守自己的承诺，不是吗？"

"你这个住在卡斯特罗的同性恋。"克拉拉对着他竖起一根手指头。"你们除了自己，谁也不在乎。"

"什么？"西蒙被刺痛了。克拉拉以前从来没有这样和他说过话。

"想想吧，西蒙，卡斯特罗的性别歧视有多严重！我是说，女人去哪儿了？女同性恋去哪儿了？"

"关你什么事？你现在是女同了？"

"不，"克拉拉说，她摇了摇头，几乎显露出悲伤的神色。"我不是女同。但我也不是男同。我甚至不是异性恋。所以我在这个地方该怎么过下去呢？"

他们对视着，然后西蒙移开了目光："我怎么会知道？"

"那我呢？如果能去做自己的表演，我就可以说，至少努过力了。"

"你自己的表演？"

"没错，"克拉拉哼了一声，"我自己的表演。我不指望你能理解，西蒙。我不希望你只顾着自己。"

"是你说服我来这里的！你真的以为家里人会随随便便放我们走吗？你觉得他们会由着我们待在这儿？"

克拉拉的下巴紧绷着。"我不是在想那些事情。"

"那你到底在想什么？"

克拉拉的脸颊已经变成了珊瑚红色，只有丹尼尔被晒伤以后才会呈现出这样的颜色。但她却保持着沉默，仿佛在纵容西蒙。这种自我审视一点都不像克拉拉。回避眼神交流的举动当然也不像她，但她现在恰恰就在回避眼神交流，用远超出必要范围的专注关上了手里的黑盒子。西蒙想起他们五月里在屋顶的对话。"我们可以去旧金山。"她说。仿佛这个想法只是刚刚在她脑海中出现，仿佛她并不清楚自己在做什么。

"这就是问题所在，"西蒙说，"你从来不去想。你很清楚地知道怎么陷进某件事里，你知道怎么把我带在身边，但你从来没有想过后果——或者说，也许你想过了，但你就是不在乎，直到一切都来不及。现在你来怪我?既然你这么难受,为什么不回去呢?"

克拉拉站起身,大步走进厨房。水槽里堆满了脏碗碟,橱柜上堆得更多。她打开水龙头,抓起一块海绵开始擦洗。

"我知道你为什么不回去,"西蒙跟着她,继续说,"因为这就意味着丹尼尔说的没错。这就意味着你没有计划——离开他们,你就不能构建自己的生活。这就意味着你失败了。"

他试图刺激她——姐姐的克制比之前任何一次爆发都让他不安。但克拉拉依然不开口,她握着海绵的指节开始发白。

西蒙一直以来都很自私,他自己也知道。但对家人的思念一直纠缠着他。在某种程度上,他在芭蕾舞学院继续坚持是为了家人:证明他的生活并不都是放纵,而是也有纪律和自我提升。他把这种内疚感变成了一次飞跃,一次提升,一次完美的转变。

当然,最讽刺的是,父亲索尔如果得知西蒙在跳芭蕾舞,一定会大吃一惊。但西蒙相信,如果父亲还活着,还能来看他跳舞的话,一定会看见这到底有多难。他花了六个星期的时间才弄明白脚位,又花了更长时间才掌握了转身。不过,到夏天快过完的时候,他的身体已经不那么疼了,也从院长加利那儿吸引到了更多的注意力。他喜欢舞蹈室的氛围,喜欢有地方可去的感觉。在某些转瞬即逝的时刻,他觉得待在这里很舒服,或者说这里就像家一样。对他们中的很多人来说都是这样。十七岁的汤米,外表让人惊叹,他曾是伦敦皇家芭蕾舞团的学生；密苏里州来的博，能连续跳八次回旋；还有来自委内瑞拉的双胞胎爱德华多和法乌齐，他们一路搭着运黄豆的车向北而来。

这四个人都在学院的舞团里，也就是小队里。在大多数芭蕾舞团，男舞者都是扮演乏味的童话王子，或者充当背景，但加利的舞蹈编排既现代又像杂技，在小队的十二名成员中，有七名是男性。其中就有罗伯特，他就是西蒙在洗手间呕吐时看到的那个男人，自那以后他们就再没有过眼神交流。罗伯特似乎并没有注意到这一点：上课前，其他的人都在一起伸展，但他却独自在窗边热身。

"小气鬼。"博在旁边低声说。

八月下旬，一股冷锋把日落时分的雾气带到了卡斯特罗。西蒙在白T恤和黑色紧身衣外穿了一件运动衫。他转动着右脚踝，脚踝发出响声时他疼得抽搐了一下。"他怎么回事？"

"你是想问，他是不是基佬？"汤米一边说，一边用拳头在两条大腿上来回捶打。

"这就是价值百万美元的问题了。"博嘟哝着说。"但愿我知道答案。"

罗伯特并不只是因为不合群而显眼。他的进步比别人快好几倍，转身速度只有博能跟上。（当罗伯特转了八圈而他只转了六圈时，博喃喃地骂了句脏话。）当然了，罗伯特还是个黑人。但罗伯特不仅仅是白人聚集的卡斯特罗区的黑人，他还是个黑人芭蕾舞者，这甚至更为罕见。

西蒙在课后留下来看罗伯特排练《人的诞生》，这是加利最新的创作成果。五个男人用他们的身体塑造了一根管子：他们弯曲的膝盖碰到一起，躬下身子，双臂在头顶上方交错。罗伯特就是那个"人"。他在"助产士"博的引导下，在管道里穿行。到乐曲终了时，罗伯特从管子的前端出现，跳起了一支震颤的独舞，只穿一条深褐色的丁字裤，其余部分完全裸露着。

整个小队在梅森堡的一个黑箱剧场里表演，这是一组位于旧金山湾的军事建筑群，经过了翻修。他们开始在那儿排练时，西蒙来当助手，他帮加利做笔记，或者在舞台上做些标记。一天下午，他在外面徘徊，看到罗伯特正在码头上抽烟。罗伯特听到了身后西蒙的声音，他转过身来，和气地点点头。这并不完全算是邀请，但西蒙发现自己走到码头边上，坐下来。

"抽烟吗？"罗伯特一边问，一边把一包烟递给西蒙。

"好啊。"西蒙很惊讶。罗伯特一向以生活方式健康出名。"谢谢。"

海鸥在头顶上打转鸣叫，海水的味道又咸又涩，灌满了西蒙的鼻子。他清了清喉咙。"你在这群人里边很不错啊。"

罗伯特摇了摇头。"我转向还是有困难。"

"转向大跳吗？"西蒙问道，他因为成功地记起这个术语而松了口气。"对我来说已经很了不起了。"

罗伯特笑了："你对我太温柔了。"

"没有,我说的是真的。"

他马上希望自己没有说出来这句。他的话听起来有点倒胃口,像个傻乎乎的追随者。

"好吧。"罗伯特的眼睛闪闪发亮。"有什么我可以改进的吗?"

西蒙急切地想要找点话说——这似乎是种吹捧,但对他来说,罗伯特的舞蹈确实已经毫无瑕疵。最后他说:"你还可以再友好一点。"

罗伯特皱起了眉头。"你觉得我不友好?"

"不是,不是。你总是一个人热身,从来不跟我说话。不过我猜,"西蒙补充说,"我也从来没有跟你说过什么。"

"这倒很公平。"罗伯特说。他们坐在一起沉默不语。独立的木墩子像树干一样从水面上竖起来。每隔一会儿,就会有一只鸟落在其中的一个木墩上,自顾自地叫着,然后发出重重的拍打声飞离。西蒙看着这一切,这时,罗伯特转过身来,低下头,在他的嘴上亲了一下。

西蒙惊呆了。他一动不动,仿佛罗伯特会像海鸥一样飞走。罗伯特的嘴唇很美味;他嘴里有汗水和烟草的味道,还有一点点盐的味道。西蒙闭上了眼睛。如果不是脚下有码头,他会直接晕倒在水里。罗伯特往后闪身,西蒙却在往前靠,似乎又要去找他,险些失去平衡。罗伯特把一只手放在西蒙的肩膀上,稳住他,笑起来。

"我没想到……"西蒙摇着头说,"没想到你——喜欢我。"

西蒙本来想说，我没想到你喜欢男人。罗伯特耸耸肩，但不是以那种轻描淡写的态度；他在思考，因为他的眼神飘得很远，但很专注，它们先落在海湾的某处，然后又回到西蒙身上。

"我也没想到。"他说。

5

那天晚上，西蒙坐火车回家。他想着罗伯特的双唇，整个人都热血沸腾，满脑子只剩赶紧回家、把手伸向自己，重温那个吻所蕴藏的惊人力量。他在街区里走到一半才注意到，有警车停在他的公寓楼外。

一个警察靠在汽车引擎盖上。他很胖，红头发，看起来也就比西蒙大一点。"西蒙·戈尔德吗？"

"是的。"西蒙放慢了脚步。

警察打开警车后门，朝他鞠了一躬，做了个请的手势："你先请。"

"什么？为什么？"

"到了警察局再告诉你。"

西蒙想多问几句，但他怕让警察知道更多信息——如果警察不知道他以未成年人的身份在紫花俱乐部工作，西蒙才不会告诉他。西蒙觉得喉咙很堵：有一个坚硬的、拳头大小的东西，像无花果一样,卡在他的喉咙里。后座是用坚硬的黑塑料制成的。坐前排的红头发警察转过头来,目光锐利地盯着西蒙,然后把前后排之间的隔音板拉上了。当他们把车停在教会街的警局门口时,西蒙跟了进去,穿过一串迷宫般的房间,经过一群穿制服的警察。他们进了一个小审讯室,里边有一张塑料桌,还有两把椅子。

"坐。"警察说。

桌子上放着一部有擦痕的黑色电话。警察从上衣口袋里拿出一张皱皱巴巴的纸,用一只手拨了号。接着他把听筒递给西蒙,西蒙忐忑地看着电话。

"你是怎么回事,脑子不好使吗?"警察问。

"去你的。"西蒙嘀咕了一句。

"你说什么?"

警察推搡了一把他的肩膀。西蒙的椅子向后倒下去,他挣扎着站稳。当他俯身从桌上拿听筒时,左肩抽搐了一下。

"喂?"

"西蒙?"

还能是谁呢?西蒙觉得自己蠢到无药可救。几乎是在一瞬间,那个警察消失了,肩膀上的疼痛也消失了。

"妈。"他说。

实在太可怕了:格蒂的哭声就像她在索尔葬礼上的一样,沉重、带着喉音。这哭声像是她腹中的什么东西,而她要把它们排出去。

她说:"你怎么能这样?你怎么能这样?"

西蒙在发抖:"对不起。"

"'对不起'?那我希望你能马上回家。"

她的声音里有一种苦涩,他以前听过,但从来没有针对过他。他的第一个记忆:两岁时躺在母亲的腿上,她用手抚摸着他的卷发。像天使一样,她咯咯地笑着。像个小天使。是的,他离开了他们——所有的人——但为此承受最多的是她。

这还没完。

"我确实觉得很抱歉。我为做过的事道歉——为离开你道歉。但我不能——我不会……"他拖延着,又试了一次:"你选了你的生活,妈妈。我也想选我的。"

"没有人能选择自己的生活。我敢确定。"格蒂轻轻笑了笑。"事情是这样的,你做出选择,然后那些选择再做出选择。你的选择会催生选择。你去上大学——我的天,你得完成高中学业——这是让机会垂青你的办法之一。你现在做的这些事,我真不知道它们会把你引向哪里。你也不知道。"

"但这就是问题所在,就算我不知道也没关系。我倒宁愿不知道。"

"我已经给你留了时间,"格蒂说,"我劝自己,等等吧,我以为如果再等等,你就会清醒过来。但你没有。"

"我已经清醒过来了。我现在非常清醒。"

"你有想过家里的生意吗?"

西蒙的怒气在升腾:"这就是你关心的事吗?"

"店名已经改了,"格蒂颤抖着说,"戈尔德裁缝店现在是米拉维茨裁缝店了。它归亚瑟了。"

西蒙一阵羞愧。但亚瑟向来鼓励索尔考虑问题要有前瞻性。索尔擅长的款式——精纺的加巴丁长裤、宽领阔腿的西服套装,在西蒙出生那会儿就已经快被淘汰了。一想到裁缝店的生意在亚瑟手里还能继续,他甚至感到有点欣慰。

"亚瑟会做得很好,"他说,"他会让店铺跟上潮流。"

"我不关心这个。我关心的是家庭。你去做一些事情,是为了那些同样为你付出过的人。"

"还有一些事情,是为自己而做的。"

西蒙从来没有这样对妈妈说过话,但他迫切地想要说服她;他想象着她来芭蕾舞学院看他,她坐在折叠椅上鼓掌,而他在跳跃、旋转。

"哦,对。你为自己做的事倒是不少。克拉拉告诉我,你现在是个舞者了。"

她的不屑从听筒里传出来,声音太大了,警察都开始大笑。"是啊,我是个舞者,"西蒙瞪着那个警察说,"那又怎么样?"

"我不明白。你这辈子都没跳过舞。"

能对她说什么呢?对他来说,这也很神秘。这么一件他以前想都没想过的事,一件让他痛苦、让他疲倦并且经常让他感到尴尬的事,怎么会变成通往另一个世界大门呢?当他踮起脚,腿也变长了几寸。跃起的时候,他感觉像在半空中盘旋了好几分钟,仿佛长出了翅膀。

"嗯,"他说,"我现在在跳舞。"

格蒂发出长长的、粗重的叹息;接着她安静下来。她以前一定会用更多的争论,甚至是威胁,来填补这种空隙。恰恰在这段空隙里,西蒙意识到他现在是自由的。如果在加州离家出走是非法的,他现在应该已经戴上手铐了。

"如果你已经做出了决定,"她说,"那我不希望你再回来。"

"你不——什么?"

"我不要你了,"妈妈说,"你不用回来。你做了你的选择——你离开了我们。那就接受它吧。你留在那儿吧。"

"天啊,妈,"西蒙喃喃自语,把电话按在耳朵上,"别这么夸张。"

"我很现实,西蒙。"她吸了口气,停顿了一下。然后西蒙听到一声微弱的咔哒声,电话断了。

西蒙一只手握着听筒,惊呆了。这不就是他想要的吗?他的母亲已经放弃了他,把他交给了这个世界,他一直渴望着融入其中,可现在却感到一阵恐慌:镜头上的滤镜被摘掉了,脚下的安全网被撕破了,可怕的"独立"让他眩晕。

警察送他到门口。一出警局,还在平台上,他就抓住西蒙的T恤领子用力往上拽,西蒙的脚都踮起来了。

他说:"你们这些离家出走的人让我恶心,你知道吗?"

西蒙剧烈地喘息着。他的脚趾努力想抓住混凝土地面。这个警察的眼睛是香槟色的,睫毛稀疏,颊上雀斑密布。他额头靠近发际线的地方,有一圈圆形的疤痕。

"我还是个孩子的时候,"他说,"你们这类人就每天一车一车地过来。我们早就不需要你们这种货色了,我以为你知道,可你们还在这儿,像肥肉一样堵塞整个城市。你们不干任何有用的事,就会像寄生虫一样靠着这个城市生活。我出生在日落区,我的父母也是,他们的父母也是,一直追溯到我们那些从爱尔兰来的祖先,还不包括那些饿死的人。要是问我——"他靠得很近;他的嘴噘起来,像个粉红色的结。"你纯粹活该。"

西蒙挣脱开来,咳嗽不止。他的视线里出现一抹鲜红色,一闪而过,那是他的姐姐。克拉拉站在楼梯下方,穿着泡泡袖的黑色迷你裙和栗色马丁靴,她的头发像披风一样在身后散开。她像个超级英雄,光芒四射、复仇心切。她就像他们的母亲。

"你在这儿干什么?"西蒙气喘吁吁地问。

"本尼告诉我,他看见了警车。这是距离最近的警局。"克拉拉冲上花岗岩台阶,在警察面前停下。"你他妈的对我弟弟做了什么?"

第一部分　孩子,你要跳舞　　　　　　　　　　　　　085

警察眨了眨眼，停下来。有什么东西在他和克拉拉之间飞过，西蒙没法看得很清楚，他只能去感觉：火花、热浪、像金属一样的苦涩愤怒。当克拉拉伸出手臂搂住西蒙的肩膀时，年轻的警察畏缩了。他看起来太"直"，和这个崭新的城市格格不入，西蒙几乎要为他感到难过。

"你叫什么名字？"克拉拉问。她眯起眼睛去看警察蓝色衬衫上别着的小牌。

"埃迪，"警察抬起下巴回答，"埃迪·奥多诺霍。"

克拉拉紧紧地搂着西蒙，他们最近的争执被抛在脑后。置身于她的保护下，这份宽慰让西蒙想起了妈妈，他的喉咙开始疼了。但埃迪还看着克拉拉，脸变红了，也稍微放松了一点，好像克拉拉是凭空出现的海市蜃楼。

"我会记住的。"她说。然后她陪着西蒙走下警局的台阶，进到教会区的中心。现在的气温将近三十度，人行道两侧的果树像伊甸园一样硕果累累，没有人试图阻止他们离开。

6

"来点什么吗？"西蒙问。

他在小小的储藏室里翻捡，说是储藏室，其实就是个壁橱，可以在横隔上放各种不易腐烂的东西：盒装麦片、罐头汤、酒。"我可以做伏特加汤力、可乐威士忌……"

已经到十月了。这是银灰色的晴朗日子，学院门前的台阶上放着南瓜。有人给一具假骷髅套上一条男士舞蹈腰带，把它竖在接待区。西蒙和罗伯特在芭蕾学院就已经勾搭上了——他们在男厕所或是课前空荡荡的更衣室里接吻，但这还是罗伯特第一次来西蒙的公寓。

罗伯特靠在松绿色的扶手椅上。"我不喝酒。"

"不喝吗？"西蒙从壁橱里探出头来，笑了笑，一只手还放在门上。"我知道能在附近搞到一些药，如果你想的话。"

"我也不抽烟。不抽那种东西。"

"没有不良嗜好？"

"没有。"

"除了男人。"西蒙说。

客厅窗前的，有一簇树枝摇摆着，挡住了阳光，罗伯特的脸像灯一样变暗了。"这可不叫不良嗜好。"

他站起来，和西蒙擦身而过，来到水槽边，从水龙头里接了一杯水喝。

"嘿，哥们儿，"西蒙说，"是你要保密的。"

在芭蕾舞课上，罗伯特还是独自热身。有一次，博看见罗伯特和西蒙离开浴室，把两根手指含在嘴里吹起了口哨，但是当他问西蒙的时候，西蒙假装纯洁无辜。他感觉到罗伯特并不想透露他们的关系，而他和罗伯特在一起的那些瞬间——罗伯特低低的笑声，手掌放在西蒙脸上的感觉——又太美好了，他不能放弃。

现在罗伯特正靠在水槽边。"我不主动说，并不代表我想保密。"

"有什么区别？"西蒙用食指穿过罗伯特的皮带环。他做梦也没想到自己会有信心这么做，但旧金山就像一剂毒品。他来这座城市才五个月，但感觉自己已经老了十岁。

"我在舞蹈室的时候，"罗伯特说，"是在工作。保持安静是出于对工作场合和对你的尊重。"

西蒙把他拉到身边，直到他们的臀部贴在一起。他把嘴靠在罗伯特的耳朵上。"那你别尊重我了。"

罗伯特笑着说："你不会想要的。"

"我想要。"西蒙解开罗伯特的牛仔裤，把手伸进去。他抓住罗伯特，开始抽动。他们还没有做过爱。

罗伯特在往后退。"别，别这样。"

"别怎么？"

"这样感觉很廉价。"

"很有趣。"西蒙纠正他。"你硬了。"

"所以呢？"

"所以呢？"西蒙重复了一遍。所以这就是全部了，他想说。所以请开始吧。但他说出口的话却不是这样。"所以请像动物一样干我。"

这话《旧金山纪事报》的那个记者也曾对西蒙说过。罗伯特好像又要笑,但紧接着,他抿起了嘴。

"我们在这儿做的事,你和我做的事,"他说,"没有什么不妥。没什么的。"

西蒙的脖子越来越热。"对,我知道。"

罗伯特从松绿色的椅背上抓起外套穿上。"你知道?有时候我真的不知道。"

"嘿,"西蒙开始慌了,"我并不觉得羞耻,如果你是想说这个的话。"

罗伯特在门口站住了:"好。"他说。然后他把门拉上,消失在楼梯间里。

哈维·米尔克中枪时,西蒙正在紫花俱乐部的更衣室里,等着开员工会议。这是周一上午十一点半,对他们来说是下班时间,大家都对这个点开会很不满,更别提本尼还迟到了。他们一边等一边看电视。"夫人"躺在长椅上,眼睛上敷着冷掉的茶包;西蒙要错过芭蕾舞学院的课了。气氛非常压抑:一个星期以前,吉姆·琼斯[1]带着他的一千名追随者在圭亚那奔赴死亡。

---

[1] James Warren Jones(1931年5月13日—1978年11月18日),美国邪教组织人民圣殿教的创始人。

戴安娜·范斯坦[1]的脸出现在电视屏幕上，她的声音在颤抖：
"我不得不宣布一个消息——市长莫斯科尼和监督委员会委员哈维·米尔克都死于枪击。"里奇大喊大叫，西蒙从椅子上跳了起来。科林和兰斯震惊地沉默不语，但阿德里安和"夫人"却哭得满脸都是泪，本尼赶到的时候脸色苍白、神色焦躁；市政中心周围，好几个街区的交通都中断了。本尼的眼睛红肿着。那天紫花俱乐部关门歇业，他们把"夫人"的一条黑围巾挂在前门上，当晚就和卡斯特罗区的其他人一起上街游行。

已经是十一月下旬，但街上却人山人海。人实在太多，西蒙只好走小道去克利夫百货店买蜡烛。店员用两支的价格卖给他十二支，还带了挡风用的纸杯。几小时之内，就有五万人加入到游行队伍里。向市政厅进军的队伍在鼓声中前进，人们默默地哭泣。西蒙的脸上也全是眼泪。死去的是哈维，但又不仅仅是哈维。这群孤儿般悲痛的人让西蒙想起自己的父母，现在两个人都离他而去了。旧金山男同合唱团唱起门德尔松的赞美诗《主，您是我们的避难所》时，西蒙垂着头。

谁是他的主、他的避难所？西蒙感觉自己并不相信上帝，但他也从没想过上帝会相信他。根据《利未记》来看，上帝是个可憎的人。什么样的神会创造一个他完全不认可的人呢？西蒙只能想到两

---

[1] Dianne Feinstein（1933 年 6 月 22 日—），美国政治家，1987 年 11 月 27 日，旧金山市长莫斯科尼和监督委员会委员哈维·米尔克遭遇政敌枪击身亡，她随后出任旧金山市长。

种答案：要么根本没有上帝，要么，西蒙是个错误，是个浑球。他一直不知道哪种答案更令他恐惧。

西蒙擦拭眼泪的时候，其他紫花俱乐部的舞者已经被卷进浪潮中。西蒙扫视人群，看到一张熟悉的脸：温暖的黑眼睛，一只耳垂上闪着银色的光芒，在一支明亮的白蜡烛上方微微颤动。是罗伯特。

自从十月份的那个晚上，在西蒙的公寓里分别，他们两个几乎没再说过话，但此时此刻，他们推开人群，朝对方伸出手，在那片人海中的某一处走到了一起。

罗伯特的住处在蓝道公园旁边那条陡峭蜿蜒的街上。罗伯特打开门，他们跌跌撞撞地进了走廊，互相拉扯着对方的衬衫，摸索皮带扣。在窗边的一张双人床上，西蒙和罗伯特开始做爱。不过很快，这感觉就不像在做爱了；最初的狂躁褪去，罗伯特变得温柔又体贴，带着极强的情感推入西蒙的身体——为了谁？西蒙？还是死去的哈维？西蒙感到一阵罕见的羞涩。当他体内的压力不断积累，达到快要炸裂开的程度时，罗伯特从他身下抬起头来，两人目光交汇，强烈到惊人的快感让西蒙跪坐着向前倾，紧紧抱住罗伯特的头。

事后，罗伯特打开床头灯。他的公寓并不像西蒙想的那么简陋，里边摆满了罗伯特在芭蕾舞团的第一次国际巡演中带回的物品：带有装饰纹样的俄罗斯碗，还有两只日本仙鹤。床对面的木架子上摆满了书,有《秀拉》[1]、《足球人》[2]。厨房里挂着各种各样的锅。卧室一进门的地方,有一个纸板剪出来的橄榄球运动员,真人大小,正在空中接球。

他们靠着枕头抽烟。

"我见过他一次。"罗伯特说。

"谁?哈维·米尔克?"

罗伯特点点头:"是在他第二次竞选失败以后,应该是1975年?我在相机店那条街上的一家酒吧里看见他。他被一群人抛到空中,还在大笑,我当时想,我们就是需要这样的人。一个不会被挫败的人。不能是我这种每天发愁的老家伙。"

"哈维当时的年纪比你大。"西蒙笑了,不过他随即意识到自己用了过去时,于是停了下来。

"对,他当时比我大。不过他没有表现出来。"罗伯特耸耸肩。"你看,我不参加游行,不去俱乐部,当然也不去公共浴室。"

"为什么不去?"

罗伯特看着他:"你在这地方看见过几个像我一样的人?"

"这儿也有黑人,"西蒙脸色一变,"不算太多。"

"是啊。不算太多,"罗伯特说,"你再找出一个会跳芭蕾舞的。"他掐灭了烟头。"想想那个截住你的警察,想想看,如果你长成我

---

[1] 美国诺贝尔文学奖得主托妮·莫里森(Toni Morrison)的小说,1973年出版。
[2] 英国作家、剧作家亚瑟·霍普克拉夫特(Arthur Hopcraft)的作品,1968年出版。

这样,他会怎么做。"

"会更糟,"西蒙说,"我知道。"

他太喜欢罗伯特了,以至于不愿意正视他们之间如此明显的差异。西蒙希望他们的性取向能成为一种平衡剂,他想把注意力集中到他们共同面临的歧视上。但他可以隐藏自己的性欲,罗伯特却无法隐藏他的黑人身份。在卡斯特罗这一带,几乎所有人都是白人。

罗伯特又点上一支烟:"你为什么不去公共浴室?"

"谁说我不去?"西蒙说。但罗伯特嗤之以鼻,西蒙大笑起来。"老实说,他们有点吓到我了。我不知道能不能接受。"

世上到底存不存在过分的快乐?每当西蒙想象公共浴室,他脑子里出现的是一场饕餮盛宴,一个无尽的地下世界,几乎能永远呆在里边。他并没有对罗伯特撒谎——他确实怕自己接受不了,但他也怕自己能接受,怕他的贪婪会没有边界和尽头。

"我听说过那些。"罗伯特皱起了眉头。"恶心。"

西蒙用一只手撑着身子:"那你为什么来旧金山?"

罗伯特扬了扬眉毛:"我来旧金山是因为没有别的选择。我来自洛杉矶的中南部,一个叫瓦茨的街区。你听说过吗?"

西蒙点点头。"那地方有暴动。"

1965 年,西蒙四岁,他和母亲格蒂、克拉拉去看电影,哥哥和姐姐都去上学了。虽然他早已忘记电影的内容,但还记得电影前边播放的新闻片。片中有环球影业欢快的音乐声,也有播音员艾德·赫利希那熟悉的、富于节奏感的声音,两个声音都和接下来的黑白画面完全不搭:昏暗的街道笼罩着浓烟,建筑物被大火吞噬。随后音乐变得紧张起来,艾德·赫利希开始描述乱扔砖头的黑人流氓——暴乱者拿着狙击枪,从屋顶瞄向消防员;抢劫犯到处偷酒;满街都是路障。但西蒙只看见穿着防弹衣、配了枪的警察在空荡荡的街道上巡视。最后,两个黑人出现了,但不太可能是埃德·赫利希提到的流氓:他们都戴着手铐,冷静、毫不反抗地走着,两边是白人警察。

"好吧。"罗伯特把烟头插到一个蓝色的小碟子里。"我在学校里表现还不错,我妈妈是个老师,但我真正出色的是体力。我擅长橄榄球。十年级的时候,我在校队担任中卫位置的首发。我妈觉得我能拿到大学的奖学金。后来密西西比大学的球探来了,我也开始动了这个念头。"

其他男人都没有这样和西蒙聊过天。说实话,西蒙根本不怎么和别的男人说话,更没聊过自己的家庭。但在卡斯特罗,绝大多数人都是这么过的,人们像是悬停在时间长河中,从来不愿意回头看。

"那你拿到奖学金了吗?"他问。

罗伯特没说话。他似乎在观察西蒙。

"我和队里的另一个人走得很近,"他说,"他叫但丁。我是防守队员。但丁是我们的外接手。我能看出来他和其他人不一样。他也能看出我。一直到我大三那年,休赛期的最后一次训练前,什么都没发生过。但丁过完那个夏天就该走了。他拿到了阿拉巴马大学的奖学金。我想这应该是我们最后一次见面了。我们等着其他人都离开了更衣室,特别慢地穿上我们的运动服,然后我们又把衣服脱下来。"

罗伯特深吸了一口气,又呼了出来。西蒙还能看到外边游行队伍的光芒。每根蜡烛都是一个人。它们闪烁着白光,像落在地面的星星。

"我对天发誓,完全没听到有人进来。但我猜是有人进来了。第二天,我被踢出了球队,但丁失去了他的奖学金。他们甚至不让我们清理更衣室里的东西。我最后一次见他时,他站在公交站前,帽子拉得很低。他的下巴都在抖。他看我的眼神就像要杀了我一样。"

"天啊。"西蒙在床上轻轻摇晃。"他怎么了?"

"队里的一群人追上了他。他们也追上了我,但总算没把我打得那么惨。我更高,更壮。你知道,我毕竟是防守队员,可但丁不是。他们照着他的脸打,用球棒把他的背都打断了。然后他们把但丁带到球场,把他绑在栏杆上。他们说是为了让他呼吸新鲜空气,但哪个蠢货会相信这话?"

西蒙摇了摇头。他害怕得直犯恶心。

"法官信了。蠢货。"罗伯特说。"我知道如果继续呆在那儿,一定会发疯。所以我来了旧金山,开始上舞蹈课,这个地方起码不会因为我是同性恋就把我踢出去。没有什么比芭蕾舞更接近同性恋。但林恩·斯旺[1]练舞是有原因的。确实很难,但跳舞能让你变强。"

罗伯特把脸挪埋到西蒙胸前,西蒙抱着他。他想知道怎么才能保护罗伯特、安抚他——是该握住罗伯特的手,还是说话,还是抚摸他刚剃的头?这种新的责任和做爱完全不一样:更成熟,更让人紧张,也更有可能失败。

四月,加利给西蒙打电话,让他赶紧来剧院。西蒙打一辆出租车,抱着他的舞蹈包赶过去。加利在大门外等他。

"爱德华多排练的时候出事了,"加利说,"他做巴斯克跃步的时候脚踝扭伤了。活见鬼的意外——太可怕了。但愿只是扭伤。即便这样,他这个月也没法上场了。"他对西蒙点了点头。"你知道这场舞的编排。"

这甚至不是提问,而是在邀请他加入《人的诞生》。西蒙的心揪紧了。"我是说——对,我知道。可是我……"

他想说的是,我跳得还不够好。

"你会排在队伍的最后,"加利说,"我们别无选择。"

西蒙跟着他走过长长的走廊,来到更衣室。爱德华多坐在地板上,腿撑着箱子,一只脚踝上放着冰袋。他的眼睛是粉红色的,但

---

[1] Lynn Curtis Swann(1952年3月7日—),美国橄榄球运动员、播音员、政治家。

他对西蒙露出了微笑。

"至少,"他说,"你不用上服装。"

在《人的诞生》中,男舞者除了舞蹈带,什么都不穿。甚至连臀部都露在外面。在这方面,紫花已经提供了很好的训练:在舞台上,西蒙几乎感觉不到他自己的存在,他可以只关注自己的动作。灯光太亮了,他看不清观众,所以干脆假装他们不存在:周围只剩下西蒙、福齐、汤米和博,他们都在竭力支撑着罗伯特,让他在由人组成的运河中航行。他们集体鞠躬致谢,西蒙用力握住他们的手,握得手都开始疼了。然后,他们妆都没卸,就打车到波尔克街的 QT 酒吧。西蒙在一阵狂喜之中抓住了罗伯特,当着所有人的面吻他。其他男人欢呼起来,罗伯特有点腼腆,笑容里却也带着纵容,西蒙又吻了他一次。

那年秋天,西蒙在《顽皮的坚果》中扮演了属于他的角色,这可是他们舞团的《胡桃夹子》。《旧金山纪事报》的一篇报道让他们的票房翻了一番,加利为了庆祝,在位于上海特街的房子里举办了一场派对。他的房间里摆着棕色的皮制家具,到处散发出一股香气,闻起来就像放在壁炉上金碗里的丁香橙[1]。芭蕾舞学院的钢琴手正用加利的施坦威钢琴演奏柴可夫斯基。门口已经挂上了槲寄生,派对上嗡嗡的谈话声不时被兴奋的尖叫打断,因为不断有人被大家强

---

[1] 把丁香刺入柑橘或橙子表皮制成,常用于圣诞装饰。

迫着配对接吻。西蒙和罗伯特一起来到派对上,罗伯特穿着栗色的纽扣衬衫和黑色的礼服西裤;他用一颗干胡椒大小的钻石替掉了平时戴的银耳环。他们两人在冷餐桌旁和捐赠人待了一会儿,然后罗伯特拉着西蒙走出大厅,穿过一扇玻璃门,来到花园里。

他们坐在露天平台上。即便已经到了十二月,花园里也还郁郁葱葱。有冬青、旱金莲和加州罂粟,都在雾气中长得很好。西蒙突然想到,他也想象过这样的生活:事业、房子、伴侣。他一直以为这些东西不适合他——他命中注定不那么幸运,不那么"直"。实际上,西蒙有这种感觉,不仅仅因为他是同性恋。那个预言也有份,他很想忘记,但这么些年它一直阴魂不散。西蒙恨那个女人给他做了预言,也恨自己信了她。如果说预言是个球,那么他自己的信念就是它的链子。他脑海里有个声音在说"快跑",在说"快点",在说"跑啊"。

罗伯特说:"我拿下那个地方了。"

上周,他申请了一套尤里卡街的公寓。有最高租金限制,有厨房和后院。西蒙和罗伯特一起去看过,他对洗碗机、洗衣机、飘窗都赞叹不已。

"你找了个室友?"他问。

旱金莲挥舞着它们喜气洋洋的红黄色花枝。罗伯特用小臂支撑着身体往后靠,笑起来。"你想当我的室友吗?"

这个想法很迷惑人:一阵电流划过西蒙的头皮。"这样就离舞蹈室很近了。咱们可以买一辆二手车，在演出日一块儿开车去剧院。这样能节约汽油。"

罗伯特看着西蒙，就好像他刚才说自己是直男一样。"你为了省油才想跟我住在一起。"

"不！不，不是油的问题。当然不是油的问题。"

罗伯特摇了摇头。他看着西蒙的时候还在笑。"你不敢承认。"

"承认什么？"

"你对我的感觉。"

"我当然敢。"

"好吧，你对我的感觉是什么？"

"我喜欢你。"西蒙说，但这话说得有点太快了。

罗伯特把头往后一仰，笑起来：" 你这个活见鬼的坏蛋骗子。"

7

西蒙、罗伯特还有克拉拉正在拆从公寓搬过来的行李，她并不介意西蒙搬家，她似乎对独占科林伍德的公寓松了口气。在过完温和的十二月之后，气温已经降到了四五度。这在纽约不算什么，但加州让西蒙变软弱了：他在公寓和 U-Haul 租赁公司之间跑步的时候，往运动服底下加了保暖腿套。克拉拉离开时，西蒙和罗伯特靠在洗碗机上接吻。罗伯特的手毫不迟疑地放在西蒙腰上，西蒙摸索着罗伯特的屁股和他的家伙，还有他美丽的脸。

现在已经到了1980年，不仅是新一年的开始，也是下一个十年的开始。在旧金山，西蒙并没有卷入全球经济衰退和苏联入侵阿富汗这些事件。他和罗伯特攒钱买了一台电视机，虽然晚间新闻让他们不安，但卡斯特罗区就像一个防空洞，西蒙在这里感到自己充满力量，非常安全。他在芭蕾舞团的地位不断上升，到了春天，他已经是个正式成员，不再是替补队员了。

克拉拉又回了牙医诊所工作，白天当接待员，晚上在联合广场的一家餐厅当侍者。她利用周末给自己的演出编写剧本，还把每个月为数不多的余钱存起来。每到星期天，西蒙会和她在第十八街的一家印度餐馆吃饭。有天晚上，她带来了一个马尼拉文件夹[1]，用橡皮筋绑了两圈，里边塞满了各种东西的复印件：颗粒感很重的黑白照片、旧报纸、旧节目和广告。她把这些东西铺满了整张桌子。

"这位，"她说，"是我们的外婆。"

西蒙俯下身，认出了格蒂的母亲。他曾经在克拉拉床头的一张照片里看见过她。在眼前的一张照片上，外婆和一个高大的黑发男人出现在驰骋的马背上，她穿着短裤和系带式衬衫，身形健硕。另一张照片是节目的封面图，她腰肢细瘦，脚步轻盈，一只手提着裙

---

[1] 一种常见的棕黄色文件夹，用马尼拉麻制成。

子，另一只手用绳子牵着六个男人。这一串男人下面写着："滑稽戏女王！来看克拉拉·克兰小姐，她的肌肉像狂风中的果冻一样震颤——她的舞蹈让施洗者约翰都丧失理智！"

西蒙哼了一声："这就是她的母亲？"

"对，"克拉拉指着马背上的男人说，"这个是她父亲。"

"什么，不会吧！"这个男人不算英俊，长着浓密的、像胡子一样的眉毛，还有和格蒂一模一样的大鼻子。但他有一种神采飞扬的魅力。他看起来很像丹尼尔。"你怎么知道？"

"我一直在调查。找不着她的出生证明，但我知道她是在1913年来到埃利斯岛的，当时乘坐的船叫乌尔托尼亚号。她是匈牙利人，我确定她是个孤儿。海尔加姨婆是后来才到的。所以，外婆是和一个女子舞蹈团一起来到这儿的，住在集体宿舍里，名字是德赫希打工女孩之家。"

克拉拉拿起一张纸，上面连续印了几张照片：一栋巨大的石头建筑，一间挤满了棕色头发女孩的餐厅，还有一个长相严厉的女人——标题写着"德赫希男爵夫人"，她穿着高领衬衫，戴着手套和一顶方帽，全都是黑色的。

"我是想说，谁知道呢——外婆是犹太人，没有家人。如果不是这个'家'，她可能会流落街头。这个地方真的很正规。它教那些女孩子做针线，教她们趁年轻结婚，可是外婆不喜欢这样。后来到某个时刻，她离开了，开始做这个。"克拉拉指着那张滑稽戏节目单。"她是从做杂耍表演起家的。她在舞厅、十分钱博物馆、游乐园里表演——还有五角钱的场地,也就是他们说的电影院里。然后她遇到了他。"

克拉拉小心地掀开节目单,把下边那一页递给西蒙。是一张结婚证。

"克拉拉·克兰和奥托·戈尔斯基,"她说,"他是巴纳姆贝利马戏团的西部骑手,是个世界冠军。所以我觉得是这样,外婆去看演出的路上遇到奥托,爱上了他,然后加入了马戏团。"

克拉拉从她的钱包里抽出一张叠起来的纸。这又是一张照片,上边展示了外婆从马戏团帐篷的顶部滑到底,全靠牙咬住一根绳子。照片下面有个标题:"克拉拉·克兰和她的'生命之颌'!"

"为什么要给我看这些?"西蒙问。

克拉拉的脸颊变成了粉红色:"我想做一个组合节目,主要是魔术,再加上一个死亡大挑战。我正在自学'生命之颌'。"

西蒙停止咀嚼他的奶油汁蔬菜。"那是发疯。你不知道她是怎么做到的。这中间一定有什么骗人的把戏。"

克拉拉摇摇头:"没有骗人——这是真的。奥托,也就是外婆的丈夫,他在1936年的一次骑马事故中丧生。之后,外婆带着妈妈搬回了纽约。1941年,她表演了'生命之颌',从爱迪生酒店到皇宫剧院的屋顶,越过时代广场。她中途摔下来,死了。"

"老天啊。我们为什么都不知道这事?"

"因为妈从来没有说过。那时候,这是一个相当劲爆的故事,但我想她一直为外婆感到羞愧。她不是正常人。"克拉拉说。她对着外婆在马背上的照片点了下头,外婆穿的那件牛仔衬衫掀起来,露出肌肉分明的小腹。"而且,那是很久以前的事了——外婆去世时妈妈只有六岁。从那以后,妈妈就和海尔加姨婆一起生活了。"

西蒙知道,格蒂是由她母亲的姐姐抚养大的,海尔加姨婆是个长着鹰钩鼻的老太太,基本只讲匈牙利语,从未结过婚。她在犹太教节日会到克林顿街72号来,带着用彩色铝箔包装的硬糖。但她的指甲又长又尖,身上的气味像是几十年没开过的盒子,西蒙一直怕她。

现在他看着克拉拉把复印件放回文件夹里。"克拉拉,你不能这么做。这简直是发疯。"

"我不会死的,西蒙。"

"你怎么会知道?"

"因为我就是知道。"克拉拉打开包,把文件夹放进去,然后拉上拉链。"我拒绝死亡。"

"对,"西蒙说,"其他活着的人也都拒绝死亡。"

克拉拉没有回应。西蒙知道她一旦打定主意就会这样。就像狗咬住骨头一样,母亲格蒂曾经说过这话,但也并不完全正确。克拉拉更像是变成了没法穿透也没法触及的人。她存在于另外的地方,而不是眼前。

"嘿。"西蒙拍了拍她的胳膊。"你给它起名字了吗？我是说你的表演。"

克拉拉像猫一样笑了笑，露出尖锐的小犬牙，眼睛里闪烁着光芒。

她说："永生者。"

罗伯特用手抚摸西蒙的脸。西蒙刚从又一个噩梦中惊醒。

"你到底在害怕什么？"罗伯特问。

西蒙摇摇头。现在是星期天的下午四点，他们整整一天都在床上度过，除了做水煮蛋、给面包涂樱桃果酱的半个小时。

太美好了。他想说的是，这种感觉太美好了，注定不会持久。到明年夏天，他就二十岁了——对猫或者鸟来说，这已经是长寿，但对人来说却远远不是。西蒙没有告诉任何人他曾经拜访过赫斯特街的女人，也没有告诉任何人她曾对他说过的话，现在，那句话似乎正以双倍的速度向他逼近。八月，他坐38路吉里公交来到金门公园的边上，走在兰兹角那条陡峭蜿蜒的小路上。在那里，他看见柏树和野花，还有苏特罗浴场的遗迹。一个世纪前，这里是个像水族馆一样的透明建筑，但现在混凝土已经变成废墟。不过，它不也曾是个奢华之所吗？哪怕是伊甸园——特别是伊甸园——也没能永远存在。

冬天到来的时候，西蒙开始为芭蕾舞团的春季节目《神话》排演了。汤米和爱德华多将以《纳喀索斯和他的影子》开场,他们的动作互相呼应。接下来是《西西弗斯的神话》,女演员们以一定的间隔表演一系列动作,像一首轮唱的曲子。最后是《伊卡洛斯的神话》,西蒙将首次出演:他是伊卡洛斯,罗伯特是太阳。

首演那天晚上,他围绕着罗伯特翱翔。他在不断靠近。他背负着一对大翅膀,由蜡和羽毛制成,就像代达罗斯为伊卡洛斯设计的翅膀一样。西蒙背负着十公斤的重量跳舞,头晕目眩,所以当罗伯特取下翅膀时,他满心感激,尽管这意味着翅膀已经融化了,西蒙作为伊卡洛斯将会死去。

当音乐——阿丁塞尔的《华沙协奏曲》——达到高潮时,西蒙的灵魂就像飞离了地面,双脚在半空中盘旋。他想念家人。如果你们现在能看到我就好了,西蒙想。他紧紧地抱着罗伯特,罗伯特把他带到舞台中央。环绕罗伯特的光线如此明亮,西蒙看不见其他任何东西了:四周的观众、其他同僚。舞团的伙伴们全都挤在翅膀后边看他们。

"我爱你。"他低声说。

"我知道。"罗伯特说。

音乐声很大,没有人听得到他们的对话。罗伯特把他放在地上。西蒙按照加利示范过的方式做出动作:双腿蜷起,手臂伸向罗伯特。罗伯特用翅膀保护他,直到他退下。

他们就这样生活了两年。西蒙煮咖啡,罗伯特铺床。一切都是新的,直到它们变旧。罗伯特磨破的运动裤,还有他愉悦的呻吟。他每周修剪指甲的样子——完美的、半透明的月牙形指甲落在在水槽里。占有的感觉,陌生又令人陶醉。我的男人,我的。当西蒙回忆起来的时候,这段时间短得不可思议。那些瞬间像电影片段一样在他眼前闪过。罗伯特在橱柜前做鳄梨酱。罗伯特在窗边伸懒腰。罗伯特到外面去,从花园的花盆里剪下迷迭香或百里香。夜里,路灯很亮,在黑暗中也能看见花园。

8

"你的动作,"加利说,"必须——具有——整体性。"

1981年12月。在男子舞蹈课上,舞者们正在练习单足趾尖旋转,也就是全靠一只脚的脚尖保持平衡,另一只脚横向伸展,身体做出旋转。西蒙已经摔了两次,现在加利站在他身后,一只手抵住西蒙的肚子,另一只手抵住他的后背,其余的人都在一旁看着。

"抬起右腿。中段保持紧绷。始终要保持垂直。"当双脚着地时,保持垂直还很容易,但当西蒙抬起腿时,他的后背就拱起来,胸部向后靠。加利不赞同地拍了拍手。"看出来了吗?看出问题在哪了吗?你一抬腿,自我意识就占了上风。你必须从基础开始练。"

他大步走到中间来示范。西蒙双臂交叠。

"一切,"加利一边说一边看着芭蕾舞团的成员们,"一切都有联系。看着我。"他把脚放在第四位,然后做了个屈膝。"我在做准备,这是很重要的动作。我能感觉胸部和臀部之间的联系。我能感觉到膝盖和脚踝之间的联系。身体结构有它的协调性,它是一个整体,你们明白吗?所以,当我推出去的时候——"他抬起腿,又转回来。"全都是统一的。全都毫不费力。"

汤米,这个从英国来的天才少年看着西蒙,用口型说,不费力吗?西蒙笑了。汤米是个跳跃高手,但不擅长旋转,他总和西蒙同病相怜。

加利还在旋转。他说:"从控制中,诞生了自由。从束缚中,诞生了灵巧。从树干上,"他把一只手放在身体中段,然后用空闲的那只手指向抬起的腿,"长出了树枝。"

加利做了个深深的屈膝,把腿放回地上,然后抬起手掌,好像在说,看到了吗?

西蒙看到了,但做起来完全是另一回事。下课时,汤米把一只胳膊搭在西蒙的肩膀上,哀嚎着走向更衣室。罗伯特看了看他们。雨水打在窗子上,房间里汗水蒸腾,大多数人都赤裸着胸膛。当西蒙与博还有汤米一起出去吃午饭时,罗伯特没有加入他们。

他们走到十七街的"孤儿安迪"餐馆。西蒙对自己说,你并没有做错什么:学院里大多数男人都很风流,罗伯特不愿意融入,也不是他的错。他爱罗伯特——他确实爱罗伯特。罗伯特聪明，成熟，总是给人惊喜。他喜欢古典音乐，也喜欢橄榄球，虽然还没到三十岁，但他宁愿在床上看书，也不愿和西蒙去紫花俱乐部。"他很有品味。"克拉拉第一次见到罗伯特时说，西蒙骄傲地笑了。但这也是问题的一部分：西蒙喜欢粗俗色情的东西，喜欢被人打屁股，跟别人眉目传情，喜欢被人吮吸，他有一些堕落的口味——至少，他的父母会称之为堕落——他现在也终于开始承认了。

午饭后，他们去明星药房买卷纸。西蒙付了钱，另外两个人在外面等着。他回来的时候，那两个人都盯着药房的玻璃窗。

"哦，我的天，兄弟们，"汤米说，"你们见过这个吗？"

他指着贴在窗上的自制传单，上面写着"同志癌"。下面是三张宝丽来照片，拍的是一个年轻人。第一张照片里，他撩起衬衫，露出一串紫色的斑点，像烧伤一样凹凸不平。第二张，他大张着嘴，里边也有一个斑点。

"闭嘴，汤米。"汤米是个众所周知的疑病症患者——他总是抱怨谁都没听说过的肌肉群疼痛症状。但博的声音比平时更尖锐。

他们挤在蟾蜍厅酒吧的遮阳棚底下抽烟。西蒙吸了一口，甜腻又潮湿，这本该让他平静下来，但是并没有：他觉得自己焦躁得能脱离这具身体。在这一天剩下的时间里，他怎么都没法从脑海中抹去那些画面——可怕的病灶，黑得像李子，也像有人用红笔在传单底部涂写下的字句：小心，伙计们。外面有坏东西。

里奇醒来时，左眼白上有一个红点。西蒙替了他的班，让里奇去看病；他得确保它在平安夜前消失，那可是紫花俱乐部一年一度的圣诞酒会。很少有紫花的顾客在假期回去探亲，所以舞者们总是把自己涂成红色和绿色，穿着丁字裤，把铃铛挂在腰间。医生让里奇带了抗生素回来。"他们说也许是红眼病。"隔天，里奇一边把阿德里安的后背喷成紫色，一边说。"是个可爱的化验室技术员，大概十九岁，她说，'你有没有可能接触了粪便？'"里奇把手放在胸口。"我说，'哦，不，亲爱的，我不会碰那种东西的。'"大家都在笑。西蒙以后会想起里奇此刻的样子，他的笑容，他的大兵发型，带着点灰色。因为到了十二月二十日，里奇就死了。

　　要怎么形容这种震撼？那些斑点出现在多洛雷斯公园的卖花人身上，也出现在博的脚上，那双脚曾经能不停歇地旋转整整八圈。现在博已经被爱德华多的车送到了旧金山综合医院，他发病了。西蒙对 86 号病房 [1] 有了最早的记忆，尽管还要过一年它才会有名字：餐车的嘎吱声；电话桌前的护士，还有他们异乎寻常的平静。（不，我们不知道它是怎么传播的。你的爱人现在和你在一起吗？他知道你来医院吗？）还有那些男人，二三十岁的男人，睁大眼睛坐在病床上、轮椅上，仿佛产生了幻觉。四十一名同性恋者出现罕见的癌症，《旧金山纪事报》说，但没有人知道他们是怎么得的。当兰斯

---

[1] Ward 86，在旧金山综合医院 80 号楼的六层为艾滋病人开设的病房，是美国第一家专门设立的艾滋病诊所。

腋下的淋巴结开始肿胀时,他在紫花俱乐部值了最后一班,把报纸放在背包里,打车去了医院。十天后,肿块已经有橘子那么大了。

罗伯特在公寓里踱步。"我们得呆在这儿。"他说。他们的食物够吃两个星期。他们俩都已经好几天没睡觉了。

但西蒙一想到要被隔离就惊慌不已。他已经感到和世界的联系断开了,他拒绝继续躲藏,拒绝相信这就是最后的结局。他还没死。但他知道,他当然知道,至少内心充满了恐惧——恐惧和直觉之间只有一道细微的界限;一个人如此轻易地就能伪装成另一个人——他害怕那个女人的话成真。到六月二十一日,夏天的第一天,他也会死去。

罗伯特不希望他在紫花俱乐部工作。"不安全。"他说。

"没有什么是安全的。"西蒙拿着他的化妆包走到门口。"我需要钱。"

"胡说。芭蕾舞团付给你工资。"罗伯特跟在他身后,用力抓住他的胳膊。"承认吧,西蒙。你喜欢在那个俱乐部得到的东西。你需要它。"

"嘿,罗伯特。"西蒙勉强笑了笑。"别拖后腿。"

"我?我拖后腿?"

罗伯特的眼神在燃烧,这让西蒙既害怕又兴奋。他伸手去抓罗伯特的阴茎。

罗伯特闪开了。"不要这样玩弄我。不要碰我。"

"跟我来吧。"西蒙低声说。他一直在喝酒,可罗伯特厌恶喝酒几乎就像厌恶他在紫花的工作一样。"你为什么哪儿都不去？"

"哪儿都不适合我，西蒙。我不适应你们这些白人，也不适应黑人。芭蕾舞和足球都不适应。在家乡不适应，在这儿也不适应。"罗伯特说得很慢，就像对一个孩子说话一样。"所以我选择留在家里。我让自己变得很小。只有跳舞的时候例外。即使这样，每次我上台，都知道观众席上有很多人从来没见过像我这样的人跳舞。我知道他们中有些人不会喜欢我。我很害怕，西蒙。每天都是如此。现在你知道那是什么感觉了。因为你也很害怕。"

"我不知道你在说什么。"西蒙沙哑地说。

"我觉得你完全知道我在说什么。这是你第一次感觉到像我一样——就好像没有一个安全的地方。你不喜欢这样。"

西蒙感觉到他的血管在头骨里猛烈搏动。他被罗伯特说出的真相钉在原地，如同一只昆虫被钉在木板上，他的翅膀在扇动。

"你是在嫉妒。"他嘶吼。"仅此而已。你可以更努力一点，罗伯特，但你没有。你嫉妒——你嫉妒——嫉妒我做的事。"

罗伯特站在原地，却突然把脸转向一边。当他再看向西蒙时，眼白变成了粉红色。

"你和其他人一样，"他说，"那些小白脸和搞艺术的基佬，还有该死的投机分子。你们这些家伙，继续谈论你们的权利和自由吧，你们在所有的游行里欢呼，可真正想要的不过是在福尔瑟姆的地下俱乐部里和某个穿皮革的人做爱，或者在公共浴室里喷粪。你们想要的是和其他白人一样大大咧咧的权利，和任何一个直男一样。但你们根本不是'其他那些白人'。这就是为什么这个地方异常危险，因为它让你忘记了这一点。"

西蒙在这番羞辱下火冒三丈。去你的，他想。去你的，去你的，去你的。但罗伯特的话让他沉默、愤怒又羞愧——为什么难以摆脱这些感觉？他转过身，推门离开，向着卡斯特罗街的一团黑暗走过去，向着灯光和那些似乎总是在等他的人走去。

紫花的新雇员糟透了，他们才十六岁，全是些怪胎，甚至都不会跳舞。观众也七零八落，有几个挤在角落里，还有几个在平台附近疯狂地扭动。他们换班后，阿德里安焦躁不安。"我得离开这儿。"他嘟囔着，用毛巾擦拭自己。西蒙也一样。他坐上阿德里安的车巡视卡斯特罗区，但阿尔菲的老板病倒了，QT酒吧就和紫花俱乐部一样压抑，所以阿德里安调了个头，又开始往市中心走。

沙包场和自由浴场都没开。他们在福尔瑟姆峡谷书店停下来。"致力于享乐"，标语是这么写的。但电影亭里都有人，拱廊却空着。布莱恩特街的训练营浴场是空的。他们马不停蹄地来到了一家叫"动物"的皮革主题俱乐部，阿德里安和西蒙都没有穿皮具，但谢天谢地这儿起码有人，所以他们把衣服扔进储物柜，然后阿德里安带头穿过一串迷宫般的黑暗房间。穿着小裤衩、戴着项圈的男人在黑暗中互相骑乘。阿德里安拉着一个穿背带的孩子消失在角落里，但西蒙没法允许自己去碰任何人。他在入口处等阿德里安，阿德里安一小时后才回来，双眼圆睁，嘴巴红红的。

阿德里安开车送他回家。西蒙努力维持呼吸。他没有搞砸，没有犯下不可挽回的错误，还没有。他们把车停在离西蒙和罗伯特家一个街区远的地方，互相盯着对方看了几秒钟，然后西蒙把手伸向阿德里安，这就是一切的开始。

克拉拉站在舞台上，蓝光倾泻而下。这舞台是个专为演奏设计的小平台。零星的观众坐在圆桌边、吧台的高凳上，不过西蒙没办法判断有多少人是来看克拉拉的，有多少人只是这里的常客。克拉拉穿着一件男士燕尾服外套，配上细条纹裤和一双马丁靴。她的魔术技巧娴熟，但不是大魔术，只是显得轻快机灵，她的剧本带着一种经过雕琢的完美主义，就像个准备论文答辩的研究生。西蒙用吸管搅动他的马提尼酒，不知道看完表演该跟她说点什么。经过一年多的规划，就是这样的结果：在唯一愿意接受她的地方，在费尔摩街的一家爵士乐俱乐部里，表演围巾魔术，而俱乐部的顾客已经开始离场，消失在寒冷的春日夜晚。

克拉拉从旁边的乐谱架上解下一根绳子，把一个棕色的小口哨咬在牙齿间。这时候俱乐部里已经没几个人了。绳子挂在一根缆绳上，而缆绳挂在天花板的一根管子上。克拉拉自己装了个滑轮来控制，现在在她的指示下，滑轮由酒吧经理拿着。

"你敢把这个托付给他?"上周,克拉拉解释表演流程时,西蒙问她。"让我来吧?"

"我不想把公事和消遣混到一起。"

"我是消遣?"

"嗯,不是,"她说,"你是家人。"

现在,他看着克拉拉站到二楼的窗边。在短暂的休息时间里,她已经换上一件无袖连衣裙,是裸色的,上面布满了金色亮片;裙子的流苏垂到大腿中部。克拉拉如同鬼魅般飘荡,紧接着手脚都蜷缩起来。突然,她变成了一团模糊的东西:红色和金色,头发和闪亮的东西,光之旋涡。她的速度放慢了,又变成了他的姐姐——汗水在她的发际线上闪烁,她的下巴也开始颤抖。她把脚伸向舞台,一触到地面,膝盖就弯曲下来。她把哨子吐到掌心,然后鞠躬致意。

冰块的叮当声,椅子的刮擦声,然后掌声响起来了。克拉拉表演的不是魔术。这中间没有什么把戏,只是力量和轻盈的奇特组合。这是种怪异的、非人的轻盈。西蒙不知道这更像是悬浮还是悬挂。

下一场表演还没开始的时候,西蒙在温室里找到了克拉拉。她正和经理谈话,他就在外面等着。经理是个穿着运动服的魁梧男人,看起来有五十岁。他和克拉拉握手,另一只手环绕她的背,然后放在她屁股上。克拉拉的动作变得僵硬起来。经理离开后,她看了一眼大门,然后朝椅子走过去,经理把他的皮夹克留在了椅子上。钱包从一个口袋里鼓出来。她抽出一叠钞票,把它们塞进裙子的一侧。

"你是认真的吗?"西蒙走进去,问道。

克拉拉的表情很混乱。她脸上的羞愧变成了恼怒。"他是个混蛋。而且他们付给我的价钱比狗屎都低。"

"所以呢?"

"所以怎么样?"她穿上燕尾服外套。"他有几百块。我就拿了五十。"

"你真高尚。"

"真的吗,西蒙?"克拉拉做出高傲的姿态,把她的装备放进伊利亚的黑盒子里。"我刚表演了第一个节目,这么多年我一直在努力的节目,结果你就跟我说这个?谈论什么是'高尚'?"

"你这是什么意思?"

"我的意思是,消息会传开。"克拉拉合上盒子,像拿着盾牌一样把它夹在双臂之间。"我有个同事,是阿德里安的表妹。上周她跟我说,'我觉得我表哥在和你弟弟约会。'"

西蒙脸色变了:"那是胡扯。"

"不要骗我。"克拉拉凑近他,头发飘到他的胸前。"罗伯特是你有生以来得到的最好的东西。你可以选择丢掉这段关系,但至少要体面地和他分手。"

"不用你教育我怎么做。"西蒙说,但最糟糕的是,克拉拉知道的还不到一半。凌晨时分他在金门公园游荡,在草场一带或者41、

JFK这类餐馆的厕所里和陌生人做爱。他在卡斯特罗剧场的后排自慰，孤女安妮在屏幕上唱歌。成群的男人在海滩的荒地上互相取暖。

最糟糕的一夜是在五月，在田德隆区。一个穿着闪亮银色礼服和粗跟鞋的"变装皇后"把他带到了海德街，带进一家单人酒店。不知道谁叫来的男妓抓住西蒙的衣领，想拿走他的钱包，但西蒙用膝盖顶住他的裆部，跟跄着上了楼。他们开了一间房，打开床头灯，西蒙这才看清自己的搭档竟然是"夫人"。她已经好几个星期没来紫花俱乐部了，他们都以为是最坏的情况——她得了"同志癌"。有那么几秒钟，西蒙感到一阵宽慰。但"夫人"并没有认出他来。她从衣兜里拿出一瓶微型伏特加。酒瓶是空的，装着一片铝箔。她把一份可卡因塞进去，吸了一口。

六月的第一天，西蒙站在浴室里。昨晚的《神话》演出，是西蒙几天来第一次触碰罗伯特，也是几天来第一次，他们站在一起没有发生争执。现在，西蒙试图自慰，一开始他想着罗伯特，却迟迟没法达到高潮，直到他想起"夫人"蹲在她自制的烟斗上。

他拿起洗发水瓶，用尽所有力气朝淋浴那边扔过去。花洒猛地向上弹起，打在上方的莲蓬头上，然后跳出了原位，疯狂地摆动，打湿了天花板，最后西蒙好不容易把这该死的东西关掉。他滑下来，坐在冰凉的浴缸上抽泣。那块黑色的印迹还在他的腹部，不过当他俯下身的时候，它看起来比前一天更像一颗痣。对，它绝对就是一颗痣。他站起身来，调整了一下淋浴，然后踩到垫子上。阳光照亮了浴室。西蒙没有注意到罗伯特正站在门口，直到罗伯特开口说话。

"那是什么东西？"他盯着西蒙的肚子。

西蒙抓了条毛巾。"没什么。"

"见了鬼才会没什么。"罗伯特把一只手搭在西蒙的肩膀上，拉开毛巾。"我的天啊。"

他们一起盯着它看了几秒钟。然后西蒙垂下头。

"罗伯特，"他低声说，"对不起，我为所做的一切感到抱歉。"然后，他像发了疯一样说："今晚有一场演出。我们必须去剧场。"

"不，宝贝，"罗伯特说，"剧场可不是我们要去的地方。"几分钟之内，他就叫来一辆出租车。

9

西蒙住进了旧金山综合医院，他那间病房里有十二张病床。通向这片病房区的旋转门上有个压膜标识，写着"进入室内需佩戴面具防护服手套防刺穿针盒，孕妇禁入。"还有一个小点的牌子，上面写着"禁止送花"。

克拉拉和罗伯特就在西蒙的房间里过夜，睡椅子。他的床边有一道薄薄的白色布帘，隔开了另一张床。和西蒙同病房的病友以前是个厨师，现在瘦得像一副骷髅，什么都咽不下去，西蒙不太想看他。没过几天，病床又空了，布帘在微风里飘荡。

罗伯特说："得告诉家人。"

西蒙摇摇头："不能让他们知道我就这么死了。"

"但你还没死。"克拉拉说。她的腿上铺满了小册子——《当朋友得了癌症》《要爱，不要拒绝》。她的眼睛是湿的。"你还在这儿，和我们在一起。"

"是啊。"西蒙感觉喉咙很紧：脖子上的腺体肿了。有天晚上，罗伯特和克拉拉出去买外卖，西蒙挪到床边，伸手拿到电话。西蒙羞愧地意识到，他甚至没存丹尼尔的电话号码，但克拉拉在椅子上放了一堆东西，其中有本细长的红色通讯录。响到第五声，丹尼尔才接起来。

"丹。"西蒙说。他声音沙哑，左脚还在抽筋，但他满心感激。

丹尼尔停顿了很久才开口："谁？"

"是我，丹尼尔。"他清了清嗓子。"我是西蒙。"

"西蒙。"

又是一阵停顿，持续了很久，西蒙知道，除非自己主动开口，否则沉默会一直持续下去。

"我病了。"他说。

"你病了。"停顿。"我很遗憾。"

丹尼尔的声音很僵硬，就像在对一个陌生人说话一样。他们有多久没好好聊天了？西蒙试着想象丹尼尔的脸会是什么模样。他已经二十四岁了。

"你在干什么？"西蒙问。他竭尽全力想让哥哥多在电话里说会儿话。

"我在医学院上学。刚下课回来。"

西蒙想象医学院里的情景：门开了又关，年轻人背着书包进进出出。这个想法深深地宽慰了他，他几乎感觉可以睡过去了。因为神经疼痛和持续不断的痉挛，他绝大多数夜晚都没法睡着。

"西蒙？"丹尼尔问，他的声音终于没那么僵硬了。"我能帮上什么忙吗？"

"不用。"西蒙说。"没事。"他不知道丹尼尔挂断电话的时候有没有松了口气。

6月13日，西蒙的病房里一夜之间死了两个人。新进来的室友是一个戴眼镜的仡蒙男孩，最多十七岁，一直在叫妈妈。

罗伯特一直陪在西蒙身边。西蒙对他说："曾经有一个女人，把我的死期告诉我了。"

"一个女人？"罗伯特靠过来。"什么女人，宝贝？是个护士吗？"

西蒙感觉晕晕乎乎的。他们不断给他打吗啡，用来治疗神经痛。"不是，不是护士——是个女人。她从别处来的纽约。那会儿我还是个孩子。"

"西蒙。"克拉拉从椅子上抬起头来,她正在帮他搅拌酸奶。"别这样。"

罗伯特一直盯着西蒙:"她告诉你什么?你能想起来什么?"

能想起来什么?一扇窄门,一个黄铜号牌挂在合叶上晃荡。西蒙能想起公寓里的污浊,这让他惊讶不已;他曾经把它想象成一个宁静的场景,就像在佛像周围那样。他还能想起一叠纸牌,那个女人让他从中挑选四张。西蒙想起他选的牌——四张黑桃,全都是黑色的,还有那个女人说出他死期时,给他带来的巨大震撼。他能想起从防火梯上跌跌撞撞地走下来,手掌贴着栏杆。他还记得,那个女人没有要钱。

"我一直都知道,"他说,"我一直都知道自己活不长,所以才会做这些事。"

"做哪些事?"罗伯特问。

西蒙抬起一根手指:"首先,我离开了妈妈。"

他伸出第二根手指,却丢掉了思路。现在,开口说话就像溺水时挣扎着想要浮上海面。西蒙越来越觉得他正在沉向海底,明知道下边有什么,却没法给陆地上的人解释。

"嘘。"罗伯特说着,轻轻抚平西蒙前额的头发。"已经不重要了。什么都不重要了。"

"不,你不懂。"西蒙还在水里挣扎。他喘不过气来。必须说出口,这是最紧要的。"很重要。"

罗伯特出去上厕所时,克拉拉来到西蒙床前。她的眼袋都肿起来了。

她说:"我还会像爱你一样去爱另一个人吗?"

她扑到床上,躺到他身边。他现在太瘦了,他们两个人很容易就能挤在医院的单人病床上。

"拜托,"西蒙说出了他们启程之前、站在屋顶上看着太阳升起时,克拉拉对他说过的话,"你会找到你更爱的人。"

"不,"克拉拉在喘息,"我不会。"她靠到西蒙的枕头上。她转过身凝视他的时候,头发落在他的锁骨上。"那个女人对你说的是什么?"

已经到了这个时候,说出来还有什么要紧呢?"星期天。"西蒙说。

"哦,西蒙。"她发出一种奇怪的声音,就像一条被链子束缚的狗发出的哀嚎。克拉拉意识到这是她发出的声音,用手捂住了嘴。"我希望……我希望……"

"别说了。看看她给了我什么吧。"

"这些!"克拉拉说,她看着他手臂上的皮损,还有清晰可见的肋骨。就连他的金发也变得稀疏了:护工帮他洗过澡以后,排水口全是他的卷发。

"不对,"西蒙说,"是这些。"他指向窗户。"要不是她,我就

第一部分　孩子,你要跳舞　　　　　　　　　　　　　　　　121

不会来旧金山。我不会遇到罗伯特,也不可能学会跳舞。我大概还待在家里,等着我的生活开始。"

他对疾病感到愤怒。疾病让他怒火中烧。很长时间以来,他也一直在恨那个女人。他想知道,她怎么能给一个孩子做这么可怕的预言?但现在,他对她的看法不一样了,她就像第二个母亲,像个神一样。她给他指了道门,说:"去吧。"

克拉拉好像呆住了。西蒙想起他们搬来旧金山以后,他在她脸上看见过的表情,那种气恼和纵容的奇特组合,他终于意识到为什么这表情让他感到不安。因为克拉拉让他想起了那个女人:注视着他,数着日子。他对姐姐的爱骤然迸发出来。他想起屋顶上的克拉拉——她站在栏杆边缘,说话时没有看向他。给我个理由,你为什么不该去过你自己的生活?

"我说是星期天,你一点也不惊讶,"西蒙说,"你早就知道了。"

"你当时说过,"克拉拉低声说,"你说,到那个日子的时候,你还很年轻。我希望你能得到想要的一切。"

西蒙握紧了克拉拉的手。她的手掌肉乎乎的,是健康的粉红色。"我确实得到了啊。"他说。

克拉拉时不时地离开,让西蒙和罗伯特独处。他们感觉太疲惫、什么都干不了的时候,就一起看录像。都是从旧金山公共图书馆租来的,一些优秀男舞者的录像。纽瑞耶夫,巴瑞辛尼科夫,尼金斯基。香提计划[1]的一位志愿者从社区活动室推来一台电视，罗伯特和西蒙一起躺在病床上。

西蒙看着罗伯特。能认识你是多么幸运啊。他很担心罗伯特的未来。

"如果他也得了，"西蒙告诉克拉拉，"一定要让他参加药物实验。答应我，克拉拉，答应我你会让他加入。"

有个消息已经传遍了整个走廊，是一种在非洲表现出不错前景的实验性药物。

"好，西蒙，"克拉拉低声说，"我答应你。我会努力的。"

为什么和罗伯特在一起的这些年，表达爱意会如此困难？白天越来越长，西蒙一遍又一遍地说，我爱你，我爱你。这样的呼唤和回应，就像食物和呼吸一样必不可少。只有听到罗伯特的回答，他的脉搏才会放缓，眼睛才会闭上，直到最后入睡。

---

[1] Shanti Project，旧金山的非营利组织。

第二部分
普罗透斯

1982—1991
克拉拉

10

克拉拉能把黑围巾变成一朵红玫瑰，把一张花色是 A 的纸牌变成 Q。她能把一分硬币变成十分，把十分变成二十五分，还能凭空变出一美元。她会海曼移牌、萨斯顿掷牌、悬浮牌，还有手背藏牌。她是表演经典杯球戏的专家，加拿大魔术大师戴·弗农传给了伊利亚·赫拉瓦切克，伊利亚再传给她：这是一种让目眩神迷的视觉幻象，在一个空银杯里装上球和骰子，最后变成一个饱满又完美的柠檬。

有一件事她做不到，却又永远不会停止努力，就是把弟弟带回来。

现场演出前，克拉拉的第一个任务就是为"生命之颂"备场。有挑高屋顶的夜总会并不好找，所以她也在餐馆剧院和音乐厅演出，偶尔还会作为独立的外包演员，在伯克利的一个小马戏团演出。不过，她还是喜欢夜总会，因为那里边烟雾缭绕的暗黑氛围，也因为她可以一个人表演，还因为那里挤满了成年人，她更喜欢为成年人表演。大部分成年人都声称自己不信魔法，但克拉拉更了解他们。为什么所有人都在追求持久和稳定——恋爱、生孩子、买房子？明明所有证据都表明"永恒"根本不存在。关键并不在于转变他们的想法，而是要迫使他们承认事实。

她把工具装进一个鼓鼓囊囊的双肩包里：垂线和攀爬绳、扳手和夹钳、旋转口衔、吊绳。伊利亚教过她，每一块场地都不一样，所以她会仔细测量天花板的高度、舞台的宽度，会评估板条的样式和强度。成功和失败只有毫厘之差——时机要么完美无缺，要么就是一场灾难。她踩着梯子在屋顶板条上扎好攀爬绳，用吊绳绕三次，然后往交叉绳上装好安全阀。她在舞台上方留出一米九：她自己身高一米六七，加上踮起脚的十八厘米，再加上高于地面的五厘米。

克拉拉从两年前开始表演"断裂"。一名助手拉着绳子，直到她嘴里咬着口衔，悬停在天花板上。但她不会像早期的表演那样再飘回来，而是在绳子松开的那一刻猛然下坠。观众总会以为是个意外，现场全是倒吸冷气的声音，有时候还有尖叫，直到她突然停下。现在，她几乎已经习惯了下巴承受身体重量时的猛震，习惯了颈椎快要断掉的牵拉感，还有眼睛、鼻子和耳朵的刺痛。她只能看见炽热的白光，然后绳子再降低几厘米，她的脚触到地面。当她抬起头来、把口衔吐到掌心的时候，她才第一次看到观众，他们紧绷的脸终于放松下来，充满了好奇。

"我爱你们。"她呢喃着鞠躬。这话的灵感来自霍华德·萨斯顿，每场演出前，序曲响起的时候，他都会站在幕后重复这句话。"我爱你们，我爱你们，我爱你们。"

11

1988年2月，一个异常寒冷的晚上，克拉拉站在"委员会"的舞台上。"委员会"是位于百老汇街的一家卡巴莱剧场，平时一个也叫委员会的喜剧剧团在这儿演出。这周一，他们把场地租给了克拉拉，她为这场演出付的费用比赚到的钱还要多。她往每张桌上放了一张名片，卡片上写着"永生者"，但现场观众稀稀拉拉，都是从秃鹫俱乐部和妖妇俱乐部[1]那边过来的，要不然就是过一会儿要去那边。克拉拉的杯球戏表演得很好，但除了"断裂"以外，人们对什么都不感兴趣，甚至连"断裂"也失去了吸引力。"别演魔术了，小甜心。"有人喊道。"让我看看你的奶子！"她的表演结束以后，一个歌舞团开始布置场地，克拉拉穿上她在有表演的夜晚才穿的长风衣，走向吧台。去女厕所的路上，她从刚才喊话的人口袋里

---

[1] 均为旧金山北滩区的脱衣舞酒吧。

摸走一个皮夹，回来的时候又把皮夹塞了回去，取走了里边的现金。

"嘿。"

她的心一沉，转过身，以为会看到一张长雀斑的脸和一双威士忌色的眼睛，还有制服和徽章。但她面前是个穿着 T 恤、松垮牛仔裤和工靴的高大男人，他举起了双手。

"不是故意要吓你。"他说。但现在，克拉拉盯着他的浅棕色皮肤和黑亮的齐肩发，确信以前见过他。

"我好像见过你。"

"我是拉杰。"

"拉杰。"她想起来了。"拉杰！天啊，泰迪的室友。我是说巴克希什·卡萨[1]的室友。"她赶紧补充，同时想起了巴克希什·卡萨的长发和钢箍。

拉杰笑起来："我一直不喜欢那小子。哪有白人突然开始戴头巾的？"

"在海特街混的那些人可能会吧。"

"他们都走了。要么去硅谷，要么去当律师。头发都剪短了。"

克拉拉笑了。她喜欢拉杰的机敏，也喜欢他那双一直追随她的眼睛。人们正从剧院里挤出来；前门打开的时候，她看见黑色的夜幕，看见星空，还有脱衣舞俱乐部的霓虹灯。平时，她会在演出

---

[1] 泰迪跟锡克人混在一起以后给自己起的新名字。

结束后乘斯托克顿 30 路公交回唐人街,她一个人在那儿租了间公寓住。

"你现在做什么呢?"她问。

"做什么?"拉杰的嘴唇很薄,但很有表现力,带着一点狡黠的弧度。"我现在什么也没做。一点计划都没有。"

"已经十年了。你敢相信吗?十年了!你可是我在旧金山遇见的第一批人之一。"

他们坐在一家名叫维苏威的意大利咖啡馆,就在城市之光书店那条巷子里,在它对面。克拉拉很喜欢这家咖啡馆,因为这里曾是弗林盖蒂和金斯伯格经常光顾的地方,现在却挤满了一群吵吵闹闹的澳大利亚游客。

"而我们还在这儿。"拉杰说。

"而我们还在这儿。"克拉拉依稀记得拉杰在公寓里的样子。她和西蒙刚来旧金山的时候,曾和他住在同一间公寓:拉杰在沙发上读《百年孤独》,或者和长腿的金发姑娘苏茜一起在厨房做薄煎饼。苏茜当时在棒球场附近卖花。"苏茜后来去哪了?"

"和一个基督教灵修派的人跑了。1979 年以后就没见过她。你和你弟弟一起来的,是吧?他怎么样了?"

克拉拉一直在摸她的马提尼酒杯,紧紧捏着狭窄的杯柄,但现在她抬起了头。"他已经死了。"

拉杰被酒呛了一下。"死了？妈的，克拉拉。我很遗憾。因为什么？"

"艾滋病。"克拉拉说。这病直到西蒙死后三个月才有了名字，至少现在她知道原因了，对此她心怀感激。"他才二十岁。"

"活见鬼的狗屎。"拉杰又摇了摇头。"真是个畜生，艾滋病。去年带走了我一个朋友。"

"你是干什么的？"克拉拉问。她只想赶紧换个话题。

"我是个机械师。主要修车，也搞过建筑。我爸想让我当个外科医生。我总跟他说，那根本不可能，但他还是把我送到这儿了。他住在达拉维——孟买的贫民窟，一公里多的地方住了五十万人，河里飘着屎，但那就是家。"

"肯定很不容易，离开你爸爸，一个人来这儿。"克拉拉一边说一边看着拉杰。他的眉毛很浓，但五官很精致——高颧骨，往下是轮廓分明的面颊和尖下巴。"你当时多大？"

"十岁。我和我爸的表兄阿米特一起搬过来的。他是我们整个家族最聪明的人，申请到一笔大学奖学金，六十年代拿着学生签证来加州念医学院。我爸希望我也能像他一样。我从来都不擅长科学类的东西，不喜欢修理人，但是喜欢修理东西，所以我爸对我的评价对了一半；不过我猜一半还不够。"他笑得有点紧张，依稀还能听出口音，不过要很仔细才能听出来。"那你呢？你干这个多久了？"

"嗯……"克拉拉说,"六年吧?"

一开始,魔术让她振奋,但现在却耗尽了她的力气:一切都得靠自己,她穿着风衣,搭乘湾区捷运去伯克利,旁边其他人的音箱里放着嘻哈。她一般凌晨一点到家,如果是从东湾回来,就得凌晨三点。她泡在浴缸里,楼下的中国面包店已经开始了新一天的劳作。晚上,她用那台没钱换的破缝纫机把该死的亮片缝回演出服上——沙发垫上有亮片,楼梯上有亮片,淋浴间的排水管里也有亮片。

一年前,她表演"断裂"的时候受了重伤。她通过《旧金山纪事报》雇来的一个女孩没有检查安全阀就松开了绳子,绳子多滑出三英尺。克拉拉没能悬停到地面以上。她落下来的时候,手和膝盖都着了地,头骨跳着疼,好像挨了一拳似的,双脚肿得像黑气球。她没买保险,住院费几乎花光了她从父亲索尔那里继承的钱。夹板打了六个星期,她气得要命。刚过去的这一年里,她只和马戏团的一个十九岁男孩一起表演,但他三月份就要走了,去加入巴纳姆马戏团。

"表演魔术能让你开心,我明白了。"拉杰说。他在笑。

"哦。"克拉拉也微笑起来。"确实是。确实是。可我累了。一个人干这个很难。而且太难找客户了。愿意雇我的场地就那些,次数也有限——你在同一个地方表演了好几年,人们知道了,名声传开了,然后又没了,你还待在那儿,靠牙齿挂在一根绳子上。"

"我喜欢那个表演,绳子魔术。你有什么秘诀吗?"

"没有。"克拉拉耸耸肩。"只不过是坚持住了。"

"印象深刻。"拉杰扬起了眉毛。"你会觉得紧张吗?"

"现在比以前更不容易紧张了,而且也只会在表演前出现。更多是种期待吧。我在后台,感觉有点……我想是有点怯场,但也不完全是,其实是兴奋——知道我就要给人们展示一些他们从没见过的东西。我可能会改变他们看待世界的方式,哪怕只是在一小时之内。"克拉拉皱了皱眉。"我表演围巾戏法或者杯球戏之前,并不会觉得紧张。那是我从小就学会的,只不过人们都更喜欢'断裂'。"

"那你为什么不改变表演内容呢?删掉小玩意儿,干一场大的?"

"很复杂的。我需要搞设备,还需要一个真正的全职助手。我得想办法操纵更大的道具。还有,我最喜欢的表演,那些只在书里读到过的,还得想办法弄明白原理。魔术师可是非常爱保密的一群人。"

"假如,我是说假如,你可以表演任何魔术,你会选择什么呢?"

"任何魔术吗?我的天,"克拉拉笑了,"比如德科尔塔的消失鸟笼。他在空中举起一个装了鹦鹉的鸟笼,然后砰的一声,它就消失了。我知道肯定是从袖子走的,但一直想不通怎么才能做到。"

"应该是可折叠的。笼子的栅栏是连起来的吗?中间的栅条比两头的厚?"

"我不知道。"克拉拉说,现在她的脸涨红了,语速很快。"然后是普罗透斯柜。就是一个直立的高脚小壁橱,装着脚轮,让观众知道表演者不能通过底下的陷阱门进出。一个助手把柜子转过来,打开柜门再关上,然后里边传出敲门声。门开了,你就站在里边。"

"这得靠镜子,"拉杰说,"观众们看见的不是柜面,他们看见的是被反射的物体。"

"当然,我就知道这么多了。但角度很关键,几何计算必须非常精确,这就是诀窍——数学。"她已经喝光了酒,但她没有注意到。"我真正想表演的魔术,我一直以来最喜欢的一个,叫'第二视觉'。它是一个叫查尔斯·莫里特的魔术师发明的。观众先给他一件东西,比如一块金表,或者一个烟盒;然后他的助手蒙上眼睛,辨认出这件东西。后来别的魔术师也做过这种表演,用的是提前准备好的暗语——你懂的。'对,这儿有件好玩的东西,请把它递过来。'这显然是某种暗语。但莫里特每次都只说'对,谢谢你。'他一直到死都守着这个秘密。"

"眼罩是透视的。"

"他的助手面朝墙。"

"观众是跟他们串通好的。"

克拉拉摇摇头。"不可能。如果那样,他的表演绝不会这么出名——一个多世纪了,人们一直试图破解它。"

拉杰笑起来:"见鬼了。"

"我跟你说,我琢磨很多年了。"

"那,"拉杰说,"我们只能更努力地琢磨了。"

第二部分 普罗透斯

12

戈尔德家每年都要去新泽西州的拉瓦莱特旅行。有一年,索尔在黎明前叫醒了全家。他们住在租来的海滩小屋里,屋子带蓝色和黄色的百叶窗。格蒂呻吟着,最后一个爬起来,索尔带着大家出门,沿着通往海边的小路走。每个人都光着脚,来不及穿鞋,他们到海边的时候,克拉拉才明白原因。

"看着像番茄酱。"西蒙说。地平线上已经变成了一片西瓜红。

"不对,"索尔说,"像尼罗河。"他盯着大海,信心满满地说。克拉拉也同意他的说法。

过了几年,克拉拉在学校里学到一种叫"赤潮"的现象:藻类大量繁殖,污染了沿海水域,使得海水变色。这个知识让她感到莫名空虚。她再也没有理由对红色的海面好奇了,也不会再为这神秘景象着迷。她意识到,自己得到了一些东西,但另一些东西——变化的魔力——已经被夺走了。

当克拉拉从别人的耳朵里掏出一枚硬币,或者把一个球变成柠檬的时候,她并不想欺骗别人,而是想要传递一种不一样的知识,一种拓展的可能性。关键不在于否认现实,而是揭开现实的薄纱,揭示它的特殊性和矛盾之处。最好的魔术,也就是克拉拉最想表演的那种魔术,并不是从现实中减去什么,而是给它增加一些东西。

公元前八世纪，荷马在他的作品里描述了普罗透斯，他是海神、海豹牧人，可以变成任何形态。他能预知未来，也能改变形态来逃避预言，只有被抓住的时候才会回答未来之事。三千年后，发明家约翰·亨利·佩珀在伦敦的理工学院[1]展示了一种新的幻术，名为"普罗透斯，又名我们既存在也不存在"。又过了一个世纪，克拉拉和拉杰在渔人码头的建筑垃圾里捡拾各种木块。到了深夜，工地已经空无一人，连海狮都睡着了，只有鼻子还在水面上。他们用拉杰的卡车拖回九块木板。拉杰与四个人在日落区合租了一间地下室，他在地下室里造出一个宽一米、高一米八的柜子。克拉拉仿照约翰·亨利·佩珀，在柜子的内壁覆上白色和金色的壁纸。拉杰把两面玻璃镜装到柜子里，也贴上了壁纸，这样镜子平放的时候就像柜壁一样。当镜子面向柜子中央打开时，镜面的边缘相触，就留出一个楔形的隐蔽空间，克拉拉正好能藏在里边。现在，镜子反射出的是柜子的侧壁，而不是柜子的背板。

"太美了。"她屏住了呼吸。

视觉效果无懈可击。克拉拉凭空消失了。就在现实之中，隐藏着另一重谁也看不见的现实。

拉杰的过去并不神秘。妈妈在他三岁那年死于白喉；爸爸是个

---

[1] 今威斯敏斯特大学。

拾荒人，在堆积如山的垃圾里寻找玻璃、金属和塑料，卖给废品商。他把一些挑选过的废品带回家，送给拉杰，拉杰再把废品变成精巧的微型机器人，在他们单间公寓的地板上一字排开。

"他得了肺结核，"拉杰说，"所以他才送我来这儿。我爸知道他快死了，也知道再没有别人能帮我。如果他想送我出去，就必须抓紧时间。"

两人都躺在克拉拉的床上，鼻子之间只有几厘米远。"你爸是怎么做到的？"

拉杰有一会儿没说话。"他收买了一个人。那人替我伪造文件，说我是阿米特的弟弟。这是唯一能让我来美国的办法，他花完了每一分钱。"拉杰脸上有一种她从未见过的脆弱，或者说，是一种焦虑。"我现在的身份是合法的，如果你想问这个的话。"

"我不是想问这个。"克拉拉握住他的手，用力捏了捏。"你爸爸来过美国吗？"

拉杰摇摇头。"他又活了两年，但没跟我说他生病了，所以我也没能在他死前回去看看。我猜他是怕我回去看他，这样我就不会再走了。我是他唯一的孩子。"

克拉拉在想象她的父亲。在她的设想中，他们不管到哪儿都是朋友：他们在鬼影出没的公园里下棋，在天堂那些弥漫着雾气的酒吧里辩论神学。她知道自己不该相信基督教描绘的天堂，但她就是相信。犹太教的版本——阴间，遗忘之地，实在太让人绝望了。

永生者

她问:"人们会怎么看我们?一个犹太人,和一个印度教徒在一起?"

"一个勉强算印度教徒,"拉杰捏了捏她的鼻子,"还有一个勉强算犹太人。"

拉杰编了一套他的个人神话。他是传说中法基尔的后裔,而正是法基尔把印度最伟大的魔术技巧传给了霍华德·萨斯顿:怎么在几秒内让一粒种子长成一棵芒果树,怎么坐在长钉上,怎么把松散的绳子抛到空中,然后顺着绳子爬上去。他把这些话讲给经理人和票务经纪人,再把这些印到他们的节目单内页上。每次,拉杰都觉得既满足又愧疚。他不确定自己更像法基尔的假后裔、仅仅想要拿回属于自己的东西,还是更像骗子霍华德·萨斯顿,靠着偷来的把戏从东骗到西。

"我不太明白,"拉杰说,"什么永生者?"

他们坐在克拉拉的沙发上。现在是四月了,下午四点,外边飘着小雨,但热气还是从楼下的面包房里升起来,他们把窗户打开了。

"有什么不明白的?"克拉拉穿着一件宽松的T恤和拉杰的短裤;她的脚什么都没穿,放在他的大腿上。"意思是我永远不会死。"

"吹吧。"他捏了捏她的小腿。"我知道那是什么意思。我只是不明白,你为什么觉得自己在搞那个。"

"那你说我在搞什么?"

"变魔术啊。"他用一只手肘支撑着身体。"围巾变成花。球变成柠檬。匈牙利舞者变成美国明星。"他扬起了眉毛。克拉拉跟他说过外婆的事。

拉杰有一堆宏伟的计划：新服装，新名片，更大的演出场地。他还在自学东印度针戏，在这种魔术里，魔术师先吞下散针和线，然后张大嘴让观众们检查，最后再把针线完美地穿起来。拉杰甚至还在津赞尼剧院预定了一场演出，这家餐馆剧院的老板是他在修理店的一个客户。

克拉拉记不清他们两个是什么时候决定一起干的，也记不清他们从什么时候开始把这当成了生意。有很多事她都记不清了。但她爱拉杰：他那种不断激荡的能量，还有赋予物体生命的天分。她爱那黑色的直发，他总是不断把头发从眼前拂开；她也爱他的名字——拉杰·拉贾尼坎特·查帕尔。他为"消失的鸟笼"制造了一只机械金丝雀，用的是空心石膏，在上面粘了真正的羽毛，再装上一根杆子操纵它的头和双翼。她爱这只鸟儿在他手中展现的生机。

克拉拉最了不起的戏法并不是"生命之颌"，而是坚定的意志力，靠着这个，她才能无视观众们身上的传呼机和石磨水洗牛仔裤。表演的时候，她能让时间倒流回那个人人为幻象惊叹、相信灵媒能与死者交流、相信死者有话要说的年代。威廉和伊拉·达文波特是一对来自纽约州罗切斯特市的兄弟，他们被绑缚在一个木头柜子里的木板座位上，还能召唤出鬼魂。他们是维多利亚时代最著名的灵媒，不过他们的灵感来自一对姐妹。1848 年，离达文波特兄弟的首演还有七年，凯特和玛格丽特·福克斯在海兹维尔的农舍卧室里听到了敲击声。没过多久，福克斯家就被称作鬼屋，两个女孩开始了全国巡演。在她们巡演的第一站罗切斯特市，为姐妹俩做检查的医生说，她们通过敲击膝盖骨来引发声响。但一个更大的调查小组声称找不到异响的来源，也没能发现姐妹俩用来翻译这些声音的交流系统——这套系统是一种基于计数的密码。

五月的一天，拉杰正在洗澡，克拉拉突然闯进浴室："是时间！"

拉杰打开了布满水雾的浴室门："什么？"

"'第二视觉'。莫里特的诀窍就是时间，时间就是工具。"她在大笑。太明显了，太简单了。

"你是说那个读心术戏法？"拉杰像狗一样甩头，水都溅到了墙上。"怎么利用时间呢？"

"同步计数。"克拉拉边想边说。"他知道观众都想听出他们的密码，想听到某种基于文字的密码。怎么才能绕过去呢？他得创造一种基于沉默的密码——每个词之间的空隙。"

"沉默对应的是什么——字母？你知道要想表达完整的单词需要多长时间吗？"

"不，不可能是字母。但他们也许有一张清单，一张常见物品的清单。你懂的，钱夹和手包，还有帽子什么的——如果莫里特停了十二秒再说谢谢，他的助手就知道那东西是一顶帽子。至于帽子的种类，他们可以设置另一个清单——比如材料，一秒钟代表皮质，两秒钟代表羊毛，三秒钟代表针织……我们能做到，拉杰。我知道我们能做到。"

拉杰看她的眼神就好像她疯了一样，她确实是疯了，但这一点从来都不能阻止她。哪怕过了很多年，他们表演过几百次之后——哪怕在克拉拉怀着鲁比的时候，或者鲁比出生以后——她也从没感觉到比在表演"第二视觉"的时候更靠近拉杰。他们一起在成败的边缘试探，拉杰拿着一件东西，克拉拉努力听他的提示，然后进到他们的清单里狂奔。一双锐步跑鞋。一包救生衣。她答对的时候，观众们都猛地吸气。难怪演出结束后她得喝上几杯才能平静下来，花好几个小时，才能昏昏沉沉地入睡。

他们在津赞尼剧院演出前两天，拉杰在修理店上完班，回到克拉拉的公寓。他们要花一整夜来制作消失的鸟笼。

"你买电线了吗？"他把外套扔到椅子上，喊克拉拉。

"我不确定。"克拉拉做了个吞咽的动作。昨天，她本来应该从市场街的艺术用品店买一包粗铜丝，拉杰要用它来完成鸟笼。"我大概是忘了。"

拉杰朝她走来。"什么意思，忘了？你要么去了商店，要么没去。"

她没有告诉拉杰昨天喝断片的事。她已经好几个月没有喝断片了,但昨天,拉杰在加班,她一个人待着,各种念头席卷而来,没人能转移她的注意力:父亲的离世,母亲的失望。克拉拉想到她有多希望西蒙能看见现在的她,不是在菲尔莫尔那个亮着蓝色灯光的小舞台,而是在一家真正的餐馆剧院,有真正的道具和真正的合作伙伴。所以她离开公寓,去了卡尼街的一家酒吧,一直喝到大脑空白。

"好吧,我真的想不起来买没买。"克拉拉说。她有点生气了,因为拉杰总是这样,从不放过任何事情。"电线不在这儿,所以肯定是没买。我明天去吧。"

她走进卧室,假装调整窗子上的串灯。拉杰跟着她进来。他抓住了她的胳膊。

"别对我撒谎,克拉拉。如果你没买,就说没买。我们还有演出要准备。有时候,我觉得我比你更在乎魔术表演。"

拉杰设计了他们的名片,上边写着"永生者和拉杰·查帕尔",他也设计了克拉拉的新表演服。他从一家西装店里买了套燕尾服,花钱请裁缝按克拉拉的尺寸改好。为了"生命之领",他还通过滑冰用品目录订了一件金色的亮片裙。克拉拉一开始不想穿,她觉得太俗气,看起来不像杂技表演,但拉杰说这衣服在灯光下会闪光。

"我关心这事超过一切,"她嘶声说,"我也不会对你说谎。你是在侮辱我。"

"好吧,"拉杰眯起了眼睛,"明天买。"

13

　　1982年6月，西蒙死后，克拉拉回到克林顿街72号参加他的葬礼。她从旧金山坐了红眼航班回来，站在公寓大门外，浑身颤抖。她怎么就成了一个常年不回家的人？她爬上这段漫长的楼梯，觉得很不舒服。但是紧接着瓦里娅给她开了门，伸手拥抱她。瓦里娅瘦弱的身体和克拉拉更丰满的身体紧紧拥抱在一起。这一刻，当瓦里娅叫她"克拉拉"的时候，她们重新成了姐妹。只有这一点重要，别的一切都无所谓了。

　　丹尼尔二十四岁了，他在芝加哥大学，为就读医学院做准备。丹尼尔经常去学校的健身房锻炼，现在，当他脱下运动衫的时候，克拉拉瞥见了他苍白的、肌肉发达的胸部，上面长着黑色毛发。她脸红了。丹尼尔的下巴上有零星的粉刺，但他少年时的庄重已经被粗重的眉毛、线条分明的下巴和一个硕大的罗马式鼻子取代。他看起来很像外公奥托。

　　格蒂坚持要用犹太教仪式下葬。克拉拉还是个孩子的时候，索尔就给她解释过犹太律法，他那副严肃又固执的样子，就像约瑟夫斯[1]在对罗马人讲话。他说，犹太教不是迷信，而是一种遵循律法的生活方式：做犹太人就要遵守摩西从西奈山带回的律法。但是克

---

[1]　Titus Flavius Josephus（37年－100年），著名犹太历史学家、军官、辩论家。

拉拉向来对规矩不感兴趣。在希伯来学校的时候，她更喜欢那些故事。米里亚姆，受苦的先知，在四十年的流浪中，她用滚动的石头为人们提供了水！但以理，在狮穴中安然无恙！这些人物告诉克拉拉，她可以做任何事情；那么为什么每周她都要在犹太教会堂的地下室里坐六个小时，学习《塔木德》呢？

再说，那是个属于男孩子的俱乐部。克拉拉十岁的时候，两万名女性离开了打字机，离开了她们的孩子，来到第五大道参加"平等大罢工"。格蒂捏着块海绵看电视，眼睛像闪闪发光的勺子，不过只要索尔回来，她就把那台老珍妮丝收音机关掉了。克拉拉的成年礼和她兄弟们的仪式不一样，不是在某个安息日单独举行的，而是和另外九个女孩一起——她们作为女孩，都不可以背诵《妥拉》或《哈夫塔拉》，而且她们还被安排在星期五晚上比较次要的仪式上。那一年，犹太法律和标准委员会决定，女性也可以算在做礼拜的法定人数里；但他们又说，女性是否可以成为拉比还需要再做研究。

现在，克拉拉和还在世的家人站在一起，格蒂用希伯来语背诵《仁慈的上帝》[1]，这时候，有什么东西起了变化。一把锁弹开了；空气扑面而来，带来巨大的悲痛——或者说是解脱？克拉拉从小就听过这些词句。她想不起来每一个词的具体含义，但她知道它们把

---

[1] Kel Malei Rachamim，一段希伯来语祷文。

死者和生者连结在一起，一头是西蒙和索尔，一头是克拉拉、瓦里娅、格蒂和丹尼尔。在祷词中，没有人离开。在祷词中，戈尔德一家仍然聚在一起。

三个月后，克拉拉回到纽约过至圣日。和任何人在一起都很痛苦，就像往烧伤的皮肤上擦砂纸一样，但她还是东拼西凑买了一张机票：和那些一样爱着西蒙的人在一起，是最不痛苦的。起初，大家都很温柔。但是到了周中，这种温柔像灰尘一样散去了。丹尼尔切苹果的动作很激烈。

"我觉得我根本不认识他。"丹尼尔说。

克拉拉放下了她用来盛蜂蜜的勺子。"为什么，就因为他是个基佬？这就是你对他的看法——他只不过是个基佬？"

她说得很快。瓦里娅不满地看着她。克拉拉用一个水瓶装满了酒，藏在浴室的台盆下边，放在堆满了沐浴露和旧洗发水的篮子里。

"小声点。"瓦里娅说。母亲格蒂躺在床上，只要不做礼拜，她就一直躺在床上。

"不是，"丹尼尔对克拉拉说，"因为他把我们踢开了。他什么都没告诉我们。你知道我们打了多少电话吗，克拉拉？我们留了多少条信息，问他为什么要走，求他跟我们说句话？而你却由着他，替他守着秘密，不给我们打电话。"他的声音断断续续。"就连西蒙生病了都不给我们打电话？"

"我没权利这么做。"克拉拉说，但这话很无力，因为她一直被内疚折磨着。现在她看出来了：弟弟西蒙的离世，就是那枚让他们四分五裂的炸弹，甚至比索尔的死更可怕。瓦里娅和丹尼尔因为怨恨离她而去，格蒂则是因为痛苦。如果不是她自己劝西蒙离家，他现在是不是还活着？是她相信了预言，是她干预了他的人生轨迹，使它偏移，使它转向。不管她多少次回想起西蒙在医院里的话，回想起西蒙握着她的手感谢她，她都忍不住去想，假如他们当年去了波士顿、芝加哥或者费城，假如她把那该死的预言埋在心底，一切都会不同。

"我只是不想背叛他。"她低声说。

"是吗？那你对我们呢？"丹尼尔看着瓦里娅。"瓦里娅的人生都停顿了。你以为她想留在这儿？二十五岁了，还和妈住在一起？"

"对，有时候我就是这么想的。有时候我觉得，她喜欢有安全感的人生。"克拉拉又看向瓦里娅。"有时候我觉得，你过现在这种生活更舒服。"

"滚吧。"瓦里娅说。"你对过去四年的生活一无所知。你完全不懂什么叫责任和义务。你大概永远也不会懂。"

如果说丹尼尔已经长大了，那么瓦里娅似乎是缩小了。她搁置了研究生学业，在一家制药公司做行政助理，以便和格蒂一起生活。有天夜里，克拉拉看见瓦里娅朝格蒂的床俯下身。格蒂伸出双臂搂着瓦里娅,她在颤抖。克拉拉羞愧地离开了。母亲的触碰和信任,是瓦里娅的特权。

格蒂在痛苦中度过了忏悔日。索尔死后,她曾说过,绝不能再来一次。她不能再承受一遍爱的后果——所以她抢在西蒙下手之前,先向他告别了。"我不希望你再回来。"

他没有回来。而现在,他永远不会再回来了。

至圣日的第一晚,哈依姆拉比说:"犹太新年,有三本书在天堂被打开。一本写着恶人的名字,一本写着有德行的人,还有一本写着介于两者之间的人。恶人记在死亡之书上,有德行的人记在生命之书上,但中间的人,命运悬而未决,直到赎罪日到来,"然后他又在观众的微笑中补充,"那才是我们大多数人的命运。"

格蒂笑不出来。她知道自己是恶人。世上所有的祈祷都没法帮到她。但她一定得试试。她私下去见哈依姆拉比时,他就是这么说的。镜片后边的那双眼睛很温和,他的胡子安详地摆动。她想起哈依姆拉比的家庭——他有个顺从的妻子,话不多;还有三个健康的儿子——有那么几秒钟,她甚至憎恨他。

又一桩罪过。

哈依姆拉比把一只手放到她肩上。"我们没有一个人可以免于罪过,格蒂。但上帝不会拒绝任何人。"

那么他在哪里呢?自从索尔死后,格蒂重新投身于圣殿和它的应许，她像陷入热恋的人一样投入——甚至报了希伯来语课程。虽然她的眼泪足够灌满哈德逊河，但她并没有感到被宽恕，一切都没有改变。上帝仍然像太阳一样遥远。

赎罪日那天，格蒂梦见她去了希腊。她从来没去过那个国家，只是曾经在牙医办公室的一本杂志上见过那儿的照片。梦里，她站在悬崖上，手里拿着两个陶罐，每个陶罐里都装着一份骨灰：丈夫的，还有儿子的。格蒂从悬崖上能看见蓝顶的教堂和白房子，它们消失在山间，就像一份被撤回的献祭。当她把陶罐向水面倾斜时，感到一种可怕的自由——一种无限的孤独，让人眩晕，她感觉到自己也被拉向水中。

格蒂醒来的时候，为梦里没按照犹太教习俗埋葬西蒙和索尔而感到恶心。还有水的牵引力，也一样糟糕，那是她深重的遗憾。

她的睡衣被汗水浸湿了。她穿上粉色的浴袍，跪在床脚的木地板上。

"哦，西蒙。原谅我。"她低声呢喃。她的膝盖在颤抖。窗外，太阳正要升起，她为太阳哭泣，为西蒙以后再也没法看到的太阳哭泣。西蒙是她的光。"原谅我，西蒙。全是我的错，我的错，我知道的。原谅我，我的儿子。"

但她并没有感到宽慰。永远不会有任何宽慰。阳光透过卧室的窗户照进来，把她的后背晒得暖洋洋的。她能听见出租车在利文顿大街上鸣笛，底下的小店窸窣作响，开始了新一天。

第二部分 普罗透斯

格蒂蹒跚着走进客厅,孩子们已经睡着了。她总是这么称呼他们——孩子们。克拉拉蜷缩在沙发上,靠着瓦里娅。丹尼尔占了索尔最喜欢的那把椅子,两条长腿搭在扶手上。格蒂回到卧室,铺好床,拍打索尔的枕头,直到它重新变得蓬松。她穿上深色羊毛衫和肉色丝袜,把脚伸进上班穿的黑色高跟鞋里。她往脸上抹了粉,用加热的发卷卷好头发。等她再出来的时候,瓦里娅正在煮咖啡。

她惊讶地抬起头来:"妈妈?"

"今天是星期二。"格蒂说。她的声音因为太久不说话而变得沙哑。"我得去上班了。"

办公室里,钥匙叮当作响,还安装了中央空调。到1982年,格蒂有了自己的电脑。这台神奇的灰色大家伙被派来为她效劳。

"好吧。"瓦里娅说。她咽下了其他的话。"好吧。那你去工作吧。"

四个月以后,1983年1月,克拉拉在海特街的一家俱乐部表演,她在观众席上看见了埃迪·奥多诺霍。当她升到高处准备表演"生命之颌"时,奥多诺霍仰起的脸越变越小,他的警徽反射出聚光灯的光芒。克拉拉花了一会儿功夫才认出他来:就是那个曾经骚扰过西蒙的警察。克拉拉全身都开始发热。她落地时跟跄了一下,笨拙地鞠了一躬,离开了舞台。克拉拉想起她曾经不止一次把手伸进人们的后衣兜,抓出一两张二十美金的纸钞,如果她需要用钱的话,还会拿更多。他是在追捕她吗?也许是报复,因为她曾在警局的台阶上骂过他？

不，这不可能。她偷钱包的时候很小心，她一向目光锐利，能把一切收入眼底。过了一个月，克拉拉又在北滩的一场演出上注意到埃迪。这次他没穿制服，只穿了件白色的圆领T恤和卡其裤。表演常规项目杯球戏的时候，克拉拉不得不竭尽全力才能把注意力放到剧本上，不去看埃迪交叉叠放的手臂和脸上的微笑。接下来，她又在瓦伦西亚街的一家夜店里看见埃迪。这一次，她差点把钢圈弄掉。表演结束后，她朝埃迪走过去，他正坐在吧台的皮面圆形高凳上。

"你到底是什么毛病？"

"什么毛病？"警察眨了眨眼睛，问道。

"对，什么毛病。"克拉拉坐在他旁边的高凳上，凳子响了一声。"你已经看了三场。到底是为什么？"

埃迪皱起眉头："我在报纸上看见你弟弟的照片了。"

"去你妈的。"她说。说出口的感觉可真好，就像用酒精烧掉病毒。她又说了一遍："去你妈的。你对我弟弟一无所知。"

埃迪退缩了。比起她在教会街警察局门口见到他的那一次，他变老了。他的眼睛下面有了皱纹，下巴周围有一圈橘色的毛发。他的金红色头发也乱成一团，一副刚睡醒的样子。

"你弟弟当时很年轻。我对他太苛刻了。"埃迪对上克拉拉的目光。"我想要道歉。"

克拉拉僵住了。她没料到会是这样。不过,她还是不能原谅他。克拉拉抓起风衣和双肩包走出了酒吧,尽量不引起经理的注意。这个经理是个行事下流的男人,从来不会错过向她施压的机会,总是强行让她喝夜酒。外面的天气冷得不可思议,瓦伦西亚街"工具和模具"会所的门口涌出一大群硬核朋克。克拉拉的眼睛一阵刺痛。她很难理解为什么埃迪还活着,西蒙却不在了。埃迪不仅仅是活着——他正在她身后一路小跑,眼神锐利,充满决心。

"克拉拉,"他说,"我必须告诉你一件事。"

"你想道歉,我知道了。谢谢你,我原谅你了。"

"不,是别的事。关于你的表演,"埃迪说,"它改变了我。"

"它改变了你。"克拉拉讥讽地说。"好甜啊。你喜欢我穿的演出服吗?我旋转的时候,你喜欢看我的屁股吗?"

他脸上露出痛苦的表情:"真粗鲁。"

"我只是在说实话。你真以为我不知道,你们男人为什么跑来看我的演出吗?你觉得我不知道你们从中得到了什么吗?"

"不,我觉得你不知道。"埃迪受伤了,但他用一种令她惊讶的固执盯着她。

"好吧,那好吧。你能从我的表演里得到什么?"

他张开嘴,就在这时候,会所门口跑出来一帮朋克,他们停了脚步,靠着空荡荡的店面抽烟。他们的头发要么剃光了,要么染得五彩斑斓,腰带上挂着铁链。相比之下,埃迪显得异常古板,他很不自在地停了下来。要是在几年前，克拉拉也许会同情他——她可能会同情任何人。但现在，她的同情心已经耗尽了。她转过身，快步走向二十街。

"我小时候酷爱看漫画书，"埃迪在她背后说，"闪电侠、原子侠，你知道的，就这类东西。我看着天空的时候，总会看到绿灯侠。如果路过火堆，我就觉得那是恶灵骑士。我以为我的手表是吉米·奥尔森[1]的。老天啊……我以为我就是吉米·奥尔森。我父亲总说那是幻觉。但它们不是幻觉，它们是梦。"

克拉拉双手交叠，把外套抱得更紧，但她没再往前走。她直直地盯着前边，埃迪追了上来，绕到她面前。

"当然，我不能跟老爸说这些，"埃迪说，"他可是真正的老派爱尔兰天主教徒，工会组织者，古希伯尼安教团的成员。他总说，'你听明白了吗？那是幻觉。''我不想再听见一个字。'我说，'好吧。'我真的一个字都没再说过。我去了圣心学校，加入了警队……我以为我还可以像那些人一样。当个英雄，对不对？但我不像那些超级英雄。我是个普通人，或者说还不如普通人，只是头蠢猪。我恨那些孩子，同性恋，还有那些吸毒吸垮的嬉皮士，我恨所有那些工作没我努力，却过得比我开心的人。我猜，就是像你弟弟那样的人。"

---

[1] 一个主要出现在 DC 漫画《超人》系列中的虚构角色。

克拉拉在哭。根本不需要什么理由。下个月,就满一年了。她和西蒙躺在床上,最后一次看见他呼吸,已经快一年了。

"是我错了,"埃迪说,"当我看着你让一张张纸牌凭空出现,看着你耍钢圈的时候,我想起了小时候的漫画。一个人,可以变得比自己更厉害——比原本的自己更厉害。我想,有可能是你给了我信心。另一种可能是,也许我还没有走得太远。"

有好几秒钟,克拉拉都说不出话来。她终于让别人联想到了魔法,尽管她自己并不知情。她给了埃迪信心。

"你不会是在耍我吧?"她问。

埃迪笑了,那是个孩子般的笑容,笑容里的坦率让她哭得更厉害了。

"我为什么要耍你?"他说着,身体向前倾来吻她,双手还插在兜里。

她被吓到了,僵在原地。她被人亲吻过很多次,但只有这时候,她才明白这种行为到底有多亲密。自从西蒙死后,她几乎没和任何人说过话;平时她甚至连罗伯特都不敢见。她内心深处一阵躁动,拼命催促她靠近埃迪。但是当他要直起身子、对她微笑的时候,她的绝望变成了反感。那是一个充满喜悦和幸福的微笑。西蒙会怎么想?

"不。"她静静地说。埃迪的手放在她脖子后面,想把她拉近一点,因为他没有听清,或者他想假装没听清。克拉拉允许自己被他多吻了几秒钟。这样一来，她就可以假装自己是另一种人：她亲吻这个人是因为喜欢他，而不是为了忘记自己的处境——她正攀附在岩壁上艰难求生。

"不。"她重复了一遍。埃迪还是没松手，她当胸推了他一把。他哼了一声，踉跄着向后退。一辆26路从瓦伦西亚街缓缓驶来，排出一股尾气，克拉拉开始追赶它。等到尾气散尽，埃迪独自站在路灯下，张着嘴，克拉拉已经不见了。

同年秋天，克拉拉在至圣日期间第三次回到纽约。她和瓦里娅一起切苹果，准备做犹太式烤饼，格蒂在煮面条，丹尼尔讲他在芝加哥的生活。瓦里娅已经二十七岁了，她终于搬出来，住进了自己的公寓。她已经开始在纽约大学读研究生，学习分子生物学。她的研究方向是基因表达：她给一位客座教授做助手，从细菌、酵母、蠕虫和果蝇这类快速生长的有机体里去除突变的基因，观察这种操作是否会影响它们患病的可能性。她希望最终能在人类身上做到这一点。

晚上，克拉拉和小猫卓娅一起爬到床上。卓娅已经步入老年，养成了女王般不爱走动的习惯。卓娅趴着，瓦里娅躺在对面的铺位上，克拉拉想听瓦里娅工作上的事。这给克拉拉带来了希望：通过基因表达实现精准打击，还有无穷的变化，可以调整眼睛的颜色、疾病的易感性，甚至改变死亡。她已经很多年没有感觉到这种兄弟姐妹间的亲密了。每个人都显得轻松了不少，就连妈妈格蒂也一样。格蒂提议全家人在赎罪日前表演加帕诺[1]，这种仪式要举着一只活鸡在头上挥舞，同时诵读节日祈祷书。"笼罩在黑暗和死亡阴影中的人之子，"格蒂念着，"被苦难和铁链束缚。"克拉拉突然大笑起来，她嘴里的果泥喷到了丹尼尔的衬衫上。

"这是我听过的最郁闷的事。"她说。

"那只可怜的鸡怎么办？"丹尼尔问，他用两根手指弹掉克拉拉嚼过的苹果。格蒂的愤慨也消失了，突然间她也笑起来——这对克拉拉来说像个奇迹，因为她已经好几年没听过妈妈的笑声了。

不过，克拉拉还是没法向别人解释失去西蒙对她意味着什么。她不仅失去了西蒙，也失去了自己，失去了那个"西蒙的克拉拉"。她同时失去了过去的时光，那些只有西蒙见证过的生活片段。她八岁时第一次表演硬币戏法，从西蒙的耳朵后边变出硬币，而他咯咯直笑；他们爬下防火梯，去格林尼治村那些又热又挤的俱乐部里跳舞，在那些夜晚，她注意到西蒙在看男人，而西蒙也不介意让她看见他在看男人。她说要去旧金山时，西蒙的眼睛闪闪发亮，就好像这是他收到的最伟大的礼物。即使到了最后，当他们因为阿德里安争吵时，他也还是她的宝贝弟弟，这世上她最爱的人。可他已经渐渐离她而去。

---

[1] Kaparot，一种传统的犹太宗教仪式，人们相信通过这种仪式能将自己的罪孽转移到鸡身上。

在克林顿街72号，她躺在旧时的床上，闭上眼睛，去感知西蒙的存在。一百三十五年前，福克斯姐妹听到海兹维尔的卧室里传出敲击声。1983年9月一个阴沉的下午，西蒙也用敲击声来回应克拉拉。这不是地板的嘎吱，也不是门的呜呜：它是低沉有力的爆响，似乎来自克林顿街72号的内部，仿佛这栋楼的关节裂开了。

克拉拉立刻睁开眼睛。她能感觉到自己的心跳到了嗓子眼。"西蒙？"她大着胆子问。

她屏住了呼吸。什么都没有发生。

克拉拉摇了摇头。她简直失去理智了。

1986年6月21日，西蒙去世四周年的时候，克拉拉已经完全忘记了敲击声。前几个周年纪念日她都是在酒吧度过的，不停地灌伏特加，直到忘记这一天是什么日子。但是今年，她强迫自己去煮咖啡，系好马丁靴，然后走到卡斯特罗区。太了不起了：许多同性恋俱乐部都关掉了，一起关掉的还有公共浴室，但紫花俱乐部还在，它看起来甚至像是刚刚粉刷过。克拉拉希望她能把这个消息告诉西蒙，或者罗伯特。罗伯特从来都不喜欢紫花俱乐部，但克拉拉知道，他要是听到紫花幸存下来，一定会很高兴。

罗伯特。她曾在市中心和他见面。1985年，里根总统仍然没有承认"艾滋病"这个名字，有两个人用铁链把自己锁在纽约联合国广场的一栋楼里，以示抗议。医院里的志愿者越来越多，克拉拉和罗伯特给他们带来食物和《湾区报道》。如果罗伯特病情不太严重，他们就睡在外面。克拉拉求了一位照顾过西蒙的护士，让罗伯特参加苏拉明药物实验，他得到了最后一个试药资格。但这药让他非常不舒服，没法跳舞，没过几天他就停了药。克拉拉去了尤里卡街的公寓，现在是罗伯特一个人住着了。"你欠西蒙的，"她喊，"你现在不能放弃。"到八月，他们两个都没有说话。到十月，参加药物实验的每一个病人都死了。

克拉拉在报上读到这件事的时候，感觉全身都在燃烧，好像她能把地板烧穿。她给罗伯特打电话，但他的电话已经接不通了。等她到了芭蕾舞学院，福齐告诉她，罗伯特已经搬回了洛杉矶。"他收拾完东西就走了。"那是七个月前的事。她再也没联系上罗伯特。

克拉拉在地上找到一朵橙色的旱金莲，把它挂在紫花俱乐部的门把手上。那天晚上，她做了西蒙最爱吃的格蒂招牌肉饼，然后脱掉衣服洗澡。她沉到浴缸的水面下，头发像美杜莎一样散开。她能听见人们说话的回声，还有楼梯上沉闷的脚步声。紧接着传来一声爆响。她立刻辨认出，这就是她在纽约听到过的声音。

她冲出水面，弄湿了地板。

她说："如果你真的在这儿，如果是你，就再来一次。"

这声音又响了，就像球棒击中了球一样。

"我的天啊。"克拉拉开始颤抖，眼泪落在水面上。"西蒙。"

14

1988年6月，拉杰站在津赞尼剧院的舞台上，克拉拉在更衣室里，给自己脸上涂颜色。这是她进过的最好的化妆间，里边有个金色的梳妆台，还有一块电视屏幕，显示出舞台上的状况。

"活着不仅仅是为了挑战死亡。"拉杰说，他的声音从电视两侧的扬声器传出来。"活着，也是为了挑战自己，为了不停地转变。只要你能转变，我的朋友，你就不会死。克拉克·肯特和变色龙有什么共同点？他们在濒临毁灭的时刻转变了。他们去了哪里？去了我们看不见的地方。变色龙变成了树枝。克拉克·肯特变成了超人。"

克拉拉看见屏幕上的迷你拉杰张开了双臂。而她，用亮红的唇线笔勾勒出自己的嘴唇。

三个月后，克拉拉飞回了纽约。她在至圣日期间回家已经成为一项传统。她被头晕目眩的幸福笼罩着。"第二视觉"大获成功，虽然坍塌的鸟笼会戳进克拉拉的夹克袖子里，像血管一样夹在里边，但观众并没有注意到。他们会让裁缝把鸟笼架取出来。津赞尼剧院已经预订了他们的十场演出。

克拉拉想让拉杰去见她的家人，但他们一下子买不起两张去纽约的机票。不过拉杰说，他们马上就会有钱飞去任何地方。犹太新年那天，克拉拉把瓦里娅拉进了卧室。她感觉身体里充了氦气，好像只要脱掉鞋,就能飞到天花板上。

她说:"我想我们就快结婚了。"

"你们三月才开始约会,"瓦里娅说,"才半年。"

"二月开始的,"克拉拉说,"七个月了。"

"但丹尼尔还没向米拉求婚。"

米拉是丹尼尔的女朋友。他们一年前相识,当时米拉正在攻读艺术史的学位,她已经来家里见过瓦里娅和格蒂了。丹尼尔打算一找到工作,就用父亲索尔送给格蒂的那枚红宝石戒指求婚。

克拉拉把瓦里娅的一绺头发塞到她耳后。"你嫉妒了。"

克拉拉只是在观察瓦里娅,而不是在指责她,正是这一点,正是克拉拉声音里透出的温柔,让瓦里娅畏缩了。

"才没有,"她说,"我为你高兴。"

瓦里娅肯定以为这又是克拉拉式冲动,一两个月过去她的热情就会消退。她不知道,克拉拉和拉杰已经全都准备好了。克拉拉有了裙子,拉杰有了西装,他们计划等克拉拉从纽约回来以后,立刻就去市政厅。瓦里娅当然还不知道孩子的事。

这是个并不算意外的惊喜。克拉拉知道一旦大意就会发生什么,但这不代表她没有大意。还不止如此。正在涌动的东西更加重要,比如和她深爱的男人站在因果律的边缘跳舞——如果这么做,会怎么样。如果怀上一个孩子不同于凭空变出一朵花、把一条围巾变成两条,那么,那这件事到底意味着什么?

她戒了酒。到怀孕的第三个月,她的头脑非常清晰,从来没有这么清晰过——但这就是问题所在,脑子里太空旷了,克拉拉独坐在巨大的空间里思考。她想象宝宝的样子来分散自己的注意力。宝宝踢她的时候,她看见了小男孩的脚。她告诉拉杰,他们必须给孩子取名西蒙。到孕期的最后一个月,克拉拉的脚肿得穿不进鞋,一次没法睡超过三十分钟的觉,她总会想象西蒙的脸,于是就不再怨恨这个孩子。五月里一个风雨交加的夜晚,医生从克拉拉的身体里把孩子拉出来,拉杰大叫:"是个女孩!"克拉拉知道,他一定是搞错了。

"不该是这样。"她疼得晕头转向,身体里好像有一颗炸弹爆炸了,她变成一个空洞的结构,正处于解体的边缘。

"哦,克拉拉,"拉杰说,"就是这样的。"

他们把孩子裹好,带到克拉拉面前。婴儿脸色红润,一副受到惊吓的样子。她的眼睛是黑色的,像橄榄核一样。

"之前你那么肯定是男孩。"拉杰说。他在大笑。

他们给这个女孩起名叫鲁比。克拉拉记得瓦里娅有个朋友叫这名字,也住在克林顿街72号,就在他们家楼上。鲁比娜。这是印地语,拉杰的妈妈一定会喜欢。拉杰搬进克拉拉的公寓,对着鲁比柔声说话,用生疏的印地语给她唱摇篮曲:"Soja baba Soja. Mackhan roti cheene."

6月,克拉拉的家人来看她。克拉拉带他们去看卡斯特罗区,经过一群变装皇后时,格蒂紧紧攥住了她的口袋书;克拉拉还带他们去看了一场舞团的表演。克拉拉坐在丹尼尔身边,胃里翻江倒海——她不知道丹尼尔看见男人跳芭蕾会有什么反应。但是当舞者们鞠躬致意时,他鼓掌鼓得比谁都起劲。那天晚上,当格蒂的肉饼进了烤箱的时候,丹尼尔给克拉拉讲起米拉的事。他们在大学餐厅里相识,然后在海德公园的廉价酒吧、在通宵的食客中间度过漫长的夜晚,争论戈尔巴乔夫、NASA 的爆炸,还有《E.T.》的优点。

"她敢向你叫板。"克拉拉仔细观察他。鲁比正在睡觉,她温暖的脸颊贴在克拉拉的胸口,这时候,克拉拉觉得世界上好像没什么不妥之处。"挺好的。"

如果在往常,丹尼尔一定会反驳——叫板?你凭什么认为我需要这个?但现在,他只是点了点头。

"确实是。"他带着满足的叹息说。这声叹息太过自得,克拉拉几乎感到有些尴尬了。

格蒂很喜欢这个婴儿。她不停地抱着鲁比,盯着只有覆盆子那么大的鼻子,轻咬她的小手指。克拉拉在寻找她们之间的相似点,还真找到了一个:耳朵!两个人的耳朵都很小巧,像贝壳一样卷曲。但是,当格蒂看见拉杰时,她张了张嘴,又闭上了,沉默得像一条鱼。克拉拉看着母亲,知道她在盘算拉杰黝黑的皮肤、脚上的工靴,还有那种世俗的懒散。克拉拉把格蒂拉进了浴室。

"妈,"克拉拉嘶声说,"别变成偏执狂。"

"偏执狂?"格蒂的脸涨红了,"我想用犹太人的方式把孩子养大,这要求是不是太过分了?"

"是,"克拉拉说,"没错。"

瓦里娅提了一大堆建议。"你试过温牛奶吗?"鲁比哭闹时,她问。"放进婴儿车里散步可以吗?你有婴儿秋千吗?她是不是肠胃不舒服?她的宾基在哪?"

克拉拉的脑子没跟上:"宾基是什么?"

"宾基是什么?"格蒂也问。

"你们是在开玩笑吧,"瓦里娅说,"她没有宾基[1]?"

"还有,"格蒂补充,"这间公寓没有儿童防护功能。你就等着看吧,等她开始走路,可能会在这张桌子上摔破头,或者从楼梯上摔下来。"

"她很好,"拉杰说,"该有的她都有。"

他从瓦里娅手里接过婴儿,瓦里娅抱得有点太久了。"把她交出来!"丹尼尔挑逗她,还捅了捅瓦里娅的肋骨,这激起了瓦里娅的反驳,伴随着一阵尖叫,克拉拉几乎要赶他们出去了。但第二天,当他们真的要走的时候,克拉拉又发了疯一般想念他们。格蒂蹒跚

---

[1] binky,指婴儿特别偏爱、经常抱着睡的物件,如特定的毛绒玩具、枕头、毯子等。

着进了一辆出租车，坐到前座上，瓦里娅和丹尼尔透过后座车窗向她挥手。家人都在时，更容易忽视西蒙和索尔已经不在的事实。父亲很喜欢婴儿。克拉拉还记得，西蒙臀位出生以后，他们去医院看望他，西蒙的脐带像项链一样缠在脖子上。索尔站在重症监护室门口，仿佛是要守护这个浑身青紫、发育迟缓的男孩，他最后一个孩子。在家里，他可以抱西蒙几个小时。每当西蒙在睡梦中抽搐或者噘嘴，索尔就会高兴得大笑起来。

小时候，兄妹俩相信父亲能回答他们想知道的任何问题。但克拉拉和西蒙渐渐不再喜欢他的回答了。他们对父亲日复一日工作、学习《妥拉》感到不屑，也对他那身华达呢长裤、军用式风衣和步行帽的行头不屑。现在，克拉拉对他比以前多了些同情。索尔来自移民家庭，克拉拉怀疑他很怕失去原本的生活方式。她也懂了为人父母的孤独，也就是回忆的孤独。她是把未来和过去联系到了一起——父母不知道未来，而孩子不知道过去。有一天鲁比会带着她的问题来找克拉拉。克拉拉会用狂热和固执的态度告诉她什么呢？对鲁比来说，克拉拉的过去只会像一个故事，索尔和西蒙不过是属于她母亲的鬼魂而已。

到了十月，克拉拉和拉杰已经好几个月没表演了。克拉拉怀孕期间没法表演"生命之领"；现在，晚上又因为鲁比没法睡觉，她的大脑已经变成了一团雾气，表演读心术的时候，她没法正常计数。

他们一直没收回材料成本。微薄的积蓄都用在了尿布和玩具上,鲁比每个小时都在长大,衣服也不够穿。拉杰从田德隆走到北滩,向夜总会和剧院推销,但大部分地方都拒绝了他。那年秋天,津赞尼剧院的经理只能给他们四次演出机会。

"咱们得走了,"吃晚餐的时候,拉杰说,"带着咱们的演出上路。旧金山已经完了。这儿的人,他们都是机器人,是电脑。去死吧!"他朝一台看不见的电脑挥了挥拳。

"等等。"克拉拉竖起一根手指。"你听见了吗?"

她以前向拉杰说过西蒙的敲击声,但他总说没听见。这一次,他不可能没听见。敲击声像枪声一样响亮,连婴儿都尖叫起来。她已经五个月大了,有拉杰的顺滑黑发和克拉拉那种猫一般的笑容。

拉杰放下叉子。"什么都没有。"

鲁比能听到敲击声,这让克拉拉很高兴。她弹了弹小宝贝,亲吻她尖尖的新牙。

"鲁比,"克拉拉唱起来,"鲁比知道。"

"集中注意力,克拉拉。我在说搬家。赚钱。给这件事注入新的活力。"拉杰在她面前拍了拍手。"这个城市完了,宝贝。它已经死了。我们得动起来。到别的地方去找金子。"

"也许我们的扩张速度太快了。"克拉拉说。这时候鲁比开始哭泣,拉杰的拍手声已经吓到她了。"也许我们需要慢下来。"

"慢一点?我们才不需要慢。"拉杰走来走去。"我们得动起来。

我们得继续往前走。要是在一个地方待得太久,你再去任何地方都会精疲力竭。这就是秘诀,克拉拉,我们不能停下来。"

他的脸像个点亮的南瓜灯笼。拉杰有大抱负,就和克拉拉一样;这正是她喜欢他的原因之一。她想到了伊利亚的黑盒子。这东西注定要在路上,伊利亚说。也许她也一样。

"我们去哪里?"她问。

拉杰说:"拉斯维加斯。"

克拉拉笑了:"绝对不行。"

"为什么?"

"太俗艳了。"她说,用手指头计数。"太夸张了,太过火了。它很廉价,但又贵得离谱。而且从来没有女性当过主角。"

说到拉斯维加斯,克拉拉想起她参加过的第一次也是唯一一次魔术大会:在大西洋城举行的一场盛大活动,男厕所的队伍比女厕所的队伍长。

"最重要的是,"克拉拉补充说,"它很假。拉斯维加斯没有什么东西是真实的。"

拉杰扬起眉毛:"你是个魔术师。"

"说得对极了。我是个魔术师,一个除了拉斯维加斯,在任何地方都能表演的魔术师。"

"除了拉斯维加斯,哪里都可以。这可以当我们新演出的名字。"

"不错。"鲁比哭了起来,克拉拉有些笨拙地掀起 T 恤喂她。克拉拉以前经常裸着在公寓里游荡,但现在,她对自己产后的身体感到尴尬。"我宁愿像游牧民族一样生活。"

"好吧,"拉杰说,"那我们就像游牧民族一样生活。在每座城市住上几个月,看看这个世界。"

刚才还在喝奶的鲁比心不在焉地松了口。克拉拉把她的上衣拽下来,拉杰伸手穿过鲁比的腋下,把她抱起来。"旧金山充满了回忆,鲁比宝宝,"他说,"你在这儿待着,就会招上鬼魂。"

克拉拉不确定拉杰是不是看了她一眼。他的眼睛就像铅笔画出的点。但她也许看错了;再看向拉杰的时候,他已经转向了鲁比,朝她柔软的棕色皮肤吹气,发出嘶嘶声逗她。

克拉拉站起来收拾餐盘。"我们住到哪里呢?"

"我认识一个哥们儿。"拉杰说。

那天晚上,拉杰和鲁比很快就睡着了,但克拉拉睡不着。她爬下床,从鲁比的摇篮旁边经过,来到衣柜前。她一直把伊利亚的黑盒子放在里边。黑盒子里有她的纸牌和钢圈,球和丝巾。她已经不怎么用这些东西了,更花哨的表演已经取代了靠手腕完成的把戏,但现在,她把两条丝巾拿到厨房的圆桌上。拉杰的老式辣椒灯在窗户上贴了一圈;为了避免引起他的注意,克拉拉没有打开灯。她先从冰箱后面拿出那瓶伏特加,给自己倒了一杯,然后才坐下来。

她以前经常这样干到很晚。年纪小一点的时候,她会一直等着,直到听见西蒙平稳的气息,听见瓦里娅沉入梦乡的低沉呼吸,直到丹尼尔开始打鼾,她才会从床底下拿出工具,溜到客厅去。她很享受这种异乎寻常的寂静,以及整个公寓都属于她的感觉。那个时候,她也不开灯,就在客厅窗边的地上摆好东西,借用克林顿街上路灯的光。好几个月里,这都是她的秘密。但在一个冬夜,她走进客厅,发现父亲已经捷足先登了。

有几秒钟,父亲没有注意到她。他坐在最喜欢的扶手椅里,正在看书。那把扶手椅是簇绒的,带着豌豆色天鹅绒软垫。炉膛里有一团新燃起来的火,里边的原木整整齐齐,发着光。

克拉拉几乎就要转身走了,但她最终还是没走。如果父亲能在凌晨一点坐到这儿,她为什么不能?她从漆黑的走廊里出来,跨过门槛来到客厅,索尔终于注意到她。

"睡不着吗?"她问。

"不是。"索尔说着,举起书给她看。他当然又在学习。克拉拉不明白他怎么就不觉得烦。那时候,他已经用各种方式读过这书了:从前往后、从后往前、看似随意地选出小片段,或者大段地读,会花掉几个星期才能完成。有时,他能盯着一页纸看好几天。

"你在读哪部分?"克拉拉问。她通常不会提这个问题,免得被父亲上课:关于耶弗他牺牲女儿,或者关于巴比伦人不拜尼布甲尼撒王造的金像,因而在被扔进火窑时幸存下来。

索尔犹豫了一下。到那时候,他几乎已经放弃了让家人学习

《妥拉》。他念书的时候,就连格蒂也烦躁不安。

"我在读拉比以利以谢和炉子的故事,"他说,"他是唯一一个相信不洁的炉子可以变洁净的圣人。"

"哦,这段不错。"克拉拉傻乎乎地说,因为她完全没有想起这个故事。她以为索尔会继续说下去,但他捕捉到她的目光,有点惊讶地笑了,或者说是对她的反应感高兴。她走进客厅深处,手里拿着一副牌。她在窗边坐下来的时候,索尔又开始读《塔木德》。他们就这么一起待在客厅,直到炉火里的木柴烧塌,两人都打起了哈欠。等他们都走回各自的房间以后,克拉拉睡了几个月来最好的一觉。

格蒂一直不欣赏克拉拉的魔术。格蒂总觉得,克拉拉早晚会对它感到厌倦,她肯定会像瓦里娅一样去上大学,取得格蒂自己没能拿到的学位。但索尔不一样。这就是克拉拉能在他死后几周就离家的原因,也是她并不为此憎恨自己的原因:因为走的不是母亲,而是她的父亲,这个在长夜里静静陪伴她的人。就在他去世的那天早上,他从《米实拿》中抬起头来,看着克拉拉把一条蓝围巾变成了红色。

"真不得了。"丝绸从她手中滑过时,他说。他脸上带着顽皮的笑容,让她想起了伊利亚。"再变一次,行吗?"于是她变了一次又一次,直到他放下大书,翘起一条腿,认真地看着她,不是用他平常看孩子的那种心不在焉的态度,而是带着真正的兴趣和惊讶,就像看着襁褓中的西蒙一样。他应该能理解她离家这个决定吧？至少，犹太教教会她持续奔跑，不管谁想困住她，都办不到。它教她去创造属于自己的机会，把石头变成水，把水变成血。犹太教让她知道这种事情是可能的。

到凌晨四点，克拉拉昏昏欲睡，连续几个小时的练习让她双手肌肉酸痛，但这种疲劳却也让人满足。她本打算把围巾放回伊利亚的盒子，可是却把围巾塞进了紧握的左手，然后又到了右手的拇指尖；她再张开手时，围巾已经不见了。她在想离开旧金山意味着什么，在路上会不会有家的感觉。她想起索尔的一个故事。时间是1948年，地点是赫斯特街一间公寓的厨房里。一个男人和一个男孩坐在桌子两侧，头碰头，对着一台飞歌牌PT-44收音机。男孩是索尔·戈尔德。那个男人是他父亲列夫。

当他们听到英国委任统治结束的时候，列夫用手捂住嘴。他闭上眼睛，眼泪滴进胡子里。

他说："我们犹太人第一次能够掌握自己的命运。"他捏住索尔尖尖的下巴。"你知道这意味着什么吗？你永远有地方可去。以色列将永远是你的家。"

1948年的时候，索尔十三岁。他从来没见过父亲哭。他突然意识到，他以为的家——格特尔面包店楼上新装修的砖房，一套两居室公寓——对父亲来说不过是别人舞台上的一件道具，随时都可能被撤走，然后收进舞台侧翼。如果没有这间公寓，家就在哈拉卡的

永生者

节奏里：每天的祈祷，每周的安息日，每年的圣日。他们的文化依靠时间而存在。他们的家在时间里，而不在空间里。

克拉拉把伊利亚的盒子塞回衣柜，爬上床。她用一只胳膊撑起身子，伸手掀起窗帘，露出一条缝，透过这条缝，她看见了月牙。克拉拉一直以为家是一个物理上的终点，但也许拉杰和鲁比就是她的家了。也许家就像月亮，她走到哪，它就会跟到哪。

15

他们从拉杰的同事手里买了一辆房车。克拉拉本来以为会很压抑，但拉杰修整了厨房角的木桌，把橙色的塑料台面撕掉换成板材，看起来就像大理石。"上路吧，杰克。[1]"他唱道。他在床边安了书架，再配上铝制围栏，防止房车开动时书掉下来。白天，他们把床折叠成沙发，露出一大片地板，鲁比就有地方玩了。克拉拉缝了一个红色的天鹅绒窗帘，把鲁比的婴儿床放在后窗旁边，这样她就可以看见外边经过的地方。房车后部接了一个储藏间，他们把魔术表演的装备装进去。

在十一月一个寒冷又晴朗的早晨，他们出发向北行驶。

---

[1] *Hit the road, Jack*，美国音乐家雷·查尔斯的著名歌曲。

克拉拉把鲁比放进她的安全座椅。"挥手告别吧,小鲁比。"拉杰说着,回头伸出手,举起鲁比的小手。"挥手告别这儿的一切。"

我爱你们,克拉拉想。她看着路边的道观,看着她公寓底下的面包店,看着那些用粉色塑料袋装走一盒盒点心的老太太。再见了,这里的一切。

他们在圣罗莎的一家赌场演了两场,在塔霍的一个度假村演了四场。观众们都对着拉杰和鲁比微笑——拉杰是主持人,也是居家好男人,而鲁比在一顶和她差不多大的帽子底下睁大眼睛。每次演出结束时,拉杰都用这顶帽子来收小费。他驾驶座底下有个上锁的盒子,用来放现金。他在塔霍买了一部车载电话,用来接受预订。克拉拉想给家人打电话,但拉杰把她赶到一边。他说:"账单已经够多了。"

快到冬天的时候,他们就往南方走。洛杉矶竞争很激烈,但他们在大学城做得还不错,在沙漠赌场甚至更好。但克拉拉很讨厌那些赌场。经理们总是把她当成拉杰的助手。人们纷纷从牌桌和老虎机旁边走过来,因为想看一个年轻女人穿紧身裙转圈,或者因为喝得醉醺醺的,回不了家。他们喜欢拉杰的印度针戏,但在表演"消失的鸟笼"时,他们会发出嘘声。"在她的袖子里!"有人喊,仿佛这场魔术的失败是对他的冒犯。克拉拉开始怀念旧金山的小型演出,她想起那些又黑又破的舞台,却忘记了嘲笑她的人,忘记了无论在旧金山还是在这里,都没有人真正想看她表演的东西。

白天，拉杰出去推销他们的表演，她就在车里给鲁比读书。克拉拉喜欢看沙漠，喜欢看蓝色的山和冰激凌色的天空，但并不喜欢这种感觉，没精打采又躁动不安；她也不喜欢裹在身上的热度，像一双手一样给她施压。克拉拉的化妆包里放着小号伏特加酒瓶，她喜欢酒的清澈，喜欢它冲喉而下时带来的刺痛，如同一记重拳。早上，拉杰走后，她会往速溶咖啡里倒两指的量。有时候，她会带着鲁比去附近的便利店买一瓶可乐，这样就能更好地掩盖酒味。拉杰知道她在怀孕期间戒了酒，但他不知道她又开始喝了。不过，现在和以前不一样了。断片和干呕已经被一种更常见、更难以察觉的现象取代：一种不严重但持续出现的失忆，她会忘掉生活中的一些事情。她会在拉杰回家前扔掉酒瓶。接着她回到房车里，刷牙，向窗外吐痰。

　　"这东西。"拉杰说，数着支票。"这才是真东西。"

　　"我们不能一直在这儿待着。"克拉拉说。他们非法把车停在一家门窗上了木板的汉堡王后边，因为拉杰不想付房车公园的钱。

　　"没人知道我们在这儿，宝贝，"他说，"我们是隐形的。"

　　四季都错乱了。光明节期间，她蜷缩着用汽车电话和家里联系，拉杰在便利店里买东西。纽约正在下雪，他们的房车里却有三十度。

　　"你过得怎么样？"丹尼尔问。她简直没法想象自己有多想念他。丹尼尔去旧金山的时候，她看着他和鲁比玩躲猫猫，第一次想象他当父亲的模样。

"我很好。"她说。所有欢欣鼓舞都是装出来的。"我很好。"

克拉拉一直瞒着兄弟姐妹们两件事：敲击声，还有西蒙之死符合预言这个事实。西蒙从来没和瓦里娅、丹尼尔分享过预言里的死亡时间，自从索尔下葬后，他们也没再讨论过赫斯特街的那个女人。但这个事实一直盘踞在克拉拉的内心。每次演出结束后，拉杰去收小费，她就会一边卸妆一边算自己还能活多久——如果那个女人说对了的话。

我不会死的，她对西蒙说。我拒绝死亡。

那个女人的第一个预言成真之前，克拉拉还勉强可以维持这种虚张声势的腔调。西蒙死后，克拉拉退回了九岁那年，退回到赫斯特街那间公寓门口。说实话，那时候她并不太想知道自己的死亡日期。她只不过想见见那个女人。

她还从来没听说过有女魔术师。（"为什么这一行里女人这么少？"她有一次问伊利亚。"一个原因，"他说，"是宗教裁判所。还有两个原因，是宗教改革和萨勒姆女巫审判。如果再加一个，就是服装了。你试过把一只鸽子藏进晚礼服里吗？"）克拉拉进到赫斯特街的公寓里时，那个女人正靠窗站着。她的头发梳成两条棕色长发辫，因此她的脸看起来既对称又完整。过了好几年，克拉拉翘课去逛大都会博物馆，她在大厅看到一尊雅努斯头像雕塑，是从梵蒂冈博物馆借来的,她想到了占卜的人。雕像的两副面孔凝视着不同的方向,分别代表着过去和现在,但整个雕像并没有显得不协调,相反,它呈现出一种循环状态下的连贯性。克拉拉只有一点不满意:这件雕塑把起始之神、变化和时间之神雅努斯描绘成了一个男人。

"哇。"克拉拉注视着那个女人屋里的图表和日历、易经和卦签。"你会用这些东西?"

让克拉拉吃惊的是,这个女人摇了摇头。

她说:"那东西都是做样子的。来这儿的人,他们更希望我的预言有理有据。所以我准备了道具。"

那个女人向克拉拉走过来的时候,她的身体像前进的车辆一样充满力量。克拉拉几乎就要躲到一边去了,但她没有这么做。她鼓足勇气,继续坚守阵地。

那个女人说:"这些道具能让大家感觉更好。但我并不需要这类东西。"

"你就是知道。"克拉拉低声说。

她们两人之间就像两块磁铁之间一样充了电。克拉拉觉得头晕,好像只要放松下来,就会飘进女人的怀里。

"我就是知道。"女人说。她托着下巴,侧过头斜眼看着克拉拉。"和你一样。"

和你一样。这就好像她的存在证明一样。克拉拉还想要更多。她本来以为自己不在乎死亡日期,但现在,她被迷住了。她想在那个女人的咒语中多停留一会儿,她的咒语就像一面镜子,照出克拉拉自己。克拉拉问了自己的未来。

当女人给出回答时,咒语打破了。

克拉拉觉得好像被扇了一巴掌。她不记得有没有向那个女人道谢,也不记得是怎么走进小巷的。她突然就在那儿了,脸上留下一道痕迹,手掌被消防梯栏杆上的泥弄成了棕色。

十三年后,那个女人对西蒙的预言成了真,恰恰就像克拉拉一直担心的那样。但问题就在这里:究竟是那个女人真的能力强大,还是克拉拉采取了导致预言成真的行动?哪种可能性更糟?如果西蒙的死是可以避免的,整件事是个骗局,那么她自己就有责任——也许她也是个骗子。毕竟,如果魔法与现实同时存在,就像雅努斯的头像,两张脸望向两个方向,那么克拉拉绝不可能是唯一一个能接触到魔法的人。如果她质疑那个女人,她就得质疑自己。如果她质疑自己,她就必须质疑她所相信的一切,包括西蒙的敲击声。

她最需要的是证据。1990年5月一个温暖的夜晚,拉杰和鲁比都睡着以后,克拉拉从床上坐起来。

她应该给敲击声计时,就像她在"第二视觉"里做的一样。每个字母一分钟。

克拉拉站起来,走到厨房角,拿起西蒙的手表——这是索尔送给他的礼物,皮制表带,小小的金色表盘。她坐进驾驶室,那儿能照进月光,可以看到细长的秒针在转动。

"来吧,西蒙。"她低声说。

第一声敲击响起时,她开始计时。七分钟、八分钟过去了,敲击声再次响起时,过去了十二分钟。

M。

她盯着手表,就像在看一把钥匙,就像在看西蒙的笑脸。下一声敲击是在五分钟后。E。

鲁比在呜咽。

别哭,克拉拉想,拜托了,现在别哭。但呜咽还是变成了颤音,然后鲁比的哭声像破晓一样穿透了一切。克拉拉听见拉杰爬下床,听见他低声呢喃,直到孩子停止哭泣,只剩下吸鼻子的声音。然后拉杰抱着孩子出现在驾驶室里。

"你在干什么?"

他把鲁比抱在胸前,抱得很高,两人的头几乎是平齐的。他们的眼睛在黑暗中游移。

"没什么,我睡不着。"

拉杰颠着鲁比问:"为什么?"

"我怎么会知道?"

他举起另一只手,意思是"我就随便一问",然后转身消失在黑暗中。她听到拉杰把鲁比放进了婴儿床。

"拉杰。"她面朝前方,盯着汉堡王那扇钉上的门。"我不开心。"

"我知道。"他到乘客位坐下,把座椅往后调了调,直到能伸开腿。他的头发扎成马尾,已经好几天没洗了,双眼因为疲惫而有些朦胧。

"我从来没想过我们会过成这样。我本来有更好的打算,到现在也是这么想的。"拉杰朝鲁比的婴儿床扬了扬下巴。"我想让她有一栋房子住。我想让她有邻居。要是她喜欢养狗,我也想让她有一只该死的小狗。但狗不便宜,邻居也不便宜。我在努力存钱,克拉拉,但是你看看我们才赚多少?比以前好多了,但还远远不够。"

"也许我们只能做到这个地步了。"克拉拉的声音有点颤抖。"我累了。我知道你也是。可能咱们都该找份真正的工作了。"

拉杰哼了一声:"我高中就辍学了。你从来没上过大学。你觉得微软会要我们吗?"

"不是微软。我是说别的地方。或者我们可以再回学校。我的数学一直很好,我可以修一门会计课程。你有当机械师的天分,你很有才华。"

"你也是!"拉杰突然说。"你很有天分,出色极了。克拉拉,我第一次看见你就是在北滩的那场小演出,我看见你站在台上,马上就知道,这个女人和别人不一样。你的野心太大了,头发也太长了,头发一直在绳子上绕着。但从没见过有谁像你一样在屋顶旋转,我以为你永远不会下来。我还不准备放弃。我觉得你也不会。你真的想安顿下来吗?找一份整理文件的工作,或者帮别人算钱?"

拉杰这番话让她感动不已,这份触动发自内心深处。克拉拉一直都知道，她注定会成为一座桥：在现实和幻象之间，在此刻和过去之间，在尘世和另一个世界之间。她只不过需要找到连接这一切的方法。

"好吧。"她慢慢地说。"但我们不能再这样下去了。"

"确实不能。"拉杰直视着前方。"我们得把生意做大。"

"比如？"

"比如拉斯维加斯。"

"拉杰。"克拉拉用手按住自己的双眼。"我已经跟你说过了。"

"我知道你说过了。"拉杰在座位上挪动，隔着扶手向她靠近。"但你想要观众，想要影响力——你想被人们知道，克拉拉，但你在这儿办不到。人们从世界各地赶到拉斯维加斯，寻找他们在家里得不到的东西。"

"钱。"

"不——乐子。他们想打破规则，颠覆整个世界。这不正是你想要的吗？这不正是你在做的事吗？"拉杰握住她的手。"听我说。我从来不想当明星。你也从来不想当助手。你一直觉得你注定要去做点了不起的事，比这更好的事，对不对？我一直相信你。"

"我已经不是那样的人了。有些东西消失了。我不如以前了。"

"自从你戒酒，已经好多了。你只有自暴自弃的时候、被困在底下出不来的时候才会变弱。你得一直待在上面。"他一边说一边比了个手势，把手平放在下巴底下。"得待在水面上。集中注意力去关注真实的东西,比如鲁比,还有你的事业。"

每当克拉拉想起鲁比,就好像在河中央试图抓住一块石头、抓住一件小而坚硬的东西,而其他所有东西都想把她冲走。

"如果我们去了拉斯维加斯,"她说,"我又做不到,该怎么办?如果没人雇我们。或者如果……如果我就是做不到。该怎么办?"

"我才不这么想,"拉杰说,"你也不该这么想。"

"拉斯维加斯,"格蒂说,"你要去拉斯维加斯。"

克拉拉听到她妈妈用手捂住了听筒,紧接着又听到了她的喊声。

"瓦里娅,你听见了吗?拉斯维加斯。她说她要去拉斯维加斯。"

"妈,"克拉拉说,"我听见了。"

"什么?"

"这是我的选择。"

"没有人说不是。肯定不是我的选择。"

咔嚓一声,有人拿起了另一个听筒。

"你要去拉斯维加斯?"瓦里娅问。"去干什么?度假吗?你要带鲁比去吗?"

"我们当然要带鲁比。要不然我们拿她怎么办呢?而且不是为度假——我们要搬过去。"

克拉拉从房车的窗子往外看。拉杰边踱步边抽烟。每过几秒钟,他就瞟一眼克拉拉,看她是不是还在打电话。

永生者

"为什么？"瓦里娅吃惊地问。

"因为我想当魔术师。如果想当魔术师，就必须去那个地方——如果想靠魔术赚钱的话。再说了，瓦，我还有个孩子，你不知道养孩子多费钱。食物、尿布、衣服——"

"我养大四个孩子，"格蒂说，"我这辈子从来没去过拉斯维加斯。"

"我们知道，"克拉拉说，"我和你不一样。"

"我们知道，"瓦里娅叹了口气，"你要去就去吧。"

她还没把听筒放回原位，拉杰就回到了车里。

"他们怎么说？"他坐上驾驶座，把钥匙插进点火器。"不赞成？"

"嗯。"

"我知道，他们是你的家人。"他说着，拐到了另一条路上。"假如不是一家人，你根本就不会喜欢他们。"

他们在希斯皮里亚[1]的一个露营地停车睡觉。克拉拉被拉杰的声音吵醒。她翻了个身，眯起眼睛看索尔留下的手表：凌晨三点十五分，拉杰正坐在鲁比的婴儿床边。他透过铁栏杆看着女儿，低声讲述达拉维的事。

漆成亮蓝色的金属薄板。卖甘蔗的女人。房屋墙壁用的是黄麻口袋。街上的巨型管道如同象脊一般起伏。他给女儿讲掌控着电力

---

[1] Hesperia，加利福尼亚州的一座城市。

的地头蛇,还有红树林沼泽,他出生的棚屋。

"那是塔塔[1]的房子。我小时候,它已经被拆了一半。现在另一半大概也不在了。不过我们可以想象一下,想象另一半还在。"他说。"每一层都是一家企业。塔塔那一层是玻璃瓶、塑料和金属零件;上边一层的男人造家具;再上边一层造皮质公文包和手包;顶层的女人缝蓝色的小牛仔裤和小T恤,给你这么大的孩子穿。"

鲁比呢喃着,挥着手,在月光底下显得很苍白,还泛着蓝色。拉杰握住她的小手。

"他们说这些人是不可触碰的贱民,比梵天脚下的人[2]还不如。但这些人是工人,是店主、农民和修理工。在村子里,这些人不能进寺庙或者神庙。但达拉维就是这些人的庙宇,"他说,"而美国,是属于我们的。"

克拉拉转头对着婴儿床,但她的身体非常僵硬。拉杰从来没给她讲过这些。她问起达拉维的事,或者问起克什米尔的暴动时,他总是改变话题。

"你的塔塔会以你为荣,"拉杰说,"你也应该以他为荣。"

拉杰站起来。克拉拉的脸颊贴在枕头上。

"别忘了,鲁比。"他一边说,一边把毯子拉到她的下巴。"别忘了。"

---

[1] 祖父的昵称。
[2] 指印度种姓制里的第四等,首陀罗。

16

到了拉斯维加斯，他们停在一个叫国王大道的房车公园里。这儿离赌城大道有十五分钟路程，每个月收费两百美金，拉杰愤愤不平地交了钱，因为房车公园的水池已经抽干了，洗衣房里只有一台洗衣机还没坏。"只是暂时住这儿。"他告诉鲁比，一边亲吻她小蘑菇一样的鼻子。"我们用不了多久就会把这东西卖掉。"他用电动千斤顶把房车抬起来，连上公用设施，克拉拉利用这个时间巡视整个场地。这儿有一间娱乐室，里边有张乒乓球桌，还有台空了一半的自动售货机。这里的房车似乎已经停了好几个月，车主在车外的木质平台上摆着盆栽，或者挂着美国国旗。

他们租到一辆八二年的庞蒂亚克太阳鸟，租了三个月，然后开车上了赌城大道。克拉拉从来没有见过这种场面。永不干涸的瀑布。热带花卉永远在绽放。度假酒店像空间站一样充满金属质感，棱角分明。"辣妹现场！"有人一边吼一边往克拉拉手里塞了张明信片。众神雕塑立于恺撒宫前；一个女人脸朝下躺在街边，枕着一本粉红色的皮面口袋书。广告女郎和假的猫王站在一个活灵活现的鬼娃旁边，鬼娃握着刀，向克拉拉挥手。

最新的酒店就像一本打开的书，两栋扁平的建筑在装订线的位置相连。酒店的名字 The Mirage 用花体红色大写字母写在电子牌上，上面还在滚动播报："开业十小时，我们就支付了拉斯维加斯史上最高累积奖金！四百六十万！享用盛宴吧！"然后这些字母缓缓消失，The Mirage 重新出现。酒店前的一座火山每晚都在燃烧，据说还有感恩至死乐队和印度塔布拉鼓演奏家扎基尔·侯赛因的现场表演。这里有一个中庭，里边有一片人造雨林，还有一圈围栏，里边养着真的老虎。这里的一切正是克拉拉一直想要的，但她紧接着想起了鲁比。这个地方真的有黄金。他们走进大厅，大厅里挂着巨大的吊灯和汽车轮胎那么大的玻璃花瓣。前台后面是一个十五米宽的水族箱，从地面一直架设到天花板。她听见巨大的轰鸣声，一开始以为是瀑布或火山，紧接着才听出来那是锯子的声音：这栋楼还没完全建好。

"看。"拉杰说。他指着前台上方挂的大横幅。上边写着"齐格弗里德和罗伊"，他们的脸贴在一只白虎的两侧。每天下午一点和七点有演出。现在是一点四十五分。他们跟着指示牌进到剧场里。因为演出已经开始了，所以没有检票员。拉杰带着鲁比溜进门，拽着克拉拉找了两个空位。齐格弗里德和罗伊穿着没有扣子的丝质衬衫、短款皮夹克和带遮挡布的皮裤。他们骑着一条喷火的机器龙，它摇晃着三米长的头，一群穿贝壳比基尼的女人举着镶嵌水晶头的手杖跳舞。表演快结束时，罗伊坐在一只白虎上，白虎坐在一个镜面迪斯科球灯上。紧接着齐格弗里德和十二只更有异国情调的动物也加入进来，他们一起升上了屋顶。

这是一场混乱的美国梦，美国梦中的美国梦：四十年前，这对搭档在一艘远洋轮船上相遇,带着一只藏在行李箱里的猎豹,从战后的德国逃离。现在,他们的剧团有二百五十人,包括演员和工作人员。

当两个男人鞠躬致谢时,拉杰贴在克拉拉的耳朵上说:"我们只需要找条路进来,总会有我认识的人认识什么人。"

克拉拉坐在蒲团上给鲁比喂奶,心里还惦记着西蒙的手表。和之前一样,先出现了两个字母:M,然后是 E。过了五分钟,第二个 E 出现了。接下来等了很久,有二十分钟,她有点担心给鲁比拍嗝时漏听了敲击声。然后她又听见了那个声音。

T。

"MEET!见面!"

鲁比在尖叫,克拉拉的奶水快没了。

"怎么了?"拉杰在外面问。他钻到了房车底下,脸朝上,正看着后挡板。

"没什么。"克拉拉说。拉杰才不会愿意听这个。她刚刚想到,如果西蒙能在死后继续和她交流,那谁敢说索尔不能呢?

克拉拉扣好哺乳胸罩,让鲁比安静下来,但她觉得鼻子酸痛,好像就快哭了。鲁比还活着,鲁比需要她。克拉拉需要西蒙,需要索尔,但他们已经……

死了?也许吧。也许并没有完全死去。

拉杰问遍了他在南加州赌场里认识的人也没什么结果，但是塔霍湖度假村的老板有一个表兄，他妻子的兄弟是金砖赌场的管理者。拉杰穿上他最好的衣服，去赌城大道的一家牛排馆见那个人。他回来的时候异常振奋，跃跃欲试，眼睛里充满了狂喜。

"宝贝，"他说，"我拿到一个电话号码。"

17

克拉拉从没在这样的地方表演过。这是幻景酒店的舞台剧场，屋顶有九米高；这里有两个移动平台，五个升降机，二十盏射灯，两千个座位。攀爬绳已经装好了，普罗透斯柜安上了轮子，在后台待命。观众席前排坐着三位酒店管理人员。

拉杰正在说开场白，克拉拉站在舞台侧翼，汗水从亮片礼服的两侧流下来。他们第一次把鲁比送进了日托所，就在酒店十七楼，是酒店为员工子女提供的服务。克拉拉的胃在痉挛。她想要集中注意力，为了鲁比。张开双手。加油干。要微笑，真该死。她穿着金色的高跟鞋走上舞台。

光。热。她分辨不出那些酒店主管，他们的衬衫都没收进裤腰，脸藏在阴影里。表演普罗透斯柜时他们烦躁不安。表演"消失的鸟笼"时有一个人离开了，说是有场电话会议。剩下的两个人在表演

"第二视觉"时来了精神,但接下来克拉拉在表演"断裂"的时候算错了时间,她不得不抬起膝盖,免得过早落到舞台上。当她睁开眼睛,有一个人正在看他的传呼机。另一个人清了清喉咙。

"就这些吗?"他高声问。

一个舞台工作人员开了灯,拉杰从舞台侧翼走出来。他脸上带着那副推销员式的微笑,但愤怒就像热气一样从他身上散发出来。有那么一瞬间,克拉拉觉得窒息。这个机会太重大了——他们的失败也太重大了。房车的冰箱里,鲁比的食物只剩三罐。她和拉杰一直在吃快餐,她能感觉到自己的身体填得太满又缺少营养。房车前排的杂物箱里有个上锁的盒子,里边放着六十四美元。如果他们没约到新演出,该怎么办呢?

克拉拉想起了伊利亚,她的导师。伊利亚曾经告诉她,魔术技巧是为男人创造的:西装外套的口袋正好可以装下钢杯,大手掌也更容易做翻腕。然后伊利亚又教她如何重新制作道具。克拉拉用上了可以压缩的泡沫球,学会了不露痕迹地使用牌桌上的抽屉。但她手掌小是个绕不开的问题,一旦涉及到手上的魔术,她就只能依靠自己的技术。"你得跟魔术圈的顶尖高手一样厉害。"伊利亚告诉她,一边训练她做单手切牌,直到她的手指都练疼了。"然后你还得比他们更好。"

这些切牌技法是她的强项,到现在也是。但克拉拉和拉杰一直想变成齐格弗里德和罗伊。在这个过程中,克拉拉忘记了她从小学会的古老又朴素的魔术。她忘记了自己。

"不,"她说,"还有别的。"

克拉拉走到舞台侧翼,取出伊利亚的黑盒子,她今天带过来只是为了好运。她提着黑盒子穿过舞台,跳到观众席上,然后把盒子变成一张魔术桌放在两个酒店主管面前。近看的时候,这两个人一点都不像。一个人身材精壮,剃着光头,银边眼镜后边的蓝眼睛很机警。他穿着一件红色丝绸衬衫。另一个人穿着黑白细条纹衬衫,个子很高,梨形身材,一头黑发梳成了马尾辫。他鼻子上架着一副淡紫色眼镜,脖子上挂着精致的金色十字架。

拉杰走到舞台边上,坐在克拉拉身后。他的身体很僵硬,但他一直看着她。克拉拉从桌子的暗格里拿出她最喜欢的牌,在伊利亚的魔术桌上摊开。

"选三张,"她对光头男人说,"面朝上摆开。"

他选择了梅花A、方块Q和红桃7。克拉拉把它们放回牌堆里。然后她拍了拍手。

梅花A飞了出去,先在空中飞舞,然后落到一张椅子上。她再次拍了拍手,方块Q从牌堆中间伸出来。克拉拉第三次拍手时,红桃7出现在她的手里。

"哈!"那人说,"非常好。"

克拉拉没有接受这句夸奖。她还没表演完——还有纸牌电梯。她从抽屉里取出一支油性马克笔,递给那个戴淡紫色眼镜的男人。

"切牌,"她说,"切到你想切的任意地方。"他照办了,露出黑桃3。"好极了。你能帮我在这张牌上做个标记吗?"

"用马克笔写?"

"用马克笔写。别让我看见。这副牌里可能还有一张黑桃3,但没有一张和你手里那张一样了。我们把它放回牌堆里,就像这样。但有件事很有趣。当我敲击牌堆最上面的那张牌时,"她说着把牌翻过来,"恰好是你的黑桃3。很奇怪,对不对?现在,让我们把它放回它该在的地方,放回牌堆中间。但是等一下,如果我再敲一下最上面的牌,这张黑桃3又出现了。它从牌堆里跳出来了。"

纸牌电梯是克拉拉所掌握的最难的技巧之一,她已经很多年没表演过了。她本来做不到——但有什么东西在帮她。有什么东西把她拉回到了过去的状态。

"现在,我会很仔细地演示给你看,我是怎么把它放进牌堆中间的。这次我会让它一直伸在外边,这样你就可以知道我没有骗你——看见了吗?我没有骗你。那么,为什么,"她说着,把最上边的牌翻过来,"它第三次出现在最上边?现在我们来看一下,我应该感觉到它在动——很奇怪,但我发誓它已经到牌堆底部了。请你把底牌拿出来好吗?"

他照做了。确实是他那张牌。他笑起来:"干得漂亮。要不是我一直在留意,根本不会注意到那次双翻。"

他还是用一只眼睛盯着他的传呼机。克拉拉把他当成自己的目标。她的小指在抽筋——她已经有一年没练过外推技巧了——但她没时间甩手放松。她收起牌堆的时候抓了一把硬币,然后指着光头男人脚边的金属咖啡杯。

"介意我用一下这个吗?谢谢你,你真好。我不知道你有没有注意到——我不知道你仔细看过没有——这个地方有很多硬币。"

她右手握着杯子,左手摊开,给他们看空无一物的手掌。她打了个响指,左手拇指和食指之间出现一枚硬币。叮当一声,她把硬币扔进了杯子。她从光头男人的衬衫领子里掏出两枚硬币,从他的两只耳朵里各掏出一枚,从另一个高个子男人的衬衫口袋里再掏出两枚。

"注意,这是你的杯子,不是我的。没有隐藏的隔间,没有放硬币的地方。所以我打赌你肯定在想我是怎么办到的。我打赌你已经有了自己的想法。"克拉拉指了指黑发男人的眼镜。他把眼镜递过来,她接过眼镜架到咖啡杯上。每个镜片上都滑过一枚 25 美分硬币。"这是自然反应:我们一直在赋予生活逻辑。你看着我一次又一次变出硬币。你觉得它们一定藏在我的左手里。当我把左手伸给你看的时候,你意识到那里不可能有硬币,就会改变逻辑。现在你觉得它们都在我的右手里。这种猜测是有可能的,不是吗?离杯子这么近。你看不到我可能在——"克拉拉把杯子换到左手上,"在改变——"她露出空空的右手,"手法。"

她咳嗽了一声,两枚硬币从她嘴里滚出来。黑发男人把传呼机放回到衬衫口袋里。现在，她成功地引起了他的注意。

"你是个很虔诚的人。"克拉拉看着他脖子上的十字架说。"我父亲也是。有时候我觉得他是我的反面。他遵守那些规矩，而我在破坏规矩。他面对现实而我充满幻想。但我后来意识到——我猜他早就知道，我们两个相信的其实是同一件事。你可以说它是个暗门，是个隐藏的隔间，也可以说它是神：一个保存未知之物的占位符。一个把不可能变成可能的空间。当他在安息日说出祝祷词，或者点燃蜡烛的时候，他其实是在变魔术。"

拉杰咳嗽了一声，这是对她的警告。你要干什么？但克拉拉知道她要干什么。她一直都知道。

"我和我父亲都了解一些现实。我打赌你也了解。现实已经太多了吗？太痛苦、太有局限性、太影响人们获得快乐或者机会？不，"她说，"我认为，现实还不够。"

克拉拉把咖啡杯放在地上，从抽屉里取出一套杯球戏的道具。她把空杯子口朝下放在桌上，把球放在杯子上面。

"现实不足以解释我们不明白的事情。"她举起球，把它紧紧握在手中。"现实不足以解释我们所见、所听、所感中的矛盾之处。"她再张开拳头的时候，球已经消失了。"现实不足以寄托我们的希望、梦想——还有我们的信仰。"她举起钢杯，露出下面的球。"有些魔术师说，魔术会击碎你的世界观。但我认为，魔术把整个世界聚合在一起。它是暗物质；它是现实的胶水，在我们所知的一切之间,有无数漏洞,而它能填满这些空白。只有通过魔术——"她放下杯子,"才能揭示——"她握住拳头,"现实有多少不足。"

当克拉拉张开手掌的时候,红球已经不在了。手心只有一颗完整的、毫无瑕疵的草莓。

寂静从地毯覆盖的地面一直弥漫到九米高的天花板,从舞台后边弥漫到剧场的楼厅。然后拉杰开始鼓掌,光头男子也开始鼓掌。只有那个带金十字架的人没有鼓掌。他只是说:"你什么时候可以开始表演?"

克拉拉盯着掌心的草莓。它还湿漉漉的。她能闻到它的气味。她耳边传来一阵阵轰鸣,就像她在幻景酒店门口听到的瀑布声——也许是锯子的声音?

光头男人从口袋里拿出一本皮面日历。"我觉得十二月可以,一月也行——一月吧?把她放在齐格弗里德和罗伊的场次前边?"

高个子男人的声音好像闷在水下:"观众会把她生吞活剥。"

"对,但只是开胃菜。我们给她半个小时的时间,人们正在往里走,他们想看点什么;她是个好看的姑娘——你是个好看的姑娘——她能吸引观众的注意力,让他们的屁股坐在座位上,然后,砰!老虎、狮子、爆炸。全都炸开。"

"他们需要新的演出服。"另一个人说。

"哦,服装得彻底改造。我们会给你安排一个制作团队,做鸟笼,做柜子,强化一下吊绳子那个表演,强化一下读心术戏法——

可以叫一个观众上台，类似这种，我们会给你安排好的。"有人的传呼机响了，两人都检查了一下口袋。"听着，我们谈谈。首演之前你有四个月的时间，你会表现得很好。"

"天啊，"电梯门一关，拉杰就说，"一颗草莓。"他蜷缩在两面玻璃墙相连的角落里大笑。"我永远想不出你是怎么做到的，但这简直完美。"

"我也不知道我是怎么做到的。"

拉杰的笑声停止了，但那个笑容还没有消退。

"我是认真的，"克拉拉说，"我从来没见过那个草莓。我不知道它是从哪来的。"

她的第一个念头是，断片又出现了：也许她开车去了市场买了一盒，往口袋里塞了一个。但这说不通。平时只有拉杰一个人开那辆租来的车，而且在国王大道步行可达的范围内也没有杂货店。

"你觉得你是谁啊？"拉杰问。他的脸上有一点阴郁的表情，一点带着野性的东西，就像一只狼在守护他的猎物。"一个相信自己戏法的魔术师？"

如果放在几个月前，克拉拉可能会觉得受伤。但这一次她没有。她注意到了一件事。

拉杰的眼神——她曾经误以为那是愤怒。但其实并不是。

他害怕她。

18

拉杰和制作团队一起为"生命之颌"准备器材服饰,一起筹备"第二视觉"。他还为印度针术设计了一套新道具:更大的针,这样在舞台上才能被观众看见,用红绳代替了原来的线。幻景酒店的娱乐总监问克拉拉,愿不愿意让拉杰把她锯成两半——"特别简单,一点也不疼"——但她拒绝了。那位总监认为克拉拉害怕演这个节目,事实上,克拉拉可以给他上一个小时的课,介绍 P.T. 塞尔比特和他创造的那些仇女魔术。毁掉一个女孩、肢解一个女人、碾碎一个女人……所有这些表演都被用来迎合战后的嗜血氛围,用来利用妇女选举权运动的热度。

克拉拉不会去做一个被锯成两半、被绑在铁链上的女人——她也不会任由自己被别人拯救或解放。她会自救。她会成为锯子。

但她知道,如果再推辞,他们可能会失去这份工作。她听任服装师把她的裙子下摆提高了十厘米,把领口降低了五厘米,还在文胸里装上了衬垫。排练时,拉杰骄傲地站在那儿,克拉拉却有点畏缩。她面试那天的夺人气场一天比一天黯淡——被五百瓦的射灯冲淡了,也被烟雾机的雾气遮挡了。她以为幻景酒店看中了她的本来面目,但他们想要的其实是她的三次方,想让她比自身更醒目。他们想把她变成赌城版本。对他们来说,她和酒店外的粉红色火山一样,都是新奇的玩意儿:他们自己的女魔术师。

鲁比的软骨正在变成骨头，她的骨头正在长成。她的身体里百分之七十是水，和地球上水的比例一样。她长出小巧的犬齿和一对不平整的白齿。她能说"走""不"和"来我"，意思是跟我走，这让克拉拉心都化了。鲁比在国王大道公园看见有粉红蜥蜴爬过，会高兴地叫起来，还会紧紧握着鹅卵石。等到他们的节目开演，他们拿到第一笔大额酬金的时候，拉杰想卖掉拖车，去租一间公寓，看看合适的幼儿园和儿科医生。但克拉拉已经没有时间了。如果赫斯特街的女人预言正确，她将在两个月之内死去。

克拉拉没有告诉拉杰，因为他会觉得她疯得更厉害了。另外，她现在很少见到他：除了排练，他就一直呆在剧场里。他从舞台上方将近三十米高的栅栏上，把一套定制的绳子和滑轮安装到钢制屋顶板条上。他利用舞台的陷阱和升降机，为克拉拉的节目"断裂"设计了新戏码，让她在鞠躬致谢后凭空消失。他和施工人员一起造了一个新牌桌，还帮他们从商店买道具，再搬到舞台上。舞台经理特别喜欢他，但一些技术人员却心怀怨愤。有一次，克拉拉去日托所接鲁比，从两个舞台工作人员身边路过。他们就站在剧场门里边，看着拉杰用胶带在舞台上做标记。

"你以前是负责做标记的人，"有个人说，"要是不留神，甘地就会抢走你的饭碗。"

克拉拉用红色的塑料婴儿车推着鲁比，去了冯氏超市。她从四号通道顺走八罐嘉宝马铃薯罐头，她朝出口走的时候，这些罐头在她的包里叮当作响。门滑开了，一股温暖的空气扑面而来。在这个十一月下旬的傍晚，天空仍然呈现出一片深蓝。克拉拉在一盏路灯底下坐下来，打开一个嘉宝罐头，用食指喂鲁比吃。

两个白色光球越来越近，越变越大，一辆银色的奥尔兹莫比尔牌轿车停下来。克拉拉捂住鲁比的眼睛，自己也眯起眼，但汽车并没有继续往前走：它就停在了她面前，仿佛她挡住了出停车场的路。驾驶座上，一个男人正盯着她看。他长着乱糟糟的金红色头发和淡金色眼睛，嘴巴微张。他长得很像埃迪·奥多诺霍，旧金山的那个警察。

克拉拉慌忙抱着鲁比站起来。罐头掉到地上，裂开了，橙色的糊状物洒了一地，但克拉拉没有停下——她先走再跑，跑进了赌城大道上的人群里。她穿过成群的游客，一只手推着空的婴儿车，想起埃迪·奥多诺霍的舌头曾经伸进她的嘴里。她撞上一个女人宽阔的后背，这个女人留着两条长长的棕色发辫。

克拉拉的血液都凝结了。是那个预言未来的女人。克拉拉抓住她的肩膀。

她转过身来：只是个年轻姑娘。在台口赌场外的霓虹灯下，她的脸先变红后变紫。

"你他妈到底怎么回事？"女孩的瞳孔都变大了，下巴咄咄逼人地向前伸。

永生者

"对不起。"克拉拉低声说着往后退。"我认错人了。"

鲁比在她腰间尖叫。克拉拉跌跌撞撞地继续往前走,经过恺撒宫和希尔顿酒店,经过哈拉斯酒店和嘉年华户外餐厅。她从来没想过,再看见幻景酒店的火山和那些愚蠢的粉色岩浆会这么高兴。但是当她进到酒店里时,才意识到刚才把空婴儿车忘在了台口赌场门口。

克拉拉不想听见这些敲击声——她想让它们消失。但敲击声越来越响。西蒙很生气,他觉得克拉拉就要忘记他了。第一次彩排前的一个小时,克拉拉走进幻景酒店的女士洗手间,把鲁比放在洗手台上。旁边竖着一个瓶子,里边插着假花。她取出手表计时。和以前一样,"见面"这个词很快就来了。过了十三分钟,她听见第五次敲击:又是一个 M,五分钟以后,来了一个 E。

克拉拉以为西蒙要重复同一个词,"MEET"。但她很快意识到,西蒙是在告诉她,来见我。又过了六十五分钟,她又收到一个单词。

"US"——我们。

西蒙和索尔。我们。洗手间在来回晃动。克拉拉把手按在大理石台面上,头垂在胸前。不知道过了多久,她才重新听见鲁比的声音。鲁比没有哭,她甚至也没有咿咿呀呀、含混不清地说话。她说得很清楚:"妈。妈。妈妈。"

克拉拉心底有什么东西噼啪一声断开了。总是这样:创造她的家庭和她创造的家庭朝两个完全相反的方向拉扯她。有人在敲门。

"克拉拉？"拉杰边喊边走进来。

他没有穿平常的衣服——白T恤，脏兮兮的，还有一双旧的卡哈特工装鞋，而是穿上了他的演出服：一套定制的燕尾服和一顶帽子，像企鹅皮一样又黑又光滑。鲁比坐在洗手台的另一侧。她爬向幻景酒店的一个金色洗手池，正在玩自动皂液器。她嘴里有蓝色的泡沫，正在大哭。

"搞什么鬼，克拉拉？你怎么回事？"拉杰把鲁比抱进怀里，帮她吐出皂液，伸手冲洗她的嘴。他打湿一张纸巾，轻轻擦干她的眼睛和鼻子。然后他把两只手按在台面上，身体向前倾，下巴压着鲁比的黑发。克拉拉花了一会儿功夫才意识到拉杰在哭。

"你一直在和西蒙说话，"他说，"对不对？"

"敲击声。我一直在给敲击声计时。我一开始不确定这是不是真的，但现在我知道了，是真的。刚刚它们拼成了——"

拉杰俯下身，好像要亲吻她。但他的鼻子只在她脸颊上停留了一小会儿，然后又退回去了。

"克拉拉。"拉杰看着她的时候，脸上有一种鲜明的、生动的表情，她一开始以为是爱意，但马上意识到那其实是愤怒。"我从你身上闻到了。"

"闻到什么？"克拉拉问，她只是在拖延时间。她在房车里喝了两瓶迷你波波夫伏特加，它们本该帮助她稳定情绪的。

"你绝对是个受虐狂,才会这么对我们。要不就是你以为我会一直跟着收拾残局?"

"就一杯。"她很讨厌自己发抖的声音。"你的控制欲也太强了。"

"这就是你想说的话吗?"拉杰的眼睛睁大了。"几年前,如果我没有找到你,你觉得你会在哪?"

"总比现在好。"她会留在旧金山,一个人表演。她可能会很孤独,但至少能掌控自己的生活。

"你会变成一个酒鬼,"拉杰说,"一个失败者。"

鲁比从拉杰的怀里注视着克拉拉。血涌向克拉拉的脸颊。

"你现在还能表演魔术,"拉杰说,"是因为我遇见了你。而你遇见我之前,之所以能勉强过下去,是因为你在当小偷。克拉拉,你在偷东西。毫无羞耻地偷窃。你以为你每天在做什么,仅仅是给人们表演一场好魔术吗?"

"我确实给人们表演了好魔术,我在努力,"克拉拉说,"我在努力当个好母亲。我想当个成功的人。但你不知道我脑子里是什么样的。你不知道我失去了什么。"

"我不知道你失去了什么?你知不知道——你有没有想过——我的国家发生了什么?"拉杰用空着的那只手腕抹了一把眼睛。"你爸爸有自己的生意,有个家庭。你还有妈妈和姐姐,有一个当医生的哥哥。我爸是捡垃圾的,我妈死得太早,我都不记得她了。1985年阿米特死于空难,当时离孟买只剩几分钟的路程,那是他第一次

第二部分　普罗透斯

想要回家。你家人都过得很好。他们现在也过得很好。"

"我知道你的人生有多难,"克拉拉低声说,"我从来没想过低估这一点。但我弟弟死了,我父亲也死了。他们的结局并不好。"

"为什么?因为他们没活到九十岁?想想他们活着的时候拥有什么吧。而像我这样的人——我们一直在咬牙坚持,我们只有真的非常非常幸运,真的非同凡响,才会有出路。但你总有退路。"拉杰摇摇头。"我的天,克拉拉。你以为我为什么从来不说我自己的问题,不说那些真正的问题?因为你受不了。你的脑子里只有自己的问题,根本没地方容纳别人的问题。"

"这话真难听。"

"但这是真的,对不对?"

克拉拉说不出话来,她的大脑没法运转了,电线纠缠在一起,显示器正在关闭。拉杰检查了鲁比的尿布,给她的小鞋子系好鞋带。他从克拉拉肩上拿过尿布袋,走到洗手间门口。

"我发誓,克拉拉,我本来以为你已经好起来了。只要申请到医疗保险,只要我们有了空闲时间,我就带你去看医生。"他说。"你现在不能失控。我们离成功太近了。"

1990年12月28日。如果那个女人说对了,克拉拉就只剩四天的生命。如果那个女人说对了,她会在开幕演出当晚死去。

一定有个漏洞,有个秘密的暗门。她可是个魔术师。她要做的就是找到那扇该死的暗门。

她把一个红球带到床上，在被子里玩。她想出了怎么把它变成草莓。先用法式落币的手法，把球从右手移到左手，让它消失。然后把左手移到右手上方。做一个假传，再一次摊开左手的时候，就有了清凉的、果香扑鼻的草莓。她把每一颗草莓都吃掉，然后把它们的绿色茎杆塞到床垫底下。她溜出了房车。

黑沉沉的夜晚，气温一定超过了三十度。她能听见人们在各自的房车里活动：洗澡，做饭，吃饭，争执，那辆湾流牌房车里的年轻夫妻在叫喊，这两个人总在做爱。生活无处不在：它在罐头盒里咔哒作响，试图逃出去。

她走到泳池边。泳池的形状像一颗芸豆，泛出迷幻的、不真实的蓝光。池边没有椅子，经理说放了就会被偷，所以克拉拉就站在池边。她脱下背心和短裤，让它们落到地上团成一团。她的小腹仍然软绵绵的，长着褶皱，因为生了鲁比。她脱下内裤时，阴毛蓬松近乎盛开。

她跳进泳池。

水像一层膜一样包裹着她。她的脚看起来比实际距离更近些，手臂似乎也变得弯曲了。池子看起来没有两米四，但她知道这只是错觉。这就是所谓的折射：当光线进入另一种介质时，就会发生弯折。但人类的大脑会默认光沿直线传播。她看见的东西和实际的东西不一样。

她也听说过关于星星的事：星星之所以闪烁，是因为在地球大气层以内观察的时候，光线会发生偏折。人类的眼睛把这当作"熄灭"。但其实光一直都在。

克拉拉破水而出。她剧烈地喘息。

也许，事情的关键在于不要抗拒死亡。也许根本就不存在死亡这件事。如果西蒙和索尔还在和克拉拉联络，那就意味着即使身体死亡，意识也能继续存在。这样一来，她所知道的关于死亡的一切都不是真的。如果她所知道的关于死亡的一切都不是真的，那么死亡可能根本就不是死亡。

克拉拉翻过身来，漂浮在水面上。如果那个女人是对的，如果她能在1969年预见到西蒙的死期，那么世界上真的有魔法：这是一种奇特的、散发出微光的知识，存在于不可知的正中心。克拉拉是否会死、会在什么时间死都不重要；她仍然可以和鲁比交流，就像现在和西蒙交流一样。她可以越过界限，就像她一直想要的那样。

她可以成为桥梁。

19

酒店外面的广告牌已经换了。上面写着："今晚，永生者，助手拉杰·查帕尔。"表演要到十一点才开始，因为是新年特别节目，但入口处已经挤满了游客。拉杰把他们租来的太阳鸟停到员工停车场里。通常是克拉拉背着包，拉杰背着鲁比，但今晚克拉拉不肯放开孩子。她给鲁比穿上一件红色派对服，这是格蒂在鲁比一岁生日的时候寄过来的，再配上厚厚的白色紧身袜和黑色漆皮鞋。

他们穿过酒店大堂。成群的鱼在十五米宽的水族箱里发光、游动。虎圈外边围满了人，虽然老虎都还在睡觉，毛茸茸的下巴平放在水泥地上。拉杰和克拉拉转身走向电梯。他们会在这里分开：拉杰把他们的包带到剧场，克拉拉送鲁比去日托所。

拉杰转过身，伸手放到她脸颊上。他的手掌很暖，因为常年在店里干活而起了层茧。"准备好了吗？"

克拉拉的心跳快了一拍。她看着拉杰的脸。这张面孔很漂亮：颧骨很优雅，下巴棱角分明。他的齐肩长发一如既往地扎成马尾；化妆师会先把它吹散，再涂一层硅油，让它更有光泽。

"我想让你知道，我为你骄傲。"他说。

他的眼睛闪着光。克拉拉惊讶地吸了口气。

"我知道，我对你太苛刻了。我知道一直都不容易。但是我爱你，我爱我们两个。而且我对你有信心。"

"但你不相信我的戏法。你不相信魔法。"

她笑起来。她为拉杰感到遗憾，为他不知道的那些事而遗憾。

"我不相信。"他有点沮丧地说，语气就像在跟鲁比说话。"压根就没有这种东西。"

拖家带口的观众涌向电梯，包围了克拉拉和拉杰，从他们身边经过。拉杰放下了手。这里又只剩他们两个的时候，拉杰把手放回到克拉拉脸上，但比刚才更坚决了。现在，他用手掌捧住她的下巴。

"听我说，我不相信你的把戏，并不代表我不相信你。我觉得你很了不起，你做的事也很了不起。我认为你有能力去影响别人。你是个艺术家，克拉拉。是个艺人。"

"我不是表演节目的小马驹。我不是小丑。"

"你当然不是，"拉杰说，"你是个明星。"

他放下包，伸手来抱她。他用双臂环住她，把她拉到怀里。鲁比被压到克拉拉胸前，发出短促的尖叫。一家三口。克拉拉已经觉得他们两个就像鬼魂，就像她过去认识的人。她想起以前的日子——好像已经过去很久了——那时候，她以为拉杰可以给她想要的一切。

"我要上楼了。"她说。

"好。"拉杰对鲁比扮了个鬼脸，鲁比咯咯直笑。"挥手告别吧，鲁比。和爸爸说再见。祝爸爸好运。"

克拉拉敲了敲门，管日托的女人给她开了门。她身后的套间里坐满了孩子：舞台工作人员、表演者、接待员、流水线厨师、经理和女佣的孩子。

"今晚真要命。"她看起来像个人质，脸色憔悴地站在拴着的铁链后边。"新年他妈的快乐。"

克拉拉听见玻璃碎裂的声音,紧接着是一连串尖叫。

"老天啊。"女人大喊一声转过身。然后她又面向克拉拉。"不介意的话我们动作快点好吗?嘿,你好!"

她解开栓门锁,对着鲁比摇摇手指。克拉拉抱着孩子。她内心残存的所有理智都拒绝放手。

"怎么,你今晚不送她来了?你不是有节目吗?"

"送,"克拉拉说,"我有节目。"

她理了理鲁比有点凌乱的黑发,捧起她柔软的、胖嘟嘟的脸。她只想让孩子看着她。但鲁比扭着身子:其他孩子吸引了她的注意力。

"再见,我的宝贝。"克拉拉的鼻子贴上鲁比的前额,嗅着她皮肤上的奶香、出汗的气味——人类最本质的东西。她把这些全都吸进来。"过会儿见。"

克拉拉又进了电梯,西蒙好像一直在等她。她能从玻璃上看见他,他脸上像一片浮油般呈现出变幻的彩虹色。克拉拉坐电梯上了四十五楼。她本来只想看看顶楼的风景,但今晚运气站在她这边:当她走进门厅时,一个客房服务员正从顶楼套房里走出来。那个女人一进电梯,克拉拉就朝客房冲过去。她用小指拉住了正要合拢的门,然后走了进去。

这间套房比克拉拉见过的任何公寓都要大。客厅和餐厅有乳白色皮椅和玻璃桌；卧室里有一张特大号床和一台电视。浴室和房车一样大，有一个超长的极可意按摩浴缸，两个大理石水槽。厨房里有一个钢制冰箱，里边放着全尺寸的酒瓶，而不是迷你款的。她拿了一瓶孟买蓝宝石、一瓶黑标尊尼获加，还有一瓶凯歌香槟。她每种轮流喝了一口，被香槟呛了一下，咳嗽起来，然后继续每种喝一口。

她已经忘了看风景。厚重的折叠窗帘也是乳白色的，已经拉起来了。她按下墙上一个圆形按钮，窗帘滑开了，底下是灯光璀璨的赌城大道。克拉拉试着想象这里六十年前的样子——在两万人建起胡佛水坝之前，在霓虹灯和赌场出现之前，拉斯维加斯不过是个冷清的铁路小镇。

她走到电话机前，拨出了电话。响到第四声的时候，格蒂接了起来。

"妈。"

"克拉拉？"

"我今晚有演出。我的首演。我想听听你的声音。"

"你的首演？太棒了。"格蒂像个小女孩一样喘不过气来。克拉拉听到了她那边的笑声，还有一声尖叫。"我们在这儿庆祝。我们在——"

"丹尼尔订婚了！"是瓦里娅的声音。她一定是拿起了另一个听筒。

"订婚了？"克拉拉过了一会儿才反应过来。"和米拉订婚？"

"对啊，傻瓜，"瓦里娅说，"还能有谁？"

暖流像墨水一样缓缓注满克拉拉的身体。家里有了新成员。她知道他们为什么要庆祝，为什么这件事意义重大。

"真是太好了，"她说，"真是太美妙了。"

克拉拉挂断电话的时候，这间套房显得又冷又荒凉，就像一场刚散场的聚会。但她不会孤单太久了。

魔术师向来不擅长死亡。

戴维·德万特五十岁时因身体颤抖被迫离开舞台。霍华德·萨斯顿在一次表演后倒地不起。哈里·胡迪尼死于过度自信：1926年，他让一个观众冲他肚子打了一拳，这一拳导致他阑尾破裂。还有外婆。克拉拉一直以为，她是在时代广场表演"生命之颔"时跌落致死的，但现在她开始怀疑。外婆在那次表演之前失去了丈夫奥托。克拉拉知道仅靠牙齿的咬合力来维系生命是什么感觉。她知道想要放手是什么感觉。

她打开自己的包，取出绳子。绳子像蛇一样盘绕成一圈。这是她在旧金山的时候，第一次表演"生命之颔"用过的绳子。克拉拉记得它那粗糙结实的纤维，还有上边那个灵敏的弹簧保险扣。她站到套房客厅的桌子上，屋顶有盏巨大的灯，她把绳子绑到固定灯具的吊钩上。

克拉拉一直在等，想等到点什么，来证明那个女人的预言是对的。但这恰恰是关键所在：克拉拉必须自己证明这一切。她才是谜题的答案，她才是让圆圈合拢的那个部分。现在，她们是密不可分的一对了，背靠着背，同时又要正面交锋。

她并不是不害怕。一想到鲁比还在日托所里，迈着胖乎乎的双腿在房间里蹒跚行走、快乐地尖叫，她身体里的每个细胞都在遭受折磨。她停了下来。

也许她应该等一个信号。等一声敲击———一声就好。

克拉拉非常确定敲击声会出现，但两分钟过去了，还是没有敲击声。克拉拉有点恐慌。她掰了掰指关节，强迫自己呼吸。又有一分钟过去了，然后是五分钟。

克拉拉的胳膊开始颤抖。再过六十秒，她就会放弃。再过六十秒，她就会收起绳子，回到拉杰身边，准备表演。

然后敲击声来了。

克拉拉的呼吸很不平稳，胸口剧烈起伏；眼泪噼里啪啦滚落下来。敲击声变得很急迫，像冰雹一样密集。对，敲击声告诉她。对，对，对。

"夫人？"

有人在门外，但克拉拉没有犹豫。她往门把手上挂了一个"请勿打扰"的牌子。如果是客房服务员，他们会看见的。

套房客厅里的桌子看起来很贵，全是玻璃和尖锐的边角，但它却出奇地轻。她把桌子朝墙边推过去，然后往桌子原本的位置放了把厨房吧台的高凳。

"夫人？戈尔德小姐？"

敲门声还在继续。克拉拉感到一阵恐慌。她走进厨房，先喝了一口威士忌，然后又喝了一口孟买蓝宝石。眩晕骤然而至，她不得不弯腰低头，避免呕吐。

"戈尔德小姐？"外边的喊声更大了。"克拉拉？"

绳子就挂在那儿，等着她。她的老朋友。她爬到椅子上，把头发扎到脑后。

再往外看一眼，看看外边的人流和灯光。再等一下，让鲁比和拉杰在她心底多停留一会儿；她很快就能和他们说话了。

"克拉拉？"外边的声音还在喊。

1991年1月1日，就像那个女人预言的那样。克拉拉握住她的手，一起在黑沉的天空中翻滚。她们像树叶一样灵活地上下翻飞，在无边无际的宇宙中，显得如此渺小；她们翻转，闪烁，再翻转。她们一起照亮了未来，即使身在如此遥远的此刻。

拉杰说得对，她是个明星。

第三部分
异端裁判所

1991—2006
丹尼尔

20

丹尼尔开口和米拉说话之前，已经见过她三次：第一次是在雷根斯坦图书馆的小阅览室里，她正往一个红色的小本上写字；然后是在科布地下室那间由学生经营的咖啡馆里，她端着一杯咖啡，大步朝门外走。她的步子里带着电流，和丹尼尔擦肩而过的那一瞬间他就感觉到了。几周以后，丹尼尔看见她沿着斯塔格球场跑步，再一次意识到这一点。但是直到 1987 年 5 月，她才来到他身边。

丹尼尔正坐在餐厅里啃一个手撕猪肉三明治。（格蒂要是知道他吃猪肉，一定会心脏病发作。他甚至喜欢上了培根；他那间海德公园旁边的公寓里，冰箱里总放着培根。丹尼尔敢说，每次回纽约的时候，妈妈都能闻出他身上的味道。）这会儿已经下午三点了，餐厅里几乎是空的；丹尼尔总是在这个时间吃饭，因为他是见习医生，轮岗时间是早上六点到下午两点半。餐厅前门开了，一阵冷风吹进来。等他认出走进来的年轻女人，又打了个颤。她的眼睛在餐厅里扫了一圈，然后她向丹尼尔走过来。他假装没有注意到她，直到她在这张四人餐桌前站住。

"你介不介意——"她一只肩膀上挂着个结实的皮制托特包,还抱着一大堆书。

"不介意。"丹尼尔抬起头来,假装刚刚注意到她,然后才开始行动。他清走一个压扁的可乐罐、撕下来的吸管包装纸,还有一个红色的塑料篮子,里边装满了三明治残渣:猪肉油脂和褐色的酱料。"当然不介意。"

"谢谢。"年轻女人用公事公办的语气说。她坐到丹尼尔斜对面那个位置,取出笔记本和文具盒,开始做自己的事。

丹尼尔很困惑。她好像并没有打算和他发生任何关系。当然,她选择这张桌子,也可能是出于其他原因:可能因为这儿离自助区的距离比较近,或者因为它在窗户旁边,能照到芝加哥难得一见的阳光。

丹尼尔假装从背包里找书,用眼角余光仔细看她。她体型偏小,但并不瘦,长着一张圆脸,下巴修长,轮廓好看。她的眉毛浓密又优雅,有一双栗色的眼睛,睫毛的颜色出奇地淡。她的皮肤是橄榄色的,散布着雀斑,一头棕色的直发垂到锁骨。

时间一点点过去,三点半,然后是四点。到了四点十五分,丹尼尔清了清嗓子。"你是学什么的?"

年轻女人腿上放着一个银蓝色的索尼随身听。她摘下了耳机。"你说什么?"

"我想知道你是学什么的。"

"哦,"她说,"艺术史。犹太艺术。"

"啊。"丹尼尔说。他扬起了眉毛,露出微笑。他希望自己表现出很感兴趣的样子,虽然他对这个主题并不太感兴趣。

"你不喜欢这个?"

"什么?天啊,没有。"丹尼尔脸红了。"你有权去学自己喜欢的任何东西。"

"谢谢你。"她面无表情地说。

丹尼尔的脸更红了:"对不起。这话听着有点居高临下,其实我不是那个意思。我是犹太人。"他补了一句,以示支持。那个女人看了一眼他剩下的三明治。"祖辈都是犹太人。"

"好吧,那你被赦免了。"女人说。她笑起来。"我叫米拉。"

"我叫丹尼尔。"应该和她握手吗?他平时在女人面前可没这么笨拙。他只是笑了笑。

"所以,"米拉说,"你不信教了?"

"不信。"他承认。

小时候,犹太会堂总能让丹尼尔平静下来:那些身披丝质披巾的大胡子,他们的种种仪式,蜂蜜苹果和苦味的草药,还有祈祷。他也有一套自己的祷告仪式,每天晚上都会虔诚准确地重复一遍,仿佛说错一句就会导致可怕的事降临到他身上。但可怕的事确实降临到他身上了:父亲的死,然后是弟弟的死。西蒙去世后没过多久,丹尼尔就彻底停止了祷告。他并没有因为放弃宗教而烦恼。说到底，他没有经历任何挣扎。他的信仰自然而然、顺理成章地消失了，就好像往床底下看一眼，鬼怪就会消失一样。这就是神的问题：他经不起批判性的分析。他不会忍受这种分析。他消失了。

"你话不多啊。"米拉说。

她的语气逗乐了丹尼尔："其实——嗯，谈论宗教……会让人不舒服。可能是戒备心理吧。"他不希望让米拉也起了戒备，于是又说："我确实从宗教传统当中看到很多价值。"

她饶有兴致地向前倾："比如？"

"我父亲很虔诚。我很尊敬他，所以我也尊敬他信仰的东西。"丹尼尔停下来，整理思路；他这些想法还从来没有说出来过。"在某种程度上，我觉得宗教是人类成就的一个巅峰。我们创造神的时候，也发展出了衡量自身困境的能力，我们还顺手给神留下了漏洞，这样就能相信自己的掌控力有限。实际上，大部分人都乐于接受一定程度上的无能为力。但我认为，我们确实拥有相当的掌控力——它大到连我们自己都感到畏惧。神也许是人类送给自己的最了不起的礼物。智慧的礼物。"

米拉的嘴巴变成一个小小的、倒立的半圆。用不了多久，这种表情就会像她那双冰凉的小手，或者左边耳垂上的痣一样，成为丹尼尔熟悉的存在。

"我在追溯纳粹盗走的艺术品。"过了一会儿，她才说。"我注意到，那些艺术品能走到多远的地方。比如梵高的《加歇医生的肖像》。这幅画是梵高 1880 年在瓦兹河畔欧韦尔画的，大约就在他自杀前一个月。这幅作品被法兰克福的施耐德美术馆收购前，经历过四次转手。从梵高的哥哥到他哥哥的遗孀，再到两位独立的收藏家。1937 年纳粹洗劫了博物馆，这幅画落到了赫尔曼·戈林手里，他通过拍卖把画卖给了一位德国收藏家。到这里，事情开始变得有意思了：那位德国收藏家又把画卖给了齐格弗里德·克拉马斯基，这是个犹太银行家，1938 年大屠杀前逃到了纽约。很了不起，不是吗？这幅画经历了许多坎坷，最后竟然又回到了犹太人手里，而且是直接经过与戈林相关的人卖出去的。"米拉指了指她戴的耳机。她似乎突然害羞起来。"我觉得，我们需要神，就像需要艺术一样。"

"是因为好看吗？"

"不是。"米拉笑起来。"因为它让我们看见可能发生的事。"

这恰好是丹尼尔早就拒绝的那种观念，带着自我安慰的意味。但他还是被米拉吸引了。到了周末，他们一起在米拉的公寓里喝酒，公寓在三楼，没电梯，米拉把一台便携录音机放到窗户边，两人一起听保罗·西蒙的《恩赐之地》。米拉把手伸进他牛仔裤后边的口袋，拉着他靠近。丹尼尔欣喜若狂，这种感觉几乎让他有点尴尬。他一直没有意识到自己有多寂寞，或者说，已经在寂寞中度过了多长时间。

在婚礼上，丹尼尔望向观众席，却只看到格蒂和瓦里娅。他心里有什么东西像一根树枝一样啪地折断了。克拉拉和米拉从没有见过面，这一直是他最大的遗憾之一。米拉是个很务实的人，克拉拉却完全不是，但她们两个都有一种调皮的幽默感，还有一种玩笑般的不服输气质——有时候会更较真些。丹尼尔遇到米拉之前，并不知道自己出于这个原因有多依赖妹妹。踩碎玻璃杯[1]的时候，他想象自己过去的生活也随之破碎：那些无知和痛苦，那些或大或小的损失。他将和米拉从这些碎片中组合出新东西。丹尼尔望着她那双明亮的淡褐色眼睛，它们在泪水下闪光，他感觉自己的灵魂彻底放松下来，就像进到一个温暖的浴池里。只要一直看着她，那种平静的感觉就会向外涌动，把痛苦推到意识的边缘地带。

晚些时候，丹尼尔赤身裸体和他的新娘躺在一起——米拉打起了呼噜，她的额头湿漉漉的，靠在他胸前。丹尼尔开始颤抖。他开始祈祷。祷告就像尿液一样自然而然、不可阻挡地涌现。（他知道这是个可怕的比喻，假如他告诉米拉，她一定会被吓坏。但对他来说，这种描述好像比他童年时听过的那些夸张比喻更恰当。）我恳求你，上帝，他想。哦，上帝，请让这一切持续下去。

接下来的几个星期，丹尼尔回忆起这段祷告，总是感到很羞愧，但也不知为什么，他觉得整个人都轻松了，就像剪掉一绺头发一样。

---

[1] 犹太习俗，在婚礼快结束时，新郎要将一个用布包住的玻璃杯踩碎。

他没料到宗教可以让他产生这种感觉。说实话，无神论的种子早在克拉拉、西蒙和索尔去世之前那几年就已经播下了。赫斯特街的那个女人起了个头。他为自己相信异教、渴望了解不可知的东西而感到羞耻，这种羞耻最终走向了否定。他发誓，没有人可以对他施加这样的力量：人不可以，神也不可以。

但也许，神和把他带到预言家面前的可怖的魔力完全不一样，和她那套荒谬的说辞完全不一样。对索尔来说，神意味着秩序和传统、文化和历史。丹尼尔仍然相信人有选择，但这也许并没有排除对神的信仰。他想象出一个新的神，一个在他走错路时轻推他、但从不逼迫他的神，一个给出建议但并不固执己见的神——一个像父亲一样引导他的神。一个父亲。

几年后，丹尼尔和米拉结了婚、住在纽约州的金斯顿市，他问米拉，多年前在餐厅里，她是不是有意坐到他身边的。

"当然是。"米拉说。她笑起来的时候，从厨房窗子照进来一束光，把她的眼睛变成了金色。"餐厅是空的。要不是有意，我为什么要选你那张桌子呢？"

"我不知道。"丹尼尔说。他为自己提出这个问题，或者说为怀疑她而感到尴尬。"也可能你想有个人作伴。或者因为太阳。我记得当时阳光很好。"

米拉吻了他。丹尼尔能感觉到后颈上有金属触碰的凉意，那是她的婚戒，一个小小的金圆圈，他自己也有一枚与之相配。

"我很清楚自己在做什么。"她说。

21

2006年，离感恩节还有十天，丹尼尔在奥尔巴尼的入伍事务司令部（MEPS）。他正坐在指挥官伯特伦上校的办公室里。他在这儿工作了四年，只来过上校的办公室几次——一般是为了讨论某个不寻常的病例，有一次是为了接受从医生到首席医疗官的晋升——但今天，他希望能获得加薪。

伯特伦上校坐在一把皮椅上，面前是一张光洁宽敞的办公桌。他比丹尼尔年轻，长着一头清爽的金发，两边剃短，身材瘦长结实。他的年龄看起来几乎就像那些前来接受评估的预备役军官训练营毕业生，他们一车车来到这里，迫切地想要入伍。

伯特伦上校说："你干得不错。"

"什么？"

他重复了一遍："你干得不错。一直在努力为国家服务。但我要直言不讳地说一句，少校，我们有些人认为你该休息一下了。"

丹尼尔从医学院毕业后就去服役了。他职业生涯的前十年都在西点军校的凯勒军医院工作。这是他一直向往的工作，高风险，难以预测，但他被长时间的工作和永无间断的患者折磨得精疲力竭。当入伍事务司令部出现一个空缺时，米拉鼓励他去申请。这个职位并没有什么吸引人之处，但丹尼尔渐渐开始享受它的稳定。现在，他很难想象回到医院里工作——或者更糟的是，回到军队里。

有时候，他害怕自己对庸常生活的偏爱是一种懦弱。他的工作是确保年轻人身体健康、可以上战场，这份工作的矛盾性依然存在。但除此以外，他也把自己看成一个守卫。他的职责就是充当筛子，把那些能上战场的人和不能上战场的人区分开。申请者们都怀着急切的希望看着他，好像他会给他们发放生存许可，而不是死亡许可。当然，也有些人的脸上写满了纯粹的恐惧，丹尼尔能从这些人身上看见把他们引向军队的原因：要么是当过军人的父亲，要么是致命的贫穷。他总会问这些人确不确定自己愿意上战场，他们总会回答"确定"。

"长官。"有那么一会儿，丹尼尔的脑子停止了运转。"是和道格拉斯有关吗？"

上校点了点头："道格拉斯很健康。他应该被获准入伍。"

丹尼尔还记得道格拉斯的文档。那个男孩的肺活量和呼气峰值流量测试结果都远低于正常值。"道格拉斯有哮喘。"

"道格拉斯是底特律人，"伯特伦上校的笑容消失了，"底特律人都有哮喘。你觉得我们应该拒绝所有底特律的孩子吗？"

"当然不是。"丹尼尔第一次真正意识到形势有多严峻。他知道入伍人数已经减少了百分之十。他知道军方降低了心理测试的标准——自七十年代以来,他们还没有录取过这么多第四类申请人。他还听说,有的指挥官会为行为不端裁定出具豁免书:小偷小摸、袭击他人,甚至还有交通过失杀人和谋杀。

"这件事不仅仅和道格拉斯有关。"他说。

"少校。"伯特伦上校身体向前倾。他的指挥官胸针在反光,那是一颗被花环包围的星星。丹尼尔想象上校趴在办公桌上,手里拿着胸针,用棉球蘸着银饰抛光剂擦拭它。"我们都知道你本意是好的。但你是另一个时代的人。你有点保守,这没问题,因为你不想看见任何不该倒在战场上的人倒下。我承认,有些孩子确实不太对头。我们做筛选总是有原因的,但保守也要看时候,少校,现在就不是时候。我们需要人。我们需要维持人数。为了上帝,也为了这个国家,有时候我们就得让一个膝盖有问题或者有点咳嗽的人进来,只要他的心没长错地方就行了。现在,戈尔德医生,我们需要人心。我们需要差不多能行的人。我们——"伯特伦上校拿起一摞表格,"需要豁免书。"

"该出具豁免书的时候我会出的。"

"你认为该出具豁免书的时候才会出。"

"这是我的工作职责。"

"你归我管。你的工作职责是我定的。我相信你也不希望自己档案里记上一笔臭烘烘的'第十五条'吧。"

"为了什么？"丹尼尔的嘴唇变白了。"我从来没违反过规定。"

第十五条会结束他的军队生涯。他将永远得不到晋升，甚至有可能被开除。不管怎样，他都会受到羞辱。这种耻辱会把他活活烧死。

但自尊心并不是唯一的问题。米拉在一所公立大学工作。丹尼尔当初放弃军医院的工作时，他们的存款足够生活所需。但从那时起，他和米拉承担了格蒂的生活费。米拉的母亲诊断出癌症，她父亲得了阿尔兹海默症。米拉的母亲去世后，他们把她父亲送进了一家养老院，每年的开销用掉了他们大部分积蓄，而且还会持续下去：她父亲六十八岁，除了阿尔兹海默症，其他各方面都很健康。

"因为不服从命令。"伯特伦上校的嘴唇底下挂着一小块抖动的蛋白。他拿起刚才用来包三明治的锡纸，再把它对折。"因为没有遵守军队的规定。"

"你撒谎。"

"我是个骗子？"上校低声地问。他仍然捏着那张锡纸，一遍又一遍地折叠。

丹尼尔知道自己得到了悔改的机会。但一想到第十五条，他就怒火中烧。他被其中包含的威胁和不公正激怒了。

他说："要么是骗子，要么是一头唯唯诺诺的羊。上级让做什么就做什么。"

伯特伦上校停了手，他把那张折到名片大小的锡纸放进口袋，然后从椅子上站起来，欠身靠近丹尼尔，手掌平放在桌上。

"你被停职两周。"

"谁接替我的工作？"

"我还有三个人可以干你的活儿。我没什么要说的了。"

丹尼尔站起来。如果他敬礼，伯特伦上校就会看见他的手在颤抖，所以他没有敬礼，尽管明知道这会让情况变得更糟。

"你一定觉得自己是一片见了鬼的特殊雪花。"伯特伦上校说。丹尼尔转身朝门口走去。"觉得自己是个真正的美国英雄。"

丹尼尔走进停车场，耳朵里嗡嗡直响。他打着车，坐在车里盯着莱奥·W. 奥布赖恩联邦大楼，这是一栋高大的玻璃外墙建筑，从 1974 年开始，奥尔巴尼入伍事务司令部就在这儿办公。1997 年大楼翻新以后，丹尼尔得到一间位于三楼的新办公室，非常宽敞。奥尔巴尼市中心并没有什么值得看的景观，但是丹尼尔第一次坐在办公室里时，心里充满了目标感和确定性——他感觉自己的人生从最开始就指向了这一刻，他能来到这里，靠的是一系列明智的、战略性的选择。

丹尼尔把车从停车场里倒出来，开往金斯顿。这段通勤会花费五十分钟。他要怎么和米拉说呢？在这之前，人们向他寻求建议，请求他的认可：他自己就是神谕。现在，他和其他人没有区别，就像一个脱掉了长袍的牧师。

当他靠在米拉怀里,把整件事告诉她以后,她说:"杂种。我从来都不喜欢那家伙——伯特伦还是伯特兰德?杂种。"她踮起脚尖,用手捧住在丹尼尔的脸颊。"职业道德去了哪里?该死的职业道德去了哪里?"

屋子外边,车库的灯照亮了花园边缘的树林。一只鹿在第一片树丛外嗅着树枝。今年花园里的植被这么早就变成了褐色。

"要利用这件事,"米拉说,"我们用接下来的两周收集证据准备起诉。你正好可以休息一段时间,想想你打算干什么。"

一张不合格项目清单在丹尼尔脑中滚动,就像电视上的滚屏一样:溃疡、静脉曲张、瘘管、贲门失弛缓症或者其他运动障碍征候,闭锁或严重的小耳症,美尼尔氏综合症,足背屈角十度,拇趾缺失。诸如此类,一共有几千条规定。对女性而言,限制条件更多。卵巢囊肿。出血异常。要是有人能通过检查,简直就是个奇迹,但话说回来,尽管癌症、糖尿病、心血管疾病的发病率不断上升,大部分人还能活到七十八岁,也算个奇迹了。

"你一直想做的事情是什么?"米拉继续问。为了他,她在努力坚强起来。但她的焦虑表现得很明显:她有心事的时候总是竭尽全力让自己忙起来。"你可以重建花园棚屋。或者和你的家人联系一下。"

很多年前,米拉以她特有的直率问丹尼尔,为什么和他的兄弟姐妹们不太亲近。

他说:"我们并没有不亲近。"

"呃,你们确实不亲近。"米拉说。

"有时候吧。"丹尼尔说。不过事实更加模糊。有时候,一想起兄弟姐妹,他就感到爱意像羊角号一样吹响,饱含喜悦、痛苦和永远不变的认同感:那三个人和他是用一样的材料做成的,他从人生初始的时候就认识这些人。可是,每当丹尼尔和他们在一起,哪怕最小的裂痕都会让他产生不可抑制的怨恨。有时,把他们当作虚构角色会容易得多——刻板固执的瓦里娅,心不在焉、不顾一切的克拉拉——至少要比面对他们那种令人不快的、完整的成人状态容易些:他们在清晨的呼吸、那些愚蠢的选择,还有他们像蛇一样钻进陌生树丛里的人生。

那天晚上,丹尼尔先是昏昏欲睡,然后又清醒过来。他想到兄弟姐妹们,也想到了海浪。入睡的过程和海浪拍击海岸没什么两样。有一次他们去新泽西州度假,索尔带其他几个孩子去看电影,但丹尼尔想要游泳。当时他才七岁。他和格蒂带着镂空塑料椅来到海边,格蒂在看小说,丹尼尔假装自己是一年前在东京获得四枚金牌的唐纳德·斯科兰德。潮水把他带向地平线,他听凭潮水摆布,为自己和母亲之间越来越远的距离感到吃惊。等他厌倦了踩水,已经漂到了离海岸四十多米远的地方。

海水往他的鼻子和嘴里泼溅。他的双腿长而无用。他吐出一些水，试着喊叫，但格蒂听不见。直到一阵突如其来的风把她的太阳帽吹到了沙滩上，她才站起来。捡回帽子的时候，她看见了丹尼尔垂下的头。

她放开帽子，像是用慢动作朝丹尼尔跑过来，但实际上，这是她有生以来跑得最快的一次。她在泳衣外套了一件半透明的夏威夷穆穆袍，这时候不得不提着它的下摆；然后，她惊慌失措地尖叫着，把整件穆穆袍脱下来扔到地上。格蒂穿了一件黑色的连体衣，带着裙边，露出长有凹凸瘢痕的壮实大腿。她先在浅水中滑行，然后深深地吸了口气，跳进了海浪里。快点，丹尼尔一边吐出盐水一边想。快点，妈咪。自从他学会走路，就再没有这么叫过她。最后，格蒂的手出现在他腋下。她把丹尼尔从水里拖出来，两人一起倒在沙滩上。她全身都泛出了红色，头发像飞行员的头盔一样贴在头顶。她大口大口喘着粗气，丹尼尔以为是因为太累，然后才意识到她在抽泣。

那天晚上吃饭时，他以夸张的口吻讲了自己差点溺水的故事，但心底却又迸发出对家人的依恋。在假期剩下的日子里，他原谅了瓦里娅持续最久的一次梦呓。从海滩回来以后，他让克拉拉第一个去洗澡，尽管她每次都洗很长时间，格蒂有一次甚至敲门问，如果她需要这么多水，为什么不干脆带一块肥皂到海里去。多年以后，当西蒙和克拉拉离家出走，就连瓦里娅也和他渐行渐远时，丹尼尔弄不明白为什么他们没有和他产生一样的感觉：分离的遗憾，还有回家的幸福。他一直在等待。毕竟，还能说什么呢？不要飘太远。你们会想我们的。但一年又一年过去，他们并没有变得和他一样，丹尼尔感觉到受伤、绝望，然后陷入了痛苦。

凌晨两点，他下楼走进书房。他没有开顶灯，电脑屏幕的蓝光已经够亮了。他输入拉杰和鲁比网站的地址。网页加载完毕，屏幕上出现几行红色的大字。

不用离开座位，就能体验印度奇迹！拉杰和鲁比带你踏上魔力地毯之旅，感受异域风情！从印度针术到绳索之谜，连二十世纪最伟大的美国魔术师霍华德·萨斯顿都困惑不已！

大写的字母在跳跃闪烁。这几行字下边，拉杰和鲁比的脸若隐若现，他们额头都涂着红点。网页中央有一组旋转的幻灯片。其中一张图片上，拉杰被困在一个篮子里，鲁比用两把长剑刺向篮子。另一张图片上，拉杰握着一条蛇，和丹尼尔的脖子一样粗。

艳俗，又露骨，丹尼尔想。不过，这是拉斯维加斯啊。很显然，艳俗也是一个卖点。他去过两次拉斯维加斯——第一次是朋友的单身汉派对，第二次是医学会议。这两次经历，都让他觉得这座城市是个独特的美国怪兽，一切都像是经过了夸张的卡通版本。名叫玛格丽塔维尔和卡波瓦波的餐厅。喷发出粉色烟雾的火山。广场商店，一个照着古罗马样式修建的商场。在拉斯维加斯，谁会觉得自己身处现实世界呢？幸好拉杰和鲁比还会到处旅行：他们的演出大本营是幻景酒店，但还有个链接叫"巡回演出和时间表"，上边显示他们本周末将在波士顿的"谜"酒吧表演。两周后，他们将前往纽约，开始为期一个月的演出。

丹尼尔想知道他们打算在哪里过感恩节。拉杰基本上让鲁比远离了戈尔德家族，每隔几年，她就像礼帽里的兔子一样出现和再消失。一开始，她是个充满热情的三岁孩子，然后变成一个忧郁的、观察力出众的五岁孩子、九岁孩子，最后成了一个郁郁寡欢的少女。那次见面以一场尖锐的争论告终，他们为"生命之颌"吵了起来，那是克拉拉的招牌节目。拉杰把它教给了鲁比，这让丹尼尔感到恶心。他没法理解为什么拉杰要让女儿重现克拉拉吊在绳子上的形象。

"我在保存她的记忆，"拉杰吼道，"你敢说你也在做类似的事吗？"

从那以后，他们再也没有说过话。当然并不只是拉杰的错。有好几次，丹尼尔都可以主动联系他们——在那次争执之前和之后都有机会。但是，丹尼尔在拉杰和鲁比面前总有种恼人的遗憾。鲁比小时候长得像拉杰，但到了十几岁，她已经继承了克拉拉饱满、轮廓起伏的脸颊，还有猫一般的笑容。她留着长长的卷发，一直垂到腰际，就像克拉拉一样，只不过鲁比的头发是棕色的，而克拉拉总是染成红色——她原本的发色也是棕色。鲁比情绪低落的时候，丹尼尔会有一种似曾相识的奇特感觉。鲁比就像克拉拉的全息影像，

第三部分　异端裁判所

正用责备的目光盯着丹尼尔。他对克拉拉一直不够亲近，不知道她的状态有多差。是他提出去找预言家的，这件事影响了所有的兄弟姐妹，但也许克拉拉受到的影响最深。他至今记得当时克拉拉在巷子里的模样：脸颊湿润，鼻尖红红的，眼神既警觉又有种奇怪的空洞感。

丹尼尔只有拉杰的座机号码。想到他们正在旅行，他点了一下"联络"，弹出一个写着"给查帕尔写信！"的方框，上边列出了拉杰和鲁比的经理、宣传人员还有经纪人的电子邮件地址。谁知道他们会不会看邮件呢，这个方框好像是为粉丝邮件设计的。但丹尼尔还是决定试试。

拉杰：

　　我是丹尼尔·戈尔德。好久没见了，我觉得应该给你写封信。我注意到，你们要在未来几周内去纽约旅行。感恩节有什么计划吗？我们很想接待你们。很久没见家人了，真的很遗憾。

　　　　　　　　　　　　　　　　　　　　　最好的祝福
　　　　　　　　　　　　　　　　　　　　　DG

丹尼尔重读了一遍邮件，担心写得过于随意。他往拉杰的名字前边加了个"亲爱的"，然后又删掉了（拉杰对他来说并不算亲爱的，而且他们两个都不能容忍虚伪的客套，这是他们为数不多的共性之一）。丹尼尔在"感恩节有什么计划吗"那句之前加上了"你对"，然后把"很想"换成了"非常乐意"。他把最后一句话删掉——他们真的算是一家人吗？然后又原样加回去。他们的关系已经够亲近了。丹尼尔点击了"发送"。

尽管已经被停职，可丹尼尔以为他第二天早上六点半就会醒。他已经四十八岁，如果还不守时，就真的什么都不是了。但是手机响起来的时候，太阳已经高高升起。他眯起眼睛看表，摇了摇头，又眯起眼睛：已经十一点了。他伸出一只手在床头柜上摸索，找到眼镜和滑盖手机，戴上眼镜，打开手机。不会是拉杰打来电话了吧？

"……好？"

迎接他的是电流声。"丹尼尔，"电话那头的声音说，"是……迪……"

"对不起，"丹尼尔说，"断线了。你说什么？"

"我是……迪……在……子……利……服务……"

"什么迪？"

"……迪，"那边的声音执着地说，"埃迪……奥……霍……"

"埃迪·奥多诺霍？"即便声音乱七八糟，这个名字的碎片还是唤起了丹尼尔的记忆。他坐起来，往自己背后塞了个枕头。

"……西……警察……我们见过……金山……你的……妹……FBI……"

"我的天啊,"丹尼尔说,"当然记得。"

埃迪·奥多诺霍是 FBI 指派负责克拉拉案件的探员。埃迪在旧金山参加了她的追悼会,事后,他们在吉里街的一家酒吧偶遇。接下来的一天,丹尼尔醒来的时候头痛得像要裂开,他想不出自己为什么会和埃迪分享这么多东西,但他希望这位警探已经喝得烂醉如泥,忘掉了整件事。

"……靠边停车。"埃迪说。他的声音突然变得清晰起来。"终于好了。天啊,这儿的信号简直是狗屎。我不知道你们怎么忍下来的。"

"我们有一部固定电话,"丹尼尔说,"它就可靠多了。"

"听我说,我不能长谈——我在高速公路边上——但你看这样可以吗?四五点钟,在城里找个地方?有几件事我想和你聊聊。"

丹尼尔眨了眨眼。这个电话,连同整个早晨,都很不真实。

"行,"他说,"我们四点半在霍夫曼之家见面。"

直到挂断电话,丹尼尔才注意到卧室门口那道宽阔的影子:他的母亲。

"天啊,妈。"丹尼尔说着,把被子拉起来。她还是会让他觉得自己像个十二岁的孩子。"我刚才没看见你。"

"你在跟谁说话?"格蒂穿着她那件粉红色的带衬里的浴袍——

丹尼尔不想计算已经穿了几个十年。她顶着一头浓密的灰发，就像贝多芬的发型。

"没谁啊，"他说，"米拉。"

"是米拉就见鬼了，我又不是低能儿。"

"当然不是。"丹尼尔下了床，套上一件纽约州立大学宾厄姆顿分校的运动衫，穿上他的羊皮拖鞋。接着他走到卧室门口，亲吻母亲的脸颊。"可你是个大忙人。吃饭了吗？"

"吃饭了吗？当然吃了。都快中午了。你还像个孩子一样睡个没完。"

"我已经被停职了。"

"我知道。米拉告诉我的。"

"所以要对我好一点。"

"你以为我为什么没有叫醒你？"

"哦，我不知道。"丹尼尔说着，下了楼。"也许因为我早就不是孩子了吧？"

"错了。"格蒂从他背后闪出来，先他一步走向厨房，威严地扫了一眼。"因为我对你太好了。没有人比我对你更好。要是想让我给你煮咖啡，现在就坐下来。"

格蒂是三年前搬到金斯敦来的，也就是2003年的秋天。在这之前，她一直坚持住在克林顿街。通常丹尼尔每个月都会去看她，但那一年，他三月和四月没回去：因为美国入侵伊拉克，他们的工作乱成一团。格蒂向他保证，她会和一个朋友一起过逾越节。

五月一日他回去的时候，格蒂正穿着浴袍躺在床上，读卡夫卡的《审判》。窗子上贴着棕色的包装纸。梳妆台上以前有块木质边框的镜子，现在只剩一颗孤零零的钉子。她把浴室镜子的合页撬开了，那面镜子本来也是小药柜的门，现在露出一堆杂乱无章的处方药瓶子。

"妈。"丹尼尔说。他的喉咙很干。"谁开的这些药？"

格蒂走进浴室。她的眼神里带着倔强，好像在质问"你说谁，我吗？"

"医生们开的。"她回答。

"哪些医生？有几个医生？"

"嗯，我也说不清楚。肠道问题找一个男人，骨头不舒服找另一个男人。有主治医生、眼科医生、牙医、治过敏的医生，不过我已经好几个月没见她了，还有妇科医生、理疗师，他觉得我有脊柱侧弯，我一辈子都在背痛，但从来没有人诊断出来脊柱侧弯；我肋骨上多一块小骨头，我发誓，每次做库尔茨堡医生说的那种'超负荷扭动'的时候，它就会弹出来。"丹尼尔开始抗议，格蒂举起一只手。"你应该庆幸，有人给我治病，有人关心我、照顾我，一个孤独的老太太，需要从这个世界上得到必要的照顾，而且确实得到了。你，"她重复了一遍，还高举着手掌，"应该高兴才对。"

"你没有什么脊柱侧弯。"

"你不是我的医生。"

"我比医生管用。我是你儿子。"

"我刚想起那位皮肤科医生。她一直在注意我的痣。人们以为痣只不过是美丽的标记,但美丽也能杀死你。你有没有想过玛丽莲·梦露是怎么死的,是不是死于一颗痣?她脸上那颗著名的痣?"

"玛丽莲·梦露是自杀的。她吃了一堆巴比妥类药物。"

"也许吧。"格蒂用阴谋论的语气说。

"你为什么拆掉镜子?"

"为了你弟弟、你妹妹还有你父亲。"[1] 格蒂说。丹尼尔走进厨房。橱柜上放着一个高脚杯,里边盛着酒,杯子边上全是果蝇。"这是给伊莱贾的,别碰它。"

丹尼尔把散发出恶臭的马尼舍维茨葡萄酒倒进下水道,成群的苍蝇像一团雾气腾空而起,然后再散开。格蒂生气地喘息。水槽的另一头有个铝制托盘,上边放着商店买来的犹太式烤饼,已经去掉了包装,面条像塑料一样又亮又硬。厨房也和卧室一样,窗户都贴了纸。

"你为什么要把窗户遮住?"

"窗户也反光。"格蒂说。她的瞳孔都变大了。丹尼尔知道自己

---

[1] 根据犹太习俗,为亲人守丧期间要把镜子遮住。守丧期一般是葬礼之后的七天内。

必须做点什么。

最开始,格蒂拒绝了,但她感到受宠若惊,因为丹尼尔想让她住在身边;她也因为不用再面对孤独而松了一口气。八月,丹尼尔和米拉让格蒂搬离了曼哈顿。瓦里娅已经移居加州,在德雷克老龄化研究中心工作,但她飞回东部来帮忙。到夜幕降临的时候,公寓已经面目全非,丹尼尔为这种变化感到悲哀。他们把索尔的豌豆绿天鹅绒扶手椅搬出来,这把椅子虽然丑,但全家人都很喜欢;这时候,最后一项任务就是拆掉双层床了。

"我不会看的。"格蒂说。这话里半是威胁半是失望。这两架双层床是四十年前在西尔斯百货买的,克拉拉和西蒙离家出走以后,她也不愿意把床拆掉。最开始,格蒂坚持说,万一丹尼尔、米拉、瓦里娅同时过来,大家都需要有个睡觉的地方,但是当丹尼尔提议至少可以拆掉其中一架时,她变得异常激动,丹尼尔知道不能再提这事了。米拉扶格蒂上车之前,格蒂非得和床合一次影。她拿着皮夹站在双层床前,开心地笑着,就像在泰姬陵前留念的游客。然后她飞快地从卧室跑出来,转过脸对着墙,不让他们看见。

丹尼尔在格蒂身后关上大门,又回到卧室里。一开始,他没有看见瓦里娅。但她原来睡的上铺传来喘息声,丹尼尔往上看,发现她的右脚搭在床边。泪水从她的双眼里滚落下来,在床垫上形成两个潮湿的圆圈。

"哦,瓦。"丹尼尔说。他伸手想要拍她,犹豫了一下还是放弃了——他知道瓦里娅不喜欢被人触碰。多年来，他总被她躲避拥抱的习惯和刻意保持的距离伤害到。他们是仅存的两个了，可有时她还是要过几个星期才会回他电话。但他还能怎么样呢？对他们两个来说，要想做出大的改变已经太晚了。

"我只是在想，"瓦里娅说着吸了口气，"在想我以前睡在这儿的时候。"

"什么，你是说我们小时候？"

"不，长大以后。我——"她打了个嗝，"回来的时候。"

这个词好像充满了意义，只不过丹尼尔不知道它的意义是什么。瓦里娅总是这样：她眼中的风景和别人的不一样，她看见某些有预兆的、不祥的东西，可在他看来，她是在一条光洁的人行道上转来转去。有时候他也想问问她，但后来，他们之间存在过的任何通道都关闭了，现在也一样。瓦里娅匆忙地用一只手擦了把脸，然后把腿搭到梯子上。

但她爬不下来。梯子是用旧螺丝固定到上铺的，瓦里娅的体重突然压上去，导致它们从木头上脱落了。梯子倒在地上，瓦里娅大叫一声，一只脚悬空了。从上铺直接跳到地面一点都不危险，但她紧紧抓着床的栏杆，犹豫地看着下边。

丹尼尔朝她伸出双手："来吧，老家伙。"

瓦里娅愣了一下。然后她憋住笑，伸出手来扶丹尼尔。他用双手架住瓦里娅，她紧紧抓住他的肩膀，直到他扶着她落到地上。

第三部分　异端裁判所

22

十五年前，克拉拉的追悼会在旧金山骨灰安置所举行。拉杰一开始想把她的遗体送到纽约皇后区的戈尔德家族墓地，但格蒂禁止他这么做。丹尼尔和母亲对质的时候，她引用犹太律法，声称自杀者不能被埋葬在其他犹太死者六英尺以内，好像只有最严格的戒律才能保护戈尔德家族剩下的成员。丹尼尔对格蒂大发雷霆，最后她让步了；他甚至可能会动手。他以前从来没觉得自己能做出这样的事。

当时丹尼尔和米拉刚搬到金斯敦。米拉在纽约州立大学新帕尔兹分校找到一个艺术史和犹太研究的助教职位，丹尼尔在医院找到一份夜班工作。他的工作将在一个月后开始，婚礼将在六个月后举行，他从来没有感觉到那么无助。西蒙的死已经够让人心碎了，怎么可能又要失去克拉拉呢？这个家庭该怎么支撑下去？追悼会结束以后，丹尼尔跌跌撞撞地走进吉里街的一家爱尔兰酒吧，头靠着吧台哭起来。他几乎没有在意自己是什么模样，也没有意识到自己在说什么——哦，上帝啊，我的上帝；每个人都在死去。直到有人回应他。

"是这样的，"旁边吧台上的人说，"但这绝不会让整件事变得更容易。"

丹尼尔抬起头。那个人的年纪和他差不多，长着金红色头发和浓密的鬓角。他的眼睛是种奇怪的颜色，更像金色而不是棕色，布满了血丝。一片胡楂从他的脸颊一直长到脖子下面。

面前的人举起一杯吉尼斯黑啤:"埃迪·奥多诺霍。"

"丹尼尔·戈尔德。"

埃迪点了点头。"我在追悼会上见过你。我调查过你妹妹的死。"他把手伸进黑裤子的口袋,摸出一张 FBI 证件。上面写着"探员",旁边还有一个没法辨认的签名。

"哦,"丹尼尔勉强挤出一句话,"谢谢。"

在这种情况下,这么说合适吗?克拉拉的死因正在被调查,丹尼尔感到很高兴,非常高兴。他有自己的怀疑,但他对联邦调查局探员的参与感到惊恐。

"如果你不介意的话,"他说,"我想问问,为什么是 FBI 接这个案子?为什么不是当地警方?"

埃迪收起证件,看着丹尼尔。尽管眼睛里布满血丝,脸上还有胡楂,但他看起来像个小男孩。"我爱上她了。"

丹尼尔差点被自己的口水呛到。"什么?"

"我爱上她了。"埃迪重复了一遍。

"你跟——我妹妹?她对拉杰不忠吗?"

"不,不。我怀疑那会儿她都不认识他。是我单方面的。"

酒吧侍者走过来:"给你们来点什么?"

"我再来一杯。他也一样。我买单。"埃迪冲着丹尼尔那杯波旁威士忌点了一下头,丹尼尔这时候才意识到自己在喝什么。

第三部分 异端裁判所

"谢谢你。"丹尼尔说。侍者走开后,他转向埃迪:"你是怎么认识她的?"

"我当时在旧金山工作。你妈妈打电话给我们,说你弟弟离家出走了,让我们去接他。这都过去多久了,是十多年前的事吧?他肯定没超过十六岁。我对他动粗了,真的不应该。我猜你妹妹从来没有原谅过我。尽管如此,她还是唤醒了我。我在警察局外边看见她的时候,她的头发被风吹到后边,脚上穿着那双靴子,我觉得她是我见过的最美丽的女人。不仅仅因为她好看,还因为她有种力量。所以我记住了她。"

埃迪把他的啤酒喝完,擦掉了嘴上的泡沫。

"过了几年,我看见一张传单,上边印着她的脸。"他继续说。"我开始去看她的表演。第一次肯定是在1983年初,我刚经历了噩梦般的一天,一群毒贩子在田德隆街火拼,当我坐下来看她表演时,感觉像是被传送到了另一个世界。有天晚上,我把这些都对她讲了。我告诉她,她如何帮助了我,她的节目怎样改变了我。我花了好几个月才鼓起勇气,但她不想和我产生任何联系。"

侍者把他们点的酒送过来了。丹尼尔咽了咽口水。他不知道该怎么回应埃迪的话,这些话过于亲密,让他感觉很不舒服。但与此同时,这话也麻痹了他的绝望:只要埃迪还在说,妹妹就会暂时留在房间里,不会离开。

"我跟你说实话吧,"埃迪说,"我当时状态一点都不好。我爸刚去世,我又在酗酒。我知道必须离开旧金山了,所以申请加入局里。一从匡提科[1]出来,他们就派我去拉斯维加斯,处理抵押贷款欺诈案。我路过幻景酒店,在招牌上看见克拉拉的脸,差点以为自己疯了。第二天,我又在冯氏超市的停车场里看见她。我开着一辆奥尔兹莫比尔牌汽车,她在路边,带着一个婴儿。"

"鲁比。"

"那是她的名字吗?很可爱的孩子,虽说她当时在尖叫。你妹妹拔腿就跑,我一定是吓坏她了。我不是故意的。我一看见她,就想和她说话。所以我决定去参加她的首演。我打算在首演之后留下来,确保我们之间不再有什么问题。没有难言之隐,也没什么让她紧张的事。"

他们都直视前方。这就是平行吧台座的好处,丹尼尔想,你可以不用看对方眼睛就完成交谈。

"首演前一天夜里,我怎么都睡不着。我很早就到了幻景酒店。我在剧场外边散步,然后就看见他们三个进来,克拉拉和她的男人,还有婴儿。"埃迪说。"她当时在和那个男人吵架——隔着一公里我就能看出来。后来他进了剧场,她带着婴儿进了电梯。电梯是玻璃的,所以我进了她旁边那部电梯,低着头往下看,想知道她在哪层下电梯。她先把孩子送到十七楼的日托所,然后才坐到四十五楼。

---

[1] Quantico,靠近华盛顿特区的一个镇,匡提科海军陆战队基地所在地,包括联邦调查局学院在内的多个联邦执法机构位于此基地内。

她好像根本不知道自己要往哪儿走,直到一个客房服务员从顶层套房里走出来。客房服务员离开以后,克拉拉溜了进去。"

丹尼尔很感激酒吧里的昏暗和刚刚喝下的烈酒,也很感激下午一点钟还有这么黑的地方可以待着。他刚开始留的胡子被咸涩的泪水浸泡着。

"那是星期五晚上,"埃迪说,"所有人都在外边。我从来没有见过这么安静的拉斯维加斯。作为一个警察,你总会知道,安宁是好的,平静也很好,但如果它们持续的时间太长,就不再是安宁和平静了。我沿着大厅跑过去,一边敲门,一边朝里边喊'夫人'和'戈尔德小姐',但是没有人回答。于是我跑到前台拿了一把钥匙,然后又上去。"他一直喝,直到喝完最后一口啤酒。"我不应该再说下去了。"

"没事。"丹尼尔说。他已经失去了她。现在听到的东西不会有什么区别。

"一开始,我不明白自己看见了什么。我以为她在练习。她吊在绳子上,就像在表演一样;她在旋转,勉强算是旋转吧;但那个口衔挂在她的下巴旁边。我把手放到她身上。我想救她。我试着给她做人工呼吸。"

丹尼尔错了。他现在听到的东西确实有区别。"够了。"

"我很遗憾。"黑暗中,埃迪的瞳孔很大,闪着光。"不该是这样的。"

自动唱机里响起了猫王的《温柔地爱我》。丹尼尔握住他的酒杯。

他问:"你是怎么拿到这个案子的?"

"是我发现她的。这多少起了点作用。然后我据理力争。重大谋杀案、跨州罪案、绑架案,这些都属于FBI的管辖范围,不归警察管。当然,这案子看起来像是自杀,但我的雷达已经启动了,有些东西不对头。我知道他们跨越了州界。我知道她一直在偷东西。我也知道,我对查帕尔有种奇怪的感觉。"

"拉杰,"丹尼尔吓了一跳,"你怀疑他?"

"我是个探员。我怀疑所有人。你呢?"

丹尼尔有一会儿没说话。"我几乎不认识他。我确实觉得他控制欲很强。他以前不喜欢让克拉拉和我们保持联系。"他紧紧闭上眼睛。太可怕了,现在要用过去时来谈论这些。

"我会调查的,"埃迪说,"你还有别的怀疑对象吗?"

丹尼尔也希望他有别的怀疑对象。他想为克拉拉的死找一个理由,但他所掌握的只不过是个巧合。西蒙死的时候,丹尼尔并没有想起赫斯特街的那个女人。西蒙的死太令人震惊了,抹去了他脑中的一切想法,而且说到底,西蒙从来没有和他们分享过关于他的预言。但丹尼尔还记得克拉拉的:那个女人说过她会在三十一岁死去。三十一岁,恰好是她去世时的年龄。

"我只能想到一件事,"他说,"完全是鬼扯。但是真的很奇怪。"

埃迪举起了手:"别评判。"

丹尼尔的头一跳一跳地疼。他不知道应该归罪于酒精，还是将要说出口的话，这话他甚至都没对米拉说过。他把赫斯特街那个女人的事告诉了埃迪，包括关于她的传闻，还有他们那次拜访、克拉拉去世的日期。他说完以后，埃迪皱起了眉头。他说会调查这件事，但丹尼尔并没有抱什么希望。他觉得自己让埃迪失望了，这位探员想要听到秘密或者冲突，而不是一段关于四处游荡的灵媒的童年记忆。

过了六个月，克拉拉之死被判定为自杀，丹尼尔对这个结果并不意外。这是最简单的假设，而他已经知道，最简单的假设一般都是对的。他在医学院的导师是西奥多·伍德沃德[1]的学生，这位导师总喜欢引用伍德沃德对医学生说的话："当你听见马蹄声的时候，要先想到马，而不是斑马。"

十四年之后，往东十个州，丹尼尔走进霍夫曼之家，再次见到了埃迪。霍夫曼之家在英美战争时期充当防御工事和监视哨卡，现在这里出售汉堡和啤酒。除了建筑本身——荷兰毛石结构、白色百叶窗、低矮的天花板和宽木板地面——唯一能让人想起霍夫曼之家历史的，就是每年都有战争爱好者来这里，重演英国人焚烧金斯敦的场景。

---

[1] Theodore Woodward（1914—2005），美国医学研究者，曾因为对伤寒和斑疹伤寒的研究得到诺贝尔医学奖提名。

起初，丹尼尔对这些表演者很感兴趣。他尤其注意到这些人对细节的关注。他们的服装都是根据真实文档和绘画手工制作的，还背着白色的亚麻布背袋，里边装着武器。但现在，这些人让丹尼尔感到厌恶：女人都穿着衬裙、戴着白色软帽乱哄哄地走来走去，男人拿着假火枪到处跑，就像社区剧院里那些乱窜的演员。大炮仍然会吓到他。更重要的是，这个假想的场景让他恼火。既然眼下就有一场真实的战争，为什么还要演一场早就过去的战争戏呢？表演者打定主意活在另一个年代，这一点让他感到不安。这让他想起了克拉拉。

今天，霍夫曼之家只有埃迪·奥多诺霍一个人。他坐在壁炉旁的木板隔间里，喝着啤酒。他对面放着一杯没碰过的波旁威士忌。

"渥福珍藏款，"埃迪说，"希望你喜欢。"

丹尼尔握住埃迪的手："好记性。"

"这可是我的吃饭家伙。很高兴又见面了。"

他们对视着。丹尼尔和埃迪，埃迪和丹尼尔。和 1991 年那次见面相比，丹尼尔至少重了十公斤，埃迪也一样。埃迪要么快五十岁，要么已经五十岁了，丹尼尔也一样。丹尼尔的眉毛像英勇无畏的探险家一样四处伸展，长得飞快，米拉在"光明节"的时候给他买了个工业用的修剪器；埃迪的脸变柔和了，下巴周围臃肿凸起，像是一副畏怯的表情。但他的眼睛和丹尼尔的一样，因为这次重逢而闪着光。丹尼尔一阵紧张，他想不出别的可能——一定是克拉拉的案子出现了新进展。不过他还是很乐意见到埃迪，毕竟他就像个朋友。

"谢谢你请假来见我。"埃迪说。丹尼尔没有纠正他。"不会占用你太长时间。"

丹尼尔意识到他穿着破旧的牛仔裤和毛衣，这件毛衣是米拉十年前送他的。埃迪穿着正装衬衫和休闲裤，还有件运动外套扔在座位后边。他从椅子上拿起一个黑色公文包，放在到餐桌上打开，从里边取出一个笔记本和一个文件夹，也都是黑色的。他抽出一张纸，转过来递给丹尼尔。

"这些人里，有你看着眼熟的吗？"

这张纸上至少有十二张影印的照片。丹尼尔伸手从外衣口袋里找眼镜。大部分是存档的入案照片，一个个小方格里边，各种黑头发黑眼睛的人或绷着脸或怒视镜头，但也有几个年轻人在笑，还有一个年轻男孩比出了和平手势。入案照片下边还有三张照片，是个体格魁梧的白发女人。这几张像是在某栋楼的前厅里拍下的监控照片。

"应该没有我认识的。这都是谁？"

"这是科斯特洛一家，"埃迪说，"这个女人呢，你能认出来吗？"他指着第一张入案照片，上边的女人大概有七十多岁。她的头发像20世纪40年代的电影明星一样烫成大波浪，眼皮厚重松弛，眼神冷漠。"这位叫罗萨，是族长。这个，是她的丈夫唐尼，这两个是她的姐妹。这一排都是她的孩子——一共五个,再下边是她孩子的孩子,一共九个。总计十八人。这十八个人,经营着美国历史上最复杂的占卜骗局。"

"占卜骗局?"

"对。"埃迪双手交叠,然后戏剧性地靠回椅子上。"现在,占卜诈骗是出了名的起诉难题。有些州禁止占卜,但这类禁令很少真正执行。毕竟,我们有预测股市行情的人,也有预测天气的人,他们还能得到报酬。活见鬼,每份报纸上都有占星预测。另外,这属于文化问题。这些人就是所谓的罗姆人,或者叫罗马尼人;你可能更熟悉吉普赛人这个名字。他们曾经从蒙古人、欧洲人和纳粹手里逃出来,历史上一直很穷,是真正的草根。他们不去上学,从出生起就学占卜。所以当你逮了这么一个人,想以诈骗罪起诉时,辩方做的第一件事是什么?说这是言论自由问题。说这是歧视。那我们怎么办?我们是怎么给科斯特洛一家定下十四项联邦罪行的?"

有种酸涩的东西涌向丹尼尔的喉咙。他现在意识到,埃迪并没有得到关于克拉拉的消息。他只不过是有了赫斯特街那个女人的消息。

"我不知道,"他说,"你们是怎么办的?"

"我给你讲个故事吧,故事的主人公,我们就叫他吉姆。"埃迪压低了声音。"吉姆失去了一个孩子,那孩子死于癌症。妻子也和他离婚了。他焦虑得无以复加,还有持续的肌肉疼痛。所以现在我们看到一个病得很重的人，一个在主流医疗机构里没人愿意搭理的家伙，因为他太让人讨厌了，太让人头疼了，他和医生的关系非常糟糕——你想象一下这样的人，就不会对他的所作所为感到奇怪了。他走到一个和医生们不一样的人面前，这个人对他说，'我可以帮你，我可以让你好起来。'也就是罗萨·科斯特洛那样的人。"

罗萨·科斯特洛。丹尼尔看着照片。她并不是他们1969年遇到的那个女人。她的嘴唇更丰满，脸是心形的。总之，她比那个女人更漂亮。但是，在丹尼尔脑中，她变形了。她的脸变成了那个女人的脸，长着健壮的下巴和一双扁平的、不太协调的眼睛。

埃迪说："骗局就是这样开始的。这个预言家，罗萨·科斯特洛，她会说，'你从我这儿买一支五十美元的蜡烛，我帮你燃掉这支蜡烛，然后做一次祈祷。你会发现你的神经起了变化。'但是吉姆没发现起了什么变化，她继续说，'好吧，我们得做点别的。我卖给你这些叶子，有灵性的叶子，然后把它们烧掉，再做一次祈祷。'快进一下，两年以后，这个人经历了几次治疗仪式，还有两次戏剧性的祭祀，总金额接近四万美元。到最后，罗萨说，'是你的钱出了问题，你的钱被诅咒了，相当麻烦，你得再给我一万美金，我们就能把这个诅咒解除。'这笔钱被称为捐款，这家人被称为教会。他们自称'自由精神教会'。"

丹尼尔本来以为自己不饿，但是服务员走到他们身边时，他感觉饥肠辘辘。埃迪点了酒馆鸡翅。丹尼尔点了炸鱿鱼。

"你必须理解,碰到这类案件——"服务员一走,埃迪就继续说下去,"检察官们一般都能跑多快跑多快。但科斯特洛家族不太一样。科斯特洛家族完全是一副趾高气扬的样子。查封他们的资产时,我们找到了汽车、摩托车、船、黄金饰品。我们在近岸内航道沿岸发现了他们的房产。我们查到五千万美金。"

"天哪。"

"等一下,"埃迪举起一只手,"他们认罪之前,辩护律师基于宗教自由提出一份二十四页的驳回申请。他们自己就是教会,记得吧?自由精神活见鬼教会!另外他还声称,这只不过是对罗姆人的漫长迫害中一个较近的例子。我是在说所有吉普赛人都是骗子和坏蛋吗?绝对不是。但我们已经抓到九个人了,他们的罪名是大盗窃、虚假所得税申报、邮件欺诈、电信欺诈、洗钱。我们甚至调取了出生记录,想逮到每个涉案人员。只有一个人,我们始终找不到。"

埃迪指着前厅监控镜头拍下的女人。她穿着一件棕色的长外套,一双带尼龙搭扣的灰色鞋子。她的手扶着旋转门的栏杆,白发编成两条细长的辫子。

"我的天哪。"丹尼尔说。

"是你说的那个女人吗?"

丹尼尔点点头。他现在认出来了。宽阔的额头,紧紧抿着的、不友好的嘴。丹尼尔还记得,那个女人说出他的未来时,他正看着她的嘴。他还记得她嘴唇的模样,那条湿润的、粉红色的舌头。

第三部分 异端裁判所

"我希望你看仔细些，"埃迪说，"我希望你能确定就是她。"

"我确定，"丹尼尔重重地喘息，"她是谁？"

"她是罗萨的妹妹。她有可能参与了，也有可能没参与。我们能确定的一点是，她好像和家族的其他成员比较疏远。你知道，罗姆人总是群居，这个女人单独过活就很不寻常。她有个典型的特征——总在四处旅行。而且她很精明。她用很多化名，还没有执照，这在全国大部分地区都是非法的，但这么做也让她逃离了整个系统。"

"这个家族，"丹尼尔说，"他们从一开始就不收钱吗？因为那个女人就没收我们的。她没要钱，或者我弟弟没给她钱。我一直觉得很奇怪。"

埃迪大笑起来："他们收钱吗？他们收了每一分能收的钱。也许这个女人看你们是孩子，才对你们比较好。"

"但如果真是这样，她为什么会说那么可怕的话呢？那会儿克拉拉才九岁。虽然我十一岁了，可还是被她吓得要死。我唯一能想到的理由是，她利用恐惧来吸引顾客——她把顾客吓得越惨，他们就越有可能再来找她，对她产生依赖。"

丹尼尔在芝加哥做住院医师时，曾经跟随过一位医生，那位医生就总在使用这类技巧：告诉抑郁症病人如果不定期来看病，病情就没法控制了；或者告诉过度肥胖的病人，不做手术就会死。

"也许她说什么都无所谓，因为她已经垄断了市场。罗姆人占卜一般都比较公式化，他们会谈谈你的感情生活，你的钱，还有你的工作。告诉你死亡日期？这需要点胆量，也很精明。罗姆人还做别的事——他们的男人会去铺人行道、卖二手车、做些修车喷漆之类的活儿。但是，哪怕世界上再也不造人行道，哪怕我们再也不用汽车，有什么东西会一直和人类共存呢？求知欲。我们会为求知付出任何代价。罗姆人算命算了几百年，靠这个谋生也有几百年了。但那个女人更进一步。如果她能告诉你们什么时候会死，那么她提供的服务就是其他罗姆人也提供不了的。她都没有竞争对手。"

壁炉让丹尼尔浑身冒汗。他脱掉毛衣，把里边穿的 Polo 衫拽下来。他突然想到还没有告诉米拉他在哪儿。六点钟的时候他应该在犹太会堂和她碰头。但他现在不能走，也不能出去给她发一条短信——他费了好大劲才弄明白怎么发短信。

"关于这些人，你们还知道什么？"服务员端着他们点的餐走过来，丹尼尔问。

埃迪拿起一个鸡翅，先蘸上亮橙色的酱汁，然后浸到浓稠的牧场酱汁里。"关于科斯特洛一家吗？他们是在上世纪三十年代从意大利来佛罗里达的。也许是为了躲希特勒。他们像所有罗姆人一样，在私密的小圈子里生活。他们不接待顾客的时候，就说自己的语言；他们甚至都不会尝试融入社会。他们需要'gazhe'来赚钱——那个词的意思是'非罗姆人'，比如我们——但他们其实认为我们被污染了。"埃迪擦了擦嘴。"占卜的都是女人。罗姆人把预言看作上帝的礼物。但是因为女人总和'gazhe'打交道，他们就认为女人也被污染了。他们对洁净和纯洁非常执着。你要是走进罗姆人的房子，一定会发现里边一尘不染。"

"但我见到的那个女人，她屋子里很乱。甚至可以说是肮脏。"丹尼尔皱起眉。"有关她的事，你们问过那家人吗？"

"我们当然问过，但他们不愿意说，所以我才会来找你。"

"你想知道什么？"

埃迪沉默了一会儿。"我想问的是——我知道这很敏感，我知道你可能不愿意讨论它。但我需要你试一试。就像我说的，我们还没有发现什么东西。这个女人确实没有注册过，但我们不会因为这个去控告她。我们感兴趣的是，她和一些死亡事件有关。一些自杀事件。"

这话轻而易举地激起了身体反应。丹尼尔的饥饿消失了。他想呕吐。

"眼下，我们还没有发现直接的因果关系，"埃迪说，"这些人都是在两年前、十年前甚至是二十年前去见她的。但是这样的人有好几个——五个，包括你妹妹在内。这个数量足够引起怀疑了。"他双手交叠，向丹尼尔靠过来。"所以，我想知道的就是这一点。我想知道那女人是不是说了什么——或者做了什么——把你往那个方向推。或者她有没有对克拉拉说什么、做什么？"

"对我倒没有。我告诉她想要知道什么，她就给了我。这是交易性质的。我觉得她并不关心我离开后会拿这信息做什么。"丹尼尔感觉像是有什么东西爬上了他的脖子,那东西长着很多脚,行动敏捷,就像一条蜈蚣,但是当他把食指伸进衬衫领子里时,又什么都没有。他现在意识到,埃迪并没有提这是一次普通谈话还是一次调查。"至于克拉拉,我不太确定。她从来没说过她觉得有压力。但她从一开始就和别人不一样。"

"怎么不一样?"

"她很脆弱。有点情绪不稳定。比较容易受影响吧。这可能是她天生的特质,也可能是随着时间推移慢慢变成这样的。"丹尼尔把面前的食物推开。他不想看见那只鱿鱼,它的外套腔被切成完美的环形,触须向内卷曲。"我知道,我在追悼会后告诉了你一些事。这个预言家预测对了克拉拉的死期,我觉得是个很奇怪的巧合。但我当时太难过了。我的脑子不太清楚。没错,预言家说对了,但这只是因为克拉拉选择相信她。没有什么神秘的。"

丹尼尔停下来。他感到深深的不安,但花了好一会儿才想出原因。

"另外,"丹尼尔继续说,"如果你真的认为那个女人和整件事有关,如果我们考虑到那个非常渺茫的可能性,那么说实话,我只能怪我自己。是我先听说了她。是我把兄弟姐妹们带到那间公寓的。"

"丹尼尔,这不能怪你。"埃迪的手放在笔记本上,表情因为同情而柔和下来。"你要是责怪自己,就像是在责备我们那位吉姆去见罗萨。这么做，等于是在责备受害者。对你来说也很不容易，小小年纪就去见了那个女人，还听她说了你会在哪一天死去。"

丹尼尔并没有忘记他的死期——今年十一月二十四日。但他也没有相信这个日期。他认识的人里，大部分早逝者都是因为不幸染上了致命疾病。要么像西蒙一样得了艾滋病，要么就是得了没法治愈的癌症。就在两周前，丹尼尔接受了今年的体检。去检查的路上，他觉得很不安，但事后又很尴尬，因为自己还是受到了迷信的影响。他的体重增加了一点，胆固醇略微偏高，除此以外健康状况良好。

"当然了，"丹尼尔说，"我那会儿还是个孩子，那真是段不愉快的经历。但我早就摆脱它了。"

"假如克拉拉没能摆脱它呢？"埃迪竖起食指以示强调。"骗子就是这么做的，谁最脆弱，他们就找上谁。你看，你提到一种易感性，对不对？可以把它看成一种基因。预言家可能是触发它的环境因素。或者，那个预言家从克拉拉身上看出了这一点。也许她在追逐这种特性。"

"也许吧。"丹尼尔附和了一句，但他其实有点被冒犯到。他注意到，埃迪很可能想借助一个医学相关的隐喻促使他提供专业知识，但这个想法听起来像伪科学，而且这么做让人感觉很傲慢。埃迪对基因表达能有多少了解？更别说克拉拉的表型了。埃迪最好还是回到他最擅长的领域，比如审讯，丹尼尔就不会教他该怎么做。

"那你弟弟呢？"埃迪低头看了一眼他的笔记。"他是 1982 年去世的，对吧？预言家预测对了吗？"

埃迪的姿态让丹尼尔更加恼火，比如他短暂地瞄了一下打开的文件夹，暗示在找日期，但看的时间又太短，根本不可能真正看清。丹尼尔毫不怀疑，埃迪不仅知道西蒙是哪年去世的，还知道一大堆关于他的事，而这些事丹尼尔自己肯定不知道。

"我一点都不知道。西蒙从来没有告诉我们预言家对他说了什么。但我这个弟弟总是想干什么就干什么。他是同性恋，八十年代住在旧金山，感染了艾滋病。对我来说，这好像已经够清楚了。"

"好吧。"埃迪的手肘一直放在桌上，但他抬起了手，做出一个安抚的手势：他注意到了丹尼尔的尖锐语气。"谢谢你告诉我这些。如果你又想起别的——"他隔着桌子递过来一张名片。"这是我的电话。"

埃迪站起来，合上文件夹，往桌子上轻轻敲了一下，对齐里边的文件。他把文件夹塞进公文包，拿起外套搭在肩上。

"嘿，我看了你的资料，"他说，"看见你还在军队里工作。"

"对。"丹尼尔说，但紧接着他的喉咙堵上了，他发现自己没法再说下去。

"真不错。"埃迪一边往外走一边说，还用少年棒球联盟教练那种和蔼的态度，拍了拍丹尼尔的后背以示鼓励。"加油干。"

第三部分 异端裁判所 255

丹尼尔快步走到车里，猛地发动了汽车。他感到既焦躁又无力；他之前并没有意识到，仔仔细细重温那个女人的故事，或者听到她家族的罪案有多大规模，会给他带来这么强烈的不安。亲人的死亡太令人痛苦，丹尼尔只能在独处的时候面对：米拉睡着的夜里，他睁着眼睛躺在床上；或者在冬天，他下班以后开车回家，公路被车灯照亮，收音机里传出的声音充当背景音。

他告诉埃迪的话是真的：他确实不买预言家的账。他相信错误的选择，相信坏运气。然而，关于赫斯特街那个女人的记忆就像一根极细的针，插在他的胃里，像是很久以前吞下的东西，一直漂在那儿，平时难以察觉，只有用特定的方式走动时才会感到刺痛。

他从来没有告诉过米拉。她在伯克利长大，是两位音乐家的孩子，从小勤奋好学。她的父亲是基督徒，母亲是犹太人，他们为孩子们创作过跨信仰的歌。米拉很爱她的父母，但她受不了《普世欢腾》或者《小鼓手》，对新时代运动那一套东西也没什么耐心。因此，米拉更倾向犹太教也就不奇怪了：她喜欢它的智性和道德性，还有它的法律性。

早在结婚之前，丹尼尔就认为她会觉得预言家的故事太幼稚。他不想和她有隔阂。克拉拉去世后，丹尼尔很想把这件事告诉米拉，但他还是没有说。这一次，他怕米拉会因为担忧而皱起眉——皱成一个小小的、微妙的 V 形，像一只固执的鹅。丹尼尔怕米拉从他身上看见与克拉拉相似的地方：她的古怪、不理智，甚至还有她的疾病。他和克拉拉并不一样，丹尼尔非常确定这一点。没道理让米拉产生这种念头。

23

拉杰和鲁比要来过感恩节。周五，拉杰给丹尼尔发了封邮件，答应过来。

他们会在周二抵达金斯顿，也就是假期开始前的两天，所以丹尼尔和米拉用周末的时间做准备。他们洗干净客房的床单，在丹尼尔的书房里架起折叠床。他们打扫了房子：米拉负责厨房和客厅，丹尼尔负责卧室和浴室，格蒂负责餐厅。他们去了一趟莱茵贝克，在微风山丘果园买了些农产品，在大葡萄园买了奶酪。他们开车过河回金斯顿之前，又在一家叫美丽人生的店里停下来，买了一个用郁金香、石榴和杏黄色玫瑰做的桌面摆饰。丹尼尔把它搬上了车。在 11 月的阴沉天空下，这些花似乎在发光。

门铃响的时候，离约定的时间还有两个小时，米拉还在大学里教课，格蒂在午睡。丹尼尔慌忙下了楼，身上穿着纽约州立大学宾厄姆顿分校的 T 恤和毛茸软帮鞋，暗自懊恼没有换衣服。透过窥视孔，他看见一个男人和一个女孩。或者说已经不是女孩了，而是个十几岁的年轻姑娘,差不多和她父亲一般高。丹尼尔拉开门。外面下着小雨;一串水珠落在鲁比闪着光泽的黑褐色头发上。

"拉杰,"丹尼尔说,"还有鲁比娜。"

他马上为叫了她的全名而自责,这是她出生证上的名字,但是据他所知很少用到。鲁比变了太多,已经不像他记忆中的孩子了,而像个不认识的成年人,所以他的第一反应是那个更成熟的、不认识的名字——鲁比娜。

"嗨。"鲁比说。她穿着一套紫红色的天鹅绒运动装,裤子塞进过膝的 Ugg 靴子里。她笑起来的时候太像克拉拉了,丹尼尔几乎畏缩了一下。

"丹尼尔。"拉杰说着走过来和他握手。"很高兴见到你。"

丹尼尔上次见拉杰的时候,他模样帅气却显得过于苍白,就像一条流浪犬:下巴很尖,颧骨锐利,鼻梁陡峭。现在他看起来整洁又健康,穿着件连帽羊绒衫,透出健硕的上身。他的头发修剪得很整齐,鬓角有了灰发,但脸上的皱纹比丹尼尔的少。拉杰手里端着一杯棕绿色的果汁,看起来一点都不好喝。

"我也是,"丹尼尔说,"快进来吧。格蒂在睡觉,米拉在教课,不过她们俩马上就来。我给你拿点什么喝的?"

"我想要杯水。"拉杰说。

他把一个银色的图明手提箱拉进门来。鲁比背着一个路易威登行李包。她转过身,把它搭在肩上。她的运动裤后面用水钻镶着两个单词：精致的大写字母拼出"Juicy"，还有一个小一点、没那么醒目的单词"Couture"，用的也是大写字母。

"你确定？"丹尼尔一边关门一边问。"我车库里放着一瓶很棒的巴罗洛酒。"

他为什么努力给拉杰留下好印象？为了弥补身上那件傻乎乎的T恤和毛茸软帮鞋吗？他已经在想明天要做什么早餐了：也许是煎蛋饼，再配上芳提娜奶酪和剩下的原种蕃茄。

"啊，"拉杰说，"不用了。不过还是谢谢你。"

"又不麻烦，"丹尼尔突然很想喝酒，"酒就放在那儿，等着这种时机。"

"真的不用，"拉杰说，"我喝水就行，你随意。"

两人的目光短暂相遇。丹尼尔明白过来：拉杰不喝酒。一只很大的银色手表挂在拉杰的手腕上。

"那好，"丹尼尔说，"就喝水吧。我先把你们安顿好。客房里有一张大床，我书房里还有一张折叠床。我们已经把两张床都准备好了。"

鲁比一直在低头打字，她拿着一部细长的粉色翻盖手机——摩托罗拉刀锋系列，所有年轻人都在用这个。现在她把手机扣上了。"爸爸睡折叠床。"

"错了。"拉杰说。

她补了一句："我想要一杯巴罗洛酒。"

第三部分　异端裁判所

"又错了。"拉杰说。

鲁比眯起眼睛假笑,但是当拉杰扬起眉毛的时候,鲁比的假笑就变成了真正的笑容。

"傻老爸。"她一边说,一边跟着丹尼尔去书房。"扫兴的老爸。扫兴的长腿老爸。"

第二天是星期三,丹尼尔醒来的时候,已经十点了。他咒骂了一句。他听见主卧浴室里传来淋浴声,是米拉——他暗自希望拉杰和鲁比也睡过头了。大家起得都这么晚,丹尼尔感到非常吃惊,更让他吃惊的是后边的事情有多顺利——和母亲、妻子、妹夫、外甥女一起悠闲地吃了两个小时晚餐,仿佛这样的场景对他们来说很常见。他们又去客厅里吃巧克力和喝茶。丹尼尔终究还是拿出了那瓶巴罗洛葡萄酒,到了晚上十一点,就连格蒂也蹒跚着回去睡觉了。

丹尼尔睡得更晚些。他的台式电脑在书房里,鲁比正在那间屋里睡觉。米拉也上了床,于是丹尼尔趁这个时间从床头柜上取出笔记本电脑,搬着它进了主卧的浴室。

路易威登行李包引起了他的好奇心。大部分设计师品牌他都不认识,但他认出了那些标志性的棕褐色字母。拉杰的手表明显很贵。还有那件连帽羊绒衫——谁会穿这种东西?所以丹尼尔做了点调查。他查到拉杰和鲁比的生意很成功,2003 年,他们取代了齐格弗里德和罗伊二人组,成为幻景酒店的主要演员,因为罗伊·霍恩被一只白虎抓伤了。但是从谷歌搜到的内容让丹尼尔震惊。拉杰和鲁比的家是一座门禁森严的白色庄园,《拉斯维加斯奢侈品》和《建筑文摘》都介绍过。大门上有个华丽的"RC"标志,进去就是超过一公里长的车道,再往里是十二公顷互相连通的豪宅和人行便道。里边有一个冥想中心、一个电影院,还有一片动物栖息地,人们付一笔不菲的门票钱,就可以进去参观黑天鹅和鸵鸟。鲁比过十三岁生日的时候,拉杰给她买了一匹设得兰矮种马,这匹营养过好的小马名叫克丽丝特尔,鲁比和它一起在青少年杂志 *Bossy* 上出过镜——鲁比的手臂环绕着小马的脖子,她的深色头发搭在克丽丝特尔的金色毛发上。丹尼尔在网上找到了这篇报道的 PDF 文件,里边称鲁比是拉斯维加斯最年轻的百万富翁。

他为什么一点都不知道?是不想知道吗?他一直在躲避有关鲁比和拉杰的消息,主要是因为这会让他想起上次见面的灾难,还会让他为疏远这两个人而内疚。现在丹尼尔忍不住回忆起前一晚的事情。他和米拉是在 1990 年买下这栋房子的,当时他们买不起哈得孙河畔康沃尔和莱茵贝克的房子,而且也看好金斯顿的前景。丹尼尔想象拉杰和鲁比开车来到市里,以为会看见一处历史遗迹——金斯顿曾经是纽约州的首府。他们看到的是一座仍在努力为自己正名的城市,这里曾有一座雇佣了七千名居民的 IBM 工厂,但它已经关闭,城市因此备受打击。丹尼尔想象他们两人经过废弃的技术中心和主街,这些地方都已经破败失修。他们会怎么看丹尼尔书房里的折叠床和昂贵的奶酪呢?前者令人尴尬,而后者是在试图弥补它?

丹尼尔没法去想周一上班的事,以及在豁免书的问题上,如果他一直坚持自己的立场会发生什么。几天前,他向当地的地区辩护律师提交了一份申请,请求重新评估他的案子,这是军队里的律师,为被指控的军人提供辩护服务。他知道米拉说得对,最好先知道自己有什么选择,再来为自己辩护。但仅仅提出这种申请就已经够丢人了。没了工作,他算什么呢?一个坐在浴垫上、背靠马桶看新闻的男人?里边写的还是他妹夫的日光浴场?这个可怕的想法迫使他赶紧去睡觉,因为一旦睡着,就不用再忍受这景象了。

现在丹尼尔已经穿好衣服,匆忙下了楼。拉杰和鲁比坐在厨房柜台前,喝着橙汁,吃着煎蛋饼。

"糟糕,"丹尼尔说,"对不起,我本来想给你们做早餐的。"

"没什么对不起的。"拉杰刚洗完澡,又穿着一件看起来不便宜的毛衣,这件是鼠尾草绿,还有一条深色牛仔裤。"我们到处晃荡。"

"我们平时都起得很早。"鲁比说。

"鲁比七点半上学。"拉杰说。

"除了有演出的日子,"鲁比说,"演出日我们起得很晚。"

"哦?"丹尼尔说。该来杯咖啡。米拉一般都会替他准备好,但今天,咖啡壶里是空的。"为什么呢?"

"因为我们很晚才出去。有时候是下午一点,或者更晚,"鲁比说,"如果是那样,我们就在家上学。"

她还穿着睡衣。海绵宝宝长裤和白色背心,底下是粉红色的胸罩。这身打扮的效果让人有点尴尬——孩子气的裤子和背心,并不紧身,但在丹尼尔看来还是有点暴露。

"哦,"他又说,"听起来有点复杂。"

"听见没有?"鲁比转向拉杰。

"并不复杂,"拉杰说,"上学的日子,早起。演出的日子,晚起。"

"你们看见我母亲了吗?"丹尼尔问。

"看见了,"鲁比说,"她也起得很早。我们一起喝了咖啡,然后她去打太极了。"她把叉子放下,发出叮当声。"嘿,你有榨汁机吗?"

"榨汁机?"丹尼尔问。

"是啊,我和爸爸在冰箱里发现了这个。"鲁比举起杯子,橙汁危险地逼近了杯沿。"但我们更喜欢自己做。"

"榨汁机,恐怕是没有。"丹尼尔说。

"没关系。"鲁比轻松地说。她叉起煎蛋饼的一角。"那你们早餐喜欢吃什么呢?"

丹尼尔知道她只是想聊天,但他跟不上这场对话。而且咖啡机没有打开。他往过滤器里装了咖啡粉,把水倒进去,按下开始冲泡的开关,但红色的小灯还是没亮。

"我其实不太喜欢吃早餐,"他说,"我一般只带一杯咖啡去上班。"

楼梯间传来很轻的脚步声,米拉走进了厨房。她的头发在闪光,刚吹过，像翅膀一样扬起来。

"早上好。"她说。

"早。"拉杰说。

"早。"鲁比说。她回过头来问丹尼尔："你今天怎么没去上班？"

"插头，亲爱的。"米拉说。她从他身后路过，一边抚摸他后背靠下的位置，一边把插头插到墙上。红灯立刻亮起来。

"今天是感恩节的前一天，鲁鲁，"拉杰说，"没人上班。"

"哦，"鲁比说，"好吧。"现在是煎蛋饼的另一个角。她正从边缘往里吃，把煎蛋饼中央那堆厚厚的配料留在盘子里。"你是个医生吧？"

"对。"他花费这么多年建立的事业岌岌可危，而拉杰的豪宅、羊绒衫、榨汁机都让这种羞辱更加强烈。丹尼尔费了很大劲才想起鲁比的问题。"我在一家征兵站工作。我要确保士兵们身体健康，可以上战场。"

拉杰笑起来："好吧，听起来很矛盾。你喜欢这份工作吗？"

丹尼尔说："非常喜欢。我已经在军队里待了超过十五年。"

这话说出口，还是会让他觉得自豪。一股细细的咖啡滴进壶里。

"好吧。"拉杰说，语气就像是勉强接受了平局。

"你们呢？"米拉问，"你们俩喜欢现在的工作吗？"

拉杰笑着说："我们爱它。"

米拉的手肘还放柜台上，身体往前倾。"这太让人兴奋了——

和我们的世界完全不一样。我们真想找个机会看你们的表演。随时欢迎你们来阿尔斯特演艺中心,虽然我怕它达不到你们的标准。"

"也欢迎你来拉斯维加斯,"拉杰说,"我们每周都有演出,从周四到周日。"

"连续四个晚上,"米拉说,"一定很累吧。"

"我不觉得。"拉杰的声音很温和,但他的微笑像是粘上去的。"不过鲁比娜——"

"爸,"鲁比说,"别这样叫我。"

"可这是你的名字啊。"

"是啊,就好像……"鲁比皱起了鼻子。"那是神赐的名字,但不是我的名字。"

"哎呀,"丹尼尔笑着说,"我昨天还叫了你鲁比娜。"

"哦,没关系,"鲁比说,"我的意思是,你是陌生人。"

这句话在房间里回响了几秒钟,她的脸耷拉下来。

"哦,天,"她说,"对不起,我的意思不是——你不是陌生人。"

她哀求地看着拉杰。丹尼尔被这个动作触动了:就像孩子跑回父母身边,想要寻求安慰、想要躲起来。

"没关系,宝贝,"拉杰拨了拨她的头发,"大家都懂的。"

他们全都挤进丹尼尔的车里,一共五个人,每个人都要把前排座位让给格蒂,但她拒绝了,一定要坐在后排的鲁比旁边,大家只好同意。他们开车去了海事博物馆和历史城区,还去莫洪克保护区做了次短暂的徒步旅行。丹尼尔和鲁比在田野上追逐,泥浆飞起来,溅到他们的外套上。吸进肺里的空气异常冷冽,他高兴地喘息着。后来开始下雪了,他以为鲁比会抱怨,但她却拍起手来。她说:"这简直像纳尼亚!"大家一边往车里走,一边大笑。

鲁比也给他带来了别的惊喜。比如,晚餐时,格蒂又讲起她的病痛——这是一个格蒂自己喜欢、丹尼尔和米拉却害怕听到的话题,当她开始说的时候,他们都露出了惊恐的表情。

她说:"我脚上长了个鸡眼,一年都没好。这还没完。后来,因为感染,我又得了一种叫淋巴腺炎的病。腿上的淋巴结发炎了,长出高尔夫球那么大的脓包。腿上的毛都不长了——完全不长了。没过多久,脓包就蔓延到了腹股沟。"

"妈,"丹尼尔发出嘘声,"我们在吃饭。"

"原谅我,"格蒂说,"但抗生素对我不起作用。医生看了看,说如果我去做手术,他们就能对所有的淋巴结做引流治疗,这样也许可以解决问题。有两个人给我做手术,一个年长的医生,还有一个年轻一点。年轻的那个说,'戈尔德夫人,你肯定不信我们看见多少脓液。'然后他们给我接上引流管,我不得不留在医院,直到所有的血和体液都渗出来。"

"妈。"丹尼尔说。拉杰已经放下了叉子,丹尼尔很羞愧。他想往母亲的嘴上贴块胶布,但鲁比正饶有兴趣地凑过来。

她问:"所以到底是为什么?是什么引起了这些问题?"

"好吧,"格蒂说,"鉴于我们正在吃饭,我不知道该不该说。不过既然你有兴趣——"

"我们没兴趣,"丹尼尔坚决地说,"至少现在没兴趣。"让他惊奇的是,鲁比似乎和格蒂一样失望。当米拉问拉杰他们接下来的旅行计划时,鲁比向外婆靠过来。"回家告诉我吧。"她低声说。格蒂高兴得脸都红了,这情景实在太少有,丹尼尔差点伸手去拍鲁比,只为了谢谢她。

那天晚上,丹尼尔刷牙的时候想起了埃迪。埃迪的问题让他深感困扰——是那个关于西蒙的问题——预言家有没有预测到他的死亡?

丹尼尔并不知道预言家说西蒙什么时候会死。他们父亲去世后的第七天,那个醉醺醺的昏沉夜晚,在克林顿街72号的阁楼上,西蒙只说了句"还很年轻"。但年轻可能是指三十五岁,也可能是指五十岁。当时的细节已经太模糊,丹尼尔抛开了这件事。西蒙的死更像是是他自己一系列行为的结果。并不是因为他是同性恋。丹尼尔尽管对西蒙的性取向有轻微的不适,但他绝不是在为恐同症辩护——而是因为西蒙太不小心,因为他自私,只想到自己的快乐。一个人不可能永远那样活着。

但是,丹尼尔对西蒙的怨恨背后,还隐藏着更深刻、更黑暗的东西:他对自己也一样愤怒。西蒙活着的时候,丹尼尔没有去了解他——没有真正了解他。他没能理解西蒙,哪怕是在西蒙死后也一样。西蒙是他唯一的兄弟,而他却没有保护这个弟弟。没错,西蒙到了旧金山以后,他们打过电话,当时丹尼尔试图说服他回纽约来。但是西蒙挂断电话以后,丹尼尔被激怒了,他把电话扔到地上,让它在油毡上摔碎。他想,不管怎么样,没了西蒙,格蒂的生活也许会更容易些吧。当然,这种想法只是个闪念,却也很残酷,但他是不是可以再努力一点呢?他是不是可以搭乘下一班灰狗巴士去旧金山,而不是沉浸在自己的怨恨里,等着时间证明他是对的?

埃迪是怎么形容预言家的?谁最脆弱,他们就找上谁。他们能直接看透问题。

丹尼尔想,这是真的,西蒙就很脆弱。那时候他才七岁,但年龄不是唯一的原因。克拉拉有一些和别人不一样的地方,西蒙也是。很难说他在那个年纪是否知道自己是同性恋,但无论如何,他都是个难以捉摸、难以分析的人。他不像别的兄弟姐妹那么健谈。他在学校里的朋友不多。他喜欢跑步,但总是一个人跑。也许那个预言确实像胚芽一样种进了他体内。也许预言激起了他的鲁莽,促使他选择危险的生活。

丹尼尔朝水槽里吐了一口唾沫,又想起埃迪的理论:克拉拉某种与生俱来的弱点被那次拜访激发,或者放大了。当然,在某些情景下,心理和生理的关联是无可否认的,哪怕人们还没有完全理解这种关联。比如，疼痛不是源于肌肉或者神经，而是源自大脑。还有，乐观的病人更容易战胜疾病。丹尼尔还是学生的时候，曾经在一项关于安慰剂效应的研究中担任助理。这项研究的作者推测，安慰剂效应是由患者的预期引发的，也确实如此，患者都吃下了淀粉片，其中一组被告知吃下的是兴奋剂，没过多久，他们的心率、血压和反应时间都有所增加。另一组被告知吃下的是安眠药，平均二十分钟内，他们就睡着了。

当然，安慰剂效应对丹尼尔来说并不陌生，但亲眼目睹又是另一回事了。他看见一个想法也可以驱动体内的分子，而身体迫不及待地把大脑中的事物变成现实。按照这个逻辑，埃迪的理论非常合理：克拉拉和西蒙相信他们服下了能改变命运的药片，却不知道他们吃的只是安慰剂，不知道结果其实源于他们自己的思想。

丹尼尔心中一根高大的柱子倾斜了。悲伤倾泻而出，还带着其他东西：对西蒙的同情，温柔到难以承受，这是他多年来一直封存的情绪。丹尼尔用手掌撑着大理石台面，身体向前倾，直到这阵强烈的情绪过去。他需要给埃迪打个电话。

埃迪的名片放在书房里。鲁比待在里边，门关了，但灯还亮着。丹尼尔敲了敲门，没有人应答。他又敲了第二遍，然后有点担心地推开了门。

"鲁比？"

她正裹着被子坐在床上，头戴一副大号耳机，腿上放着本《嗜血法医》[1]。她看见丹尼尔,吓得抽搐了一下。

"见鬼了,"她拽下耳机,"吓我一跳。"

"对不起,"丹尼尔说着举着一只手。"我只是想拿件东西。我可以明天早上再来。"

"没事,"她把书翻过来,"我正闲着。"

白天她化了妆,画过眼线,嘴上涂着某种闪闪发光的唇膏。但现在她的脸上什么都没有,看起来年纪更小。她的肤色比拉杰浅一个色号,不过她的眼睛和拉杰一样黑。她长着克拉拉式的饱满面颊。当然,也遗传了克拉拉的笑容。丹尼尔越过桌子,从最上边的抽屉里找到埃迪的名片,把它塞进口袋。他正要出去,鲁比又开口了。

"你有我妈妈的照片吗?"

丹尼尔的心抽紧了。他停下脚步,面朝墙。我妈妈——他从没听过有谁这样称呼克拉拉。

"有。"当他转身的时候,鲁比已经蜷起腿,膝盖靠在胸前。她穿着海绵宝宝的睡裤和宽大的运动衫,扎头发的橡皮圈像手链一样绕在手腕上。丹尼尔问:"你想看吗?"

"我们也有一些,"她马上说,"家里有。只不过都是我看过一百万遍的。全都一样。所以我想看你的。"

他走到起居室,翻出一堆旧相册。多奇怪啊,鲁比在这儿。他

---

[1] *Darkly Dreaming Dexter*,美国作家杰夫·林赛(Jeff Lindsay,1952—)的小说。

的外甥女。丹尼尔和米拉当然没有孩子。他向米拉求婚时,米拉告诉他,她有子宫内膜异位症,而且是第四期。她说:"我不能生孩子。"

"没关系,"丹尼尔说,"还有别的选择,比如收养。"

但米拉解释说,她不想收养孩子。她的情况比较少见,十七岁时就被诊断出来,所以她有好些年时间来考虑这个问题。她决定在生活中寻找其他的满足感,并不需要当母亲。丹尼尔发现他没办法因为这个理由和她分开。不过他私下里也为此哀悼。他一直把自己想象成一个父亲。当他看见一个熟睡的孩子被父亲抱出餐厅,她的头软软地靠在父亲脖子上时,总会想起自己的兄弟姐妹。但父亲的身份也让他害怕。他只有个死板又疏远的索尔可以用来比较。他自己作为父亲会有怎样的表现,已经无从知晓了。当年,他觉得肯定会比索尔做得更好,但那也许是种幻觉。他完全有可能做得更糟。

他拿着两本相册回到书房。鲁比现在正盘腿坐在床上,背靠着墙。她拍了拍身边空出来的位置,丹尼尔也爬上去。他不够灵活,没法像她一样盘腿,所以他打开第一本相册的时候,腿就从床垫的边缘垂下去。

"我已经很多年没看这些照片了。"丹尼尔说。他以为会很痛苦,但是看见第一张照片时,他感到一阵突如其来的喜悦——戈尔德家的四个孩子都在克林顿街72号的台阶上,瓦里娅是个长腿的年轻人,西蒙是个淡黄色头发的幼儿。喜悦淹没了他,以一种异常温暖的方式,他简直想哭。

第三部分　异端裁判所　　　　　　　　　　　　　　　　　271

"那是我妈妈。"鲁比指着克拉拉说。克拉拉有四五岁，穿着件绿格子的派对礼服。

"当然是她。"丹尼尔笑起来。"她很喜欢那件礼服，你外婆洗那件衣服的时候她总会尖叫。她一穿上，就假装自己是胡桃夹子里的克拉拉。我们可是犹太人！我父亲都气疯了。"

鲁比笑了："她是个意志坚决的人，对吗？"

"对。"

"我也是。我觉得这是我最好的品质之一。"鲁比说。丹尼尔有点想笑，但是他看着鲁比，意识到她是认真的。"如果不这样，人们就会任意摆布你。尤其当你是个女人的时候。尤其当你从事娱乐业的时候。这是爸爸教我的。不过我想，妈妈也会同意的。"

丹尼尔一下子清醒了——鲁比有被人摆布吗？怎么会呢？但她已经翻过了那一页，下一页的照片也是同一天拍的，兄弟姐妹们两两成对。

"那是瓦里娅和西蒙。他在我出生前就去世了，因为艾滋病。"她看着丹尼尔，向他求证。

"没错，他当时还很年轻。太年轻了。"

鲁比点点头。"很快就会有一种药——特鲁瓦达。你知道吗？它不能治愈艾滋病毒，但它可以防止人们感染。我在《纽约时报》上读了一篇关于这种药的文章。我希望那时候就有这种药了，为了西蒙。"

"我确实听说了。真不可思议。"

甚至可以说是奇迹,在艾滋病流行的高峰期,这是难以想象的。那时候,仅仅在美国,每年就有几万人因为艾滋病死去。在九十年代,艾滋病药物问世以后,患者每天要服用多达三十六片药,而在八十年代初,患者根本没有选择。丹尼尔想象着当时的情景,刚二十岁的西蒙,死于一种未知的、连名字都没有的疾病。医院有没有做些什么缓解他的痛苦?他又有了和刚才在浴室里一样的感觉——一种没法承受的感同身受,比怨恨要难忍得多。

"看外婆,"鲁比指着格蒂说,"她好高兴啊。"

"外婆"又是一个丹尼尔从来没听过的词,他被这个词深深地打动了,因为鲁比把戈尔德一家当成了自己的家人。"她很开心。她旁边是你外公索尔。那会儿他们应该有二十多岁。"

"他比西蒙先去世吧?他当时多大?"

"四十五岁。"

鲁比把一条腿叠放到另一条上:"讲一件他的事吧。"

"一件事?"

"对啊,讲一件比较酷的事。有意思的事,我不知道的。"

丹尼尔想了一下,他可以给她讲戈尔德家族的故事,但他却想起一个印着绿字、顶着白盖的罐子。

"你知道那种腌制的小黄瓜吧?索尔酷爱吃这个。他喜欢的口味也很特别。他从凯恩食品、亨氏一直吃到弗拉西克,最后发现一个叫密尔沃基的牌子。我妈妈不得不从威斯康星州订购,因为纽约大部分商店里都没有。他一次就能吃掉一整罐。"

"真是太奇怪了,"鲁比咯咯直笑,"你知道最好玩的是什么吗?我喜欢在花生酱三明治上放腌黄瓜。"

"不会吧。"丹尼尔发出假的干呕声。

"我真的喜欢!我一般把它们切开,放在最上边。很好吃,我发誓——有一种,怎么说呢,酸甜的、脆脆的口感,然后花生酱也是甜的,咯吱咯吱的——"

"我不相信。"丹尼尔说,现在他们两个都在大笑。这笑声真是非同凡响。"我才不相信。"

到了半夜,丹尼尔带着一叠相册离开鲁比,下了楼。他在厨房停下来。和鲁比坐在一起让他非常满足,这种满足感一路跟随他:现在,除了和米拉上床睡觉,再做任何事都显得很愚蠢,或者很多余。但是当他从运动裤的口袋里拿出埃迪的名片时,满足感变了。他感到一种近乎哀恸的伤感。这样的关系,他本来可以拥有更多——这些年里,和鲁比,或者和他自己的孩子。丹尼尔想,他没有要求米拉再考虑一下收养的事,也许还有一个原因。也许他觉得自己不配。毕竟,小时候在索尔忙于工作的情况下,他曾经试图成为兄弟姐妹中的领袖。他试着去面对危险、面对不可预测的事情和混乱的局面。看看这种努力的结果是什么吧。

埃迪说，这么做，等于是在责备受害者。但已经太晚了：丹尼尔确实是这么做的，他确实是这么想的。他花了几十年时间来惩罚自己，到头来却不是他的错。丹尼尔对自己的同情越来越高涨，与此同时，他对预言家的怒气也越来越强烈。他希望她被抓住——不仅仅为了西蒙和克拉拉，现在也为了他自己。

他走到大门口，轻轻打开门。风在呼啸，十一月的冷空气扑面而来，但他还是走到外边，把门关上。然后他打开手机，输入了埃迪的号码。

"丹尼尔？出什么事了？"

丹尼尔想象这位探员待在哈德孙山谷酒店的房间里。也许他正在通宵工作，手边放着一杯廉价的咖啡。也许他和丹尼尔一样，正执拗地想着那个预言家，一样的想法像绳索一样把他们两个联结在一起。

"我想起一件事。"丹尼尔说。外面的温度肯定低于零度了，但他并不觉得冷。"你问过关于西蒙的事，问预言家有没有预言他的死亡——我当时说不知道。但西蒙确实对我们说过，预言家说他会早逝。所以，你看，他知道自己是同性恋。他才十六岁，我们的父亲刚刚去世，他被预言吓坏了。他觉得这是唯一的机会，可以去过想要的生活。所以他无视理智，无视安全。"

"好吧，"埃迪慢慢地说，"西蒙没有说得更具体吗？"

"没有，他没有说得更具体。我告诉你，当时我们还是孩子，那只是一场对话，但它正好印证了你之前说的话，不是吗？你说她也推了他一把？"

"有可能。"埃迪说。但他听起来并不热切。现在，他在丹尼尔的想象中已经变了：他侧过头，用肩膀夹着手机。他伸出一只手在床头柜上摸索，重新把灯关掉。丹尼尔的话让他失望了。"还有别的吗？"

寒意笼罩了丹尼尔，压抑的情绪也随之而来。然后丹尼尔有了新的念头。如果埃迪对这些信息无动于衷——埃迪甚至可能已经对这个案子不抱希望了——那么，他也许应该亲自去挖掘。

"对，我有个问题。"他的呼吸带来一股股白气，像降落伞一样盘旋。"她叫什么名字？"

"你问她的名字干什么？"

"这样我就可以称呼她了。"丹尼尔的思路转得很快。他保持着开玩笑的语气，免得埃迪起戒心。"我就不用再叫她'预言家'，或者用更糟糕的称呼，比如'那个女人'。"

埃迪有一会儿没说话。他清了清嗓子，最后终于说出来："布鲁娜·科斯特洛。"

"什么？"丹尼尔的耳朵里轰轰作响，肾上腺素在飙升。

"布鲁娜，"埃迪说，"布鲁娜·科斯特洛。"

"布鲁娜·科斯特洛。"丹尼尔仔细咀嚼这个名字，每个字母都是真相。"那她在哪儿？"

"这是第二个问题了,"埃迪说,"等事情结束以后,我会给你打电话。等一切都结束以后再说。"

24

感恩节的早晨,丹尼尔比拉杰和鲁比起得都早。现在是六点四十五分,粉白色的光线照进来,院子里松鼠发出窸窣声,一头鹿在啃棕色的草坪。他泡了一壶浓浓的咖啡,坐在客厅窗边的摇椅上,抱着米拉的笔记本电脑。

他在谷歌上搜索布鲁娜·科斯特洛的名字,出现的第一个链接就是联邦调查局的通缉令网页。上边写着:"帮助 FBI 抓捕被通缉的恐怖分子和逃犯,保护你的家人、社区和国家。有些案件会提供奖金。"布鲁娜·科斯特洛被归入"寻求信息"这一类,在第四行,有一张极小的黑白照片。图像很模糊,是监控录像调取的特写。丹尼尔点击她的名字,照片放大了,丹尼尔看出,这就是埃迪在霍夫曼之家给他看过的那张照片。

联邦调查局正在寻求公众的帮助,以便确认布鲁娜·科斯特洛的受害者。此人涉嫌欺诈,或与佛罗里达州一个占卜诈骗团伙有关联。科斯特洛家族的其他成员已被证明犯下一系列联邦罪行，包括大盗窃、虚假所得税申报、邮件欺诈、电信欺诈、洗钱。截止目前，布鲁娜·科斯特洛是唯一逃脱审讯的嫌疑人。

布鲁娜·科斯特洛驾驶一辆湾流牌1989雷加塔型房车（点击查看更多照片）。她曾在佛罗里达州的珊瑚泉和劳德代尔堡居住，据悉，她曾在美国本土范围内四处旅行。目前，她可能居住于俄亥俄州代顿市外的西米尔顿村。

丹尼尔点了"查看更多照片"。里边有一张拖车的照片，车身很宽，钝头，涂成了脏兮兮的奶油色——也许原本是白色的，车身上还有一道很粗的棕纹。在"查看更多照片"下边，还有一个叫"别名"的链接。

德里娜·迪米特尔
科拉·惠勒
努里·加尔加诺
布鲁娜·加莱蒂

还有好几个。丹尼尔突然关掉电脑。埃迪一定知道她在哪儿。他为什么不说呢？他肯定觉得丹尼尔情绪不稳定，想要报仇。

他想报仇吗？确实，自从被停职，丹尼尔第一次感觉有了明确的目标和动力。他能感觉到那个女人的存在，就像隔壁房间里放着的歌，也像一阵让人毛发倒立的风，向他挑衅、促使他靠近。

米拉和拉杰在准备蔬菜，格蒂在做她那种著名的馅料。丹尼尔和鲁比一起对付那只火鸡，它足有八公斤重，涂着黄油、蒜和百里香。

刚到下午，大部分食物要么已经在烤炉里，要么准备好了进烤炉。米拉正在擦厨房柜台，拉杰在客房里接一个商务电话。格蒂在午睡。鲁比和丹尼尔坐在客厅里：丹尼尔坐在摇椅上，拿着笔记本，鲁比坐在沙发上，抱着本数独书。窗外飘着雪，雪花一碰到玻璃就融化了。

丹尼尔正在研究罗姆人：他们的祖先来自印度，因为宗教迫害和奴隶制而逃离。他们一路西行，进入欧洲和巴尔干半岛，成为难民，以占卜为生。五十万罗姆人在大屠杀中遇难。这让丹尼尔想起了犹太人的历史。集体迁移与四处流浪，坚韧与适应。甚至连著名的罗姆谚语"Amari c'hib s'amari zor"也像是他父亲会说的话——意思是"我们的语言就是我们的力量"。丹尼尔从口袋里找出一张干洗店的收据，把这句话和另一句谚语"思想长着翅膀"抄下来。

这段时间，他艰难地维持与神的联系。一年前，他决定仔细研究犹太神学。他把这看成对索尔的致敬，也希望在弟妹死后得到一些安慰。但他几乎没有什么收获：在死亡和永生的主题上，犹太教没有多少可说的。其他宗教关心的是死亡，而犹太人最关心的是活着。《妥拉》的重点是"olam haze"：今世。

"你在工作吗？"鲁比问。

丹尼尔抬起头来。太阳正悬在卡兹奇山上方，山上遍布长春花和桃树。鲁比蜷缩在沙发上，靠着扶手。

"其实没有，"丹尼尔合上笔记本，"你呢？"

鲁比耸耸肩。"其实没有。"她合上数独书。

"我不知道你是怎么做数独题的，"丹尼尔说，"对我来说就像希腊语。"

"搞演出的人有一大堆休息时间。如果你不找点别的擅长的事做，你会疯掉的。我喜欢解决问题。"

鲁比把两条腿都搭到一边，她今天穿了另一条写着 Juicy 的运动裤。她的头发扎成一个球状的发髻。丹尼尔意识到，她走以后，他一定会想念她。

"你可以当个好医生。"他说。

"我希望可以。"鲁比抬起头看他时，脸上露出脆弱的表情。这是个惊喜：她在乎他的想法。"我确实想当个医生。"

"是吗？那你的演出怎么办？"

"我不会永远表演下去的。"

她的语气很平静，像在陈述事实，丹尼尔不太确定怎么解读。

拉杰知道吗？他永远不可能和另一个助理建立起像他和鲁比这样的关系。丹尼尔想起昨天早上他们的对话，鲁比和拉杰说起日程安排时的紧张气氛。拉杰说这很简单。但他又说，不过鲁比娜——

鲁比把头发拨到一侧肩膀上。他看出她不是在陈述事实。她很恼怒。

"我是说，我的天哪，"她说，"我想上大学，我想当一个真正的人。我想做点有意义的事情。"

"你妈妈就不想当'真正的人'。"

丹尼尔还没来得及克制，话已经说出来了。他的声音很低，脸上有微笑，因为不知道为什么，他想起克拉拉的时候，首先想到的就是这一点：她的鲁莽，她的大胆，而不是后来发生的事。

"所以呢？"鲁比的脸颊变红了。她的眼睛里有光，在客厅的灯下闪闪发亮。"我妈妈怎么了？"

"对不起，"丹尼尔觉得很不舒服，"我不知道我是怎么了。"

鲁比张了张嘴，又闭上了。他已经在失去她了，她就要走了，去那个陌生的、属于少女的地方：堆积如山的怨恨，他看不到的隐秘洞穴。

"你妈妈，她很特别。"丹尼尔说。他迫切地想让她相信这一点。"这并不意味着你必须像她一样。我只是想让你知道。"

"我知道，"鲁比有点沉闷地说，"每个人都这么告诉我。"

鲁比出去到雪地里散步。丹尼尔看见她穿着雪地靴和连帽运动衫，在泥泞的雪地里穿行，黑色的卷发飘在她的脸颊旁边，然后她消失在树丛里。

25

"哈利路亚。在神的圣所赞美他。在他显能力的穹苍赞美他。要因他大能的作为赞美他。按着他极美的大德赞美他。要用角声赞美他，鼓瑟弹琴——"格蒂在这里停顿了一下，"赞美他。"[1]

"'psaltery'是什么琴？"鲁比问。

她散步回来以后，又恢复了活力。现在，她坐在拉杰和格蒂中间，在桌子的另一侧。米拉和丹尼尔在这一侧，握着对方的手。

"我不知道。"格蒂说，皱着眉看向《诗篇》。

"等一下，我去维基百科上查查。"鲁比从衣兜拿出她的翻盖手机，飞快地在小键盘上敲字。"找到了。弓弦索尔特里琴是一种用弓弦演奏的索尔特里琴或齐特琴。它和有几百年历史的弹拨式索尔特里琴不同，似乎是二十世纪的发明。"她合上了手机。"嗯，很有帮助。你也一样，外婆。"

---

[1] 格蒂读的《诗篇》是犹太教版本，名为 *Tehillim*，文字与常见的各版《圣经》有出入。

格蒂的目光又回到书上。"击鼓跳舞赞美他。用大响的钹赞美他。凡有气息的,都要赞美神。哈利路亚。"

"阿门。"米拉低声说。她捏了捏丹尼尔的手。"我们吃饭吧。"

丹尼尔用力揽了一下她的后背,但他感到一阵不安。那天下午,他得知巴格达的萨德尔区发生了爆炸。五枚汽车炸弹和一枚迫击炮弹炸死了两百多人,大部分是什叶派教徒。他喝了一大口马尔贝克葡萄酒。刚才他们做饭的时候,米拉开了一瓶白葡萄酒,他已经喝了两杯。但他还在等待酒带来的愉悦昏沉感。

格蒂看着鲁比和拉杰。"你们明天什么时候走?"

"会很早。"拉杰说。

"不走运。"鲁比说。

"我们晚上七点在城里有一场演出,"拉杰说,"我们应该在中午之前赶到,去见工作人员。"

"我真希望你们不用去,"格蒂说,"我真希望你们能多待一段时间。"

"我也是,"鲁比说,"不过你可以来拉斯维加斯看我们。你能住自己的套房。我还可以把你介绍给克丽丝特尔。她是一匹设得兰小马,是个小胖子。她一天大概要吃半公顷草。"

"我的天哪。"米拉笑着说。她用叉子把四季豆切成两半。"现在,我有一个私人请求。我本来不想说,因为我感觉人们总在问这种事,就像我们的朋友总想让丹尼尔给他们看病一样——但现在家里有两个魔术师,我不能就这么放你们走。"

拉杰扬起眉毛。餐厅里非常安静,这是因为他们在金斯敦的一片林区里。

米拉放下叉子,她的脸红了。"我年轻的时候,一个街头魔术师为我表演过一个纸牌魔术。他让我在他翻牌的时候选一张,时间肯定没超过一秒钟。我选了红桃九,他猜中了。我让他再表演一次,以便确认他那副牌不是一整摞红桃九。我一直想不出他是怎么做到的。"

拉杰和鲁比对视了一眼。

"逼牌,"鲁比说,"意思是魔术师在操纵你的决定。"

"但确实是我自己选的,"米拉说,"他没有说什么或者做什么来影响我。决定完全是我自己做出的。"

拉杰说:"你当然会这么想。有两种逼牌。一种是心理逼牌,魔术师用语言引导你做出特定的选择。一种是物理逼牌——从一堆东西中间突出某一件,你说的那位魔术师很可能就用了这种。他在红桃九上停留的时间会比其他牌多一毫秒。"

"这叫增加曝光,"鲁比补充道,"是一个经典的魔术技法。"

"真让人着迷,"米拉靠回椅子上,"但我承认,几乎有点失望。我没料到答案会这么理性。"

"大多数魔术师都非常理性。"拉杰正在切火鸡腿上的肉,他把火鸡肉整齐地排列到盘子的一侧。"魔术师都是分析家。必须这样,才能制造幻觉,来欺骗人们。"

这句话里的什么东西刺痛了丹尼尔。这让他想起了一直以来对拉杰的不满:他的实用主义,他对商业的执着。克拉拉遇到拉杰之前,魔术是她的激情所在,是她最爱的东西。现在拉杰住在一幢门禁森严的豪宅里,克拉拉却已经去世了。

"我不确定我妹妹是不是这么想的。"丹尼尔说。

拉杰叉起一个珍珠洋葱。"你这是什么意思?"

"克拉拉知道魔术可以用来欺骗人们。但她努力去做的事正好相反——她用魔术去揭示更大的真相。去揭示事实。"

餐桌中央的烛台把拉杰的下半张脸罩进了阴影里,但他的眼睛是亮的。"如果你问我相不相信自己做的事情,有没有觉得自己在提供某种必不可少的服务,那我也可以问你同一个问题。这是我的事业。它对我的意义,就和你的事业对你的意义一样。"

丹尼尔嘴里的食物变得难以下咽了。他现在有个可怕的想法——拉杰从最开始就知道他被停职的事,只是出于大度,或者说出于怜悯,一直假装不知道。

"你这是什么意思?"

"你觉得把年轻人扔到战场上送死很高尚吗?"拉杰问,"你是不是怀着什么更伟大的目标?"

格蒂和鲁比先看拉杰再看丹尼尔。丹尼尔清了清嗓子。

"我对军队的重要性一直怀有坚定的信念,是的。我做的事情是否高尚，不是由我来评判的。但要问士兵们做的事，对，那就是高尚的。"

他的话听起来足够有力，但米拉肯定已经注意到他的声音紧绷着。她把头低向餐盘。丹尼尔知道，米拉是出于好意在躲避他的目光，这样他就不会看见她的眼神，但她的举动让丹尼尔觉得自己更像个骗子了。

"哪怕是现在？"拉杰问道。

"尤其是现在。"

丹尼尔能清楚地回忆起9·11事件带来的恐惧。他儿时最好的朋友伊莱在世贸南塔工作。第二架飞机撞楼以后，伊莱站在七十八层的楼梯间里，引导人们进到直达地面的快速电梯里。"好了，"他大喊，"所有人都离开这里。"在这之前，很多人已经被恐惧麻痹了。后来，一位经历过1993年爆炸案的同事称他为唤醒大家的警铃。伊莱最后去了楼顶，那是1993年爆炸案的营救地点之一，他给妻子打了电话，告诉她："我爱你，亲爱的。我可能会晚点回家。"他在早上十点和世贸南塔一起倒下。

"尤其是现在？"拉杰问，"就在伊拉克的基础设施已经被毁掉的时候？阿布格莱布监狱的虐待狂们虐待无辜者的时候？大规模杀伤性武器毫无踪影的时候？"

拉杰迎上丹尼尔的目光。这个拉斯维加斯的名人，穿着昂贵衣服的魔术师，丹尼尔低估了他。

"爸。"鲁比说。

"有人要四季豆吗?"米拉举着盘子问。

"你要我们任由一个残忍的暴君继续谋杀、迫害几十万人?"丹尼尔问,"萨达姆对库尔德人的种族灭绝怎么说,科威特的暴力事件怎么说?针对巴尔扎尼部族的绑架事件、使用化学武器、制造万人坑又怎么说?"

酒劲已经上来了。他感到昏沉蒙眬,却也为自己还能说清萨达姆的罪行而高兴。

"美国选择政治盟友时,从来都不以道德标准为指导。他们在巴基斯坦之外开展军事行动。他们在萨达姆独裁的鼎盛时期支持他。现在,他们却在寻找不存在的东西。伊拉克的大规模杀伤性武器计划1991年就结束了。那儿什么都没有——除了石油。"

丹尼尔不肯承认,他担心拉杰是对的。他看到了阿布格莱布监狱那些恐怖的照片:人们被蒙上头,赤身裸体,再被殴打和电击。有传言说,萨达姆将在十二月的古尔邦节期间被绞死——也就是穆斯林的圣日。这不是敌对的行为,而是对宗教的歪曲。

"你并不知道真相。"他说。

"我不知道吗?"拉杰用餐巾纸擦了擦嘴。"世界上没有一个国家热衷于伊拉克战争,这是有原因的。以色列除外。"

拉杰好像刚想起来一样,补上了最后一句。他好像暂时忘记了面前听他说话的是谁。或者,这话是经过思量的?戈尔德一家都僵住了，他们像原子一样瞬间聚到一起。丹尼尔对犹太复国主义持保留意见，但现在他面部僵硬，心在狂跳，好像有人刚刚侮辱了他的母亲。

米拉放下她的银餐具。"对不起，你说什么？"

拉杰的信心好像突然滑落下去，这是几天来的第一次。

"不用我说吧，以色列是个战略盟友，或者可以说，入侵巴格达就是为了加强他们的区域安全，就像为了我们自己的安全一样，"他轻声说，"我是这个意思。"

"是吗？"米拉的肩膀挺直了，声音发紧。"说实话，拉杰，这听起来更像是拿犹太人当替罪羊。"

"但犹太人已经不是受压迫的一方了。犹太人是美国最重要的选民群体之一。阿拉伯世界反对美国在伊拉克发动战争，但美国的阿拉伯族裔永远不会有美国犹太人的力量。"拉杰停顿了一下。他肯定知道整张桌子上的人都反对他。但他要么感觉受到了威胁，要么决定不屈从于威胁，总之他继续说下去。"而且，犹太人总表现得像是还在遭受可怕的压迫。这是一种很好用的思维定式，当他们想压迫别人的时候，这种思维定式就会派上用场。"

"够了。"格蒂说。

她为这顿晚餐精心打扮过：栗色的连衣裙，配着连裤袜和皮质穆勒鞋，胸前还别着一枚索尔送的玻璃胸针。她脸上的悲伤表情让丹尼尔很痛苦。更糟的是鲁比的表情。他的外甥女正对着盘子，里边的食物已经刮得干干净净。即使在昏暗的烛光下,他也能看见鲁比的眼睛开始泛红。

拉杰看着他女儿。有那么一会儿,他看起来很受挫,几乎有点慌乱。然后他嘎吱一声把椅子往后推。

"丹尼尔,"他说,"我们出去走走吧。"

拉杰带头,和丹尼尔一起穿过第一排枫树。几个星期前树叶还一片火红,现在已经变得光秃秃了。他们来到稍远处的空地上,这里有个香蒲和桦树围出来的池塘。拉杰比丹尼尔矮,他大概有一米七五,丹尼尔一米八二,但拉杰表现出的自信让丹尼尔印象深刻。他从房子里走出来、站到空地上的姿态,就好像他不是在丹尼尔的家里,而是在自己家。这种姿态促使丹尼尔先出了招。

"你谈论战争的时候,好像已经知道责任在谁,但你只会坐在一幢安全的豪宅里玩硬币把戏,要提出指控当然很容易。也许你应该想办法做点有意义的事情。"他之前在哪里听过这句话?是鲁比。她告诉丹尼尔,我想上大学,我想当一个真正的人,我想做点有意义的事情。丹尼尔能感觉到他的脸颊在发热,他的脉搏跳得飞快,突然间,他清楚地知道了什么最能伤害拉杰。"就连你自己的女儿都觉得,你只不过是个在拉斯维加斯演杂耍的人。她告诉我,她想当医生。"

池塘反射出月光,拉杰的脸像拳头一样紧绷。丹尼尔看出了拉杰的弱点，就像了解自己的弱点一样确切：拉杰害怕失去鲁比。他一直让鲁比远离戈尔德家族，不仅仅是因为不喜欢他们，而是因为他们构成了威胁。他们代表着另一种家庭，另一种生活。

但是拉杰紧盯着丹尼尔："你说得对。我不是医生。我没有大学文凭，也没有出生在纽约。但我养育了一个不可思议的孩子。我有成功的事业。"

丹尼尔一时间没接上话，因为他突然看到了伯特伦上校的脸。你一定觉得自己是一片见了鬼的特殊雪花，上校说，他的笑容笼罩着花环胸针。觉得自己是个真正的美国英雄。

"才不是，"他说，"那是你偷来的事业。你窃取了克拉拉的表演。"很多年来，他一直想提出这个指控，现在这话让他重新振作起来，终于说出了口。

拉杰说："我是她的搭档。"他的声音变得更低也更慢，不是因为平静，而是在竭力克制。

"胡扯。你太自大了。你关心演出超过了关心克拉拉。"

每说一个字，丹尼尔都会感到信念在增强，最初很朦胧的东西，形状正变得越来越清晰：另一个故事的回响——布鲁娜·科斯特洛的故事。

"克拉拉一直信任你，"丹尼尔说，"而你却利用了她。"

"你在开玩笑吗，伙计？"拉杰的头稍稍向后仰，他的眼白在月光下闪烁。丹尼尔从他眼中看到了占有欲、渴望，还有别的东西：

爱。"是我在照顾她。你知道她有多惨吗？你们中间有人知道吗？她一直在断片。她的记忆已经完全变成了碎片。要不是我，她早上都不会穿衣服。她还是你妹妹呢，你又做了什么来帮她？见过鲁比一面？在光明节的时候聊过天？"

丹尼尔的胃在搅动："你应该告诉我们的。"

"我几乎不认识你。你家里没人欢迎我。你们把我当成入侵者，好像我永远配不上克拉拉，永远配不上戈尔德家族——宝贵的、有权势的、一直在受苦的戈尔德家族。"

拉杰声音里的轻蔑让丹尼尔惊呆了，他一时间说不出话。"你对我们经历的一切一无所知。"最后他说。

"你们经历的一切！"拉杰竖起手指，他的眼睛充满活力，手臂也像带了电，丹尼尔甚至有种荒谬的感觉——他要开始变魔术了。"这就是问题所在。你们经历过悲剧，没人否认这一点。但这不是你们正在经历的生活。一切都散发着陈腐的气味。丹尼尔，你们的故事太陈旧了。你们没法放弃它，因为如果这么做，你们就不再是受害者了。但是不计其数的人还活在压迫中。我来自这些人。这些人不能活在过去。他们不能活在自己的脑袋里。他们没法享受这种奢侈。"

丹尼尔往后退，退到树丛的黑暗里，好像是为了寻求掩护。拉杰没有等他回答，他转过身，绕过池塘往回走。但他在通向房子的小路上站住了。

"还有一件事。"拉杰的声音很清晰,但他的身体却被阴影笼罩。"你说你在做重要的事。但其实你在骗自己。你所做的,只不过是待在千里之外看着别人替你干脏活儿。你只是个齿轮,是个推动者。我的天哪,你很害怕。你怕自己永远不能像你妹妹那样,一个人站在舞台中央,不知道会迎来掌声还是嘘声,却仍然一夜又一夜地袒露自己的灵魂。就算克拉拉自杀了,她也还是比你勇敢。"

26

早晨,拉杰和鲁比不到八点就走了。雨下了一夜,他们租来的车就停在车道上,湿漉漉的。拉杰和丹尼尔都没说话,把行李装进后备箱。雨滴挂在鲁比的黄色天鹅绒运动服上,这又是一套她没穿过的。她有点僵硬地拥抱了丹尼尔。她对拉杰也一样冷淡,但拉杰是鲁比的父亲,她终究要原谅他。丹尼尔就不一样了。鲁比爬进副驾驶座,关上车门的时候,丹尼尔感到一阵深深的绝望。他们倒车驶出车道时,他挥了挥手,但鲁比已经在低头看手机了。他只能看见一团头发。

米拉开车去新帕尔兹参加系里的会议。丹尼尔走到冰箱前,取出昨天的剩菜。曾经酥脆的火鸡皮已经变得潮湿软塌。锅里的汤汁像是不透明的米黄色凝胶。

丹尼尔用微波炉加热了一整盘,就在厨房的柜台上吃。他感觉到一阵难受。他甚至没法坐到餐桌前,查帕尔一家和戈尔德一家在那里共进晚餐,好像已经是很多年前的事了。这是他第一次觉得自己和鲁比有了联系——觉得可以和她亲近些,而不必为自己在她母亲之死这个悲剧中扮演的角色感到羞愧。现在他失去她了。也许等到鲁比十八岁、可以自己做决定的时候会再来看他,但拉杰不会带她回来了,也不会鼓励她回来。他可以去找鲁比,但谁知道她会不会回应?感恩节那场灾难不只是拉杰的错。

多年前和拉杰闹翻后,丹尼尔曾在工作中找到慰藉。但他再也没法这么做了:这一次,只要想起办公室,他就会感到窒息。他必须放弃自己的权力,才能保住工作,而这份权力就是他的决策能力。如果他这么做——选择保住工作而不是诚实,选择安稳生活而不是自由意志——他就正像拉杰说的那样,只不过是一枚棋子。

手机在卧室里响了。丹尼尔上了楼。他看清屏幕上的号码时,猛地把手机拽出来,连充电器都从插座上拽掉了。

"埃迪?"他说。

"丹尼尔,我打电话是因为那个案子有最新进展。你之前说过,希望我继续评估你的信息。"

"对。"

埃迪的声音很沉重,也相当紧张。"我们已经撤销了对她的指控。"

丹尼尔重重地坐到床上。他把手机按到耳上,充电线像尾巴一样拖在下边。"你们不能这么做。"

"你看,这属于——"埃迪呼出一口气,"属于灰色地带。你怎么证明是她杀了那些人?她从来没有碰过他们,没有劝过他们,至少没有明确地说过。过去的六个月里,我一直在努力弄清这个女人的身份。我去找你的时候,我们几乎已经结案了。但我觉得可能还缺点东西,一些只有你知道的证据。你已经尽力了,你很诚实,但这些东西还不够。"

"什么才叫够?再来五起自杀?或者二十起?"丹尼尔说到最后一个音节的时候声音都嘶哑了,这是他长大以后再也没发生过的事。"你不是说她没注册吗?你们就不能朝那个方向想想办法吗?"

"是啊,她确实没注册。但她也几乎没靠这个赚钱。局里认为这是在浪费时间。而且她是个老太太。她也活不了太久了。"

"这有什么关系?你看看那些做了可怕的事或者做出卑劣行为的人,正义来得多迟并不重要,关键是你要得到正义。"

"别激动,丹尼尔。"埃迪说。丹尼尔的耳朵开始发热。埃迪继续说:"我和你一样想要伸张正义。但你必须放手了。"

"埃迪,"丹尼尔说,"今天是我的日子。"

"你的日子?"

永生者

"她给我的日期。她说我会死的日期。"

这是丹尼尔的最后一张牌。他从来没想过会和埃迪分享这个，但他迫切地想让这位探员重新考虑他的决定。

"哦，丹尼尔，"埃迪叹了口气，"别这样。你只不过是在折磨你自己，何苦呢？"

丹尼尔沉默着。他看向窗外，外边飘起了纤细、洁净的雪。雪花太轻了，他分辨不出它们在飘向天空，还是飘向地面。

"照顾好自己，好吗？"埃迪说。"今天你能做的最好的事，就是照顾好你自己。"

"你说得对，"丹尼尔木然地说，"我理解。谢谢你做的一切。"

他们挂断电话以后，丹尼尔把手机扔向墙壁。它在一声闷响中碎成两半。他就让手机留在地上，下楼去书房。米拉已经把鲁比的床收起来了，亚麻床单放进了洗衣机，床垫又变成了沙发。她甚至用吸尘器打扫了地板——是个体贴的举动，但是更让人觉得鲁比好像从没来过。

丹尼尔坐在书桌前，调出联邦调查局的通缉令。布鲁娜·科斯特洛已经不在"寻求信息"的页面里了。丹尼尔把她的名字敲进搜索栏，屏幕上出现一行简短的文字：你的搜索没有匹配到任何文档。

丹尼尔靠回椅背上，转动办公椅，伸手捂住脸。他又回到一段反复出现的记忆里——那是他最后一次和西蒙说话。西蒙是从医院打来的电话，但当时丹尼尔并不知道。"我病了。"西蒙说。丹尼尔一阵错愕,他花了一点时间才辨认出西蒙的声音,这声音似乎比以前任何时候都成熟,又比任何时候都脆弱。虽然丹尼尔从没说出口,但他感觉到的宽慰几乎和怨恨一样多。他从西蒙的声音里听到了戈尔德家的迷魂曲——它始终在拉扯你,让你放弃理智;它迫使你抛下信念、抛下正直的人格,转而选择深刻的依恋。

哪怕西蒙表现出最微弱的歉意,丹尼尔就会原谅他。但是西蒙没有。实际上他根本就没说几句话。他问了丹尼尔的近况,仿佛这是多年未曾疏远的兄弟之间一次偶然的通话。丹尼尔不知道是真的出了什么事,还是西蒙又在故伎重演:自我中心、逃避一切。也许他只是决定给丹尼尔打个电话,就像决定去旧金山一样草率。

"西蒙?"丹尼尔问,"我能帮上什么忙吗?"

但他知道自己的声音很冷,西蒙很快就挂了电话。

我能帮上什么忙吗?

他救不了西蒙和克拉拉。他们属于过去。但也许,他可以改变未来。这种讽刺简直完美:布鲁娜·科斯特洛预言了他的死期,而他可以在这一天找到她,迫使她承认是怎么欺骗他们的。接下来,他可以确保她再也没法这样做。

丹尼尔不再转办公椅了。他的手离开了脸,然后在书房的灯光下眨了眨眼睛。然后,他伏在键盘上,努力回想联邦调查局公布过的内容。当时有一张拖车的照片,是奶油色和棕色的,还有一串别名。有俄亥俄州一个村庄的名字——什么米尔顿——他上大学的时候读过《失乐园》，所以这个词给他留下了印象。东米尔顿？不对。是西米尔顿。他搜索这个词，找到一所小学和一间图书馆的链接，还有一张地图，上边用红色勾勒出西米尔顿，它的形状就像没有后跟的意大利。丹尼尔点击图片，看见一处古朴的市中心，很多店面挂着美国国旗。一张图片上有个小瀑布，在一架楼梯旁边。丹尼尔点击图片，它链接到一个留言板。

有人留言：西米尔顿瀑布和楼梯，这地方疏于打理。人们乱扔垃圾，楼梯和栏杆也不太安全。

这里看起来是个比主街道更好的藏身处。丹尼尔重新回到地图上。西米尔顿离金斯顿有十个小时车程。这个念头让他心跳加速。他对布鲁娜的准确位置一无所知，但这个瀑布似乎很有希望，更何况整个村子都不到八平方公里。找一辆破房车能有多难？

厨房里传来一阵尖锐的铃声。这些日子他们用座机的频率很低，以至于他得花点功夫才能想起电话在哪儿。有他们号码的人不多，电话推销员、家人，还有个古怪的邻居。这次，他不用看来电显示就知道是瓦里娅打来的。

"瓦。"他说。

"丹尼尔。"瓦里娅没能来家里过感恩节，因为她得去阿姆斯特丹开会。"你的手机关机了。我只是想问问。"

当时埃迪从高速公路上打来电话，杂音多得难以听清，但瓦里娅的声音从六千多公里外传来，却还是异常清晰，仿佛她就站在他面前。瓦里娅说话的时候有一种冷静的克制感,丹尼尔对这一点从来都没耐心。

"我知道你为什么打电话。"他说。

"好吧。"她的笑声有点尖锐。"那就去起诉我吧!"她停顿了一会儿,丹尼尔也没有接话。"你今天打算干什么?"

"我要去找那个预言家。我要去追捕她,让她为以前对我们家做过的事道歉。"

"这可一点都不好笑。"

"昨天你要是能来就好了。"

"我得做个报告。"

"关于感恩节吗?"

"荷兰人是不过感恩节的。"她的语气已经绷紧了,丹尼尔心中的怨恨又开始膨胀。"你们的聚会怎么样?"

"还好。"他什么都不会告诉她的。"你的会议怎么样?"

"还好。"

瓦里娅的举动让丹尼尔很恼火。她关心他,才会在这一天给他打电话,可她并没有关心到在别的日子打过来,也没有关心到跑来见他。她就在高处看着他到处乱窜,从不下来干涉。

"你是怎么记下这种事情的?"他把手机贴在耳朵上问,"用电子表格?还是光凭记忆?"

"别这么讨厌。"她说。丹尼尔犹豫了。

"我很好，瓦里娅。"他靠在柜台上，用空出来的那只手揉着鼻梁。"都会好起来的。"

一挂断电话，他就开始后悔。瓦里娅不是他的敌人。但以后还有很多时间来处理这些事。他走到柜台前，从柳条编的小筐里抓起钥匙。

"丹尼尔，"格蒂说，"你在干什么？"

他母亲站在门口。她穿着那件旧的粉色浴袍，腿还裸露着。她眼睛周围的皮肤湿漉漉的，呈现出奇怪的淡紫色。

"我要出去兜风。"他说。

"去哪儿？"

"办公室。有些事我想在周一之前处理掉。"

"今天是安息日，你不应该工作的。"

"明天才是安息日。"

"今晚就开始了。"

"那我还有六个小时。"丹尼尔说。

但他知道自己没法在六个小时之内回来。天亮前他都不会回来。然后，他会把一切都告诉格蒂和米拉。他会告诉他们是怎么抓到布鲁娜的，她又是怎么认罪的。他也会告诉埃迪。或许埃迪会重启这个案子。

"丹尼尔，"格蒂挡住了他的路，"我很担心你。"

"没什么可担心的。"

"你喝多了。"

"我没有。"

"你有事瞒着我。"格蒂盯着他,既好奇,又痛苦。"你到底瞒着我什么,宝贝?"

"没什么。"天哪,格蒂让他感觉自己像个孩子。要是她能让开就好了。"你简直有妄想症。"

"我觉得你不应该去。这么做不对,在安息日。"

"安息日一点意义都没有,"丹尼尔恶毒地说,"上帝才不在乎。上帝才他妈的不在乎这个。"

突然间,上帝的概念就像瓦里娅的电话一样,既让人生气,又没有用处。上帝没有照管西蒙和克拉拉,当然也没有带来正义。但是,丹尼尔在期待什么呢?他和米拉结婚的时候,选择了回归犹太教。他想象出一个神来信仰,或者说选择了一个神来信仰,这就是问题所在。当然,人们一直在选择自己信仰的东西:关系、意识形态、乐透彩票。但是,丹尼尔现在知道了,神是不一样的。不该根据个人喜好来设计一个神,就像定制一副手套那样。神不该是人类渴望的产物,而这种渴望足够强大,足以凭空创造一个神祇。

"丹尼尔。"格蒂说。要是她继续这么叫他的名字,他一定会尖叫起来。"你不是这个意思。"

"妈,你也不相信上帝,"他说,"你只是希望自己信。"

格蒂眨了眨眼睛,嘴唇抿得很紧,不过她一直站在原地。丹尼尔伸出一只手搭在她的肩上，俯身亲吻她的脸颊。他离开的时候，她还站在厨房里。

丹尼尔走到房子后边的花园棚屋里，里边放着米拉的园艺工具：半空的种子包、皮质手套和银色的浇水罐。他从最底层架子上移开绿色的橡胶软管，取出后边的鞋盒。鞋盒里放着一把小手枪。他刚进军队的时候，接受过射击训练。持有武器好像也很合理。丹尼尔每年去一次索格蒂斯的射击场，除此以外还没有用过它，不过今年三月他更新了许可证。他把子弹装进枪里，然后把枪塞进外套的内兜，带到车上。他可能得用这个逼迫布鲁娜开口。

丹尼尔把车开上高速公路的时候，时间刚过中午。但是等他意识到忘了清除浏览器里的历史记录，车已经开进了宾夕法尼亚州。

27

下午早些时候，丹尼尔经过了斯克兰顿。但是当他抵达哥伦布时，已经快九点了。他肩膀僵硬，头昏昏沉沉，全靠廉价咖啡和内心的期待支撑。城市已经变得像乡村了：胡伯高地，万达利亚，蒂普城。一个小小的绿色和米黄色标志标出了西米尔顿。开车穿过这个小村庄连五分钟都用不了。平房和铝制壁板，然后是柔和的山丘和农田。丹尼尔没有看见拖车或者拖车公园，但他并没有被难倒。假如他想躲起来，他一定会去树林里。

他看了眼表：十点三十二分。路上没有其他车了。留言板上提到的瀑布就在571号公路和48号公路的交界处，在一间家具店后边。丹尼尔停好车，走上瀑布的眺望台。除了楼梯，他什么也没看见，楼梯确实和那条留言里说的一样摇摇欲坠。台阶上铺着湿漉漉的树叶，很滑，栏杆上到处是锈迹。

要是布鲁娜已经离开了西米尔顿呢？但现在还没到放弃的时候，丹尼尔告诉自己。他回到车上。森林没有间断地延伸到下一个城镇。如果她已经走了，有可能还没走远。

他继续向北开，沿着斯蒂尔沃特河进入路德洛瀑布村，人口209。卡温顿大道旁的田野后边有一座桥，48号公路从这座桥上越过另一个瀑布。这道瀑布比之前的都壮观。丹尼尔把车停在草地边缘，穿上羊毛外套，把枪塞进衣兜。然后他沿着坡走到桥底下。

路德洛瀑布差不多有两层楼高，发出巨大的轰鸣。一道陈旧的楼梯通向峡谷底部，至少有九米高，下边是一条沿河小径，只有月光照着。

丹尼尔一开始走得很慢，接着他适应了台阶的宽度和楼梯的节奏，步子越来越快。

峡谷底部地形崎岖，更加难走。丹尼尔的外衣总被树枝挂住，还被盘曲的树根绊了两次。他怎么会想到来这下边呢？峡谷太窄了，入口又太陡,汽车没法通行。他继续往前走,想找到另一条楼梯或通往高处的小路,但这种期待很快就变成了疲惫。走到一半,他在一块光滑的岩板上滑了一下,不得不手脚着地,免得掉进河里。

他的手在苔藓和石头上乱抓。裤子的膝盖处已经湿透了。他的心怦怦直跳,胃里好像也在跳。现在掉头回去还来得及。他可以找个汽车旅馆,租一间房,把自己收拾干净,早上就能到家,然后告诉米拉他在办公室里睡着了。米拉可能会担心,但她还是会相信他。最重要的一点是,他对米拉很忠诚。

但是丹尼尔小心地从石头上爬起来,先是跪坐着,然后站起来。他发现离水远一点的地方不那么滑,那里的灌木丛很干燥。峡谷还在变窄,小路开始上升。他不知道过了多久,最后离瀑布已经很远了。他一定是绕过了瀑布,走到了南边。

丹尼尔看见更高处有一块平坦的地面。他加快脚步,抓着树干和低矮的树枝往前走,想赶快离开峡谷。他一边攀爬,一边紧张地盯着暗处,接着就注意到,前边那块空地被一个有棱角的东西挡住了。那东西是长方形的。

是一辆房车,停在密林下的一片平地上。丹尼尔已经来到了峡谷的上缘,他喘不上气,但又觉得自己可以再爬两遍。房车上布满了泥。车顶上还有雪块。窗户被遮住了,车身一侧用斜体字写着"雷加塔"。

丹尼尔惊讶地发现门没锁。他登上台阶，走进去。

过了一小会儿，他的眼睛才适应黑暗。窗户被遮住了，很难看清里边的状况，但大体布局还是可以辨认的。他正站在一间局促的起居室里，左膝碰到了一张破旧的沙发，上边是种难看的抽象图形。沙发对面有一张桌子，或者只能勉强算桌子——那是从墙上拉出来的一个平面，上边堆满了盒子。两张金属折叠椅塞进桌子和前排座椅之间，上边也堆满了盒子。桌子左边有个水槽，还有一排柜台，上面摆着各式各样的蜡烛和小雕像。

丹尼尔继续往房车深处走，经过一个简陋又狭窄的卫生间，来到一扇关着的门前。门的中央，和眼睛平齐的高度，一个木质十字架挂在两个图钉上。他转动了门把手。

一张单人床靠墙放着，旁边有个板条箱，上面放着一本圣经，还有一个空盘子，盘子里只有一张塑料包装纸。往上一点是个方形的小窗。床上铺着格子图案的法兰绒床单，藏青色的毯子里伸出一只脚。

丹尼尔清了清嗓子。"起来。"

床上的人动了动。那张脸朝向一侧，被长长的卷发遮住。一个女人慢慢转过身来，平躺着，先睁开一只眼睛，然后睁开另一只。有一小会儿，她茫然地看着丹尼尔。然后她猛吸一口气坐起来。她穿着一件印有小黄花的棉质睡衣。

"我有枪，"丹尼尔说，"穿上衣服。"他已经被她恶心到了。她的脚裸露着，后跟粗糙皲裂。"我们谈谈。"

丹尼尔把她带到起居室，让她坐到沙发上。她把卧室里那条藏青色毯子带了出来，一直裹在肩上。丹尼尔把窗户上的黑色窗帘拉开，这样他就能在月光底下看清她了。

她还是体形笨重，不过也许是因为裹着毯子才显得臃肿。她的头发全白了，乱蓬蓬地垂到胸前；她脸上布满了细密的皱纹，清晰到像是用铅笔画出来的。她眼睛下边的肉是种枯黄的粉色。

"我知道你是谁，"她的声音有点迟钝，"我记得你。你在纽约见过我。当时还有你的兄弟姐妹，他们也在。两个女孩和一个小男孩。"

"他们都死了。那个男孩，还有一个女孩。"

女人抿着嘴。她在毯子底下摇晃。

"我知道你的名字，"丹尼尔说，"你叫布鲁娜·科斯特洛。我知道你的家人，也知道他们的所作所为。但我想了解你。我想知道你为什么要干这个，为什么要这样对我们。"

女人的嘴几乎不动："我对你没什么可说的。"

丹尼尔从外套的内兜里掏出枪，对着铝制地板开了两枪。女人尖叫着捂住耳朵，毯子滚落到一边。她的锁骨下边有一道疤痕，像干了的胶水一样白而发亮。

"这是我的家，"她说，"你没有权利这么做。"

"我还会做更糟的事，"丹尼尔用枪指着她的脸，枪管和她的鼻子平齐,"好吧,让我们从最基本的开始。你来自一个罪犯家庭。"

"我从不谈我的家人。"

他向上指了指,再次开火。子弹轰开了房车的屋顶,在外边的空气中发出尖啸声。布鲁娜尖叫起来。她伸出一只手,又把毯子拉到肩膀上。她的另一只手伸得笔直,手掌对着丹尼尔,就像一个"停止"的手势。

"Drabarimos[1],这是上帝赐予我们的礼物。我的家人没有好好使用它。他们太原始,他们不诚实,打了就跑。我不做这种事。我只谈生命和上帝的祝福。"

"他们已经被关起来了,你知道吧?你知道他们被逮捕了吧?"

"我听说了。但我不和他们说话。我和他们无关。"

"胡说。你们这些人,像老鼠一样粘在一起。"

"我没有,"布鲁娜说,"我没有。"

丹尼尔的枪口放低了,而她放下了手。丹尼尔从她眼中看到了泪水。也许她说的是实话。也许,她对家人的感觉就像丹尼尔对克拉拉、西蒙和索尔的感觉一样,那么遥远,像是另一世的存在。

但他不能软化。"这就是你离开家的原因吗?"

"只是一部分。"

"还有什么?"

---

[1] 在罗姆人的语言中,这个词的意思是占卜,它的词源 drab 与"药物、医学"有关。

"因为我是个女孩。因为我不想当任何人的妻子、任何人的母亲。从七岁开始,就得打扫房间。十一二岁就得工作。十四岁就得结婚。我想上学,当个护士,可我没受过教育。只有无穷无尽的'Shai drabarel, Shai drabarel?'——她会不会占卜?[1] 所以我跑了。我就只会做这个,我给人占卜。但我对自己说,我会改变。能不收钱我就不收钱。我不搞巫术。有一个多年的客户,我从来都没让她付过钱。我对她说,'教我,教我怎么阅读。'她笑了,'读手相?''不是,'我对她说,'读报纸。'"

布鲁娜的嘴在颤抖。"那时候我十五岁,住在汽车旅馆里。我不会写广告,不会看合同。我在学,但我又去看怎么才能当护士,大学什么的,而我七岁就离开学校了。我知道已经办不到了,我知道太晚了。所以我对自己说,好吧,我毕竟有这个天赋——我现在还有。也许我只能考虑怎么用它了。"

说到最后,布鲁娜泄气了。丹尼尔能看出她有多痛苦,因为她被迫说出了这些事。

他说:"继续说。"

布鲁娜急喘着吸进一口气:"我想做点好事。所以我想,好吧,护士是干什么的?他们帮助别人,帮那些受苦的人。那些人为什么受苦?因为他们不知道以后会发生什么。所以,如果我把这种未知

---

[1] 在罗姆文化中,只有女性从事占卜。女孩出嫁时,男方家庭会根据其占卜能力提供一笔礼金,作为对女方家庭的经济补偿,因此,年轻女孩的占卜能力备受关注。

带走呢？要是他们有了答案，他们就自由了，我是这么想的。如果他们知道什么时候会死，他们就能好好活着。"

"你想从找你的人身上得到什么？不是钱，那是什么？"

"我什么都不要。"她的眼睛瞪圆了。

"胡说。你想要权力。我们当时还是孩子，你把我们牢牢捏在掌心里。"

"不是我让你们来的。"

"你打了广告。"

"我没有。是你们找到我的。"

她的表情很激动，也很愤怒。丹尼尔竭力回忆她说的是不是实话。他当时从哪里听说她的？是熟食店里的两个男孩说的。但他们又是怎么知道的？这条线索一定还会回到布鲁娜身上。

"就算是真的，你也应该拒绝我们。我们还是孩子，你却对我们讲了孩子不该听的话。"

"孩子们，他们都会想到死亡。每个人都会想这个！那些来找我的人，全都有自己的理由，每个人都有，所以我把他们想要的东西告诉他们。孩子们的愿望很纯洁，他们有勇气，他们就是想知道，他们并不害怕。你是个勇敢的小男孩，我记得你。但你不喜欢听到的东西。那就别相信我，别信！就用不相信的态度生活。"

"我就是这样生活的。我是这么做的。"他正在偏离轨道。一定是因为疲倦和寒冷——布鲁娜怎么能忍受这种温度？还因为这次长途旅行，因为他想到米拉会在地板上看见他摔碎的手机。"你知道你自己的未来吗？你能看见自己的死期吗？"

布鲁娜似乎在颤抖，但紧接着丹尼尔意识到她是在摇头。"不，我不知道。我看不见我自己。"

"你看不见你自己。"一股残酷的快意弥漫到全身。"这肯定把你逼疯了。"

布鲁娜的年纪和他妈妈差不多。但格蒂更健壮。不知道为什么，布鲁娜看起来既臃肿又虚弱。

丹尼尔举枪瞄准。"如果你的死期就是现在呢？"

女人喘不上气了。她伸手捂住耳朵，毯子掉在地上，露出她的睡衣和裸露的双腿。她的脚交叉叠放，紧紧压在一起取暖。

"回答我。"丹尼尔说。

她的声音细弱无力，从嗓子眼里挤出来："如果是现在，那就是现在。"

"但也可以不是现在。"他用手指拨弄着枪说。"我随时可以动手。我会出现在你的门口，你永远不会知道我什么时候来。你选哪一种？现在就死，还是永远不知道什么时候死？等啊等，踮着脚走路，每过他妈的一天都要提心吊胆，等你周围的人全死了，你还活着，还在想是不是该轮到你了，还要恨你自己，因为——"

"今天是你的日子！"布鲁娜大喊，丹尼尔吓了一跳，她的声音突然变了，变得更低沉也更有信心。"你的日期，就在今天。这

第三部分 异端裁判所 309

就是你来这儿的原因。"

"你以为我不知道？你以为我不是有意选了今天？"他说。但布鲁娜正用怀疑的眼神看着他，这表明还有另一种可能性：他根本不是有意的，而是像西蒙和克拉拉一样，被某些因素驱使着走到了这一步。他的决定从一开始就被操纵了，因为这个女人拥有某种他理解不了的预见性，或者因为他太软弱，竟然相信了这种鬼话。

不，西蒙和克拉拉是在不知不觉中被拉过去的，而他拥有完全的自主性。不过，这两种解释还是像视错觉一样漂浮在那儿——到底是一个花瓶还是两张人脸？[1] 每种可能性都像另一种一样有说服力，只要他稍稍放松控制，其中一种视角就会隐去。

但是有一个办法，可以让他自己的解释变成永久性的，让另一种解释消失在"曾经"或者"本来有可能"中间。他不确定这个想法是刚刚才有的，还是自从看见布鲁娜的照片后就一直埋在心底。

布鲁娜的眼睛向左边瞟过去，丹尼尔一动不动。一开始他只听见瀑布的急促水声，但过了一会儿，另一种声音越来越清晰：峡谷里传来迟缓、沉闷的嘎吱声，人的脚步。

"别动。"他说。

丹尼尔走到驾驶室。他的眼睛适应了黑暗，看见一团黑影在狭窄的小路上快速靠近。

---

[1] 指丹麦心理学家埃德加·鲁宾创造的经典视错觉图案，图中的深色部分为两个人的侧脸，浅色部分为花瓶。

"出去,"布鲁娜说,"走啊。"

现在脚步声更近也更快了,他的脉搏开始加速。

"丹尼尔?"一个声音在喊。

他电脑屏幕上还留着西米尔顿的地图,鼠标垫旁边放着名片。米拉一定看见了。她一定是给埃迪打了电话。

"丹尼尔!"埃迪喊。

丹尼尔哀叹一声。

"我叫你出去。"布鲁娜说。

但埃迪已经太近了。丹尼尔看见一个人影从峡谷边缘爬上来,走向这片空地。他的胃在搅动。他猛地把布鲁娜的折叠桌推回壁板上,盒子全都掉落在地。金属折叠椅倒在一堆盒子上。

"行了,"布鲁娜厉声说,"够了。"

但是丹尼尔停不下来。深刻的、无法抑制的恐惧涌上来,他被自己的恐惧吓坏了。这不是他,也不属于他:必须从根上把它斩断。丹尼尔走向水槽旁边的柜台,用枪管把各种圣像打落在地。他把前排座位上的盒子清空,把里边的报纸、食品罐头、扑克牌和塔罗牌、旧文件和照片全都倒在地上。布鲁娜在大喊,她猛地从沙发上站起来,但是丹尼尔从她身边走过去,来到卧室门口。他把木质十字架从钉子上拽下来,接着把它扔向房车的壁板。

"你没有权利这么做。"布鲁娜大喊。她站都站不稳了。"这是我的家。"她的眼白布满了血丝,眼袋在眼睛下边隐约闪着光。"我在这儿住了好几年,我哪儿都不去。你没有权利。我是美国人,和你一样。"

丹尼尔抓住她的手腕。感觉像捏着一根鸡骨头。

"你和我,"他说,"不一样。"

房车的门被推开了,埃迪出现在门口。他没在当值,只穿着一件皮夹克和牛仔裤,但他的警徽已经掏出来了,枪也已经拔出来。

"丹尼尔,"埃迪说,"放下你的武器。"

丹尼尔在摇头。他很少有这样的勇气。所以现在他要行动——为了西蒙,生前一直隐藏性取向,死后才被理解。为了克拉拉,眼睛圆睁,吊在房顶的灯上。为了索尔,他每天工作十二小时,就为了他的孩子们不必这么辛苦。为了格蒂,她已经失去了所有人。

对丹尼尔来说,这是一种出于信仰的行动。不是对上帝的信仰,而是对他自己力量的信仰;不是对命运的信仰,而是对选择的信仰。他要活下去。他一定会活下去。这是对生命的信仰。

他仍然握着布鲁娜纤细的手腕。他把枪举到她的太阳穴上,她畏缩了。

"丹尼尔,"埃迪大吼,"我要开枪了。"

但是丹尼尔几乎没有听见。他坚信自己是无辜的,这信念让他感到自由和广阔:它像氦气一样充满他,带他飞起来。他低头看着布鲁娜·科斯特洛。他曾经相信,责任像空气一样在他们之间流动。而现在他已经想不起来,当时觉得他们之间有什么共同点。

"Akana mukav tut le Devlesa.[1]"布鲁娜低声说。这话像是勉强发出的呢喃。"Akana mukav tut le Devlesa."

"听我说,丹尼尔,"埃迪说,"你要还不停手,我就帮不了你了。"

丹尼尔的手是湿的。他给枪上了膛。

"Akana mukav tut le Devlesa."布鲁娜说。"我现在把你交给——"

---

[1] 罗姆人的祈祷,意思是"我现在把你交给上帝。"

第四部分
生命之所

2006—2010

瓦里娅

28

弗里达饿了。

七点半,瓦里娅进了活体馆。笼子里边,猴子弗里达已经抓着栏杆站起来。大部分动物都在叽叽喳喳地叫,知道瓦里娅出现就意味着早餐来了,但弗里达却发出一种快速的尖叫声,这种尖叫已经持续了几个星期。"嘘,嘘,"瓦里娅说,"嘘,嘘。"她给每只猴子发了一个谜题喂食器,迫使它们像在野外一样努力获取食物:喂食器是个黄色的塑料迷宫,它们得用手指把一个小球从迷宫顶部引到底部的一个洞里。弗里达的邻居们都在对付喂食器,但弗里达把它扔到笼子的地面上。这个谜题对她来说很简单,她几秒钟就能拿到小球。但她没这么做,只是盯着瓦里娅,惊慌地叫着,嘴巴大张,几乎能放进一个橘子。

安妮·金探头进来,一头黑发闪过,她的手搭在门边。

"他来了。"她说。

"来早了。"瓦里娅穿着蓝色手术服,戴着两副厚厚的手套,一直拉到手肘处。她戴了个浴帽遮住短发，脸有口罩和塑料面罩保护。不过，尿液和麝香的气味还是极其浓烈。她在自己的公寓里和实验室里都闻到了，不知道是身体已经开始沾染这种气味，还是她对这气味太过熟悉，不管走到哪儿都有了幻嗅。

"就早了五分钟。你看，"安妮说，"你早点过去，就能早点结束。和拔牙一样。"

一些猴子已经完成了谜题，正在朝她要更多的食物。瓦里娅腰上有点痒，她用手肘去挠。"哪有牙医要看一个星期。"

"大部分拨款申请花的时间更长。"安妮说。瓦里娅笑起来。"记住，你看着这家伙的时候，看见的是美元符号。"

安妮用脚为瓦里娅撑着门。门在她们身后关上，弗里达的尖叫声几乎听不见了，好像从一台很远的电视里边传来。这栋楼是混凝土建筑，窗户很少，所有房间都是隔音的。瓦里娅跟着安妮穿过走廊，来到她们共用的办公室。

"弗里达还在绝食。"瓦里娅说。

"她坚持不了多久。"

"真不喜欢这样。她让我心神不宁的。"

"你以为她不知道吗？"安妮问。

办公室是长方形的。瓦里娅的办公桌对着西侧的短墙，安妮的办公桌靠着南边那面较长的墙，在门的左侧。在门的对面，她们两人的办公桌之间，有个钢制实验室水槽。安妮坐下来，转过脸对着她的电脑。瓦里娅摘下口罩和防护面罩,脱下手术服,摘掉手套、帽子和鞋套。然后她开始洗手,打肥皂、冲洗,用她能忍受的最烫的水洗了三遍。最后瓦里娅调整了一下她的便服:黑色长裤和蓝色牛津纺衬衫,外边是件黑色开襟羊毛衫,扣子一直系到领口。

"你快去吧。"安妮斜眼看着电脑,一只手放在鼠标上,另一只手拿着吃到一半的能量棒。"别让他和狨猴单独待太久。他可能会以为我们所有猴子都那么可爱。"

瓦里娅揉了揉太阳穴。"为什么不能让你去啊?"

"范加尔德先生说得很清楚。"安妮的目光没有离开电脑屏幕,但她笑起来。"你才是主角。你才是那个有花哨研究结果的人。他不想采访我。"

瓦里娅走出电梯,发现那个男人正面朝"狨猴笔"站着。狨猴笔是实验室里唯一一处公开展览。它高两米七,宽两米四,用坚固的网围成,外边还包着一层玻璃。那人并没有立刻转过身,这让瓦里娅有机会从身后观察他。他也许有一米八二,长着一头浓密的金黄色卷发,穿的衣服不像是来参观实验室,倒像要去徒步旅行:是某种尼龙面料的裤子和防风服,还背着个看起来很复杂的背包。

狨猴都挤在防护网上。一共有九只:一对父母和它们的孩子,全都是异卵孪生,只有一只例外。它们完全长大以后大约有十七厘米长,如果算上长着条纹且引人瞩目的尾巴,就有四十厘米。猴子们的脸只有胡桃壳那么大,却长得格外精巧,像是用更大的比例尺设计出来再完美缩小了:它们的鼻孔像针尖一样,黑色的眼睛如同倾斜的泪滴。有一只狨猴以四十五度角蹲在一段硬纸筒上。它的双脚伸出来,圆滚滚的大腿毛茸茸的,像个精灵。它发出刺耳的尖啸,玻璃只稍稍削弱了它的声音。十年前,瓦里娅刚开始进实验室工作,还以为狨猴的叫声是大楼深处某个走廊里响起了警铃。

"这叫声是正常的。"瓦里娅边说边往前走。"不是你听起来的那样。"

"听着好悲惨。"

面前的男人转过身来,瓦里娅很惊讶,他竟然这么年轻。他瘦得像一条赛犬,脸上那只大而锐利的鼻子特别醒目。但他的嘴唇很饱满,他微笑的时候,整张脸显得很帅气,这倒在意料之中。他的门牙间有一条不明显的、孩子气的缝隙。他戴着银边眼镜,眼睛是淡褐色的,让她想起弗里达的眼睛。

她说:"这是一种联络方式。狨猴用这种叫声来进行远距离交流、欢迎新来的人。如果是猕猴,你就不能盯着它们看。它们的领地意识很强,会觉得受了威胁。但狨猴总是很好奇,而且比较温顺。"

狨猴的攻击性确实低于其他猴子,但这种张大嘴发出的尖啸声却是求救信号。瓦里娅不知道她是怎么了,竟然一上来就撒了谎,而且是在这么无关紧要的事情上。也许是因为那个男人咄咄逼人的目光给她施加了压力。

"你一定是戈尔德博士。"他说。

"范加尔德先生。"瓦里娅并没有主动伸手去握他的手,也希望他不会伸手,但他还是这么做了,瓦里娅只好强迫自己去握手。她立刻记下了握过的那只手,是她的右手。

"求你了。卢克什么毛病都没有。"

瓦里娅点了一下头。"在你的结核检查结果出来之前,我没法带你进实验室。所以,今天我可以先带你看看主园区。"

"一点也不浪费时间。"卢克说。

他戏谑的语气让瓦里娅很焦躁。这就是记者的职责:他们制造出一种虚假的亲密感,博取你的欢心,直到你失去警惕,把本来不想说的事情告诉他们。上一次获准进入他们实验室的记者是电视台来的,他拍下的镜头惹得捐助者们大怒,德雷克中心不得不给猴子们建了一个新的游戏区域来安抚他们。当然了,那个记者只挑出最有杀伤力的花絮,猕猴摇晃着笼子的栏杆,大声嚎叫,好像它们不是刚吃饱似的。

瓦里娅带着卢克来到前厅入口,一个魁梧的男人坐在保安台后边看报纸。"你应该见过克莱德了。"

"当然,我们是老朋友了。我刚听说了他母亲的生日。"

"她上个月满一百零一岁,"克莱德说着放下报纸,"我和兄弟们去了戴利城,给她办了生日宴。她没法出家门,所以我们花钱请了她以前那个教堂的唱诗班来给她唱歌。那些歌词她都还记得呢。"

第四部分 生命之所

瓦里娅在实验室工作了十年，除了每天惯常的问候，还从来没和克莱德交换过更多信息。她朝沉重的铁门伸出手，在旁边的键盘上输进安妮设置的新密码。"你母亲一百零一岁？"

"那还用说，"克莱德说，"你们真的应该研究她，而不是去扎那些猴子。"

德雷克老龄化研究中心是一组棱角分明的白色建筑，坐落在伯德尔山常绿的山坡上。它的面积有将近两百公顷，位于奥隆帕利州立历史公园以南三公里、天行者牧场以北三公里，四周几乎都是未经开发的荒野。园区在半山腰的一个缓坡上，巨大的石灰岩块散布在月桂树和茂密的灌木丛中，就像一片外星人的营地。对瓦里娅来说，山坡一点都不美观，因为疏于打理——灌木丛凌乱多刺，月桂树像蔓生的胡须耷拉下来。但卢克·范加尔德却把胳膊伸过头顶，叹了口气。

"我的天哪，"他说，"在这种地方工作。三月里二十度。午饭时间就可以在州立公园里徒步。"

瓦里娅伸手去拿太阳镜。"恐怕从来没有过。我早晨七点就上班了，经常到晚上走的时候才知道天气怎么样。看见那栋楼了吗？"她指着那边说。"那是研究中心的主楼，陈雷欧设计的，他以擅长使用几何元素著称。你的车是停在访客停车场吧，那你应该已经看出这建筑是个半圆形，每个方向都有窗户。从这儿看，它们好像很小,但它们实际上是落地窗。"瓦里娅停下来,他们距离灵长目动物实验室有五十步远,距离主楼有四百米。"你有带笔记本吗?"

"我在听。我可以稍后再核实细节。"

"好吧,如果你觉得这是最好的顺序。"

"我还没摸清方向。我要在这儿待一个星期呢。"卢克扬起眉毛,笑了。"我们可以坐下来吧?"

"当然,我们可以坐一会儿,"瓦里娅说,"找个时间。我通常不见记者,我相信你能理解,有些信息可能会在中途更新。还有,考虑到这项研究的设计方式,我必须尽可能少离开实验室。"

瓦里娅今年五十岁,差不多到卢克的视平线。她透过墨镜去看卢克的脸,颜色和尺寸都有点失真,但还是能看见他脸上的惊讶。为什么呢?因为她直截了当、没有人情味?假如实验室由一个表现出这些特质的男人管理,卢克肯定不会感到惊讶。瓦里娅刚刚还对自己过于简短生硬的话感到内疚,现在却被自信取代。在灵长目研究的领域,她正建立起自己的优势地位。

卢克把背包拉到胸前,取出一个黑色的录音机。"可以吗?"

"可以。"瓦里娅说。卢克按下了录音键,她又开始往前走。"你在《旧金山纪事报》工作多久了?"

她在示好,尽管她惧怕这类闲聊。他们正走上环绕主楼的步道,这里铺砌过的路面更宽些。通往灵长目动物实验室的路只是条改作他用的土路。安妮有一次说:"他们就想把我们藏起来。觉得这里都是野蛮人。"瓦里娅笑起来，虽然她不知道安妮指的是猴子还是她们两个。

"我不是《旧金山纪事报》的人，"卢克说，"我是个自由职业者。这是我为他们写的第一篇报道。我在芝加哥郊外工作，一般给《芝加哥论坛报》写稿。你没看我的履历吗？"

瓦里娅摇摇头。"是金博士在处理这些事。"

虽然安妮是个研究员，并不是新闻官，但她却轻而易举地承担了新闻官的角色。瓦里娅一直对安妮的媒体嗅觉心存感激，所以当安妮建议她们接受本周的采访时，瓦里娅同意了。采访内容将会刊登在《旧金山纪事报》上。灵长目实验室为期二十年的研究已经进行到第十年。今年，他们要申请第二轮竞争性拨款。按照官方口径，曝光度对研究经费没有影响。但在非官方层面，支持德雷克中心的那些基金会更愿意觉得他们在促成一些重要的事，一些既能让公众兴奋、又能获得公众认可的事——尤其是在灵长目研究这个领域。

"你以前在新闻机构工作过吗？"瓦里娅问。

"上大学的时候，我是报社的主编。"

瓦里娅差点笑出声来。安妮真的是头脑清醒，知道自己在干什么。卢克·范加尔德还是个孩子。

"这肯定是一份让人兴奋的工作。各种旅行。没有哪两个任务是一样的。"她说。事实是，这些东西根本不能让她兴奋。"你在大学里是学什么的？"

"生物学。"

"我也是。在哪里？"

"圣奥拉夫，明尼阿波利斯郊外一所小型文理学院。我来自威斯康星州的一个农业小镇。学校离家挺近。"

瓦里娅穿的这身衣服适合实验室，但不适合户外。实验室里没有自然光，总是很冷。现在，她热得汗流浃背。他们终于到主楼的时候，她松了口气。这边的草坪已经修剪过，树也是新种的。瓦里娅带着卢克穿过一条环形车道，进了旋转门。

"天啊。"他们走进楼里时，卢克惊叹。

德雷克中心的前厅像宫殿般宏伟，天花板有两层楼高，石灰岩的苗圃尺寸堪比儿童泳池。地板是进口白色大理石，像中学里的自助餐厅一样宽。一组游客围在西侧墙边，平板电视上正在播放视频和交互式展览。另一组游客被引向电梯。电梯也很壮观，是现代风格的玻璃和镀铬金属立方体，在里边可以俯瞰圣巴勃罗湾。但平时只有一个工作人员使用电梯，是个研究秀丽隐杆线虫的研究员，他七十二岁，因为类风湿关节炎必须坐轮椅。其他人除非生病或者受伤，否则都会走楼梯，哪怕在八楼工作的人也一样。

"这边走，"瓦里娅说，"我们可以到中庭聊聊。"

卢克跟在她身后，边走边看。中庭是个仿照卢浮宫建造的玻璃三角，面朝太平洋和塔马尔派斯山。它也充当咖啡厅，摆着圆桌和一个果汁吧，已经有十个游客在排队。瓦里娅在最远的圆桌前坐下，把包挂到椅子的一个扶手上。

她说:"平时没这么多人。我们只有周一上午对公众开放,允许参观。"

她微微向前倾,这样就只有下背部能接触到椅背:这是一种平衡行为。始终保持警觉可以消除威胁,就好像不舒服的感觉是她为保持安全付出的代价。小时候,她有一次躺在上铺,伸出一只脏兮兮的脚撑住天花板,只是想看看这是什么感觉。她的脚底在天花板上留下一个黑色印记。那天晚上,她害怕睡觉的时候会有细小的灰尘粒飘落到脸上,所以她一直醒着,看着天花板。她一直没看到有灰尘掉下来,这说明它没掉下来。假如她睡着了,假如她没有一直守着,它就可能会掉下来。

"公众一定对这个地方有强烈的兴趣。"卢克边说边坐下来。他脱下防风外套,把它扔到椅背上。那件外套是亮橙色的,像交通指挥员的外衣一样。卢克问:"有多少人在这里工作?"

"一共有二十二个实验室。每个实验室有一位负责人,还有至少三名成员,有时多达十名——科学家、教授、研究助理、实验室技术人员和动物管理员、博士后、硕士生和研究员。大一点的实验室还有行政助理,比如邓纳姆实验室——她研究阿尔兹海默症的神经细胞信号传导。当然,这还没包括大楼工作人员和保洁人员。总共有多少人?大约有一百七十人吧,其中大部分是科学家。"

"你们所有人都在做抗衰老研究?"

"我们更愿意用'长寿'这个词。"瓦里娅眯起眼睛。她刚才在中庭里挑了个晒不到太阳的座位,但太阳已经移动了位置,他们的金属小桌表面在反光。"你要是说'抗衰老',人们就会想到科幻小说、冷冻、全脑模拟之类的东西。但对我们来说,最关键的不仅仅是要增加寿命,而是要增加健康寿命,也就是提高晚年生活的质量。比如,巴塔查里亚博士正在开发一种治疗帕金森症的新药,而卡布里洛博士想要证明,年龄是罹患癌症的最大风险因素。张博士已经能够逆转老龄小鼠的心脏病。"

"你们肯定有反对者吧,那些认为人类寿命已经够长的人,那些认为我们无法逃避粮食短缺、人口过多、疾病的人。更不用说延长寿命带来的经济学问题,或者谁最有可能从中受益的政治问题了。"

瓦里娅对这种质疑早有心理准备,因为他们一直都有反对者。有一次,一位环保律师在一场晚宴上问她,既然这么关注生命的存续问题,为什么不去从事环保工作。他认为,在如今这个时代,数不清的生态系统、植被和动物都濒临灭绝。减少二氧化碳的排放、拯救蓝鲸难道不比人类增加十年寿命更紧要吗?他的妻子是个经济学家,她又补充说,预期寿命的增加会导致社保和医保费用膨胀,让国家陷入更深的泥潭,瓦里娅怎么看待这些问题?

"当然有反对者,"瓦里娅对卢克说,"正因为这样,德雷克中心保持透明才格外重要。我们每周都组织参观活动,也允许你这样

第四部分 生命之所

的记者进入我们的实验室,就是因为公众让我们始终保持诚实。但事实是,你做的任何决定、你做的任何研究,都会有一些群体从中受益,另一些群体却不会。你必须选择你的效忠对象。我的效忠对象是人类。"

"有人会说这是自私。"

"有人会。但是让我们根据这个论点,得出它引向的结论。我们是不是应该停止寻找治愈癌症的方法?我们是不是应该不再治疗艾滋病?我们是不是应该中止老年人的医疗服务,让他们自生自灭?你的观点在理论上是有道理的,但想想那些因为心脏病而失去父亲的人,或者因为阿尔兹海默症失去配偶的人吧,你去找一个这样的人问他是否支持我们的研究,前后各问一次,我向你保证,他们经历过这种事以后都会说支持。"

"啊。"卢克身体前倾,双手交握放在桌上。他的外套有一只袖子耷拉下来,擦到了地板。"所以是个人原因。"

"我们的目标是减少人的痛苦。这难道不是一个和拯救鲸鱼一样正当的道德诉求吗?"这是她的王牌,这句话能让鸡尾酒会上的熟人沉默下来,也能让每次公开演讲都会遇到的挑衅提问者安静下来。"你的外套。"瓦里娅靠回去,对卢克说。

"什么?"

"你的外套掉到地上了。"

"哦。"卢克耸耸肩,没去管它。

29

瓦里娅离开实验室的时候,暮色已经降临。她在金门大桥上开到一半,桥上的主灯就亮了起来。她穿过兰兹角,经过荣勋宫博物馆和锡克利夫一带的豪宅,最后停在吉里街的访客停车场。然后她在前台签到,沿着户外小径来到格蒂所在的楼里。

格蒂已经在"援手之家"住了两年。丹尼尔死后的几个月里,她仍然住在金斯顿,米拉和瓦里娅讨论了各种选择。但在 2007 年 5 月的一天,米拉下班回来,发现格蒂脸朝下趴在后院里。她是从花园出来时候晕倒的。格蒂的左侧脸颊贴着地,下巴旁边有一圈闪闪发亮的口水。她右臂上有血迹,是因为刮到了铁丝网栅栏。米拉尖叫起来,但她很快发现格蒂可以自己站起来,甚至可以走路。医生给格蒂做了 CT 扫描、验了血,最后给出了结论:中风。

瓦里娅很愤怒。没有别的词可以形容,几乎连悲伤都没有——只有强烈的愤怒,她最后听见格蒂的声音时甚至觉得头晕。

"为什么,"瓦里娅质问,"为什么不打电话给米拉?你能站起来。你可以走路。那你为什么不进家打电话给米拉?如果不想告诉米拉,告诉我也行啊?"

她把手机贴在耳朵边。她正拖着行李箱穿过旧金山国际机场,很快就要登上飞往金斯顿的飞机。

"我以为我快死了。"格蒂说。

"你肯定没过多久就意识到不是这样的。"

沉默还在蔓延,瓦里娅在这沉默中听到了她已经知道的真相,这恰恰是她最初那股怒气的源头。我希望我快死了。我希望我死掉。格蒂不必说出来,瓦里娅就知道。她同样知道原因——她当然知道原因!可是,想到格蒂正在主动离开她,哪怕只剩下她们两个,这还是太过残酷了。

过了几个星期,格蒂出现了并发症。她很容易迷糊,左臂麻木,平衡能力也变差了。她来瓦里娅的公寓住了六个月,但这期间发生了一系列危险的摔倒事件,最后瓦里娅认为她需要全天候看护。她们参观了三家不同的机构,最后决定选择"援手之家"。格蒂倾向于援手之家,是因为这里的楼漆成了奶油色和知更鸟蛋的蓝色,每个阳台上都装了黄色雨篷,让她想起以前和索尔在新泽西海边租的房子。另外,这里还有个图书馆。

瓦里娅走进母亲的房间。格蒂从一张褪色的扶手椅上站起来,依靠松弛软弱的脚踝摇晃着走到门口。援手之家的工作人员建议她一直用轮椅,但格蒂痛恨轮椅,总是找各种借口摆脱它,就像一个在人群中甩开父母的青少年。

她紧紧抓住瓦里娅的上臂。"你和以前不一样了。"

瓦里娅俯下身,亲吻母亲纤弱柔软的脸颊。瓦里娅从小到大都靠留长头发来遮掩她的鼻子。但现在,她的头发已经变成了银白色。上个星期,她去剪了个很短的发型。

"为什么穿黑衣服？"格蒂问，"为什么头发像罗西的婴儿？"

"你是说罗斯玛丽的婴儿？"瓦里娅皱起眉，"她是金发。"

有人轻敲房门，一个护士进来给格蒂送晚餐：切好的沙拉；一块裹着凝胶状黄色薄膜的鸡胸肉；一个小面包卷和一块黄油，黄油用金箔纸包着。

格蒂爬回床上吃东西，她启动机械臂，让它伸展开变成一张小桌。一开始，她很讨厌这个场所。她就称它为"场所"，而不是瓦里娅更愿意用的词：家。格蒂每周都想逃出去。一年半以前，她启动了购买沃尔沃 S40 的计划，还打电话给唐多尔夫曼汽车商店，给了他们一个早已失效的信用卡号码，这是索尔以前的一张旧卡。医生们给格蒂开了一种抗抑郁药物，接下来她的状况有所改善。现在，她在参加继续教育课程，科目包括"第二次世界大战的战役"和一门很受欢迎的"总统事务（非国家事务）"。她和一群叽叽喳喳的寡妇打麻将。她经常去图书馆，甚至还去游泳池。在泳池的时候，她从充气躺椅上向人们点头示意，朝任何能听到她声音的人打招呼，就像个参加花车巡游的名人。

"我搞不懂你为什么不去餐厅。"护士出去以后，格蒂对瓦里娅说。"我们可以坐在餐桌旁，和别人聊天。也许你还可以吃点东西呢。"

但是格蒂的新朋友让瓦里娅很不舒服。他们不停地说长道短，谁家的儿子要来探望，谁家的孙女刚生了孩子。他们得知瓦里娅既没有结婚又没有孩子以后，先是表现出震惊，然后是怜悯。他们对瓦里娅的长寿研究也没有多少兴趣，哪怕这项研究的目的是帮助他们这样的人。

"可是你都没有孩子？"他们不停地问，好像瓦里娅一开始撒了谎。"没有人和你一起生活？太遗憾了。"

现在，瓦里娅在格蒂的床边站住。"我到这儿来是为了看望你。我不需要和别人聊天。而且我跟你说过，妈，我从不这么早吃饭。从来不会在——"。

"七点半以前。我知道。"

格蒂的表情既挑衅又悲哀。她比任何人都了解瓦里娅，不仅知道瓦里娅最深的秘密，而且很可能还猜到了不少别的秘密。最近这段时间，瓦里娅的到来总会挑起两人之间的权力斗争——格蒂冲撞瓦里娅精心维持的外表，瓦里娅又把这层坚硬的外表推回原处，坚持它存在的合理性。

"我给你带了些东西。"瓦里娅说。

她走到窗边的小方桌前，动手从一个棕色的纸袋里取出她的爱心包裹。里边有一本伊丽莎白·毕肖普的诗集，是她在图书馆的特卖会上发现的；一罐密尔沃基的莳萝腌菜，这是为了纪念父亲索尔；还有一束丁香花。瓦里娅把花拿进格蒂的小浴室，在垃圾桶上切掉花茎，往一个高脚杯里装上自来水，然后把它们放回窗边的方桌上。

"你能不能别这么来来回回走了？"格蒂说。

"我给你带了花。"

"那就安静下来看看花。"

瓦里娅照办了。杯子不够深，一朵花无声地从杯边垂下来。它们活不了太久。

"真漂亮，"格蒂说，"谢谢你。"

瓦里娅看看那张毫无特点的塑料桌，还有旁边布满灰尘的窗户；房间里的床就像医院的病床，格蒂铺上了索尔母亲织的软毛毯，毯子都有点褪色了。瓦里娅明白格蒂为什么会觉得花漂亮。在这样的环境里，花朵特别显眼，颜色丰富得几乎像霓虹灯一样。

瓦里娅从窗边的方桌底下拉出一把金属折叠椅，放到格蒂床边。离床更近的地方有张扶手椅，但它的布料都起了球，上边还有污渍，瓦里娅无从得知谁在上边坐过。

格蒂剥开裹着黄油的金箔纸，用塑料刀朝里挖。"你给我带照片了吗？"

瓦里娅带了，尽管她每个星期都希望格蒂会忘记问。十年前，她犯了个错误，用新手机的摄像头拍下了弗里达。那时候，弗里达刚刚来到德雷克中心，她从佐治亚州的灵长目动物实验室出发，经过三天的旅程才来到这里。她只有两周大：粉红色的脸是梨形，皱巴巴的，拇指放在嘴里。那一年，格蒂还在独自生活，瓦里娅想到她的孤单，就用电子邮件发了一张照片。瓦里娅立即意识到自己犯了错。一个月前加入德雷克中心的时候,她曾签下一份严格的保密协议。但格蒂对这张照片的反应实在太开心了,瓦里娅很快就又发给她一张——这张照片是弗里达裹在青绿色的毯子里,正从奶瓶里喝奶。

她为什么没有停止发照片?有两个原因:第一,因为这些照片是她和格蒂分享研究的一种方式,格蒂从来没有真正理解她的研究——以前,她一直在研究酵母和果蝇,这些有机体太小了,也缺乏吸引力,格蒂没法理解怎么能从它们身上找到对人类有用的东西。第二,因为这些照片给格蒂带来了快乐;因为瓦里娅给格蒂带来了快乐。

"比照片还好,"瓦里娅说,"我带来一段视频。"

格蒂的脸上全是期待。她那双因为关节炎而变粗变硬的手伸过来拿手机,好像瓦里娅带来了孙辈的消息。瓦里娅帮格蒂拿好手机,按下了播放键。视频里,弗里达对着挂在笼外的镜子梳理毛发。镜子是为了让猴子们的生活更丰富,每天下午的谜题喂食器和活体馆里播放的古典音乐也一样。猴子们伸出手指穿过栏杆,就可以操纵镜子,用它来观察自己、观察笼子里的其他同类。

"哇,"格蒂凑近屏幕,"你看啊!"

这段视频是两年前拍的。瓦里娅来看格蒂的时候,已经开始利用旧素材了,因为弗里达现在的样子变了很多。瓦里娅也笑着回忆起两年前的弗里达,但格蒂的脸却黯淡下来。她中风后的三年里,这种情况越来越频繁地出现。瓦里娅知道接下来会是什么样子：眼神空洞，嘴巴松弛，格蒂的脸上会显现出新的困惑。

现在，格蒂的目光从手机转向瓦里娅，带着指责的意味："可你为什么把她关在笼子里？"

30

"关于怎样阻止衰老，有两大理论，"瓦里娅说，"第一种是应该抑制生殖系统。"

"生殖系统。"卢克重复了一遍。他低头在一个黑色小本子上写字，今天他除了录音机还带来了这个。

瓦里娅点点头。今天早上，她在中庭遇见卢克，于是卢克跟在她身后，沿着泥泞的小路来到灵长目动物实验室。"一位名叫托马斯·柯克伍德的生物学家认为，我们牺牲自己是为了把基因传给后代，而那些不参与繁殖的组织，例如大脑和心脏，就要承受损伤，以便保护生殖器官。这一点在实验室里已经得到了证明：蠕虫的整个生殖系统源自两个细胞，如果你用激光破坏掉它们，蠕虫的寿命就会延长百分之六十。"

停了一小会儿，她才听到身后卢克的声音："第二种理论呢？"

"第二种理论是，应该控制热量摄入。"瓦里娅用右手食指的指节在门边的密码器上输入新密码——安妮昨晚刚换的。"这就是我在做的事。"

指示灯变成了绿色，门发出滴滴声，瓦里娅开了门。进去以后，她向克莱德点头问好，然后扫了一眼狨猴。今天，九只狨猴都躺在一张吊床上，它们全都一模一样，除了看小金属标签根本无法分辨。瓦里娅用胳膊肘按下去二楼的电梯按钮。

"控制热量是什么原理？"卢克问。

"我们认为这和一种叫 DAF-16 的基因有关，它参与了由胰岛素受体启动的分子信号传导通路。"电梯门开了，一位身穿蓝色工作服的动物管理员走出来，瓦里娅和卢克走进去。"比如，当你在秀丽隐杆线虫体内阻断这个通路，就能将它的寿命延长一倍以上。"

卢克看着她："能通俗点吗？"

瓦里娅很少跟不是科学家的人讨论她的工作。安妮说，这就更有理由接受采访了，因为可以把她们的工作介绍给《旧金山纪事报》的广大读者。

"我给你举个例子吧，"电梯门打开的时候瓦里娅说，"冲绳人的预期寿命是全世界最高的。我在研究生院的时候研究过冲绳人的饮食，可以清楚地看出，虽然他们的食谱营养丰富，但热量很低。"她向左转进入一条长长的走廊。"我们吃食物是为了产生能量。但产生能量的过程也催生了对身体有害的化学物质，因为它们会给细胞施加压力。有意思的是，如果像冲绳人一样限制饮食，你实际上会给整个系统施加更多的压力。但这正是让身体延续更久的关键——它在不断地处理低水平的压力,从而学会了处理长期的压力。"

"听着不是很愉快。"卢克穿着一条工作裤,上身是件拉链连帽衫。一副墨镜插在他的头发里,被卷发卡住。

瓦里娅把钥匙插进办公室门,用屁股顶开门。"享乐主义者往往活不了太久。"

"但他们活着的时候很开心。"卢克跟着她进了办公室。她这一侧一尘不染,安妮那一侧却堆满了能量棒包装纸和水瓶,还有一摞乱糟糟的学术期刊。"这话听起来像是在说,我们可以选择生活,也可以选择苟活。"

瓦里娅递给他一叠实验室服装:"这是防护装备。"

卢克把这堆衣服抱在怀里,放下背包。裤子实在太短了,他的腿又长又细,瓦里娅毫无防备地看到了和丹尼尔一样的腿,然后丹尼尔的脸也出现在她眼前。瓦里娅转过身去,竭力稳定情绪。丹尼尔死后的几年里,她完全没有发作过。但是四个月前的一天,她的咖啡机坏了,只好去了毕兹咖啡店。那是个周一,她排在长长的队伍里。音乐很难听——虽然还没到感恩节,但店里在放一个爵士风格的圣诞歌曲合集。音乐、人群、研磨咖啡产生的浓郁又压抑的气味、四周人们尖声说话的声音,让瓦里娅觉得像要窒息了。等她终于排到收银台的时候,只能看见那个员工的嘴在动,但是听不清嘴里说出的话。瓦里娅盯着那张嘴，像是从望远镜的另一端在看，接着它说得更急了。"女士？你还好吗？"最后，望远镜哗啦一声掉在地上。

瓦里娅再转过身，卢克已经穿好防护服，正盯着她看。

"你在这儿工作了多长时间？"他问。瓦里娅本来以为他会问，你还好吗？她对卢克的反应心怀感激。

"十年了。"

"来这儿之前呢？"

瓦里娅弯腰穿上鞋套。"我相信你已经调查过了。"

"你1978年从瓦萨学院毕业，拿到学士学位。1983年在纽约大学读研究生，1988年毕业，然后留校做了两年研究助理。后来你在哥伦比亚大学做研究员。1993年你发表了一篇关于酵母的研究，如果我没记错的话，标题是《酵母突变体的寿命急剧延长：有机体拥有热量限制下的Sir2基因时，年龄相关的突变增速减缓》。这是一项突破性的成果，一些主流科学期刊都有报道，后来《纽约时报》也报道过。"

瓦里娅站在原地。她很惊讶。卢克引用的资料在德雷克中心的网站上就能查到，但她没想到他已经记住了。

"我想确保我手里的信息都准确无误。"卢克补充说。他的声音被防护面罩盖住了，但透过面罩还能看见他的眼睛，似乎有点害羞。

"确实准确无误。"

"那为什么要跳到灵长目动物上呢？"卢克替她打开办公室的门，她从外面锁上。

瓦里娅已经习惯了微小的生物，它们小到只有通过显微镜才能观察到：实验室酵母，装在真空密封容器里，从北卡罗来纳州的一家供应商处运过来；为研究而培育的果蝇，它们的翅膀太小，不能飞行。瓦里娅四十四岁那年，德雷克中心的 CEO 邀请她来灵长目动物实验室，主导一项有关热量限制的研究。那是位严厉的年长女士，她警告瓦里娅，说这样的机会不会再有了。挂断电话以后，瓦里娅害怕地笑了。去一趟医务室就已经要了命，让她整天和猕猴亲密接触，简直没法想象。她有可能从它们身上感染结核病和带状疱疹。

而且她很困惑。她没有和灵长目动物打过交道，甚至没有处理过小鼠，但那位 CEO 女士说出了他们真正感兴趣的事情是什么：德雷克中心并不打算在人群中推广低热量的生活方式——"想象一下那能有多成功。"CEO 女士讥讽地说。他们其实想开发出一种具有类似疗效的药物。他们需要一个精通遗传学的人，一个能在分子层级分析他们研究成果的人。而且 CEO 很快就向瓦里娅保证，她的日常工作和动物没有太大关系。他们有技术人员和兽医来处理这些事。瓦里娅的大部分时间会花在电话会议、学术会议或者办公桌上：她要阅读和审查论文、填写拨款申请、评估数据、准备演讲材料。真的，只要她愿意，可以完全不和动物接触。

现在，瓦里娅带着卢克走向一扇大铁门。"人类和猕猴共享了大约百分之九十三的基因。我更喜欢和酵母打交道。但我意识到，对全人类来说，研究酵母永远不会像研究灵长目动物一样重要——从生物学角度看，不可能一样重要。"

她没有说出口的是，2000年德雷克中心找到她的时候，离克拉拉去世差不多已经有十年，离西蒙去世也将近二十年了。CEO说："考虑一下吧。"瓦里娅说她会考虑，但她其实在计算时间——如果她要"考虑"，合理的时间应该是多久？她想知道等多久再拒绝会比较合适。接着瓦里娅回到了哥伦比亚大学的实验室，她正在那里进行一项有关酵母的新研究，那一刻，她感到的并不是满足和骄傲，而是毫无价值。早在读研究生的时候，她的研究成果就已经是突破性的了，但如今，任何一个博士后都知道怎么延长一只果蝇或者一条蠕虫的寿命。五年后，她能拿出什么值得展示的东西？很可能没有伴侣，肯定没有孩子，但这一条简直完美：一项重大发现。对世界做出一点与众不同的贡献。

她最终接受这份工作，还有另一个原因。瓦里娅一直告诉自己，她做科研是因为爱——对生命的爱，对科学的爱，对她那些早逝的兄弟姐妹的爱——但在内心深处，她担心自己的主要动机是恐惧。她怕自己没有掌控力，怕生命无论如何都会从指缝间溜走。怕西蒙、克拉拉和丹尼尔至少在这个世界上活过，而她却活在自己的研究里、书本里、脑子里。德雷克中心这份工作似乎是她最后的机会。如果她能逼迫自己去做这件事，不管这会带来多少痛苦，她就能消除心底的负罪感——那种因为活着而产生的罪责。

"你的手套，"瓦里娅在活体馆门口站住的时候说，"别摘下来，两只都别摘。"

卢克举起双手给她看。他的相机用皮绳挂在脖子上；他把笔记本和录音机都留在了办公室。瓦里娅打开一号活体馆的橡胶密封门，另一扇门只能用密码打开，安妮每个月都会更换一次。门开了，瓦里娅带着卢克走进刺耳的正午咆哮声里。

Vivarium 在拉丁文中的意思是"生命之所"。在科学语境中，它指的是模拟自然环境的活体动物栖息地。猕猴生活的自然环境是什么？在全球范围内，比猕猴分布更广的灵长目动物就只有人类。猕猴像游牧民族一样跨过了山河湖海，它们既能在海拔一千多米的高山上生活，也可以在热带森林或者红树林沼泽地里生活。从波多黎各到阿富汗，猴子们都能繁衍生息，它们把寺庙、运河河岸和火车站当成家。它们吃昆虫和树叶，也吃从人类手中搜刮来的食物：炸面包片、花生、香蕉、冰淇淋。它们每天都能迁徙好几公里。

这些都很难在实验室里模拟，但德雷克中心做出了努力。猕猴是社会化的动物，于是它们被成对地关在笼子里，每个笼子都能打开通向下一个笼子，等于形成了一个活体馆那么宽的柱子。他们设计了丰富的活动，确保猕猴能受到足够的刺激：心理层面，有谜题喂食器和镜子,还有塑料球和 iPad 播放的视频(不过最近 iPad 被取走了,因为猴子经常打碎屏幕),头顶的扬声器还能播放丛林里的声音。每年都有一个农业部的代表来实验室参观,他要确保这里遵守《动物福利法》。去年,这位代表建议,工作人员应该偶尔换上不同的衣服进入活体馆——带鲜明图案的帽子或者手套,以引起动物的好奇心、给他们增加一点乐趣,工作人员全都照办了。

瓦里娅并没有被蒙蔽。猴子们肯定更愿意在户外活动。活体馆后面有一片更大的区域,用栅栏围起来,猴子们可以在那里玩轮胎和绳子、在围网上荡秋千,不过这片区域其实应该再大点,而且每只猴子每周只能在外边活动几个小时。重点是,她的研究不是为了测试新药,也不是调查猿猴免疫缺损病毒,而是为了让动物们尽可能活得更久。这能有什么错呢?

瓦里娅转向卢克,给他讲安妮准备好的要点。如果没有灵长目动物研究,无数的病毒根本不会被发现。无数的疫苗根本不会被开发出来。治疗阿尔兹海默症、帕金森症和艾滋病的很多疗法也没法被证明是安全的。另外还有一个事实,活在外边的世界并不轻松,那里充满了捕食者和潜在的饥饿。除了虐待狂,并没有人希望看到猴子被关进笼子,很可能就连哈里·哈洛[1]也不喜欢,但至少,在德雷克中心,它们得到了妥善的照顾和保护。

---

[1] Harry Harlow(1905—1981),美国心理学家。经常在实验中使用猕猴,包括一些有争议的残酷实验。

不过，她还是能看出这里为什么会给参观者留下错误的印象。笼子都堆在墙边，在中间留出一条狭窄的通道。猴子面朝他们，像壁虎一样趴在笼子上。它们的肚皮是粉红色的，拉得很长，手指伸出笼子勾着网格。猴群中地位高的猴子张着嘴，静静地盯着他们看，露出长长的黄牙；地位低一些的猴子都龇牙咧嘴，尖声嚎叫。德雷克中心的新任CEO过来时，它们也是这样。这位CEO每年都要来实验室一两次，停留时间尽可能地短。

瓦里娅来这里的第一年，猴子们的表现也是一样的。她用尽所有的自制力才没有逃跑。虽然前任CEO说得没错，她大部分时间都是在办公桌前度过的，但她还是强迫自己每天去一次活体馆，一般是去监督早餐。她并不接触动物，只是想知道它们的状况，想看到自己成功的证据。她先把卢克的注意力引向热量限制的那组猴子，然后再引向对照组——对照组里的猴子想吃多少就吃多少。卢克给每组猴子都拍了照。闪光灯让它们的嚎叫声更响了。有些猴子已经开始摇晃笼子的栅栏，瓦里娅只好吼着解释，对照组更容易得早发型糖尿病，而且它们的患病风险几乎是热量限制组的三倍。热量限制组的猴子从外表看也更年轻：它们中间年纪最大的几只还长着浓密的赤褐色毛发，而对照组的老猴子已经长满皱纹，毛都秃了，红色的屁股露在外边。

研究刚进行到一半，现在评估总寿命太早了。不过很明显，研究结果的前景很好，这意味着瓦里娅的论点很可能得到证明。和卢克分享这些信息时,瓦里娅感到非常骄傲,以至于她能够无视所有这些嚎叫、撕扯和气味,愉快地面对猴子——她的研究对象。

卢克走后,瓦里娅又回到弗里达身边。

今天早些时候,她让安妮把弗里达转移到了隔离室。弗里达是她最喜欢的猴子,但弗里达出现的话会损害他们的公关形象。弗里达的眉毛很平,金黄色的眼睛四周有一圈黑色,好像用了黑眼影。她小时候耳朵极大,手指很长,是粉红色的。她比瓦里娅晚一个星期来到加州。那天早上,安妮接收了一批新到的猴子,但是有一只被暴风雪耽搁了,那是一只在佐治亚州一家研究中心繁殖的小猴。安妮有事必须走,所以瓦里娅留下来等着。晚上九点半,一辆没有标志的白色厢式货车晃晃悠悠上了山,停在灵长目动物实验室外面。车里爬出来一个没刮胡子的年轻男孩,不可能超过二十岁。他让瓦里娅签了张收据,就像是来送披萨的。他似乎对运送的货物没有任何兴趣,或者就是已经厌倦了:当他取出被毯子盖住的笼子时,笼子里传出可怕的嚎叫声,瓦里娅本能地往后退。

问题是,现在这只动物归她负责了。她穿着全套防护服,可是当司机把笼子交给她的时候,防护服丝毫不能让里边传出的声音变小。他松了口气,擦了把脸,小跑着回到货车上,然后开车下山,速度远比上山的时候快,只留下瓦里娅和那个尖叫的笼子。

笼子的尺寸和微波炉差不多。他们要等到明天才会把弗里达介绍给其他猴子，所以瓦里娅带着笼子找了个偏僻的房间，这屋子差不多和门卫的小间一样大，然后瓦里娅把笼子放下来。她的手臂酸痛不已，心也因为惊恐而跳得飞快。她怎么会答应干这种事呢？最困难的部分甚至都还没开始——她得把猴子从旧笼子挪到新笼子里，在这个过程中，她会碰到笼子里的小家伙。

笼子还盖着。瓦里娅现在看清楚了，那是一条婴儿毯子，上边的图案是黄色拨浪鼓。她扒开毯子的一角，里边的叫声越来越响。瓦里娅又蹲下来。焦虑在迅速膨胀——她知道必须现在就动手，否则根本办不到。于是她把运输用的小笼子抬起来，让它的门对准实验室笼子的门。她吸了口气，抽掉毯子。运输用的笼子几乎不比猴子大。小猴开始转圈，一边转，一边抓着笼子的栏杆。瓦里娅按照安妮演示过的步骤，伸手去开锁，但她的手在抖——猴子的惊恐和混乱已经难以忍受——没等她稳住，笼子就倒向了一侧。

小猴就像从大炮里弹出来一样。它没有落进那个更大的笼子里，而是落到了瓦里娅胸前。她再也忍不住了，也尖叫起来，整个人向后坐到地上。瓦里娅以为猴子要伤害她，但它用细长的手臂搂住她，抓着她不放，然后把脸贴到她的胸前。

谁更害怕？瓦里娅脑中闪过阿米巴病和乙型肝炎的画面。那些她每天夜里都会梦见的疾病，那些她害怕自己会因之而死的疾病，那些让她从一开始就不愿意接受这份工作的理由。但是压倒这种恐惧的，是另一个鲜活的生命。小猴的身体很重，比人类婴儿要重得多，相比之下，人类的婴儿像是中空的。瓦里娅不知道这样的姿势维持了多久，弗里达在哭，瓦里娅僵在原地。弗里达才三周大。瓦里娅知道，她是在两周大的时候被人从母亲身边带走的，母亲的名字叫松林，她是第一个孩子。瓦里娅还知道，弗里达来自中国广西的一个繁殖基地，她在运输过程中过于紧张，被注射了镇静剂。

在某一刻，瓦里娅抬头看见装在笼外的镜子，里边是她们的倒影。她当时想起了弗里达·卡罗的画作《与猴子一起的自画像》。瓦里娅的样子并不像卡罗——她没有那么强壮，也没有那么反叛；实验室的米黄色水泥墙也远不是卡罗画中的背景，不像那些丝兰和硕大的光滑叶片。但瓦里娅怀里也有一只猴子，那双黝黑的大眼睛就像黑莓一样；她们两个都在这里，一样恐惧，一样孤独，一起盯着镜子。

31

三年半之前，丹尼尔死后，瓦里娅去了金斯顿，米拉把她带进客房，关上门。

她说："我得给你看一些东西。"

米拉坐在床边，腿上放着一台笔记本电脑。她双腿紧绷，脚趾抓着地毯，给瓦里娅看了好几个缓存的网页。有关罗姆人信息的谷歌搜索页,还有联邦调查局通缉网站上的布鲁娜·科斯特洛图片。瓦里娅立刻就认出了那个女人。她立刻感到一阵眩晕,眼前出现了让人眼花缭乱的银色碎屑。她差点倒在地上。

"这就是丹尼尔决定去追捕的女人。他从花园棚屋里拿走了我们的枪,然后开车去西米尔顿,那个女人住的地方。是我给探员打了电话,就是后来开枪打他的探员。"米拉说。她的声音像芦苇一样弯折摇晃。"为什么,瓦里娅?为什么丹尼尔要这样做?"

于是瓦里娅把那个女人的故事讲给米拉。她声音沙哑,说出的话像铁锈一样支离破碎,但她坚持说下去,直到词句更快、更清晰地涌出来。她迫切地想帮助米拉理解这一切。不过等她说完以后,米拉显得更茫然了。

"但那是很久以前的事了,"米拉说,"埋在那么远的过去。"

"对他来说不是。"瓦里娅的眼泪根本没法控制,她伸出手指去擦脸。

"但本来早该过去了。应该让它过去。"米拉眼睛充血,喉咙也红红的。"真该死,瓦里娅。我的天啊,如果他能放手就好了。"

她们计划着要怎么告诉格蒂。瓦里娅想告诉她,丹尼尔被停职以后,对一个村妇的罪行产生了执拗的兴趣,寻求正义的念头给了他目标,给了他信仰。但是米拉想说实话。

"我们告诉她真相有什么关系呢?"米拉问,"你这个故事也不会让丹尼尔复活。它不会改变他的死因。"

可是瓦里娅不同意。她知道，故事确实拥有改变事物的力量：过去和未来，甚至是现在。她从研究生阶段起就一直是个不可知论者，但要是从犹太教里找一条她认可的原则，那就是文字的力量了。它们从门缝和钥匙孔中逃脱。它们悄悄潜入人心，在几代人之间穿梭。真相可能会改变格蒂对孩子们的看法，而这些孩子已经没法在人世间为自己辩解了。几乎可以肯定这会给她带来更多的痛苦。

那天晚上，米拉和格蒂睡着以后，瓦里娅爬下客房的床走进书房。丹尼尔的痕迹无处不在，这些东西因为熟悉而让她感到宽慰，又因为太过表面化而让她痛苦。电脑旁边有一个金门大桥形状的镇纸，那是她在旧金山国际机场买的，当时她还是个忙碌的博士后，来金斯顿过"光明节"的路上发现自己忘了准备礼物。她希望丹尼尔会把它当成一件艺术品。但他没有。"这是机场的纪念品？"他大声说着，重重地拍打她。现在，纪念品上的镀金已经变成了铜绿，她不知道丹尼尔这么多年一直保存着它。

她坐在丹尼尔的椅子上，头往后仰。她并不是真的在感恩节期间去了阿姆斯特丹，其实没有什么会议。她解冻了一袋切好的蔬菜，用橄榄油煎了一下，一个人在厨房的桌前吃掉了这堆粗糙的食物。那年秋天，她对丹尼尔的死亡日期感到焦虑，而且越来越严重。她不知道到了那天会发生什么，也不觉得会有勇气亲眼目睹。也有可能是这样：如果她在场，就会觉得自己有责任。瓦里娅还是担心会沾染上什么可怕的东西，或者把什么东西传染给别人，仿佛她的运气既差又有传染性。她能为丹尼尔做的最好的一件事,就是远离他。

但是感恩节过后的那天,早上九点,瓦里娅的心已经开始悸动。她不停地出汗,冲个冷水澡也只能暂时缓解。她做了件之前发誓绝不会做的事——给丹尼尔打了电话。他说了一堆去找预言家之类的话,瓦里娅认为是随口说的,并没有相信。然后她又被绑进一场老套的负疚之旅,丹尼尔的声音变得幼稚、让人痛苦——昨天你要是能来就好了——她感觉到一种被自我怨恨浸透的恼怒。她有时候听都不听就删掉丹尼尔的语音邮件,这样就不用听到他的语气了,那是种让人发疯的、不知疲倦的伤感,就像是他乐于一次次被辜负。他为什么要一直尝试呢?不管怎么说他还有米拉。他越早意识到瓦里娅一无所有、只会继续让他失望,就能越早获得幸福、彻底摆脱她,这样瓦里娅也能被解放。

一张干洗店的收据在电脑旁边飞起来,它之前被镇纸压住了。收据背面有丹尼尔整齐方正的字迹。

瓦里娅把收据翻过来。上边写着,我们的语言就是我们的力量。下面还有第二句话,丹尼尔描了很多遍,句子似乎都要从纸上升起来了:思想长着翅膀。

瓦里娅很清楚这话是什么意思。在研究生院的时候,她有一次试图向心理治疗师解释这种现象。那是她的第一个治疗师。

她说:"这不是'看见'什么东西干不干净的问题,而是'感觉到'它干不干净的问题。"

"那如果你感觉到什么东西不干净呢?"治疗师问。"会怎么样?"

瓦里娅没说话。事实上她并不知道到底会发生什么,她只是有种不变的预感,感觉到毁灭就像阴影一样跟在她背后,而某些程式化的行为可以提前阻止它。

"会有不好的事情发生。"她说。

这是从什么时候开始的?她一直都很焦虑,但自从她见过赫斯特街的那个女人之后,有些事情起了变化。瓦里娅坐在先知的公寓里时,已经确信她是个骗子,但是回家以后,预言就像病毒一样在她体内起效了。瓦里娅看出,预言对她的兄弟姐妹也有同样的效果:在西蒙的一系列莽撞行为中,在丹尼尔越来越强的愤怒中,在克拉拉离开并疏远他们的过程中,都能看出那个预言的痕迹。

也许他们始终都是这样的。或者说,他们不管怎样都会朝这个方向走。但又不是这样:瓦里娅本该看到她兄弟姐妹们的样子——不可避免的、未来的样子。她本该知道的。

她十三岁半的时候就想到,如果躲开人行道上的裂缝,就能防止那个女人对克拉拉的预言变成现实。她十四岁生日的时候,感觉必须尽快吹灭所有的蜡烛,因为如果不吹,西蒙就会遇到可怕的事情。有三根没灭,八岁的西蒙吹灭了剩下的蜡烛。瓦里娅吼了他,心里知道这么做显得她很自私。但这不是问题所在。问题在于,西蒙的行为毁掉了瓦里娅想要保护他的努力。

她直到三十岁才被诊断出患有强迫症。如今，每个孩子都能得到一个医学名词来解释他们的问题。但在瓦里娅小的时候，这些强迫行为似乎只是她一个人的隐秘负担。西蒙死后，她的强迫行为更严重了。可是，直到读研究生的时候，她才想到可能应该尝试接受治疗。直到她的治疗师提起"强迫症"时，她才想到，不停地洗手和刷牙，避免去公厕、洗衣店和医院，每刻、每天、每月、每年都在重复的固定仪式，所有这一切其实都有个名字。

几年后，另一位治疗师问她到底在怕什么。听到这个问题的时候，瓦里娅被难倒了，不是因为她不知道自己在怕什么，而是因为很难想出不害怕的东西。

"那就给我举些例子吧。"治疗师说。当晚，瓦里娅就列了一个清单。

癌症。气候变化。遭遇车祸。引发车祸。（有段时间，她想到可能会在右转时撞死一个骑自行车的人，于是她会跟着骑自行车的人开好几个街区，一遍又一遍确认她没有撞死这个人。）枪手。坠机——突然降临的厄运！贴着创可贴的人。艾滋病——确切地说，是所有种类的病毒、细菌和疾病。感染别人。肮脏的表面、脏床单、身体的分泌物。药妆店和药房。虱蝇、臭虫和虱子。化学品。无家可归者。拥挤的人群。不确定性和风险。开放式结局。责任和内疚。她甚至害怕自己的思想。她害怕它的力量，害怕它对她施加的影响。

第四部分　生命之所　　　　　　　　　　　　　　　　351

再次到治疗室的时候，瓦里娅大声朗读了她的清单。读完以后，治疗师靠回椅子上。

"好吧，"她说，"可你真正害怕的是什么呢？"

瓦里娅被这个问题的纯粹性逗笑了。她真正害怕的当然是失去什么东西。失去生命，失去她爱的人。

"但你已经经历过了，"治疗师说，"你失去了父亲和所有的兄弟姐妹——比很多人活到中年时损失的家人还多。而你还能站着。我是说，还能坐着。"她补充了一句，朝着沙发笑了笑。

没错，瓦里娅还能坐着，但并没有那么简单。失去兄弟姐妹的时候，她也失去了自己的一部分。这就像看着整个街区的电力被一点点切断：她身体的某些部分变暗了，然后轮到其他部分。某种勇气——情感层面的勇敢——和欲望都变暗了。孤独的成本很高，她很清楚，但是失去的成本更高。

她花了不少时间才明白这个道理。当时她二十七岁，正在修一门物理方面的研究生课程。讲这门课的人是一位来自爱丁堡的客座教授，他曾和一位名叫彼得·希格斯的研究员一起做研究。

"很多人不相信希格斯博士，"他告诉瓦里娅，"但这些人都错了。"

他们坐在曼哈顿中城的一家意大利餐厅里。教授说，希格斯博士假定有一种叫希格斯玻色子的东西存在，它给粒子施加质量。他说这可能是我们理解宇宙的关键，也是现代物理学的关键，哪怕还没有人见过它。他说，希格斯玻色子指向一个被对称性统治的宇宙，但在这个宇宙中，最令人振奋的东西——比如人类——都是畸变，是对称性短暂失效时的产物。

瓦里娅有些朋友会对迟来的月经感到震惊，但她不用等那么久就知道了：有天早上醒来时，她已经不是她自己了。三天前，她和教授躺在学校公寓的一张单人床上。当他把脸埋进她的双腿之间，移动他的舌头时，她第一次达到了高潮。没过多久，他就变得礼貌而疏远，瓦里娅再也没有收到他的消息。现在，她想象着体内产生的新细胞，脑中的念头是，你会把我毁掉，你会永远禁锢我，你会让这个世界变得如此生动和真实，让我一刻都没法忘记自己的痛苦。她害怕畸变，因为畸变是不受控的，她更喜欢对称性中蕴含的东西，那种安全的稳定感。她在布利克街的计划生育联合会做了预约，去清空子宫。预约成功后，她看见畸变消失了，就像从两扇电梯门之间消失不见一样，干净利落，仿佛从来没有存在过。

别人在谈论性爱中的极致愉悦，还有为人父母带来的更复杂的快乐，但对瓦里娅来说，最大的快乐莫过于解脱——当她意识到自己害怕的事情并不存在时感觉到的那种解脱。就连解脱也是暂时的：一种歇斯底里的、狂风暴雨般的快意——我原先在想什么？但是笑声过后，必然发生的事就会慢慢侵蚀她，疑虑悄然逼近，她需要再看一眼后视镜，再一次洗澡，再清洗一遍门把手。

瓦里娅已经接受了足够多的心理治疗，知道她其实是在给自

第四部分　生命之所

己讲故事。她知道自己的信仰只是魔术戏法,甚至可能是虚构出来的——她相信仪式拥有力量,思想可以改变结果,也可以抵御不幸。但它对生存而言是必要的。但是不止于此,不止于此。如果你真的相信它,它还是故事吗?她还有更深的秘密,这也是她觉得自己不可能摆脱紊乱行为的原因——有时候,她不觉得这是一种紊乱。有时候,她相信一个念头可以让某些事成真,她不觉得这很荒谬。

2007年5月,丹尼尔死后半年,米拉歇斯底里地给瓦里娅打来电话。

"他们取消了对埃迪·奥多诺霍的指控。"她说。他们的内部审查没有发现任何不当行为的证据。

瓦里娅没有哭。她感觉愤怒潜入了她的身体,像个孩子一样在那里盘踞下来。瓦里娅不再相信丹尼尔死于一颗子弹——一颗本该射向骨盆的子弹,但它打进了丹尼尔的大腿,打穿了股动脉,导致他的血液不到十分钟就流光了。丹尼尔的死并非指向身体的衰竭。这件事表明了人心的力量,这是个完全不一样的对手——他的死意味着,思想长着翅膀。

32

周五早上,瓦里娅开车去上班的途中,把车开到路的一侧停下来，然后把头埋到膝盖之间。她想到了卢克。过去的两天，他都是七点半在实验室和她碰面，然后跟着她进入活体馆。卢克一直在帮忙，帮她称颗粒饲料，把沉重的笼子搬进储藏室清洗。动物们都很喜欢他。周三，卢克和一只名叫格斯的老年公猴玩得很好，这是一只漂亮的猕猴，全身长着橙色的毛发，十分自负。格斯来到笼子前，亮出自己的肚皮，要求挠痒痒。然后，它要么跳回去吓唬卢克，而卢克一边笑一边继续陪它玩；要么坐在原地，任由卢克挠它亮出来的粉红色肚子，然后高兴地咂嘴。

卢克不仅积极地帮忙，他和猴子打交道也很有技巧，瓦里娅非常惊讶。卢克解释说，他是在农场里长大的，体力劳动、跟动物打交道对他来说再熟悉不过。不管怎么说，这也是《旧金山纪事报》的编辑希望看到的：了解德雷克中心的日常状态，这样，报道中的研究人员才能像真人一样鲜活，而猴子也能像人一样各有性格。周四，他们在办公室吃午饭，瓦里娅拿着她的特百惠饭盒，里边是西兰花和黑豆，卢克拿着中庭里买的鸡肉卷，提出了这个问题：瓦里娅有没有把猴子看成独立的个体，看见它们被关在笼子里，有没有感到不安。如果他周一就这么问，她会很警觉，但后来这几天过得很轻松，没有危机也没有指责，到了周四，瓦里娅已经相当放松，可以诚实地回答这个问题了。

她来德雷克中心之前，从没接触过这种尺寸的鲜活生物。猴子的身体肉肉的，很难无视它们：它们散发出浓烈的气味，尖声嚎叫，浑身长满了毛,有的会患上糖尿病和子宫内膜异位症。它们的乳头是泡泡糖一样的粉红色,肿胀着。它们的脸能表现出丰富的感情,让人非常吃惊。如果你看着它们的眼睛,就不可能看不到它们在想什么——或者说,你会觉得自己看到了。它们不是被动的研究对象,等着人们处置,而是有自己想法的参与者。瓦里娅明知道不该把它们人格化,可在最开始的那几年里,她总被这些看起来很熟悉的面孔打动,尤其是它们的眼睛。当猴子们聚集在一起,用深不见底的眼睛盯着她时,她觉得它们就像穿着猴装的人类,正透过面具的轮廓向外窥视。

"显然是没法持续的,"瓦里娅告诉卢克,"你那种想法。"

她坐在自己的办公桌前,卢克坐在安妮的桌前。他把右脚踝撑在左膝上,长长的腿弯曲着,表现出一种身材高大的年轻人特有的笨拙。瓦里娅在他温和的注视中感到放松,于是继续说下去。

"有一年感恩节,应该是我来德雷克的第二年或者第三年,我去看望弟弟。他是个军医,我把这里的事讲给他听。他给我讲了那天遇到的一个病人,是个二十三岁的士兵,截肢部位感染了。只要丹尼尔碰到他的皮肤,他都会诅咒阿富汗人。丹尼尔想起来在几年前的一次体检中见过他,当时这位士兵对阿富汗的状况表示了极大的忧虑,他非常担心阿富汗人民,丹尼尔差点让他去做精神评估。他担心这孩子太软弱。"

丹尼尔的坐姿和周四那天卢克的坐姿很像——一条腿搭在另一

条腿上，一双大眼睛很专注。但是丹尼尔的眼睛底下有黑影，曾经浓密的头发也变得稀疏了。那一刻，瓦里娅想起了他小时候的模样，她的弟弟曾经怀有一种理想主义，现在已经被一些更现实却同样简单的东西取代，她在自己身上也看到了。

"他的观点是，"瓦里娅说，"如果不首先制造出一个敌人、不把敌人非人化，就不可能生存下来。丹尼尔说，平民可以有同情心，但那些把行动作为职责的人不能这样。行动需要你选择一件事、放弃另一件事。帮助一方总比两方都不帮要好。"

她把特百惠饭盒的盖子扣到碗上，想起了弗里达。弗里达在热量限制组里。一开始，她不停地嚎叫，想要更多的食物。瓦里娅在家的时候也被那叫声困扰。猴子毫不掩饰的饥饿让她既内疚又抵触。弗里达的求生欲如此清晰，她眼中的谴责如此明显，瓦里娅几乎以为她要把粗野的、不连贯的叫声换成英语。

"我确实对猴子有了感情，"瓦里娅补充说，"我不该这么说——不太科学。但我和它们在一起已经十年了。而且我提醒自己，这项研究对它们也有好处。我是在保护它们，尤其是热量限制组的猴子。它们的寿命会变长。"卢克现在很安静，他已经把录音机收起来了，虽然他把笔记本放在安妮的办公桌上，但并没有碰它。"不过，你还是要在沙滩上划条线，告诉自己这项研究是值得的。这只动物本身的价值比不上它能带来的医学进步的价值。你不得不这么做。"

那天晚上，瓦里娅躺了好几个小时都没睡着。她不知道自己为什么要对卢克说这些,如果卢克把这些话写进他的文章里,会对她产生什么影响呢?她可以要求卢克略去这场对话,但这么做就表明她对自己的工作有所怀疑,对完成工作所需的思考也有某种程度的疑虑,这都是她不想表现出来的。现在瓦里娅坐在车里,感到一阵恶心。她有种没法抗拒的感觉——她不仅把自己置于危险中,而且还背叛了丹尼尔。一想到去实验室见卢克,她就觉得又看见了弟弟。这说不通。他们唯一的相似点就是身高。但是她的幻觉依然存在,丹尼尔穿着卢克的防风外套、背着背包在等她,丹尼尔的脸取代了卢克那张年轻的、充满期待的脸。然后,画面变化了:瓦里娅看见丹尼尔倒在房车里,腿上中了一枪,地面是一片红色的汪洋。她知道,如果她当时不那么孤僻沉默的话,丹尼尔就会跟她说布鲁娜的事,她本来可以救他。

等到恶心消失,她的手不再颤抖、可以握住方向盘的时候,已经过去了一个小时。她以前还从来没有迟到过。安妮已经把卢克带进了厨房,这让瓦里娅松了口气。他正在帮安妮给猴子们没吃的食物称重,然后把下周的饲料分装到谜题喂食器里。瓦里娅躲开他,关上门在办公室里处理一笔拨款。过了一会儿有人敲门,瓦里娅知道是卢克,因为安妮不会打扰她。

"我想过来看看你要不要去吃饭。"瓦里娅打开门的时候,卢克说。他双手都插在衣兜里,看见她脸上的困惑,他笑起来。"都六点了。"

"我恐怕不饿。"瓦里娅走回办公桌前,关掉电脑。

"喝一杯吗?红酒里有白藜芦醇。你不能说我没做过功课。"

瓦里娅呼出一口气:"这顿酒要算进采访素材里吗?"

"听你的。我觉得应该不算。"

她转过身来:"如果不算,它有什么意义呢?"

"维护关系?人际交往?"卢克用奇怪的眼神盯着她,好像看不出她是开玩笑还是认真的。"我又不咬人。或者至少不会比你的猴子咬得狠。"

她关掉办公室的灯,卢克的脸有一半沉到了阴影里,只有走廊的日光灯还照着。她伤到了他。

"我请客,"卢克又说,"为了感谢你。"

瓦里娅后来会回想,是什么让她在满心抗拒的情况下答应去吃这顿饭?假如她不去,会发生什么?她选择答应,是因为愧疚或者疲惫吗?她实在受够了愧疚感。只有在工作的时候、洗手的时候,愧疚才会收缩。她总是任由水龙头里的热水冲刷双手,直到双手变得滚烫,感觉冲到手上的不再是水,而是火或者冰。她觉得饿的时候,愧疚也会收缩。她经常觉得饿。有时候,她觉得自己轻飘飘的,足以飘向天空,飘向她的兄弟姐妹。现在她饿了。但还是有什么东西让她跟着卢克走,有什么东西让她点了头。

他们坐在格兰特大街的一家酒吧里,分享一瓶红葡萄酒。是赤霞珠,就在往南十一公里的地方种植和装瓶。酒劲立刻上了头。瓦里娅意识到她已经很久没吃东西了,但她从不在餐馆吃饭,所以她一边喝酒,一边听卢克讲他的成长经历:他家在威斯康星州的多尔县拥有一个樱桃农场,多尔县的辖区是一串沿岸区域加上岛屿,一直延伸到密歇根湖里。卢克说,这个地方让他想起了马林县。欧洲人到来之前,那里的土地属于美洲原住民——在多尔县,是波塔瓦托米人;在马林县,是海岸米沃克人。后来欧洲人占领了土地,开始发展农业和林业。卢克给她讲了石灰岩、沙丘和加拿大铁杉,它们有长长的绿色针叶,还有黄桦树,到了深秋,地面会铺上一层让人赞叹的金毯。

卢克说,在淡季,那里的人口不到三万,但到了夏季和初秋时,人口几乎翻了十倍。七月,农场疯狂运转,大家急着采摘、晾晒、罐装、冷冻樱桃。他们种了四种樱桃,卢克小时候,家里每个人都有任务,要用机械收割机去收一种。卢克的父亲负责大而多汁的巴拉顿樱桃。卢克因为年纪最小,就和母亲一起去采摘蒙特莫伦西樱桃,它的果肉是半透明的黄色。卢克的哥哥负责采摘又黑又硬的甜樱桃,这是最贵的一种。

瓦里娅发现,卢克说话的时候她像是飘在空中。她看见了樱桃,黄色、黑色、红色,像在梦里一样模糊不清。卢克用手机给她看家人的照片。照片上是初秋,树木是一片模糊的深黄色和灰绿色。卢克的父母长着和他一样的浓密金发,不过他们的发色都比卢克的浅。

他的哥哥还是少年模样，脸上长满了疙瘩，但是笑得很开心，他的手搭在卢克肩膀上。"他叫阿舍。"卢克说。照片上的卢克不可能超过六岁。他被阿舍揽着，笑容灿烂到几乎像在扮鬼脸。

"你呢？"他把手机塞回衣兜里。"你的家庭是什么样的？"

"大的那个弟弟是医生，我跟你说过。小的弟弟是个舞者。我妹妹是个魔术师。"

"不是吧，戴着黑帽子、用兔子表演的那种？"

"不是。"他们周围的灯光很暗，所以瓦里娅挑不出让她担心的东西。"她的牌技非常高明，还会读心术——她的搭档从观众手里挑出一件东西，比如一顶帽子或者一个钱包，她能在没有语言提示的情况下猜出来，蒙着眼睛，面朝墙壁。"

"那他们现在都在干什么？"卢克问。瓦里娅吓了一跳。他看着她。"对不起。你用的是过去时。我想他们肯定是——"

"退休了？"瓦里娅说着摇了摇头。"不，他们都已经不在了。"瓦里娅不知道是什么促使她说出了接下来的话，也许因为卢克就要走了。和另一个人分享这些只对心理治疗师说过的事，感觉太不寻常、太让人宽慰了。"我最小的弟弟死于艾滋病，当时他才二十岁。我妹妹自杀了。回想起来，我不知道她是不是有双向情感障碍或者精神分裂症，现在我已经无能为力了。"她喝完杯里的酒，又倒了一杯。她几乎不喝酒，酒总让她感觉懒洋洋的，既呆滞又坦率。"丹尼尔卷进一些他不该参与的事情里。他被枪杀了。"

卢克安静地看着她,有那么一瞬间,她有种荒谬的担忧,怕他会伸出手来握住她的手。但他并没有——他为什么会呢?瓦里娅呼出一口气。

"我很遗憾,"卢克说,"这就是你选择这份工作的原因吗?"瓦里娅没有回答,他继续试探,先是犹豫着,后来下了决心。"我们现在的药物——嗯,如果当时就有,它们可以救你弟弟的命。而基因检测让我们有可能发现一个人患精神疾病的风险,甚至可以诊断出来。这也许能救克拉拉,对不对?"

"你的文章是关于什么的?"瓦里娅问,"我的工作,还是我?"

她想让声音显得轻快一点。内心深处的恐惧在蔓延,虽然她不知道为什么。

"它们很难分开,不是吗?"卢克的身体向前倾,眼睛也朝她逼近,瓦里娅心底有什么东西猛然一震。她现在意识到了是什么让她这么害怕:她从来没有告诉他克拉拉的名字。

"我该走了。"她低声说,双手按着桌子站起来。地板立刻向上翘起,墙在摇晃,她坐下来——她跌倒了——又跌倒了。

"别——"卢克说。现在他的手确实放在她的手上了。

恐慌攀上她的喉咙,像个气泡爆裂开来。"请不要碰我。"她说。卢克松开了手。他的脸很悲伤。他觉得她可怜,这是瓦里娅不能容忍的。她又站起来,这次成功了。

"你现在不该开车。"卢克说着也站起来。瓦里娅从他脸上看出了恐慌,正和她感觉到的一样,而这让她更加恐慌。"请你——对不起。"

她摸索着找钱包,然后抽出一小叠二十元纸币,放在桌上。"我没事。"

"我送你回去吧。"她走到门口时,卢克坚持说。"你住在哪儿?"

"我住在哪儿?"瓦里娅嘶声说。卢克直往后退,哪怕在酒吧的黑暗中,她也能看到他的脸红了。"你是怎么了?"她现在到酒吧门口了,她已经出来了。瓦里娅往身后看,确定卢克没有跟着她。她看见自己的车,然后跑过去。

33

星期六,瓦里娅醒来的时候,发现后背正中央一阵阵地疼,脑袋像被锤子砸过。她的衣服浸透了汗水,散发出臭气。她夜里踢掉了鞋子,也脱了毛衣,但她的衬衫贴在肚子上,袜子也湿了,她剥掉袜子的时候,它们重重地落到汽车的地板上。她从后座上坐起来。车窗外已经是早晨了,格兰特街的雨下得很大。

瓦里娅把手掌底部按到眼睛上。她还能想起在酒吧里,卢克的脸朝她靠近,他的声音很低,但很迫切——它们很难分开,不是吗?还有他的手,放在她的手上,是温热的。她能想起来自己跑回车里,像个孩子一样蜷缩在后座上。

她饿坏了。她从后座爬到前排,在副驾座位上翻找昨天剩下的食物。苹果已经变成了棕色,口感绵软,但她还是吃掉了。还有变得温热起皱的葡萄。她刻意不去看后视镜,却不小心从副驾的车窗上看见自己的影子——头发像爱因斯坦一样,嘴巴张着,嘴角低垂。然后她移开目光,找到了钥匙。

瓦里娅回到公寓,脱掉衣服,把所有的东西直接扔进洗衣机。她淋浴的时间太长,水都变凉了。接着她穿上浴袍——粉红色的,蓬松得可笑。这是格蒂送给她的礼物,她自己永远不会买这种东西。她吃了自己能承受的最大剂量止痛药,然后爬上床,又睡过去。

再次醒来,已经到了下午。现在瓦里娅感觉到的已经不是单纯的疲倦,而是一阵恐慌,她知道不能继续待在家里了。她迅速穿好衣服。她脸色苍白,像鸟一样,满头银发一簇簇竖起来。她用手沾了水把头发理顺,然后才觉得自己多此一举:星期六,实验室里只有动物管理员,而且她一进去就会把头发罩住。她有时候不吃午饭,但今天从冰箱里抓了一袋食物,一边开车一边吃煮鸡蛋。

一进实验室,瓦里娅就平静多了。她穿上手术服,走进活体馆。

她想去检查一下猴子。靠近它们还是会让她紧张,但她有时候担心自己不在的时候,它们会出什么事。当然,什么事都没有。乔茜正用镜子观察门口,看见瓦里娅,她把镜子放了下来。刚出生的猴子在它们的聚居区域不安地乱窜。格斯坐在笼子的后部。但最后一个笼子,弗里达的笼子,是空的。

"弗里达?"瓦里娅傻乎乎地唤道。没有证据表明猴子能辨认自己的名字,可她又叫了一遍。她走出活体馆,来到走廊里喊人,直到一个叫乔安娜的动物管理员从厨房里走出来。

"她被隔离了。"乔安娜说。

"为什么?"

"她在拔毛,"乔安娜语速很快地说,"我想,如果隔离开,她可能会——"

但她并没有说完,因为瓦里娅已经转过身了。

实验室的二楼是个正方形。瓦里娅和安妮的办公室在西侧,活体馆在北侧。南边有厨房,还有几个操作间。隔离室、门卫的小间和洗衣房都在东边。隔离室宽一米八,高两米四,其实比普通的笼子还大。但这里边没有娱乐设施,是让不听话的动物受罚的地方。当然,这里也没有什么威胁性,没有明显的可怕之处。就只是个无趣的地方:一个不锈钢笼子,有一扇四方小门用于通行,可以从外边锁上。里边配备了一个食物盒和一个水瓶。地板和笼底之间有十厘米间隔,笼底钻了几个孔,尿液和食物残渣可以通过这些孔,落进一个可伸缩的圆盘里。

"弗里达。"瓦里娅说。她望向隔离室,这正是她刚来的那晚带弗里达来的地方，当时弗里达才出生几周。

弗里达面朝笼子背面，弓着身子站在那儿，来回摇晃。她背上有拳头大小的一块地方已经秃了，因为她把毛拔掉了。六个月前，她不再梳理自己仅剩的毛发，其他猴子能感觉到她的虚弱，也因为这个不再接近她。现在，她坐在一滩薄薄的铁锈色尿液里，尿液还没有排进笼底的圆盘。

"弗里达。"瓦里娅又叫了一遍，声音比刚才大了点，但很柔和。"停下，弗里达。求你了。"

猴子听到瓦里娅的声音，把脸转向一边。从侧面看，弗里达的眼睑是淡紫色的，有光泽。她的嘴是开阔的半月形。她龇了一下牙，然后慢慢地转过来，但是当她面向瓦里娅时，并没有停下：她继续转圈，以右腿为轴，拖着左腿。两周前，她咬伤了自己的左侧大腿，严重到需要缝针。

怎么会这样呢？弗里达年轻的时候，比别的猴子都有激情。她的行为有时候是马基雅维利式的，和别的猴子结成战略联盟，从更温顺的猴子手里偷食物。但她有时候也很可爱，而且拥有极强的好奇心。她喜欢被人抱着，总是穿过栏杆伸手搂瓦里娅的腰，瓦里娅偶尔会让她出来，抱着她在活体馆里转悠。和弗里达如此亲近，让瓦里娅既害怕又欣喜。害怕是因为弗里达身上的污染物，欣喜是因为可以透过层层防护服，短暂地感受到和别的动物亲近的感觉，允许自己也暂时变回动物。

有人敲门。是乔安娜，瓦里娅想，要不就是安妮，虽然安妮周末很少来实验室。她和瓦里娅一样，既没有孩子也没有结婚。她现在三十七岁，还不算太晚，但安妮不想要这些东西。她有一次说："我什么都不缺。"瓦里娅相信她。安妮来自一个韩裔大家庭，就住在金门大桥另一边。她好像永远不缺情人——有时候是男的，有时候是女的。她以做研究的自信处理这些关系。瓦里娅对安妮怀有一种母亲般的欣赏，也有一种母亲般的羡慕。安妮是瓦里娅希望成为的那种女人：那种做出不同寻常的选择，还对这些选择感到满足的女人。

敲门声又响了。"乔安娜？"瓦里娅一边问，一边起身去开门。

但她面前的人是卢克。他的头发纠缠在一起，颜色因为油腻而变深了。他的嘴唇上有裂纹，脸呈现出一种奇怪的黄色。他还穿着前一天那身衣服。他肯定也是穿着衣服睡觉的。瓦里娅用一下午拼凑出的平静表面从中间裂开，掉落下来。

"什么？"她说，"你在这儿干什么？"

"克莱德让我进来的。"卢克眨了眨眼。他一只手还握着门把手，瓦里娅看见他的另一只手正在颤抖。"我得和你谈谈。"

弗里达已经转过身，面朝墙壁，重新开始摇晃。瓦里娅讨厌弗里达的摇晃，也讨厌让卢克在这儿看见这一切。她转过身背对卢克，去锁隔离室的门。整个过程不超过两秒钟，但在锁好之前，她听到一声沉闷的咔嚓，立刻就明白了。等她回过头来面对卢克的时候，他正把相机塞回包里。

"把它给我。"她野蛮地说。

"不。"卢克说,但他的声音很小,就像一个小男孩抱着自己珍藏的东西。

"不?你没有得到拍照的授权。我会起诉你。"

卢克脸上的表情和她预想中的不一样,不是职业性的喜悦,而是恐惧。他抱住背包。

"你不是记者。"瓦里娅说。她感到一股尖锐的恐惧,警铃大作。她想起狒猴警报般的叫声。"你是谁?"

但卢克没有回答。他僵在门口,身体完全静止,如果不是那只还在颤抖的左手,几乎就是个雕像。

"我会报警。"瓦里娅说。

"不要,"卢克说,"我——"

但他没有说完,在这短暂的停顿中,一个念头不由自主地在瓦里娅心中浮现。但愿它是良性的,她想,但愿它是良性的。就好像她正盯着一张肿瘤 X 光片,而不是盯着一个陌生人的脸。

"你给我起名叫所罗门。"他说。

场地陷入了黑暗。瓦里娅先是感到困惑:怎么会呢?这是不可能的。我应该会知道。然后是正面碰撞,一切都被压扁了。她的视线变得模糊不清。

因为她停在了布利克街的计划生育联合会外边,那是在二十三年前，她就像被闪电击中一样站在原地。当时是二月初，才三点半就已经天色转暗，冷到了极点，但瓦里娅的身体像在烧灼。她内心有种陌生的悸动。她望向熨斗大厦，诊所就在那里边。她不知道如果不去平息这种悸动，会发生什么。她可以做早已计划好的选择；她的生活可以像畸变发生之前一样继续下去，一切仍然是对称的。但她却在一阵冷风中解开了外套的扣子，然后转过身去。

34

她跌跌撞撞离开活体馆，走楼梯下到一楼，一路跑着穿过大厅。经过克莱德的时候，他站起来问她出了什么事。瓦里娅跑到山上。她不在乎卢克待在里边没人监管，她只想离他远一点。雨停了，明亮的阳光晃着她的眼睛。她在不引起别人注意的前提下，用最快的速度向停车场走过去，不想浪费时间去拿墨镜，因为她能听到卢克就跟在身后。

"瓦里娅！"卢克叫她，但瓦里娅没有停下来。"瓦里娅！"

他的喊声太大了，她过转身来。"注意音量。这是我的工作场所。"

"对不起。"卢克喘着气说。

"你怎么敢。你怎么敢骗我。你怎么敢在实验室里玩花样，在我的实验室里。"

"要是不这样,你永远不会和我说话的。"卢克的音调高得不正常,瓦里娅看出他正竭力忍着不哭。

她发出一声大笑。"我现在不会和你说话了。"

"你会的。"一朵云短暂地遮住了太阳,在新出现的刺眼光线下,卢克渐渐镇定下来。"不然我就把照片卖掉。"

"卖给谁?"

"卖给善待动物组织。"

瓦里娅盯着他。她想起人受到重击后喘不上气的说法,但这么说也不对:没有什么重击,空气像是被抽走了。

"但是安妮,"她说,"安妮查过你的推荐信。"

"我让室友假扮成《旧金山纪事报》的编辑。她知道我有多想见你。"

"我们一直坚持最严格的伦理标准。"瓦里娅说。她的声音很尖锐,填满了无用的怒气。

"也许是吧。但弗里达的状况可不太好。"

他们站在半山腰。在他们身后,两个博士后一边用叉子吃外卖,一边朝主楼走。

"你这是在勒索我。"终于又能开口的时候,她说。

"我也不想这样。可我花了好几年才搞清楚你是谁。中介完全不肯帮忙,他们知道你不想被找到,所有关于我的记录都被封存了。

我拿出所有的钱去了趟纽约，花了好几个星期查县法院的出生证明。我知道了我的生日，但不知道你去的是哪家医院，等我找到你的时候，等我最后终于找到你的时候，我没办法——"

这些话一股脑地涌出来，现在他深深吸了口气。然后他看见了瓦里娅的脸。他把背包拉到身前，伸手从里边抽出一块叠好的白布。

"手帕，"他说，"你在哭。"

她都没有注意到自己在哭。"你还带手帕？"

"是我哥哥的，再往前是我们父亲的。他俩名字的首字母一样。"卢克给瓦里娅看手帕上绣的小字，然后他看出了她的迟疑。"很干净。自从上次洗过之后，我就再也没用过，我都是用热水洗。"

他的声音很低。瓦里娅这才知道，他已经看出了她的毛病，而且是以她不愿意被人看见的方式。她满心羞愧。

"其实我也有，"卢克说，"我一看见你，就注意到你的问题了。不过，我的问题不是洁癖。我怕伤害别人——我怕我会不小心杀死他们。"

瓦里娅接过手帕，擦了擦脸。擦完以后，她想到卢克的话——我怕我会不小心杀死他们。她笑起来，直到他也开始笑，然后她又开始哭，因为她完全明白他的意思。

瓦里娅沉默着开车回公寓，卢克开车跟在她后边。她爬上楼梯的时候，能听到背后卢克的脚步声，能感觉到他身体的重量。她的喉咙好像堵上了。她几乎不带别人进她的公寓,如果提前知道他要来,她会做好准备。但现在没有时间了,所以她开了灯,看着他的反应。

公寓很小。里边的装饰达成了一种平衡,目的是尽可能减少她的焦虑。她选了一些既能加强又能降低可见度的家具:比如,沙发是皮制的,颜色深得让她没法看清每一处斑点或者污垢,但又足够光滑——不像粗糙的、带图案的布料,这样她坐下之前就能轻松地扫一眼,找出特别过分的脏东西。她的床单是暗淡的木炭色,原因也一样;酒店里的白床单简直像一块光秃秃的画布,她每次检查床铺时都快被逼疯了。墙壁上没有艺术品,桌子上没有亚麻布,这样更容易清洁。窗帘是拉上的,哪怕在白天也一样。

直到她通过卢克的眼睛去看这间公寓,才想起这里有多黑多丑。家具并不美观,因为她不是为了美观而选的。如果她遵从自己的审美去挑呢?她几乎不知道自己的品味是什么样的,不过有一次,她在米尔谷路过一家专门卖斯堪的纳维亚饰品的商店,看见一张鸽灰色的沙发,有长方形的靠枕和细长的胡桃木腿。她盯着沙发看了三十秒、一分钟,然后才想起来,这种布料特别难清洁,而且她能看见每一根头发、每一块污渍,最重要的是,一旦觉得这沙发太脏了,扔掉它一定会让她特别痛苦。

瓦里娅问:"想喝点什么吗?茶?"

茶就行,卢克告诉她。然后他坐到沙发上等她,背包扔在脚边。

她拿着两个杯子和一个陶瓷茶壶回来,里边沏了玄米茶,卢克的膝盖并在一起,腿上放着他的录音机。

他问:"我可以把我们说的话录下来吗?这样我就能记住说了什么。我想,以后应该不会再见到你了。"

他知道自己做了什么样的取舍;所以他接受了结果。他抓住她,迫使她开口,但是换来了她的怨恨。不过,瓦里娅也做了一次交易:她选择做他的母亲,所以她会回答。

"可以。"她的脸上没有表情,在实验室里感觉到的愤怒,现在已经被无奈取代。她想起那些猴子,叫得声音都嘶哑了,然后呆滞地接受现实,把自己的身体交出去任人研究。

"谢谢你。"卢克的感激很诚恳,她能感觉到这份感激向她靠拢,但她看向了别处。卢克问:"我是在哪里出生的?什么时间?"

"西奈山以色列医院[1],1984 年 8 月 11 日,上午 11 点 32 分。你不知道吗?"

"我知道。只是在检查你的记忆力。"

她把杯子送到嘴边,可是茶水很烫,她的眼睛里有泪水。

"别再戏弄我了,"她说,"你要我诚实。我理应得到同等的回报。你不用怀疑我,也不用担心我说谎。我不可能忘记这个——任何一点细节都不可能忘记——哪怕我用一辈子去尝试。"

---

[1] 位于纽约市曼哈顿区的一家医院。

"很公平。"卢克垂下目光。"我不会再这么做了,原谅我吧。"当他再看向瓦里娅时,自以为是的神色已经褪去。剩下的是羞怯和腼腆。"那天是什么样的?"

"你出生的那天?天气很闷热。从我房间的窗户可以看见史岱文森广场,那些路过的女人和我同龄,穿着超短裤和露脐上衣,就像在七十年代。我简直像个球。我肚子上长着皮疹,每个能流汗的地方都在流汗。脚肿得厉害,我是穿拖鞋坐出租车去机场的。"

"有人和你在一起吗?"

"我妈妈。我就只告诉了她。"

格蒂就在她身边,喃喃自语。拿着浴巾和一桶冰水的格蒂;每次空调坏掉都会对护士大吼大叫的格蒂。这么些年,格蒂一直保守着这个秘密。"妈妈,"瓦里娅把孩子送出去以后发疯似的说,"我不能再谈这件事了,永远不能再谈。"从那天起,格蒂再没有提起这个话题。但她们其实又在不断地谈论这件事:多年来,它是每一场谈话的内衬,它是她们两个共同背负的重担。

"那父亲呢?"

瓦里娅注意到他说的是"父亲",而不是"我的父亲",这让她松了口气。她不愿意让卢克把教授想成他的父亲。

"他一直都不知道,"瓦里娅吹了吹茶,"他是纽约大学的客座教授。我当时在研究生院读一年级,那年秋天我上了他的课。我们睡了几次，然后他说他觉得不该这样。等我意识到自己怀孕的时候，已经是一月初的寒假，他已经飞回英国了，虽然我当时并不知道他走了。我一遍又一遍地给他打电话——先是打系里的，然后打他们给我的另一个号码，是他在爱丁堡的办公室。一开始我还给他留言，后来我努力控制自己，不再留言。并不是说我爱上了他。我不爱他，或者说不再爱他了。我只是想给他一个机会来抚养你，假如他愿意的话。最后我明白了，他不值得我这么做。后来我就不再给他打电话了。"

卢克的脸绷得很紧，喉咙上的血管都凸显出来。她怎么就没有认出他呢？瓦里娅曾经想象过，在机场或者杂货店里和一个陌生又熟悉的男人面对面相遇。她以为自己内心会腾起一种动物式的直觉，以为会保留某种感官记忆，因为他们曾经有九个月共享同一具身体，更别提后来那令人窒息的、极度痛苦的四十八小时。如果听到自己的骨盆在生产过程中裂开，她也不会惊讶，但它并没有：整个过程完全正常，是一次再寻常不过的生产。一个护士说，这预示着她会有第二个。但瓦里娅知道不会再有第二个了，所以她抱着这个小家伙，抱着她的亲生儿子向他告别。她不仅仅告别了孩子，也告别了一部分曾经勇敢爱过一个男人的自己。她勇敢到爱了一个根本不在乎她的男人，然后生下一个明知道不会留下的孩子。

卢克脱掉鞋，把穿着袜子的脚放到沙发上。然后他抱住自己的脚，下巴压到膝盖上。"当时我是什么样的？"

"你长着闪亮的黑发,像水獭,也像个朋克小孩。你的眼睛是蓝色的,但护士们说以后可能会变成棕色——当然,确实变成棕色了。"瓦里娅一直都记得。后来她扫视人行道、地铁车厢和别人照片里的背景脸时,总在寻找那个曾经属于她的、蓝眼睛或棕眼睛的孩子。"你很敏感。受到比较大的刺激时,你会闭上眼睛,双手合十。我们觉得你像个和尚,我和我妈都很恼火,然后拼命祈祷。"

"黑头发,"卢克笑着说,"还有蓝眼睛。难怪你没有认出我。"已经六点了,窗外还下着小雨,天空泛出明亮的蓝紫色。"是你妈让你放弃我吗?"

"天哪,不是。我们为这事吵了架。我们家已经遭受了很多损失。我父亲去世了,非常突然,就在我上大学的时候。在你出生前两年,西蒙死于艾滋病。我妈希望我留下你。"

那会儿瓦里娅已经有了自己的公寓,是大学附近的一个单间,但在怀孕期间,她经常在克林顿街 72 号过夜。有时她和格蒂一直吵到半夜,但她还是会回到原来的上铺睡觉。再过十分钟或者两小时,格蒂也会过来,她睡在丹尼尔以前占的下铺,并不去睡走廊尽头主卧里的床。早晨,格蒂踩着梯子的最底层,把瓦里娅脸上的头发拨开,在她额头上留下重重的吻。

"那你为什么没有留下我?"卢克问。

有一年盛夏,瓦里娅开车穿过威斯康星州。她刚在芝加哥开完一场会议，正赶往麦迪逊[1]参加第二场。她中途停下来，站到魔鬼湖膝盖深的水里。她急着降温，但水也是温热的，还有很多小米诺鱼开始啄食她的脚和脚踝。一时间，她站在沙子里动弹不得，感觉强烈到几乎要炸裂开。到底是什么感觉？是种难以承受的狂喜，亲近和共生交换带来的狂喜。

"我当时很害怕，"瓦里娅说，"人和人之间一旦产生紧密的联系，很多事都有可能出问题。我害怕出问题。"

卢克沉默了一会儿。"你可以去堕胎的。"

"确实可以。我已经预约了。但我做不到。"

"因为宗教原因？"

"不是。我觉得——"但说到这儿，她的声音变得沙哑了，没法再说下去。她拿起杯子喝茶，直到喉咙舒服了一点。"就像是我想弥补什么。弥补我内向的性格，弥补我没有投入生活。没有完全地投入。我以为——我希望——你可以投入。"

她怎么能做到呢？因为她想到了他们——西蒙，索尔，克拉拉，丹尼尔，格蒂。瓦里娅怀孕的第二个月想到了他们，当时她经常因为惊恐发作而动弹不得。到了第三个月，她觉得自己像海象一样庞大，撒尿比睡觉还多。生产的时候，她每次用力时都会想到他们。她把他们留在心里，这样就不会再有其他感觉了——她爱他们，爱

---

[1] 威斯康星州的首府。

到他们卸下了她的防备,让她变得坚强,让她敞开。他们给了她平时没有的力量。

但她没法维持这种感觉。当她双手叠放在肚子上从医院坐车回家的时候,一直在想,自己究竟是个什么样的人,竟然会因为恐惧放弃一个孩子。她马上想到了答案:她是不配拥有那个孩子的人。她的身体,曾经满涨着生命,曾经迸发过生命,现在却变成了空洞的。它变回了以前的样子——一直以来的样子。她为此感到悲哀,但也感到解脱,而这解脱又激发了强烈的自责,因为她知道自己是对的。她没法忍受那种生活:危险、鲜活、充满爱、痛苦得让她无法呼吸。

卢克问:"那后来呢,又发生了什么事?"

"什么意思?"

"你有别的孩子吗?你结婚了吗?"

瓦里娅摇了摇头。

卢克皱着眉,满脸疑惑:"你是同性恋吗?"

"不。我就是没有——从那以后,我就没有——"

她急促地吸气,不出声地打了个嗝。当卢克明白她的意思时,他吓了一跳。"从那个教授以后,你就没有谈过恋爱?什么都没有过?"

"并不是什么都没有。但没有恋爱。"

她准备好了承受他的怜悯。但他的神色看起来愤愤不平,好像瓦里娅剥夺了自己的必需品。

"你不孤单吗？"

"有时候会。不是每个人都一样吗？"她微笑着说。

卢克猛地站起来。瓦里娅以为他要去洗手间，但他走进了厨房，站在水槽边。他把手掌按到柜台上；他的肩膀像弗里达一样垂下来。水槽前的窗台上放着她父亲的手表。克拉拉死后，丹尼尔去了克拉拉和拉杰居住的房车。拉杰收集了一些他觉得戈尔德家族会想要的物品：一张早几年的名片；索尔的金表；一张旧的滑稽戏节目单，在节目介绍里，他们的外婆老克拉拉用皮带拖着一群男人。虽然东西不多，但是丹尼尔很感激拉杰的做法。他在机场给瓦里娅打了电话。

"另外就是那个房车。并不是说它很糟糕——就房车而言，它还挺不错的。而是住房车这个事实。"丹尼尔的声音有点鬼鬼祟祟，几乎听不清。"是一辆七十年代的湾流房车，克拉拉在里边住了一年多。"然后他又补了一句，就像是在雪上加霜："大部分时间都停在一个叫国王大道的房车公园里。"丹尼尔在克拉拉这一侧的床底下发现了一小把草莓茎。一开始他误以为是一丛草，是被谁的鞋子带进屋的。它们长满了霉菌；他把这些草莓茎扔到房车公园的娱乐室里了。但他说会把手表寄给瓦里娅，这块表以前是西蒙的，在西蒙之前是索尔的。

"这是男人的手表，"瓦里娅告诉他，"你应该留着。"

"不。"丹尼尔用同样的隐秘语气说。瓦里娅明白他看见了一些令他不安的东西,一些他不想带回家的东西。

"卢克?"现在,瓦里娅喊他。

他咳嗽了一声,伸手去抓冰箱把手。"你介不介意我——"

停下,瓦里娅想。但他已经动手了,他已经拉开了冰箱门,看见了里边的东西。

"你把猴子的食物放这儿了?"他大声说。但是等他转向瓦里娅的时候,顿悟已经取代了困惑。

冰箱门还开着。瓦里娅从客厅里可以看见里边成排的预包装餐食。最上边的架子放着她的早餐,塑料袋里装着混合水果和两汤匙高纤维麦片。下层架子上是她的午餐,坚果加豆子,在周末是一块豆腐或者金枪鱼。她的晚餐放在冷冻室里,每周做一次,然后分装到铝箔包装盒里。冰箱侧面,也就是对着卢克的那一面,贴了一张 Excel 做的表格,上面记着每餐的热量,还有维生素和矿物质含量。

限制热量的第一年,她的体重下降了百分之十五。衣服变得松松垮垮,脸也像猎犬一样有了狭长的轮廓。她以一种好奇的超然视角观察这些变化:她为自己能抵御甜食、碳水化合物、脂肪的诱惑而自豪。

"为什么要这么做?"卢克问。

"你觉得为什么?"瓦里娅说。但是她一看见卢克朝她走过来,就畏缩了。"你为什么要生气?决定怎么样生活难道不是我的权利吗?"

"因为我很难过,"卢克声音沙哑地说,"因为看见你这样,我他妈的心都碎了。你清掉了障碍,没有丈夫,没有孩子。你本来可以做任何事,但你就像那些猴子一样,不仅被关起来,还吃不饱。关键在于,你想活得更久,就不得不活得更差。你难道看不见这一点吗?问题是你愿意做这个交易,你已经做了交易,但是为了什么呢?又要付出多大代价?当然了,你那些猴子从来都没有选择。"

要把遵循惯例的愉悦传达给一个不觉得遵循惯例有乐趣的人,是根本不可能的,所以瓦里娅没有尝试。这种愉悦和性或者爱带来的愉悦无关,而与确定性有关。如果她更虔诚些,如果她信的是基督教,她可能会去做一个修女:知道四十年后某个周二的两点钟,你在做什么祈祷或者做什么杂事,这是怎样的安全感啊。

"我让它们更健康,"她说,"因为我,它们能活得更久。"

"但并不能活得更好。"卢克走过来,站到她面前,她向后靠在沙发上。"它们不想要笼子和颗粒饲料。它们要的是阳光、玩耍、温度、质感,还有危险!说了一堆选择生存而不是选择生活的废话,就好像我们可以控制其中哪一个。难怪你看见它们被关在笼子里却一点感觉都没有。你对自己一点感觉都没有。"

"那我应该怎么生活呢?我是不是应该像西蒙一样,只关心他自己,不去管其他人?我是不是应该像克拉拉一样,活在一个幻想的世界里?"

她从沙发上爬起来,很小心地不触碰卢克,然后大步走进厨房。她重新打开冰箱门,开始整理卢克关门时碰乱的食物袋。

"你在责怪他们。"卢克跟在她身后。瓦里娅对兄弟姐妹们的愤怒转移到了卢克身上。这股愤怒一直在她心里酝酿。他们为什么不能更聪明些,更谨慎些。他们为什么不能更有自知,更谦逊。他们为什么不能多点耐心!为什么要活成这个样子,朝着一个不应得的高潮全力冲刺。他们为什么不能好好走路,非得他妈的跑起来呢。

他们是一起上路的:在他们还没有变成人的时候,全都是卵子,是母亲数百万卵子中的四个。让人惊讶的是,他们的性情和致命缺陷竟然会有这么显著的差异,简直像在同一部电梯里短暂相遇的陌生人。

"我没有,"瓦里娅说,"我爱他们。我的工作是为了向他们致敬。"

"你不觉得这里边有什么地方是自私驱动的吗?"

"什么?"

"关于怎样阻止衰老,有两大理论,"卢克鹦鹉学舌般重复她说过的话,"第一种是应该抑制生殖系统。第二种理论是,应该控制热量摄入。"

"我真不该对你讲任何事。你还太小,没法理解这些,你还是个孩子。"

"我还是个孩子？是吗？"卢克的笑声很尖锐，瓦里娅有点畏缩。"是你想让自己相信，这个世界是理性的，好像你可以做点什么来改变死亡。你一直在告诉自己，他们因为 x 而死去，你因为 y 而活下来，这些事情是相互排斥的。用这种方式，你就可以相信自己更聪明，相信自己与众不同。但其实你和其他人一样，都是不理智的。你自称科学家，嘴里说着长寿、健康老龄化这类词，但你明知道关于生存的最基本的事实——万物有生必有死——你却想改写它。"

卢克还在靠近，他们的脸只隔着几厘米了。瓦里娅不能看他。他太近了，他想从她身上得到的东西太多。她能闻到他的呼吸，是细菌引起的乳脂软糖气味，被玄米茶里烘烤过的谷物削弱了。

"你想从生活中得到什么？"他问。瓦里娅沉默了，他抓住她的手腕，然后握紧。"你想一直这样继续下去吗？像这样？"

"那你想干什么？拯救我？当救世主是不是让你感觉良好？让你觉得自己是个男人？"她击中了他。他的手垂下来，眼睛里有什么东西在闪烁。她说："不要教育我，你既没有权利，也显然没有阅历。"

"你怎么知道我没有？"

"你今年二十六岁。你在一个活见鬼的樱桃农场里长大。你有健康的父母和一个爱你的大哥，他把他的宝贝手帕都给了你。"

瓦里娅从冰箱门后边挤出来，走到公寓门口。过段时间，她会试着理清发生了什么。过段时间,她会在脑海里一遍又一遍翻阅这段对话,想象在它彻底崩盘之前,她可以做点什么来挽救——但现在,她希望卢克离开。如果他再待下去,她会做出一些可怕的事情。

但卢克没有离开。"他没有给我。他死了。"

"我很遗憾。"瓦里娅咬着牙说。

"你不想知道原因吗?还是说你只关心自己的悲剧?"

真相就是她不想知道。真相是,她已经没有空间去承受任何人的痛苦了。但站在客厅和厨房之间拱门里的卢克已经开始说话。

"要了解我哥哥,得知道一件事,就是他一直在照顾我。我父母一直想再要一个孩子,但他们不能生了,所以收养了我。我被收养时阿舍才十岁。要是他心怀嫉妒也正常,但他没有。他很善良,也很慷慨,很照顾我。当时我们在纽约州北部生活。搬到威斯康星州以后,我们的土地更多了,但房子比原来小,我和阿舍不得不共用一个卧室。阿舍十三岁,我还是个幼儿。有哪个初中生愿意和一个三岁孩子同住一个房间?但阿舍从来没有抱怨过。"

"我是个难缠的孩子。特别淘气。我想看看我能把他们逼到哪一步。你们还是愿意收养我吗?如果我这么做,你们会想要把我送回去吗?有一次我跑到外边,悄悄趴在门廊里,在那儿待了好几个小时,因为我想听他们找我的声音。还有一次,我和阿舍一起去樱桃林里,在本该跟着收割机回去的时候躲了起来。这成了我们俩的一个游戏,我专挑最烦人的时间点躲起来,而阿舍总是放下他正在做的事来找我,等他找到我,我们才开始干活。"

瓦里娅伸出一只手,像是要阻止他。她不愿意听到接下来的话,她承受不了。她的身体已经被恐惧占据了,但卢克没有理会她,继续往下说。

"有一天我们去了粮仓。那时候我们养了鸡和牛,到了四月,要检查谷物有没有结成块。阿舍弯腰进了粮仓。我本来应该站在顶部的平台上看着他,这样如果出了什么意外,我就可以呼救。他一进去就抬头看我,还朝我笑了笑。他蹲在谷物堆的最上边,那一层是黄色的,看起来就像沙子。"你敢跑!"他说。我也对他笑了笑,爬下梯子就跑。

"我躲在拖拉机中间,因为他知道要来这里找我。但他没有来。过了几分钟,我知道出事了,我做错了事,但我很害怕,所以就留在原地。阿舍进粮仓的时候带了两把镐,用它们来打碎结块的谷物。我跑掉以后,他想用镐爬出去。但镐在谷堆里凿出太多洞,五分钟之内他就陷下去了。过了更长时间他才被压到里边,然后窒息而死。他们在他的肺里发现了玉米碎屑。"

有几秒钟,瓦里娅沉默着。她盯着卢克,他也盯着她。空气像是充了电,有了重量,好像他们的对视有某种力量,能让两人之间的什么东西漂浮起来。然后瓦里娅开始摇晃。

"请你走吧。"她说。她放在门上的那只手很滑,等他走了,她得把手擦干净。

"你是在开玩笑吗？你就想说这个？"卢克的声音都哑了。"我真不敢相信。"他走到沙发前，拿起鞋子，伸脚进去。他那双袜子的脚趾部分是灰色的，有点松垮。瓦里娅打开门。当他推开瓦里娅下楼的时候，她唯一能做的就是控制自己不要尖叫，不要在背后冲他尖叫。

瓦里娅透过窗子看着卢克走进车里，猛然加速驶离停车场。然后她抓起钥匙，也做了同样的事。她跟踪他过了两个灯，然后失去了勇气。她能说什么呢？她在下一个红绿灯掉了头，走了相反的方向，开向实验室。

安妮不在。乔安娜和其他技术人员也不在。就连克莱德也离开这里去过夜了。瓦里娅走到活体馆。猴子们发出愤怒的尖叫，她突然进来把它们吓坏了。瓦里娅找到弗里达的笼子。

她一开始以为弗里达在睡觉，然后才看见猴子的眼睛是睁开的。弗里达侧躺着，嘴里咬着左前臂。

弗里达以前也自残过，比如啃咬自己的大腿。但这种行为总是在没人的时候发生。现在，她毫不掩饰地抓挠自己的骨头，周围已经变成一团血肉模糊的伤口，血和肌肉组织全混在一起。

"来，"瓦里娅大声呼唤弗里达，"过来。"然后她打开笼子的门。弗里达抬头看了看，但是没有动，于是瓦里娅走到对面的墙边，拿来一条束缚绳，挂到弗里达脖子上，把她往外拖拽。其他猴子尖声嚎叫，弗里达转过身来看着它们，好像突然有了意识。她坐起来，双臂环抱膝盖，开始摇晃。瓦里娅别无选择，只能不停地拉动束缚绳，拖着弗里达在地板上滑行。她厌恶弗里达的虚弱。这只猴子以前有五公斤重，现在只有三公斤了，只能勉强站起来。瓦里娅又拉了一下，弗里达翻过来，仰面朝天，束缚绳开始勒到它的脖子了。其他猴子的嚎叫声更高了——它们感觉到了弗里达的虚弱，而且为此感到兴奋。瓦里娅疯了一样伸出手，抬起弗里达，把她抱起来。

弗里达的头垂到瓦里娅的肩膀上，手臂放在瓦里娅胸前。瓦里娅喘息着。她没有穿戴任何防护装备，弗里达的伤口贴着她的毛衣，散发出腐烂的恶臭。瓦里娅跑起来，弗里达的额头弹跳着靠向她的锁骨。她进了厨房。谜题喂食器都堆在墙边，但瓦里娅想要颗粒饲料、装满拆包食物的箱子，还有他们给不限制热量的对照组猴子准备的食物：苹果、香蕉、橘子、葡萄、葡萄干、花生、西兰花、去壳的椰子，每种都装在单独的桶里。瓦里娅一边抱着弗里达，一边把桶和食物箱都拉出来，放在地上。然后，她把弗里达放到食槽前。

"去，"她大声催促，"吃吧！"但弗里达茫然地盯着面前的大餐。瓦里娅更大声地催促，指着食物，弗里达伸出了左手。她的双腿像学走路的孩子一样叉开，膝盖弯曲；她的脚底柔软而苍白。瓦里娅贪婪地看着弗里达伸手去拿葡萄干，但她的手还没伸进食物箱就改变了方向,她把前臂举到面前,张开嘴,找到伤口,然后开始咬。

瓦里娅拉开弗里达的手,开始啜泣。伤口上还有毛发,但是很深。弗里达可能已经啃裂了骨头。

"吃啊。"瓦里娅大喊。她蹲下来,把手伸进装葡萄干的食物箱,再送到弗里达嘴边。弗里达抽了抽鼻子。她慢慢地把第一颗葡萄干吞进嘴里。瓦里娅又用双手去捧食物。很快,手指上就沾满了食物和肉的碎屑,但瓦里娅没有停。接下来是椰子、花生、葡萄。"哦,真好,"瓦里娅说,"哦,我的宝贝。"她已经几十年没用过这个词了,以前也只用过一次——卢克露顶,她的身体撕裂开来,为突然到来的生命提供空间。

每当弗里达转身避开瓦里娅的手,瓦里娅就换一种水果,或者换一种不同形状的饲料诱惑她。弗里达也吃掉了这些,然后她开始呕吐:清澈的黏液、胆汁、大量的葡萄干。瓦里娅痛哭起来。她擦拭弗里达的嘴、一块块露出的头皮,还有她粉红色的、半透明的耳朵,因为弗里达在出汗。呕吐物热乎乎地流到瓦里娅的裤子上。她必须叫兽医来。但一想到要给兽医打电话,一想到米切尔医生会问些什么、她又要解释什么,她就哭得更厉害了。

所以她会抱着弗里达,直到米切尔医生赶过来;她会安慰弗里达,让弗里达感觉好些。她把弗里达拖到腿上。弗里达目光呆滞,没有聚焦,但她在扭动,想要摆脱瓦里娅。瓦里娅搂得更紧了。

"嘘，嘘。"她低声说。"嘘，嘘。"弗里达还是挣扎着要走，瓦里娅还是紧紧地抱住她。她已经完了，她已经万劫不复。还有什么大不了的？她想抱住什么，她想被抱住。她不肯松手，直到弗里达把脸凑到她的脸上，嘴唇软软地贴着她的下巴，然后一口咬下去。

35

瓦里娅没有叫兽医。第二天早上，安妮发现她和弗里达在厨房里睡着了——瓦里娅背靠着一堆箱子，弗里达睡在最上层的架子上。安妮尖叫起来。

在医院里，瓦里娅以为她会死掉：一开始，她觉得自己会死于被咬时感染上的东西，接着医生告诉她，弗里达既没有乙型肝炎也没有肺结核，她又觉得自己会死于在隔离病房里感染上的东西。当她最终活下来的时候，简直惊呆了。在她最恐慌的时候，唯一可能的结果似乎就是她最担心的那个结果。一旦证实这种担心并不存在，取而代之的就是更具体的痛苦了：瓦里娅知道自己的所作所为极具破坏性，根本无法挽回。

她每天吃着医院里的食物，变得越来越敏锐。自童年时期以来，她还从没有像这样真切地感受过自己的身体。现在，整个世界的质地和知觉都向她涌来。她能感觉到每次清洗伤口时的尖锐痛楚，还能感觉到医院的床单像纸一样摩擦她的皮肤,但她太累了,没力气查看它。护士靠近的时候,瓦里娅闻到一种洗发水的气味,她确信克拉拉以前用过。她偶尔会看见安妮睡在床边的椅子上。有一次,她趁着自己清醒,要求安妮别告诉格蒂发生了什么事。安妮的神色既严肃又不赞成,但她还是点了头。总有一天得告诉格蒂,可是告诉她被咬的事,就意味着要说出其他的一切,眼下瓦里娅还做不到。

弗里达已经被送往戴维斯的一家动物医院。正如瓦里娅担心的那样,她的骨头裂开了。一位外科医生从肩膀处截断了弗里达的手臂。但要想知道弗里达有没有狂犬病,唯一的办法就是割下她的头,检测她的大脑。瓦里娅请求他们宽大处理:她自己没有出现任何症状,而且假如弗里达真的有狂犬病,就会在几天之内死去。

两个星期后,瓦里娅在红木大道的一家咖啡馆和安妮碰面。一进门,安妮就朝她微笑。她穿着便装,修身的黑裤子配一件条纹 T 恤,脚上穿着木底鞋,头发散着,但她明显有点不自在。瓦里娅点了一份素食卷。平时,她是不会吃这个的,但她自己的热量限制实验已经在医院里中断了,她还没找到重新开始的信念。

"我和鲍勃谈过了,"餐厅服务生离开后,安妮说,"他会让你自愿辞职。"

鲍勃是德雷克中心的 CEO。瓦里娅并不想知道,他在得知她把一个二十年跨度的实验置于危险中时是什么反应。弗里达在热量限制组里。瓦里娅喂她吃东西,不仅导致弗里达的数据作废,还会损害整个分析结果：少了弗里达的数据以后，热量限制组与对照组的猴子数量就会有偏差。更别提一旦传出德雷克公司有一位高级研究员精神崩溃，还危及工作人员和动物，一定会引起公关上的灾难。瓦里娅满心羞愧，因为她想到一定是由于安妮努力促成，鲍勃才会允许她自愿辞职。

"这样会更容易些，"安妮犹豫着说，"等你重新开始自己事业的时候。"

"你在开玩笑吗？"瓦里娅用餐巾纸擦鼻涕。"这种事瞒不住的。"

安妮不说话，承认了这个事实。"不管怎么说，"她说，"自愿辞职还是个更好的方案。"

安妮没有把怒气倾泻到瓦里娅身上，可能仅仅是因为她知道瓦里娅的故事，这一点与鲍勃不同：在医院里，瓦里娅坦白了关于卢克的事，安妮的表情从愤怒变成怀疑再变成怜悯。

"真该死，"她说，"我本来想恨你。"

"你还是可以恨我。"

"对，"安妮说，"但现在更难了。"

现在瓦里娅咽下一口素食卷。她不习惯餐厅给的分量，看起来大得滑稽。"弗里达会怎么样？"

"你和我一样清楚。"

瓦里娅点点头。如果弗里达运气够好，她会被转移到一个灵长目动物保护区，在保护区里，参与过研究的动物可以在最小的人类干预下生活。瓦里娅为这事四处奔走,每天给医院和肯塔基州的一个保护区打电话,那里有十二公顷的户外围场,灵长目动物可以在里边漫步。但保护区收容能力有限。更有可能的是,弗里达会被送到另一个研究中心,用于另一场实验。

那天晚上,瓦里娅七点就睡着了,午夜刚过又醒过来。她穿着睡衣爬下床,站到窗前,几个月以来第一次打开了百叶窗。月亮很明亮,借着月光,瓦里娅可以看见这片公寓建筑群的其他部分;她对面有人的厨房灯亮着。她有一种置身炼狱的奇异感觉,或者已经身处另一世了。她失去了工作,这本来会是她对世界的贡献——会是她偿还给世界的东西。最坏的事情已经发生了,在空洞的失落感中,瓦里娅想,现在值得害怕的东西又少了很多。

她从床头柜上拿起手机,坐在被子上。她拨出号码,等待接通的铃声响了又响。她已经放弃了,等着通话跳转到语音信箱,但是对方接听了。

"喂?"接听的人用不确定的语气说。

"卢克。"瓦里娅被两种情绪压倒:既松了口气,因为他接了;又非常害怕,怕卢克给她的机会太短暂,不足以让她赢得谅解。"我真的很难过。我为你哥哥的遭遇遗憾,也为你的遭遇遗憾。你本来不该经历这些的,绝对不该。我希望你没有遇上这样的事,我希望能把这些都带走。"

电话那头沉默着。瓦里娅把手机贴在耳朵边,她的呼吸很浅。

"你怎么会有我的号码？"卢克终于问。

"你发给安妮的电子邮件里有——你申请采访的时候发的。"他又沉默了。瓦里娅继续说："听我说，卢克。你不能一辈子都觉得那是你的错。你必须原谅自己。否则你就没法生存——用什么办法都不行。你没法以你应得的方式生存。"

"我会像你一样。"

"对。"瓦里娅一边说，一边命令自己不要又哭起来。这些话当然也适用于她，但她从来没有让自己相信过。

"你现在真的要当犹太妈妈吗？[1]我敢肯定，这事的诉讼时效早在二十六年前就过期了。"

"这很公平。"瓦里娅说。她咳了一声，笑起来。"你说得对。"

她在传达一个请求：她希望卢克能把同情作为一份礼物赐予她，无论她多么不配有。她望着公寓楼的另一边，望着只有一盏灯的厨房。

"我得去睡觉了，"卢克说，"你把我吵醒了，你知道的。"

"对不起。"瓦里娅说。她的下巴在颤抖。下巴缝了针，还缠着绷带。

"你明天能给我打电话吗？我五点下班。"

"行。"瓦里娅说。她闭上了眼睛。"谢谢你。你在哪里工作？"

---

[1] "犹太妈妈"是个有调侃意味的说法，常用来形容强势、精神紧张、过度干涉子女的母亲。

"叫体育地下室，是一家卖户外装备的商店。"

"第一次见你的那天，我就觉得你像是准备去徒步。"

"我经常徒步。我们有很大的员工折扣。"

她对卢克的了解太少了。她感到一阵失望，因为她的儿子既不是生物学家也不是记者，而是个零售业的从业者。然后瓦里娅又责备自己。现在卢克对她很坦诚，她默默记下这份坦诚：她对他的了解又多了一点，又多了一件真实的事情。

三个月之后，瓦里娅坐在海斯谷的一家法式面包店里。她要见的男人一走进就餐区，她立刻就认出来了。两人以前从没见过面，但她在网上看过他的宣传照片。当然，西蒙和克拉拉的旧照片里也有他。瓦里娅最喜欢的一张，是在克拉拉和西蒙一起住过的科林伍德街公寓里拍的。一个黑人坐在地板上，背靠着窗户，一只手搭在窗框上。他的另一只胳膊搭着西蒙，西蒙的头靠在这个男人的腿上。

"罗伯特。"瓦里娅站起来。

罗伯特转过头来。瓦里娅可以看出他曾经是个帅气、肌肉发达的男人。虽然他现在六十岁了，比照片上更瘦，头发已经半灰，但依旧身材高大，引人注意，神色也依然机敏。

多年来，瓦里娅都想知道他的状况，但她一直没有勇气认真地去找他，直到今年夏天。瓦里娅找到一篇文章，写的是两个男人在芝加哥经营一家现代舞公司。她发过去一封电子邮件，罗伯特告诉她，这周他会来旧金山，到斯特恩格罗夫公园参加一个舞蹈节。现在，他们开始聊瓦里娅的研究、罗伯特的编舞，还有他和丈夫比利居住的芝加哥南区公寓。他们养了两只缅因猫。"就像伊渥克人[1]。"罗伯特说。他笑着给她看手机上的照片，瓦里娅也在笑，笑着笑着，她突然快要流泪了。

"怎么了？"罗伯特问。他把手机装进了衣兜。

瓦里娅擦了擦眼睛。"能见到你真的太好了。我妹妹克拉拉——她经常说起你。要是她还在，肯定会很高兴……"用的是条件式。她还是讨厌这种语态。"因为你还——"

"还活着？"罗伯特笑着说。"没关系，你可以说出来。这种事从来都没法保证。我们任何人都没法保证。"他调整了一下刻着字的银手环，他和比利戴的不是结婚戒指，而是手环。"我确实感染了病毒。我从来没想过能活到这个年纪。见鬼，我以为我会在三十五岁之前死掉，但我还是撑到了鸡尾酒疗法问世。比利的精力足够我们两个人用。他还年轻，太年轻了，没有经历过我们那些事。西蒙去世的时候，比利才十岁。"

罗伯特和她对视。这是他们俩第一次说出西蒙的名字。

瓦里娅说："自从他离开家，我就再也没有见过他，我一直放不下这个。他在旧金山生活了四年，可我一次都没有来过。我当时

---

[1]《星球大战》系列电影中的一个种族，体型较小，毛发浓密。

对他太生气了。我还以为他能……能长大。"

话停在嘴边。瓦里娅做了个吞咽的动作。克拉拉一直和西蒙在一起,就连丹尼尔也和西蒙说过话,西蒙的葬礼结束后,丹尼尔提到过一次简短的通话。但瓦里娅是岩石,是冰,总在那么远的地方,就算西蒙想接近她,也没办法做到。再说,他怎么会想接近她呢?他肯定知道,瓦里娅对他的怨恨比对克拉拉的怨恨还多。至少克拉拉明确说过她要走;至少她还算得体,一到旧金山就打了电话。瓦里娅放弃了西蒙。他也放弃了她,这并不意外。

罗伯特把手放到她的手上,她尽量不退缩。他的手掌宽大温暖。"你不可能知道后来的事。"

"我确实不知道,但我应该原谅他。"

"那时候你还是个孩子。我们都是。你听我说——西蒙去世前,我一直很谨慎。可能过于谨慎了。但他去世后,我做了一些愚蠢的、鲁莽的事情。那些事本该让我送命的。"

"想到可能会死于性爱,"瓦里娅停顿了一下,"你没觉得害怕吗?"

"没有害怕,当时没有。因为感觉不是那样的。当医生说我们应该保持独身的时候,感觉不像是让我们在性爱和死亡之间做抉择,而是让我们在死亡与活着之间做抉择。所有拼尽全力真正活过、真正做过爱的人里,没有一个愿意放弃。"

瓦里娅点点头。他们旁边的门上有个小铃铛响了,一对带着孩子的年轻夫妇走进来。当他们经过瓦里娅的桌子时,她强迫自己不要欠身避开他们。她有了新的心理治疗师,这位治疗师使用认知行为疗法,鼓励她承受这些暴露时刻。

"我一直在想,西蒙到底哪里吸引你,"她说,"克拉拉说你很成熟,很有修养。但西蒙完全是个孩子,而且很骄傲。不要误会我的意思——我非常喜欢他。但我不可能和他这种人约会。"

"差不多是这样,"罗伯特笑了笑,"我爱他什么呢?他什么都不怕。他想搬到旧金山,于是就搬了。他想成为一名舞者,于是就成了舞者。我相信他并不是一直什么都不怕。但他的行为是无所畏惧的。这就是他教我的东西。我和比利创办公司的时候,借了一大笔贷款,感觉永远也还不完了。头三年,伙计,我们过得可真叫难。但后来,我们在纽约的一场演出得到了《纽约时报》的评论。然后我们回到芝加哥,实现了盈利。现在都能给舞者们买医疗保险了。"罗伯特咬了一口牛角面包,黄油碎屑落在他的皮夹克上。"我没有退休的计划。我还是不敢想太远。但是没关系,我爱我的工作。我不希望它结束。"

"我希望我也有这种感觉。我已经丢了工作。从来没有感觉到这么不知所措。"

"不能再这样了。"罗伯特举起牛角面包,指着她,摆出一副夸张的训诫神色。"你得像西蒙那样思考。要无所畏惧!"

瓦里娅在努力,哪怕和别人相比,她对这个词的定义小到可笑。

她坐下来的时候已经能靠着椅背了，而且也开始在城市里散步。十年前刚搬到加州时，她来过一趟卡斯特罗区，鲁比出生后她才第一次来。当时瓦里娅试着想象西蒙的样子，却只能看到他们几个正朝荣耀以色列犹太会堂走去，西蒙从她身边跑开了。现在，瓦里娅再次想象西蒙的模样，只不过这一次没有把他想成她认识的那个西蒙。当她从悬崖小屋徒步走到山湖公园附近的旧军医院时，似乎看见西蒙在苏特罗浴场遗迹旁摆了个姿势，那里曾经能容纳上万人游泳。瓦里娅不知道他是不是也走过这些陡峭的小路；从卡斯特罗区坐公交车来里士满区，至少要花四十五分钟。他有没有来过都不要紧。瓦里娅看见他就在那些矮树丛和丁香花中间，海上的风把他的头发吹起来，他开出一条小路，瓦里娅跟在他身后。

瓦里娅回到公寓的时候，有一封米拉发来的邮件。

亲爱的瓦：

12月11日你有空吗？我们刚发现4日伊莱有事，而乔纳森还是想在冬天把大家都拖到佛罗里达去，疯子。（我觉得会很不错，只不过得告诉大家我其实要在迈阿密结婚，实在有点尴尬。）记得告诉我哦。

爱你

米拉

乔纳森是纽约州立大学新帕尔兹分校的教授,就在丹尼尔去世前四年,他的妻子因为胰腺癌去世了。他不是那种米拉会爱上的人。丹尼尔去世后,他给米拉送饭。"是牛腩,"他说,"不过是从店里买的,以前一直是我妻子做饭。"接着米拉开始在课前经历惊恐发作,乔纳森一直陪在她身边。又过了两年,她才爱上他。

"不过我不是一下子陷进去的。速度极其缓慢。"米拉每个周日晚上都和瓦里娅视频通话,有一次她这么说。"我不得不投降。"

视频里,米拉把餐盘放到咖啡桌上,把脚缩到身下。她还是身材娇小,但肌肉比以前多了:丹尼尔去世后,她开始骑自行车,从新帕尔兹骑到熊山,让世界从身边迅速闪过,变成一团模糊,就像她感觉到的一样。

"投降是指什么?"瓦里娅问。

"嗯,这也是我一直问自己的问题。我意识到,我必须交出的东西既不是痛苦,也不是信任。我必须交出丹尼尔。"

六个月前,乔纳森向她求婚了。他有个十一岁的儿子叫伊莱。米拉正在学着养育孩子,而瓦里娅将成为她的伴娘。

卢克问过她,你想从生活中得到什么?如果瓦里娅诚实地回答他,她会这样说:回到起点。她会对十三岁的自己说,不要去见那个女人。对二十五岁的自己说,去找西蒙,原谅他。她会告诉自己,

第四部分 生命之所 399

照顾好克拉拉,去注册JDate[1]账号,不要让护士把怀里的孩子抱走。她会告诉自己,她会死,她会死,每个人都会死。她会提醒自己注意克拉拉头发的气味、丹尼尔伸手抱住她时的感觉、西蒙短而粗的拇指——天啊,他们的手,所有人的手,克拉拉的像蜂鸟一样敏捷,丹尼尔的细长而躁动不安。她会告诉自己,她真正想要的不是永远活着,而是不再忧虑。

如果我变了呢?很多年前瓦里娅问过预言家,那时候她确信,知道这些可以将她从厄运和悲剧中解救出来。大部分人都不会变,那个女人说。

现在是七点,天空映出一片霓虹灯的模糊光影。瓦里娅靠在椅背上。她选择了科学,也许是因为它的理性。瓦里娅相信科学能带她远离赫斯特街的那个女人,还有她的预言。但瓦里娅对科学的信仰也是一种叛逆。她担心命运已经写好,但她曾经希望——上帝啊,她真的曾经希望——生活还来得及给她带来惊喜。她希望自己还来得及制造出惊喜。

现在瓦里娅想起了丹尼尔的葬礼过后,米拉告诉她的事。她们蜷缩在一棵树下,参加葬礼的人都在往停车场走,雪从树枝之间落下来。"我从来没有见过克拉拉,"米拉说,"但现在,我几乎觉得能理解她了,因为自杀似乎并不荒谬。真正荒谬的是继续下去,日

---

[1] 一个面向犹太人的约会软件。

复一日，好像前进的动力是自然存在的。"

但是米拉做到了。一方面是绝不可能走出来，另一方面却是你有可能做到，这看起来既荒谬又神奇。生存一贯如此。瓦里娅想起她的同僚，拿着他们的试管和显微镜，都在试图复制自然界中已经存在的过程。灯塔水母，只有装饰衣服的亮片那么大，受到威胁的时候会逆向生长，变回幼年状态。冬天，木蛙会结成冰块：心脏停止跳动，血液结冰，然而再过几个月，春天来临，它就会解冻，然后蹦跳着离开。

周期蝉成群地在地下蛰居，以树根的汁液为食。人们很容易认为它们已经死了；也许，从某种程度上讲确实是死了——它们静止不动，悄然无声，躲在土壤以下六十厘米处。十七年后的某个夜晚，它们成群结队冲破地表，数量惊人。它们爬上最近的垂直物体；若虫表面的外壳轻巧地落地。它们的身体是苍白的，还没有变硬。在黑暗中，它们唱起歌来。

36

七月的第一周，瓦里娅开车进城，去看望格蒂。她每周都会去一次。格蒂情绪高涨，因为鲁比要来了。瓦里娅一直没明白，为什么一个大学生每年夏天都会主动去养老院住两个星期，但鲁比进大学的第一年就提出了这个计划,而且从来没有动摇过。援手之家距离加州大学洛杉矶分校有八个小时车程,在那里,鲁比就要开始她的大四生活了。每年夏天,她都会带着成堆的墨镜、手镯、背心裙、高跟鞋,以及一辆野兽般的白色路虎来到这儿。她和寡妇们打麻将,给格蒂读文学课上学过的书。她离开前的那个晚上,会在餐厅里表演一场魔术,观众踊跃到工作人员不得不从图书馆拿椅子过来。住在养老院里的人像孩子一样入迷。表演结束以后,他们排着长队等鲁比,急切地告诉她,他们见过胡迪尼的弟弟,或者见过一个女人用牙咬着绳子滑过时代广场。

"你现在打算做什么?"格蒂问瓦里娅,"要是你不回去工作的话?"

她坐在扶手椅上,腿上放着一碗腌菜。鲁比躺在格蒂的床上。她正用手机玩一个叫《血腥玛丽》的游戏。她打到第五关的时候,把手机递给瓦里娅,瓦里娅打败了一个行动敏捷、跳来跳去的西红柿,它看守着一袋芹菜杆。瓦里娅非常满意。

"不是不回去工作,"瓦里娅说,"我只不过不回德雷克中心了。"

瓦里娅告诉母亲,她犯了一个严重的错误,破坏了实验的完整性。很快——也许等鲁比离开后,她就会把弗里达的事告诉格蒂,当然,首先是卢克的事。她和卢克的关系太脆弱了,暂时还没法分享给格蒂。虽说现在已经好了很多,但瓦里娅还是担心她会突然失去卢克,就像他突然出现一样。他们已经开始交换手写信件、照片、明信片和各种小东西。五月里,卢克发来一张他和新女友裕子的照片。裕子至少比他矮了四十多厘米,留着不对称的发型,发梢染成了粉红色。照片里,她正假装把卢克抱起来,卢克的一条长腿搭在她的手臂上,两人笑得眼睛眯成了缝。又过了一个月,卢克才承认裕子就是他的室友,那个冒充《旧金山纪事报》编辑的室友——他又赶紧补了一句,说那时候他们还没恋爱,以及他之所以一直保密,是因为不想让瓦里娅对裕子产生反感。

瓦里娅高兴得脸都变红了,不仅是因为看到了卢克的幸福,也因为卢克在意她的想法。那个星期,她经过一个农场零售摊,他们在推销自制的果酱。她把车停到路边,从一堆玻璃罐子中间挑选,里边装的东西在午后的阳光下就像宝石一样。瓦里娅发现有樱桃果酱,就买了两罐。她自己留了一罐,把另一罐寄给了卢克。十天后,他的回信送到了。

不算特别优秀,但品质稳定。还不错。杏仁提取物是个很好的尝试,能把樱桃的麝香味带出来,这样尝起来就不仅仅有甜味了。

瓦里娅对着明信片笑起来,然后又看了两遍。她想,不算特别优秀、但品质稳定、还不错,这就可以了。接着瓦里娅去食品储藏柜拿出自己那一罐,她一直想等到卢克回信之后再打开。

"那你要去哪儿呢？"现在，格蒂看着她自己的腿说，"你不能像我一样整天坐着。吃着腌菜。"

瓦里娅立刻想起兄弟姐妹们的声音。克拉拉一定会说，就好像你真的会担心这个一样。丹尼尔会说，是啊，瓦里娅坐在那儿吃腌菜？我不觉得她能干出这种事。最近，瓦里娅走到哪儿都能看见他们。黄昏降临后，一个十几岁的男孩从她公寓前跑过，就会让她想起西蒙，那些凉爽的夏夜，他在克林顿街72号附近跑步。瓦里娅还在酒吧里看到一个女人，她的笑容很像克拉拉——欢快又敏锐。瓦里娅想象自己去向丹尼尔寻求建议。他总是会帮她：凭借他的年龄、雄心，还有他对家庭的支持。瓦里娅知道，在很多事上她都可以依靠丹尼尔，无论是照顾格蒂还是设法把西蒙带回家。

这么长时间了，她一直压抑着这些记忆。但现在，当她借助感官重新召唤记忆，当记忆中的东西变得更像人而不是鬼魂时，意想不到的事发生了。她内心的灯点亮了。多年前变暗的街区又亮起来。

"我觉得我可能会喜欢教课。"瓦里娅说。在研究生院的时候，她给本科生教课，来换取学费减免。她根本没想到自己能做到——第一次讲课前，她在女洗手间的水池里呕吐，因为都走不到马桶旁边。但瓦里娅很快就发现，教课让她感到振奋：那么多仰起的脸，都等着她拿出自己的知识。当然，也有些脸没有仰起来，而是睡着了。瓦里娅暗地里更喜欢这些人，因为她决心把他们叫醒。

这是鲁比在养老院的最后一个晚上，瓦里娅过来看她的魔术表演。鲁比正在餐厅里布置场地。瓦里娅到格蒂的房间里，和格蒂一起吃晚饭。她想起自己的家人，如果兄弟姐妹和索尔看到鲁比站在舞台上，会怎么想呢。然后，在这个奇怪的、半明半暗的黄昏，瓦里娅开始讲一些她以为永远不会说的事情：她给格蒂讲了赫斯特街的那个女人。她描述了七月里让人窒息的热浪、她爬楼梯时的焦虑，还有每个人独自走进房间的事实。她说起索尔守丧期的最后一个晚上，兄弟姐妹们的那场谈话。事后她才意识到，那是他们四个人最后一次聚在一起。

瓦里娅说话的时候，格蒂一直没抬头。她盯着酸奶，表情平淡地把每一勺都送进嘴里，瓦里娅几乎要怀疑她今天是不是过得不顺心，才会这样心不在焉。格蒂等着瓦里娅吃完晚饭，用餐巾纸擦拭了勺子，把它放到餐盘上。然后，她小心地把铝箔盖子盖到酸奶盒上。

"你怎么会相信那种垃圾？"她低声问。

瓦里娅张开嘴。格蒂把酸奶盒放到勺子旁边，双手叠放在腿上，看着瓦里娅。她脸上有种猫头鹰般的愤怒。

"我们当时还小，"瓦里娅说，"她把我们吓坏了。反正，我想说的是，这不是——"

"垃圾！"格蒂说，现在她的语气更果断了。她靠回椅子上。"所以你们去见了一个吉普赛人。没有人傻到相信他们。"

"你就一直信那种垃圾啊。碰上葬礼,你会吐口水。爸爸去世以后,你想用鸡来搞那个仪式,举着一只活鸡在头上挥舞,一边念——"

"那是一种宗教仪式。"

"碰上葬礼吐口水也是宗教仪式?"

"那又怎么了?"

"你能给自己找什么借口?"

"因为无知。你又有什么借口呢?你没有。"瓦里娅沉默下来,格蒂继续说:"我给了你这么多东西,教育、机会——现代的东西!你怎么能变成我这样?"

德军占领匈牙利时,格蒂九岁,她的外公外婆和他们在豪伊杜的三个兄弟姐妹被送往奥斯维辛集中营。如果说大屠杀让索尔的信仰更坚定,那么格蒂的信仰其实被削弱了。格蒂六岁的时候,她的父母都去世了。对她来说,上帝一定比偶然更不可信,善良又比邪恶更不可信——所以她才会敲木头、交叉手指、把硬币扔进喷泉、把米抛过肩膀。她祈祷的时候,其实是在做交易。

瓦里娅已经看到格蒂给了孩子们什么东西:不确定的自由。未知命运的自由。索尔也会认可这一点。作为移民家庭的独子,她的父亲也没有什么选择。对他来说,往前看或者往后看好像都显得不知感恩,仿佛是在考验命运——自由的当下只是幻象,一旦他把目光从"现在"移开,它就有可能消失。但是瓦里娅和她的兄弟姐妹都有了选择,有了自我反省的机会。他们想要衡量时间,想要规划并掌控时间。但在他们追逐未来的时候,其实更加靠近了那个女人的预言。

"对不起。"瓦里娅说。她的眼睛开始红肿。

"不要道歉。"格蒂说着,伸手拍了拍瓦里娅的胳膊。"要和我不一样。"但她拍完以后,紧紧抓住了瓦里娅的手臂,就像1969年的布鲁娜·科斯特洛那样。这一次,瓦里娅没有挣脱她。两个人不出声地坐着,直到格蒂开始坐立不安。

"那她和你说了什么?"她问,"你什么时候会死?"

"八十八岁。"现在看来,这个时间非常遥远,几乎是种让人尴尬的奢侈。

"那你还担心什么呢?"

瓦里娅绷着脸不让自己笑出来:"你不是说不信这个吗?"

"我是不信,"格蒂抽了抽鼻子,"但如果我信,就没什么可抱怨的了。如果我信,我会觉得八十八岁已经很不错了。"

七点半,她们走进餐厅,准备看魔术表演。一个比地面稍高的平台作为舞台,两边各摆了一盏灯,充当聚光灯。一个护士把红色的床单挂在衣架上,当做幕布。格蒂和她的朋友们都为这场表演特意打扮过,餐厅里热闹非常。房间里充斥着一种带了电荷的期待,它像暗物质一样不可见,却能聚拢每个人。它把人们吸引到一起,再投向舞台，投向鲁比。

然后窗帘分开，鲁比出现了。

在她手中，舞台起了变化。窗帘变成了真正的幕布，灯变成了真正的聚光灯。克拉拉擅长快速演说，鲁比却在表演肢体喜剧方面有出人意料的天赋，而且她能让在场的每个人都参与进来。除此以外，鲁比还有些别的特质，把她和她母亲区别开来。她笑得很自在，声音也从不迟疑。如果掉了一个本该接住的球，她会先花几秒钟做出自嘲的手势，然后再找回平衡。瓦里娅看出这是一种自信。鲁比看起来比她母亲放松得多——不仅是对她的技能，也对她自己。

哦，克拉拉，瓦里娅想。要是你能看见你的孩子就好了。

整个晚上，格蒂都看着鲁比，就像在看一部永不厌倦的电影。等到最后一批观众从餐厅里出来，已经快 11 点了。格蒂终于同意坐进那把可恶的轮椅，但她还是气鼓鼓的。瓦里娅知道，阻止衰老就像相信强迫行为可以阻止坏事发生一样不可能。但她还是想大喊，别走。

鲁比把格蒂推回她的房间。用不了多久，她就会把注意力转移到其他奇迹上：怎么缝合伤口、怎么做脊椎穿刺、怎么接生。但在今晚，有一种纽带把她和房间里的每个人联系在一起，这是一张情感之网，鲁比没有放手。当她站在舞台上往下看，感受到那种情绪的时候，想起有时候会在洛杉矶的公寓看见经过的幼儿。为了确保不走散，孩子们抓着绳子走成一行。今晚就是这样，鲁比想。他们一个接一个来到绳子旁边，然后一个接一个抓住绳子。

她父亲到现在还会问："你本来可以一直表演，为什么想去当医生？你给人们带来了那么多快乐。"

但鲁比知道，世上有众多的工具用来维持彼此的生命，魔术只是其中一种。她还是个孩子的时候，拉杰告诉她，克拉拉在演出前总会说四个字。从那以后，鲁比就一直在说同样的四个字。今晚她站在幕后，双手紧握。她能听到观众们在幕布那边窃窃私语，坐立不安，期待地翻动手中的廉价印刷节目单。

"我爱你们。"她低声说。"我爱你们，我爱你们，我爱你们。"

然后她穿过幕布，加入到他们中间。

致谢

《永生者》的成书过程中，很多人给予了帮助，我对他们深表感激。

如果没有两位不可思议的女性，没有她们的信念、努力和积极推进，这本书就不可能完成：首先是我的经纪人玛格丽特·莱利·金，她是我的摇滚明星和灵魂姐妹，我想说，感谢你的信念、忠诚和双周疗愈课程。每一次启程都始于你。然后我想对我的编辑萨利·金说，你的才华、热情和正直都像阳光一样闪亮。和你们共事是我的荣幸，也让我感到快乐。

WME 和帕特南的团队都极其优秀，我没法想象还有比他们更好的团队。很荣幸能与 WME 的特雷西·费舍尔、艾琳·康罗伊、埃丽卡·尼文、海利·海德曼和切尔西·德雷克合作，与帕特南的伊万·赫尔德、丹妮尔·迪特里希、克里斯蒂娜·鲍尔、亚历克西斯·韦尔比、阿什利·麦克莱、埃米丽·奥利斯、凯蒂·麦基以及整个企鹅团队合作。我也要感谢杰卡尔公司的盖尔·伯曼、达尼·戈林、乔·厄利和罗里·科斯洛，他们在电视领域做了很多工作。

我要感谢很多作家、电影制片人、科学家和其他专业人士，在我收集资料的过程中，他们的工作起到了关键作用。我参考过的重要资料包括：露丝·伊莱娜·安德森的《多重世界中的精巧技艺：罗姆人占卜活动中的行为与协作》；戴维·魏斯曼的纪录片《我们曾在这里》；金·斯坦迈耶的《隐藏大象：魔术师如何创造不可能之事并学会消失》；我参考了蒂妮·克兰的生平，她是一位开创性的马戏团演员，我受她启发写了小说中的"生命之颌"，老克拉拉的角色也取材于她（珍妮特·M.戴维所著《马戏团女王和小叮当：蒂妮·克兰回忆录》）。斯科特·格雷戈里中尉为丹尼尔的军队生涯提供了关键指导；埃丽卡·弗莱夫里、黛博拉·罗宾斯和鲍勃·英格索尔慷慨地分享了关于灵长类动物的知识。德雷克中心的灵感源自加州诺瓦托的巴克老龄化研究所，不过我的版本只参考了它的建筑特点和总体职能，其他内容完全是虚构的。最后，有很多科学家为瓦里娅的长寿研究提供了资料，他们欣然同意与我交谈，包括里基·科尔曼博士、斯特凡诺·皮拉伊诺博士和丹尼尔·马丁内斯博士，以及威斯康星州国家灵长类研究中心的工作人员，没有他们的帮助，我不可能写出瓦里娅那些章节。瓦里娅的研究脱胎于上述背景，但和德雷克中心一样都是虚构的，并不针对任何现有的研究工作。

我要向家人、向挚友们致以永远不变的爱与谢意，他们作为最早一批读者，给了我很大帮助。父母一直是我最坚决最忠实的支持者，能成为你们的孩子是我的幸运，我非常感激。敬爱的祖母和引路人李·克鲁格是第一个读到这部小说的人。在一群出色的朋友里，我想感谢亚历山德拉·戈尔德施泰因的编辑天分和长期投入；丽贝卡·邓纳姆的精神陪伴；布里塔妮·卡瓦拉罗的热情支持；皮亚丽·巴塔查里亚那颗聪慧、跃动的心，还有亚历山德拉·德梅特的姐妹情谊和安德鲁·凯的兄弟情谊。玛奇·沃伦和鲍勃·本杰明带我了解二十世纪中叶的纽约移民。朱迪·米切尔一直是我的导师和挚友。

还有乔丹和加布里埃尔，我的兄弟们：这本书也献给你们。

我的天，我该对内森说什么呢？给作家当伴侣并不容易，但如果我不知情，可能会觉得你毫不费力就做到了。实际上有那么多错乱的对话，那么多编辑工作，还有情感支持。你不仅有最宽容的心和最敏锐的大脑，还有一种全景式的洞察力，哪怕像我这样躁动的鸟儿也能安定下来。我永远感激你。